De Man met Duizend Gezichten

De actuele thriller *De Man met Duizend Gezichten* verschijnt samen met de achtdelige thriller-podcast *De Vrouw met Duizend Gezichten*. Boek en podcast spelen zich in dezelfde wereld af, maar vertellen afzonderlijke verhalen die los van elkaar te lezen/beluisteren zijn.

Wilt u op de hoogte gehouden worden van de thrillers van A.W. Bruna Uitgevers? Meld u dan aan voor de nieuwsbrief via onze website www.awbruna.nl of volg ons op www.facebook.com/AWBrunaUitgevers, @AWBruna op Twitter of Instagram.

Lex Noteboom

De Man met
Duizend Gezichten

© 2023 Lex Noteboom
© 2023 A.W. Bruna Uitgevers, Amsterdam

Omslagbeeld
© Buro Blikgoed/Shutterstock, Sfio Cracho
Omslagontwerp
Buro Blikgoed

ISBN 978 94 005 1313 6
NUR 332

Tweede druk, mei 2023

Voor D, E & M

In oorlogen sneuvelt de waarheid als eerste.
Aischylos

*Grenzen zijn arbitrair en landen bestaan niet. Het enige wat
een volk verenigt, is hun verhaal.*
Petar Lechkov

*Het Westen wil dat de Koude Oorlog voorbij is en daarom doen
we net alsof Kazichië niet bestaat.*
Tim Smeets de Ruyter

Proloog

Ik wacht in de slaapkamer omdat ik weet dat ze hier pas binnenkomt als haar dochtertje in bed ligt, haar glas wijn leeg is en de deuren op slot zijn. Ik kijk naar de opgevouwen roze pyjama. Wanneer ze beneden klaar is, komt ze naar de slaapkamer om die pyjama van het bed te pakken en aan te trekken. Daarna gaat ze pas naar de badkamer.

Ze doet alles altijd op dezelfde volgorde. Elke avond is hetzelfde.

Ik las in een wetenschappelijk artikel dat de mens bijna alles onbewust doet. We nemen maar vijf procent van onze beslissingen door er bewust over na te denken – als ik het goed heb begrepen. Als dat waar is, zijn we allemaal soldaten: we mogen pas zelf keuzes maken als er iets niet volgens plan gaat.

Beneden kraakt de vloer. Ik volg het geluid door de woonkamer naar het kookeiland. Daar stopt het. Ik hoor glas op marmer. Ze heeft een of twee glazen rode wijn gedronken terwijl ze televisiekeek. Het lege glas zet ze om de een of andere reden morgenochtend pas in de vaatwasser. Een paar seconden later drinkt ze nog wat water en daarna loopt ze naar de gang.

Telkens weer dezelfde routine.

Elke avond is hetzelfde.

Tot vanavond.

Vanavond zit er een man met een bivakmuts te wachten in haar slaapkamer. Na vanavond zal ze de rest van haar leven bewust nadenken bij elke deur die ze opendoet.

Opnieuw gekraak van beneden. Het geluid verplaatst zich

door de gang naar de voordeur. Een voor een klikken de licht-knopjes uit.

Mijn ademhaling is te oppervlakkig. Ik wrijf met mijn handen over mijn broek. Het helpt niet, want ik heb handschoenen aan.

De plastic koorden van de gordijnen ratelen beneden door de katrolletjes.

Moet ik mijn pistool tevoorschijn halen? Of is de schrik dat ik in de slaapkamer zit genoeg? Ik hoop dat ze niet schreeuwt. De meeste mensen schreeuwen niet. De meeste mensen slaken een korte kreet en bevriezen dan. Ze wachten af. Maar heel soms begint er iemand ongecontroleerd te krijsen. Dan moet je slaan. Je moet ze een tik geven alsof je ze wakker maakt en dan houden ze hun mond. Maar niet te hard, want dan houdt het schreeuwen langer aan.

De vloer kraakt weer: ze gaat naar de wc. De afzuiger springt aan en trekt de lucht door de muur achter mij omhoog naar het dak. De muur suist, net als mijn oren.

Ik doe mijn ogen dicht en adem diep in en uit. Als ik mijn ogen weer opendoe, kijk ik de donkere kamer rond. Hij is groot, en in elke hoek staat wel iets: stoeltjes, tafeltjes, kastjes. Hoe duurder het huis, hoe meer spullen erin staan die je niet nodig hebt. Het tapijt is wel lekker zacht, dat moet ik haar nageven. Ik voel het door mijn sokken heen.

De wc wordt doorgetrokken en de afzuiger gaat uit. Ik ga heel langzaam staan en kijk naar de slaapkamerdeur, omlijst door kieren geel licht uit de gang. Ik probeer mijn ademhaling weer onder controle te krijgen, maar dat lukt niet goed. Het suizen in mijn oren wordt erger. Misschien heb ik iets te veel gesnoven. Normaal gesproken neem ik nooit meer dan vijf milligram Moda, waarom vandaag dan opeens wel? Waarom heb ik niet gewoon gedaan wat ik altijd doe?

Gestommel in de gang, daarna op de trap.

Veertien treden.

Ik loop langzaam naar de slaapkamerdeur. Het zachte tapijt

doet me denken aan een nacht die ik in Warschau doorbracht onder het bed van een Poolse zakenman. Ik moest de man vergiftigen in zijn slaap, maar het middel werkte niet. Toen de opdrachtgever me een plastic buisje en een pipetje gaf, vroeg ik nog wat voor een gif het was. 'Hoe minder je weet, hoe nuttiger je bent,' zei hij. Zoiets zeggen ze altijd. Ik mag pas zelf gaan nadenken als er iets niet volgens plan verloopt. En dus lag ik de hele nacht onder dat hotelbed te luisteren naar die slapende oude Pool. Te wachten tot hij dood was. Maar de man sliep heerlijk door en uiteindelijk moest ik hem doden met een hoofdkussen voordat de zon opkwam. De enige troost die lange klotenacht was dat zachte tapijt onder het bed.

Voetstappen op de overloop. Ze gaat nu even kijken of haar dochtertje slaapt. Die slaapt altijd, maar ze gaat toch even kijken.

Ik trek het drukknoopje van mijn holster los. Ik hoop dat ze niet schreeuwt. Als ze schreeuwt wordt haar dochtertje wakker en dan moeten we dat eerst regelen voor ik mijn vragen kan stellen. Maar de meeste mensen schreeuwen niet.

Een paar weken geleden las ik dat honden het verleden kunnen ruiken: als ze een ruimte binnenkomen weten ze precies waar mensen hebben gelopen en gezeten. Ze kunnen soms dagen terug in de tijd ruiken. Honden weten dus dat mensen de hele tijd hetzelfde doen, alsof ze vastzitten. Zij kunnen onze toekomst voorspellen.

De vloer in de gang kraakt weer, dus haar dochtertje slaapt. Ze komt naar de slaapkamer.

Ze is nu zo dichtbij dat ik haar kan horen ademen. Ik hoor de mouwen van haar trui langs haar middel wrijven. Ze zegt iets tegen zichzelf. Heel zachtjes.

Ik ga een beetje door mijn knieën en buig naar voren zodat ik kan ingrijpen als ze begint te schreeuwen. Maar de meeste mensen schreeuwen niet. De meeste mensen wachten bevroren af wat er gaat gebeuren.

'Wie ben jij?!' Dat is haar versie van de korte angstkreet voordat ze verstijft.

'Ga zitten,' zeg ik zachtjes en ik wijs naar de witte stoel waar ze haar kleren elke avond overheen legt.

Ze knikt, maar ze luistert niet. Ze staat stil en staart me aan.

'Wie ben jij?'

Haar stem trilt.

'Ga zitten,' zeg ik nog een keer. 'Ik ga je geen pijn doen.' Ik praat zo rustig mogelijk maar mijn stem trilt ook een beetje.

Ze kijkt door de open deur de gang in. In de richting van de slaapkamer van haar dochtertje. Zo lang duurt het dus tot je niet meer alleen aan jezelf denkt, maar ook aan je kind. Iedereen denkt eerst aan zichzelf; ik heb het vaak genoeg zien gebeuren.

'Als we zachtjes praten, wordt ze niet wakker,' zeg ik.

Ze knikt weer.

'Ga zitten in de stoel achter je.'

Ze schuifelt achteruit zonder mij uit het oog te verliezen. In haar rechterhand heeft ze haar smartphone. Die verlies ik op mijn beurt niet uit het oog.

'Wat wil je?' Haar hele lichaam staat strak. Over twee dagen heeft ze spierpijn in haar bovenbenen en voelt haar kaak stijf. 'Wil je geld?' vraagt ze. Haar ogen schieten naar de deur en weer terug naar mij. 'Ik heb geen cash. Maar ik kan voor je naar een ATM.'

Ik schud mijn hoofd en zet een stap naar voren om de slaapkamerdeur dicht te doen. 'Ik wil met je praten, dat is alles.'

Het wordt weer donker in de kamer.

'Leg je telefoon naast de stoel op de grond.'

Ze knikt en legt de telefoon neer. 'Ik heb wel sieraden,' zegt ze. 'Juwelen.' Ze veegt haar lange bruine haar over haar schouder naar achter. Waarom zou ze dat doen? Misschien probeert ze zichzelf minder aantrekkelijk te maken; misschien is ze bang dat ik hier ben om haar te verkrachten, dat ik daarom in de slaapkamer zit.

Als ik op de rand van het bed ga zitten, ontspannen haar benen een beetje.

'Ik wil met je praten over je vorige leven,' zeg ik.

'Mijn wat?'

'Ik wil het hebben over je leven voor je in Amerika kwam wonen.'

Ze vouwt haar armen voor haar borsten. 'Ik begrijp niet wat je bedoelt.'

'Je weet precies wat ik bedoel.'

'Wie ben jij?'

De bivakmuts begint te jeuken. Zweet op mijn voorhoofd maakt de stof nat en irriteert nu mijn huid. En mijn oren suizen.

'Waarom heb je jezelf een andere naam gegeven?' vraag ik.

Ze haalt diep adem en laat zich helemaal in de stoel zakken.

'Waarom heb je jezelf en je kind een andere naam gegeven? In je paspoort staat dat je Noëlla heet, maar je heet Michelle. En je bent niet opgegroeid in Frankrijk, maar in Nederland.'

Ze vraagt hoe ik al die dingen weet.

Dat is vreemd. De meeste mensen proberen zo lang mogelijk vol te houden dat ze niet begrijpen waarover ik het heb. Maar deze vrouw niet. Deze vrouw geeft meteen toe dat ik de waarheid weet.

'Ik ben al een tijdje op zoek naar antwoorden,' zeg ik.

'Ben jij de man die uit het ijs kwam?' vraagt ze.

Ik twijfel of ik daar antwoord op moet geven. Ik had minder Moda moeten snuiven.

'Ja, jij was het. Jij stond op het bevroren meer op ons te wachten.' Ze kijkt naar mijn handen, maar de brandwonden die ze zoekt zitten verstopt onder de handschoenen.

'Het enige wat ik wil is antwoorden op mijn vragen,' zeg ik. 'Als ik die krijg, kom ik nooit meer terug.'

Ze knikt niet meer. Ze denkt na.

'Als ik antwoorden krijg, doe ik je dochtertje geen pijn,' probeer ik.

Meteen schieten haar ogen terug naar mijn gezicht. 'Wat wil je weten?' vraagt ze.

'Voor wie werkte ik? Wie was mijn opdrachtgever?'

'Hoe bedoel je?'

Ze weet heus wel wat ik bedoel.

Ik ga harder praten. 'Mijn vraag is heel simpel: voor wie werkte ik? Wie gaf opdracht tot die ontvoeringen en executies? De rebellen? De CIA? De overheid?'

Ze schudt haar hoofd. 'Denk je echt dat de wereld zo simpel in elkaar steekt? Als een voetbalwedstrijd tussen twee elftallen?' Ze zit helemaal naar achter in haar stoel, met haar armen over elkaar.

'Er moet toch één iemand zijn die de operatie heeft opgezet?' Mijn stem trilt. 'Hoe meer onderzoek ik probeer te doen, hoe verwarrender alles wordt.'

'Ik snap nu wat je komt doen,' zegt ze en ze kruist haar benen. 'Dit gaat over Kazichië. Jij wilt weten wat het doel was van jouw missie daar. Waarom je daar was.'

Nu ben ik degene die knikt. 'Ik wil weten waarom een onschuldige vrouw dood moest. Ik wil weten waar al die ellende goed voor was.'

'Ik was niet zo belangrijk als jij denkt. Ik heb niet alle antwoorden.'

'Je maakt deel uit van de Lechkov-familie, natuurlijk ben je wel belangrijk.'

De vloer kraakt. Haar ogen schieten naar de deur. Is het haar dochtertje? Is ze wakker?

We zitten in stilte tegenover elkaar in de donkere slaapkamer. Zij kijkt naar de deur, ik kijk naar haar. Het wit in haar ogen geeft licht.

'Vertel me de waarheid,' fluister ik. 'Ik heb genoeg van alle leugens. Vertel me de waarheid en ik spaar jullie levens. Wie is de Man met Duizend Gezichten? En hoe komt hij aan zoveel invloed?'

Ze slikt. 'Ik wist van niets. Ik wist niets over de strijd met de rebellen of over de Man met Duizend Gezichten. Het enige wat ik probeerde, was vluchten. Het enige wat ik wilde, was mijn kinderen naar huis krijgen.'

Ik ga staan en trek mijn pistool uit de opengeklikte holster onder mijn jas. Ze duikt naar voren, maar ik duw haar terug in de stoel en druk de loop tegen haar voorhoofd.

'Alsjeblieft,' fluistert ze en ze kijkt omhoog. Haar ogen zijn volgelopen met traanvocht. 'Als je mij doodschiet krijg je zeker geen antwoorden.'

'Dat klopt.' Ik druk het pistool tegen haar bovenbeen.

Ze strekt haar armen voor zich uit. 'Ik vertel de waarheid, ik zweer het. Ik vloog naar Stolia voor een begrafenis. Dat was mijn eerste bezoek aan Kazichië en we zouden er maar een paar dagen blijven. Ik kwam daar vast te zitten. Ik was een gevangene.' Ze laat haar armen zakken en ademt diep in. 'Wij zijn allebei op zoek naar antwoorden. We willen allebei beter begrijpen wat er is gebeurd. Misschien kunnen we elkaar helpen.'

'Jij weet precíés wat er is gebeurd.'

'Was het maar zo. Waarom denk je dat ik hier woon? Onder een andere naam? Ik lieg inderdaad over alles. Mijn hele leven is een leugen. Ik ben niet opgegroeid in Parijs, ik werkte niet voor een IT-bedrijf en ik ben mijn man Gabriël niet verloren aan kanker, want Gabriël heeft nooit bestaan. Ik lieg over alles omdat ik me moet verstoppen.' Ze leunt naar voren en haar natte ogen glinsteren glasachtig. 'Het enige wat ik wil is veiligheid. Daarom ben ik hier. Ik maak geen deel meer uit van de familie Lechkov. Ik ben bang voor die mensen. Ik wou dat ik ze nooit was tegengekomen.'

Ik zet het pistool weer tegen haar hoofd. 'Dan kan ik dus net zo goed schieten. Ik heb toch niets aan je.'

'Wij kunnen elkaar helpen,' herhaalt ze en ze wijst naar het bed. 'Ga weer zitten en vraag me iets anders. Misschien weet ik het antwoord. Ga zitten.'

Ik doe wat ze zegt.

'Wij hebben elkaar op een bevroren meer ontmoet. Bij dat

meer ligt een geheim eiland – een eiland dat niet in de atlas staat. En op dat eiland staat een huis. Ben je daar binnen geweest?'

Ze knikt.

'Ben je in de kelder geweest?'

'Ja,' zegt ze. 'Het is een soort opnamestudio: er staan vier camera's rond een stoel en alle muren zijn groen geschilderd.'

'In die kelder is een onschuldige vrouw urenlang gefilmd en gemarteld. Ik wil weten waarom de familie Lechkov dat heeft gedaan. En ik wil weten wat die kelder te maken heeft met de Man met Duizend Gezichten.'

Ze kijkt naar de deur en lacht dan naar mij. Een kleine glimlach.

'Waarom lach je?'

'Ik weet niet precies wat ze met die vrouw hebben gedaan. Ik weet niet wat er op dat eiland gebeurde, maar samen met jou kan ik erachter komen.' Ze staat op. 'Wij willen hetzelfde. Wij willen antwoorden. Mensen die hetzelfde willen hoeven elkaar niet onder schot te houden. Ik heb beneden nog een fles wijn openstaan, maar dat wist je misschien al.'

'Ja. Dat wist ik.'

'Laten we aan de keukentafel gaan zitten zodat mijn meisje niet wakker wordt en een glas wijn drinken terwijl we samen uitvinden wat er precies is gebeurd. Ik vertel mijn verhaal, en jij vertelt dat van jou. We bespreken alles wat er in Kazichië is gebeurd, van begin tot eind. Samen komen we tot de waarheid. Samen kunnen we de Man met Duizend Gezichten ontmaskeren.'

Voordat ik heb geantwoord draait ze zich om. Ik kijk vanaf de rand van het bed toe hoe ze de kamer uit loopt alsof ik er niet meer ben. Vlak voor ze de hoek om verdwijnt, draait ze zich weer om. 'Kom mee, dan kunnen we praten. Maar wel zachtjes doen op de gang.'

Ik knik en doe wat ze zegt.

I

De laatste Lechkov

1

De grijze metallic BMW 7-serie stopt aan de oostkant van Schiphol bij de slagboom voor de privéhangaars. Een vriendelijk lachende marechaussee loopt met grote stappen op de wagen af en pakt drie paspoorten aan van de chauffeur. Terwijl hij zich terug naar zijn hokje haast om de passagiersgegevens te controleren blijft het in de auto stil.

Het eerste paspoort dat de man openslaat is dat van Michelle Verdier-Lechkova, geboren op 7 juni 1986 in Zutphen. Michelle zit op de achterbank van de auto. Ze is stil omdat ze bijna moet overgeven. Tijdens haar eerste zwangerschap had ze nergens last van, maar deze tweede keer is ze moe, humeurig en kotsmisselijk. Elke kleine tegenslag lijkt onoverkomelijk en daarom heeft ze een dag eerder hun favoriete resort in Dubai gebeld: ze heeft per direct zon en een zwembad nodig. En de villa van het resort bleek nog beschikbaar. 'Wat een geluk,' zei ze tegen de resortmanager en ze somde haar creditcardgegevens op. Maar Michelle wist heus wel dat geluk er weinig mee te maken had. De manager legde zijn hand over de hoorn en fluisterde tegen zijn collega dat de villa zo snel mogelijk vrij moest komen. 'De gasten die er nu zitten moeten naar een suite worden gebracht,' zei hij. 'Verzin maar een excuus. Het is voor mevrouw *Lechkov*.' Michelle deed net of ze het niet hoorde, maar 'Lechkov' klonk meer als een waarschuwing dan een achternaam.

De marechaussee heeft Michelles gegevens ingevoerd en slaat het tweede paspoort open. Het document is van Alexa Lechkova, drie jaar oud, geboren in Amsterdam. Het meisje zit naast haar moeder in de auto en staart met haar knuffelhond uit het raam. Alexa is ook stil, maar om een heel andere reden: haar ouders hadden ruzie voor ze wegreden. Alexa begrijpt niet waar haar ouders het over hadden, maar voelt wel dat de stilte in de auto beladen is. Het voelt alsof er iets staat te gebeuren. Maar wat? Ze staart uit het raam naar de vlaggen achter de hangaars, die machteloos heen en weer worden getrokken door de opstekende wind.

Als ook Alexa's gegevens zijn ingevoerd opent de marechaussee het laatste document. De pasfoto toont een man met een grof gezicht, een brede neus en zachte ogen. Daniel Petar Lechkov, geboren in 1982 in de voormalige Sovjetstaat Kazichië. Maar het paspoort is Nederlands. Daniel zit naast de chauffeur en typt in stilte een sms. Hij probeert zijn familie te bereiken omdat er iets vreemds is gebeurd: die ochtend had hij veertien gemiste oproepen van zijn moeder – zijn moeder die hem anders nooit belt. Als ze hem bij hoge uitzondering al eens wil spreken, dan stuurt een van haar assistenten een berichtje. Zelfs toen zijn vader in elkaar was gezakt op de trappen van het Kazichische parlement, ontving Daniel een sms met een terugbelverzoek.

En nu dus veertien gemiste oproepen…

Daniel wilde de trip naar Dubai meteen uitstellen. Veertien gemiste oproepen waren veertien redenen om ongerust te zijn. Maar Michelle deed het af als een storing of een vergissing. Dat maakte hem boos. Hij vond dat zij een paar dagen vakantie niet boven het welzijn van zijn familie mocht plaatsen – van hún familie. Michelle zei dat hij te weinig begrip toonde. Ze had rust nodig, snapte hij dat dan niet? Omdat Alexa zichtbaar onder de indruk was van hun discussie, bond hij in. Maar het zat hem niet lekker, en de hele rit naar Schiphol had hij geprobeerd zijn moeder of zijn oom te pakken te krijgen. Niemand reageerde. En op geen van de internationale nieuwssites kon hij iets vinden over zijn geboorteland.

Nog niet.

Want meer dan drieduizend kilometer naar het oosten, net buiten de Kazichische hoofdstad, was er die nacht iets gebeurd wat het wereldnieuws zou halen. Tussen een slecht onderhouden tweebaansweg en de smalle Kazichische kustlijn lag het wrak van een Rolls-Royce. De weg was bezaaid met glas en toonde donkerrode strepen van olie en bloed. In de zijkant van het wrak was een gat gezaagd om de bestuurder te kunnen bevrijden. Maar toen de brandweerlieden de man uit de auto hadden getrokken en een van hen hem langs de grijsblauwe branding begon te reanimeren, was het al te laat. Het slachtoffer was overleden. De brandweerman staakte zijn poging en toen hij achteroverleunde, zag hij het gezicht van de verongelukte man pas goed. Van schrik sprong hij overeind.

'Lechkov!' riep hij naar het ambulancepersoneel dat het strand op rende. 'Het is president Lechkov!'

De naam klonk als een waarschuwing.

De marechaussee geeft de paspoorten terug aan de chauffeur en verbreekt de stilte in de auto. 'Fijne vakantie, meneer en mevrouw Lechkov.' Niemand zegt iets terug. De slagboom gaat open en terwijl de auto het terrein van Schiphol op rijdt, verdwijnt de glimlach van het gezicht van de man. 'Lechkov,' mompelt hij tegen zichzelf terwijl hij terugsjokt naar zijn hokje, en die tweede keer klinkt het meer als een scheldwoord dan een naam.

Enkele tientallen meters verderop komt de BMW tot stilstand bij de privéjet van de Lechkovs. Daniel helpt Michelle bij het uitstappen en zegt haar dat ze alvast aan boord kan gaan – hij zal Alexa meenemen en de koffers laten controleren. Dankbaar hijst ze zichzelf het vliegtuigtrappetje op en terwijl de stewardess haar verwelkomt, neemt ze zich voor de ruzie bij te leggen. Het is niet eerlijk dat ze Daniel wegduwt als hij over zijn familie wil praten, zeker niet als hij zich zorgen maakt. Het liefst doet ze of haar achternaam net zoveel waarde heeft als elke andere naam, maar ze weet dat dat niet waar is.

Daniel heeft Alexa intussen uit de auto getild, maar als hij zijn telefoon voelt trillen in zijn broekzak zet hij haar op de grond en haalt het toestel tevoorschijn.

'*Tsvali*,' zegt een vrouwenstem. 'Ben je daar?'

'Mama?'

'Het is Vigo.'

Daniel kijkt naar het vliegtuig en ziet achter een van de raampjes zijn vrouw haar ogen sluiten.

'Daniel, hoor je me?' vraagt Maika Lechkova. 'Je moet zo snel mogelijk terugkomen naar de familie. Je broer is dood.'

2

De laptop is oud en het bestand is groot, dus het systeem moet de geheugenbuffer laten vollopen voordat de video begint. Het is een paar seconden stil en dan verschijnt er een stoel op het stoffige scherm. Een houten stoel voor een groene muur. Verder niks.

De resolutie van de opname is hoog: er staan kleine krassen in het hout van de armleuningen en er zweven stofdeeltjes vlak voor de lens door de lucht.

De microfoon is zo gevoelig, dat er allerlei omgevingsgeluiden te horen zijn. Er bromt of blaast iets – studiolampen of een ventilatiesysteem – en mensen overleggen mompelend met elkaar. De stemmen zijn ver weg en moeilijk te verstaan. Ze praten in een vreemde taal.

Rechtsonder in beeld staat een code die op drie nullen eindigt:

ANTD =>> 000

Er begint iemand te praten, zijn stem komt hard binnen door de gevoelige microfoon.

'Mevrouw, wilt u hierheen komen en op die stoel gaan zitten? Dan kunnen we controleren of alles naar behoren werkt.'

'Waar is die Amerikaanse soldaat heen?' vraagt een vrouwenstem.

De man zucht. 'Hij komt u na afloop halen. Geen zorgen.'

Aan de linkerkant komt een vrouw in een zwart gewaad het frame binnen lopen. De mouwen hangen tot over haar handen en in de stof zitten allemaal witte symbolen gestikt. Ze ziet eruit als een heidense priesteres. Als de vrouw bij de stoel staat, begint de code in de hoek van het scherm heel snel op te tellen en blijft ten slotte staan bij honderd.

ANTD =>> 100

Er klinkt een andere mannenstem, deze is verder weg. 'Hij herkent haar meteen,' zegt hij. 'Dat is een goed teken.'

Het is niet duidelijk wat de man daarmee bedoelt.

De vrouw in het zwarte gewaad draait zich naar de camera en stelt een vraag in de lens. 'Wilt u dat ik ga zitten?'

Ze heeft grote donkerbruine ogen en een zwarte vlecht die over haar schouder ligt. Haar gezicht is verfijnd, maar er staan dikke roze littekens over haar linkerwang die alle aandacht opeisen.

'Graag,' zegt de man die dicht bij de camera staat. 'We zullen de stoel misschien een paar keer moeten draaien, maar om te beginnen kijkt u in deze camera.'

De vrouw gaat zitten, kijkt even naar rechts en dan naar beneden. Ze lijkt te twijfelen of ze daar wel moet blijven.

'U hebt een indrukwekkende hoeveelheid apparatuur klaargezet,' zegt ze en ze kijkt nog een keer naar rechts – misschien is daar de deur waardoor ze binnenkwam. 'Ik had niet verwacht dat er zoveel techniek nodig was voor een televisie-interview.'

'Kijk recht in de camera en beweeg zo min mogelijk. Dank u wel.'

De vrouw recht haar rug en kijkt in de lens. Ze is begin veertig, misschien iets ouder, en in haar ogen is geen angst te zien; ze lijkt vooral geïrriteerd.

'Niet bewegen, mevrouw.'

De man die verder weg zit zegt iets, maar hij is moeilijk te verstaan.

'Mevrouw, is het mogelijk om uw tuniek uit te trekken? Wat hebt u eronder aan?'

'Die kan uit als u dat wilt,' zegt ze, maar ze blijft vervolgens zitten.

Omdat ze haar gezicht draait, is goed te zien hoe de littekens over haar nek lopen en in haar kraag verdwijnen. De lijnen lijken grote nagelsporen, als van een berenklauw.

'Mevrouw?'

Ze knikt en gaat weer staan. Door haar rechterarm omhoog te houden valt de mouw naar beneden en komt haar hand vrij. Met een ruk trekt ze de zwarte stof over haar hoofd. Ze heeft alleen nog een strak wit T-shirt aan.

'Is dit beter?' vraagt ze terwijl ze het gewaad weglegt.

Ze is klein van stuk en mager. Haar linkermouw hangt slap van haar schouder en er zit een knoop in het uiteinde: ze heeft maar één arm.

'Veel beter, dank u wel. Als u weer wilt gaan zitten en recht in de camera kijkt, proberen we het nog een keer.'

De vrouw voelt onder haar armleuning. 'Er zitten beugels aan deze stoel.'

'Zou u stil willen zitten en recht in de camera willen kijken?'

'Waarom zitten er beugels aan de stoel? Bent u van plan mij vast te houden als ik niet meewerk?'

De man lacht. 'Als u dat fijner vindt, laat ik mijn collega een andere stoel zoeken.'

De eenarmige vrouw schudt haar hoofd. 'Stel uw vragen, het is tijd om te beginnen.'

'Zou u zichzelf kort willen voorstellen?'

'Bent u van CNN? U klinkt niet Amerikaans.'

'Zou u zichzelf willen voorstellen?' vraagt de man nog een keer.

De vrouw wrijft over de littekens in haar nek en kijkt naar de grond. De videokwaliteit is zo hoog dat er vlokjes roos in haar kruin te zien zijn.

'Oké,' zegt ze. 'Ik sta bekend als Nairi. Ik woon in het Akhlosgebergte, een deel van de Kaukasus dat je in de encyclopedie kunt vinden in het land Kazichië. Maar de grens van dat land is getekend door mensen die geen recht hebben op zulke invloedrijke inkt.'

'U bent de leider van het Jada-verzet.'

'Ik noem het liever een opstand.' Ze kijkt even naar rechts. 'Mijn volk, de Jada, bewaakt al duizenden jaren de ware grens. De grens van ons onafhankelijke land. Maar wij worden onderdrukt door de oligarchen in de Mardoe Khador, met de familie Lechkov voorop.'

Er ritselt papier. De man die dichtbij staat heeft aantekeningen of instructies vast.

'Misschien moet ik u maar meteen de vraag stellen die op veler lippen ligt,' zegt hij terwijl het ritselen harder wordt. 'Bent u de rebellenleider die zichzelf "de Man met Duizend Gezichten" noemt?'

Het ritselen stopt.

De vrouw lacht voor het eerst, een mooie lach. 'Absoluut niet.'

'U zou zichzelf "de Vrouw met Duizend Gezichten" hebben genoemd, nietwaar?'

'Nee, de naam is passend. Ik begrijp de verwijzing naar dat verschrikkelijke standbeeld in de hoofdstad. Ik begrijp waarom hij zichzelf zo noemt.'

'U sympathiseert dus met hem.'

'Zoals ik eerder vandaag al heb aangegeven heb ik geen idee wie of wat hij is. Maar als de flarden van geruchten die mij ter ore zijn gekomen op waarheid berusten, streven wij hetzelfde doel na. Dezelfde schedels.'

'Welke schedels zijn dat?'

'Alle schedels met de achternaam Lechkov. Alle koppen van die familie horen op spiesen te staan in plaats van op kussens te liggen die zijn gevuld met het dons van ónze ganzen.'

'U roept dus op tot geweld.'

'Ik ben geen terrorist, maar ik keur de acties van de Man met Duizend Gezichten niet af. Er is helaas geen andere manier dan geweld, de tijd van praten ligt achter ons. Heel ver achter ons.'

'Dus nu is de tijd van schedels spiesen aangebroken? De nieuwe middeleeuwen.'

'Absoluut.' De vrouw met één arm leunt naar voren en trekt haar bovenlip op als een waakhond. 'Te beginnen met de schedel van de laatste zoon: Daniel Lechkov.'

Terwijl de vrouw begint uit te leggen wat ze met Daniel Lechkov zou willen doen, verspringt de code rechtsonder in beeld. Het getal verandert van honderd naar negenennegentig, zonder dat iemand duidt wat er zojuist is gebeurd. Zonder dat duidelijk wordt waarom de nul een stap dichterbij is gekomen.

ANTD =>> 99

3

De privéjet zakt door het wolkendek en zet de landing in. Eerst komt een donkergroen gebergte met witte pieken tevoorschijn. Daarna de kustlijn, langs grijsblauw water. Zelfs van zo'n grote afstand kun je zien dat de zee ijskoud is. De laatste wolkenpluimen verdwijnen en onthullen een stad, een paar kilometer van de kust, als een druppel inkt op een servet. Vanbuiten lichtgrijs, met lange kronkelende vertakkingen in de vorm van tweebaanswegen en flatgebouwen. Richting het centrum wordt de vlek steeds donkerder en geconcentreerder, tot de middelste wijk die egaal zwart lijkt. De inkt is daar ingetrokken en droog; er valt niets meer te herschrijven.

Het vliegtuig landt en Michelle kan amper geloven dat ze er zijn. Kazichië, het land waarvan ze al die jaren heeft gedaan alsof het niet bestaat. Alsof het een abstracte plek is, waar alleen geld vandaan kan komen. Maar het vliegtuig raakt de landingsbaan en ze voelt de weerstand van het asfaltbeton onder de banden, en de aarde daaronder – de Kazichische aarde. En dus valt het bestaan niet meer te ontkennen.

Wat ook niet valt te ontkennen, is de dood van Vigo Lechkov. De president van de Democratische Republiek Kazichië is verongelukt en zijn broer, háár man, is op papier de rechtmatige opvolger. Michelle heeft zich nooit uitgebreid verdiept in de politiek van het land, maar ze weet wel dat de naam 'Democratische Republiek' bespottelijk is. Bloed bepaalt het hoogste ambt van het land, niet de stem van het volk. Tenminste, er zijn wel verkiezingen, maar de uitslag ervan staat altijd van tevoren vast. Dus als Daniel geen leven in Nederland zou hebben opgebouwd met haar, zou hij nu de troon bestijgen. Haar Daniel – de wetenschapper, de computernerd – heeft recht op een heel land. Het lijkt surreëel. Maar als ze naar hem kijkt, valt ook dát niet meer te ontkennen. Tijdens de ruim vier uur durende vlucht lijkt hij een paar kilo te zijn kwijtgeraakt. Zijn wangen zijn ingevallen en zijn grijsblauwe ogen staan dof, alsof alle kleur eruit is gelopen.

Wat doen we hier? denkt ze. *Waarom ben ik niet thuisgebleven met Alexa?*

Toen Daniel haar die ochtend in het vliegtuig vertelde dat zijn tweelingbroer was omgekomen bij een auto-ongeluk, dacht ze maar één ding: ik ben er voor je. Natuurlijk ging ze mee naar de begrafenis van zijn broer, ook al was ze een beetje bang voor de familie. Natuurlijk moest het gezin bij elkaar blijven, in tijden van rouw. De route werd gewijzigd van Dubai naar Stolia – in het Westen beter bekend als Kazichia-stad – en binnen een halfuur kregen ze goedkeuring om te vertrekken. Maar toen Amsterdam een grijze stip in haar raampje werd, begon ze te twijfelen. Ze vroeg Daniel of het verstandig was om Alexa en haar ongeboren broertje of zusje mee te nemen naar zo'n onrustig land. Hij drukte haar op het hart dat er niets zou gebeuren: zijn moeder zei dat het veilig was. En de burgeroorlog woedde alleen in het oosten, tussen de minderheden. In de hoofdstad werd nooit gevochten.

'Maar het wordt een beladen begrafenis, toch?' vroeg ze. 'Er gaan dingen veranderen in het land. En de mensen zullen iets van je verwachten. Jij bent de troonopvolger: de laatste Lechkov.'

'Ja en nee. Ik ben inderdaad de laatste mannelijke Lechkov, maar daar houdt het dan ook op. Ik zal moeten uitleggen dat ze niet op mij kunnen rekenen. En je hebt gelijk: dat wordt een moeilijk gesprek. Vooral met mijn moeder, die zal er alles aan doen om me over te halen.'

'Zie je ertegen op?'

Daniel schudde zijn hoofd. 'Nee. Als ze verwacht dat ik alles zomaar laat vallen en terugkom, had ze me niet moeten wegsturen.'

'Maar wat gebeurt er dan, als jij het presidentschap afslaat? Heeft de regering een plan?'

'Een van de andere families zal proberen mijn plek op te eisen. Er zal wat onrust ontstaan, vermoed ik. Maar dat moeten zij maar uitvechten, Michelle, wij hebben er niks mee te maken. En bovendien wil ik daar nu niet over nadenken, mijn broer is net dood.'

Ze knikte, maar was de rest van de vlucht onrustig. En nu ze eenmaal zijn geland, is die onrust omgeslagen in zenuwen.

Bij de privégate staat een grondstewardess hen onderaan de trap op te wachten. Zodra het gezin hun vliegtuig uit komt, gaat de blondine hun voor. *Opschieten*, zegt haar lichaamstaal. Ze lopen door allerlei smalle gangetjes om de terminal te vermijden. Nergens hoeft Michelle haar paspoort te laten zien en hoewel ze eraan gewend is geraakt om overal voorrang te krijgen, ervaart ze de manier waarop ze door Vorta Airport worden geloodst eerder als noodzakelijk dan comfortabel. Alsof het gevaarlijk is om stil te staan. De gedachte dat het vliegveld in de gaten wordt gehouden schiet door haar hoofd. Misschien wil men weten of Daniel geland is? Wie die 'men' dan ook is.

Als ze uiteindelijk door de schuifdeur van de diplomatenuitgang de koude buitenlucht in lopen, staat daar een rij zwarte gepantserde Mercedessen G-klasse op hen te wachten. Bij elke auto staat een militair met een mitrailleur in zijn handen en een diepe frons in het voorhoofd. De mannen salueren alleen naar Daniel, alsof Michelle en Alexa niet bestaan. Hun koffers worden ingeladen en ze zitten amper of de auto's rijden met gierende banden en loeiende sirenes weg. Kleine Alexa schrikt wakker in haar kinderzitje en Michelle moet zich vasthouden aan het portier om niet door de auto te worden geslingerd.

De zenuwen maken plaats voor angst.

'Waarom hebben we zo'n haast, Daniel? Verwachten ze moeilijkheden?'

Hij legt een hand op haar been en glimlacht geruststellend. 'Maak je geen zorgen, er is niks aan de hand. Zo werd ik als kind elke dag rondgereden. Ik ging zelfs met zwaailichten naar de verjaardag van mijn vriendje Leonid. Alle buren kwamen kijken en ik schaamde me dood.'

'Kon je moeder geen uitzondering maken?'

'Toen ik haar vroeg of de zwaailichten uit mochten, zei ze dat ik niet bescheiden mocht worden. Dat kunnen Lechkovs zich niet veroorloven. Ik had geen idee wat ze daarmee bedoelde, ik wilde gewoon niet nagekeken worden.'

Aan zijn gezicht ziet ze dat Daniel niet alleen rouwt om zijn broers dood, hij vindt het ook pijnlijk om terug te zijn. Hij ziet op tegen zijn thuiskomst. En hoe erg ze dat ook vindt, het stelt haar vooral gerust. Hoe sneller ze weer naar Amsterdam kunnen, hoe beter.

De colonne rijdt door de straten van Stolia en na een paar minuten lukt het Michelle een beetje te ontspannen. Ze bestudeert de omgeving waar ze doorheen razen en verbaast zich over de vreemdheid van de hoofdstad. Natuurlijk heeft ze altijd geweten dat Daniel uit een ver land met een andere cultuur komt, maar nu pas ziet ze hoe groot het verschil tussen Oost en West eigenlijk is. De buitenwijken zijn modern, maar slecht onderhouden: hoge grijze flats en verlaten parkeerterreinen waar groepjes mensen rondhangen. Het ziet er niet veilig uit. Even later, als ze de stad in rijden, worden de straten breder en de architectuur stalinistisch. In het midden van de grote, lege rotondes staan standbeelden van arbeiders met brede kaken en boerinnen met brede heupen. Maar de Sovjetleuzen op de grote overheidsgebouwen zijn bijna onleesbaar geworden en in de zijstraten komt het rood en geel van McDonald's voorbij en de *swoosh* van een Nike-winkel. Het is alsof ze door de loop van de geschiedenis rijden, door de ringen van een boom.

Na drie grote rotondes komen de auto's op een overdreven brede, lege weg, die richting het centrum gaat. Ze ziet de negende-eeuwse stadsmuur met daarachter de kronkelende steegjes en nog oudere gebouwen, de binnenste ring van de stam. Dit centrum heeft ze wél eerder gezien, het is het deel dat je op Google vindt als je naar de stad zoekt. Het belangrijkste herkenningspunt is een standbeeld van een traditionele Kazichische soldaat dat boven de verzakte stadspoort uittorent. Terwijl ze onder de soldaat door rijden, drukt Michelle haar gezicht tegen het glas om hem te bekijken. Zijn benen staan ver uit elkaar, hij houdt zijn handen op zijn rug en het wapen van Kazichië pronkt op zijn borst. Maar het vreemde is dat er onder de dikke bos krullend haar niets zit: geen oren, geen neus en geen mond.

'In het echt is hij een beetje eng,' zegt ze.

'De Man met Duizend Gezichten,' zegt Daniel. 'Mijn opa heeft hem laten neerzetten om de Kazichiërs te eren die het land toentertijd hebben bevrijd van de Ottomaanse onderdrukking. Hij staat symbool voor al die soldaten, die het alleen samen konden winnen. Daarom heeft hij geen gezicht.'

'Maar dat maakt hem ongrijpbaar.'

'Dat vind ik ook. De gedachte is goed: het nieuwe Kazichië heeft een verhaal nodig om een écht land te worden. Maar dat beeld is niet de manier.'

'Als je opa het heeft laten bouwen, dan is de Man met Duizend Gezichten niet zo oud als hij lijkt.'

'Nee, het beeld moet eruitzien alsof het er al staat sinds de onafhankelijkheid. Maar de binnenkant is van staal en beton.'

De vijf Mercedessen scheuren door de stadspoort en eeuwenoude pastelkleurige panden met strakke witte lijsten schieten aan Michelles raampje voorbij.

'Het is hier prachtig,' zegt ze.

'Dit is het leukste deel van Stolia. Er zijn restaurantjes, theehuizen en een grote ondergrondse markt. Als we tijd hebben lopen we een rondje.'

Hij probeert naar haar te glimlachen, maar ze ziet de pijn.

'We gaan hier samen doorheen komen,' zegt ze.

'Bedankt dat jullie mee zijn gekomen.'

Zachtjes knijpt ze in zijn vingers, terwijl haar andere hand als een berenval om de portiergreep geklemd zit.

Daniel wijst door de voorruit naar een heuvel in het midden van het stadscentrum. Een oud donkerbruin fort ligt verzonken in de rotsen.

'Is dat het Neza-fort?' vraagt ze.

'Ja, en de heuvel heet Arschta Sk'ami. De Stoel van God.'

'De Stoel van God?'

Daniel lacht. 'De Arabieren hebben het zo genoemd. Heel lang voor opa de macht greep.'

'Zo erg is het dus nog niet gesteld met de grootheidswaanzin van je familie.'

Hij laat haar hand los. 'Waanzin genoeg in dit land.'

'En jij woonde op de Stoel van God? Daar is het huis dat op je jeugdfoto's staat?'

'Boven op de heuvel, achter dat hek, ligt de Mardoe Khador. Dat betekent "het Huis van de Hoogste Wet" of "het Hoge Huis".'

'Vanwaaruit het land wordt bestuurd.'

'Inderdaad.'

'En jouw familie heeft de meeste invloed in de Mardoe Khador?'

'Ónze familie. En ja, nog wel. Mijn opa liet de Mardoe Khador bouwen en sindsdien hebben de Lechkovs altijd de meeste invloed gehad. Alleen is de vraag nu dus wat er gaat gebeuren als zij geen nieuwe president kunnen aanstellen.'

De auto's rijden door een hoog hek met prikkeldraad en camera's. Ze komen uit op een onverharde weg en beginnen aan de beklimming van de heuvel. Michelle ziet een gigantische villa in Russische stijl opdoemen, met vijf vleugels die zich als vingers om de Stoel van God spreiden. Een gebouw waaraan je kunt zien dat het de macht huisvest. De Mardoe Khador. Ze kan moeilijk bevatten dat Daniel hier is opgegroeid en vraagt zich af wat er gebeurd zou zijn als Daniels moeder hem nooit had weggestuurd. Wat zou er dan van hem zijn geworden? Wíé zou hij zijn geworden?

De colonne komt tot stilstand naast een bombastische fontein. De voordeuren van het Hoge Huis gaan open en er verschijnt een kleine vrouw: Maika Lechkova, de moeder des vaderlands en haar schoonmoeder. Michelle ziet de kleine vrouw staan en dwingt zichzelf tot tien te tellen. Alles aan haar schoonmoeder, zelfs de kleinste dingen, staat haar tegen. Hoe ze haar sigaret uitdrukt in een asbak die wordt vastgehouden door een personeelslid voordat ze naar buiten komt, alsof dat ding niet op een tafel kan staan. De manier waarop ze naar de auto moet waggelen, omdat ze haar mantelpakjes altijd een paar maten te klein laat maken, alsof ze niet steeds dikker wordt. Alles wat Maika doet wekt weerzin op. Maar Michelle weet dat ze daaroverheen moet stappen.

Ze is net haar zoon verloren. Hoe onuitstaanbaar ze ook is, deze mensen zijn je familie en ze hebben je nodig.

Daniel stapt uit en begroet zijn moeder in het Kazichisch. Aan zijn stem kan Michelle horen dat hij bijna moet huilen. Als ze om de auto heen loopt om de weer in slaap gevallen Alexa uit het stoeltje te tillen, pakt Maika haar vast. Michelle houdt haar adem in, want de oude vrouw ruikt naar de fruitige tabak van haar Merit-sigaretten. Voor Daniel is het een nostalgische geur – hij had Michelle weleens verteld dat hij pakjes Merit naar zijn kostschoolkamer in Engeland smokkelde om ze te laten opbranden zonder een trekje te nemen, een soort wierrookstokjes om de eenzaamheid mee te bedwelmen – maar voor de zwangere Michelle is het moeilijk voor te stellen dat de tabak vertrouwd kan ruiken. Haar misselijkheid wordt erger, maar ze dwingt zichzelf om haar gezicht niet af te wenden en haar schoonmoeder vast te houden.

'Ik kan me niet voorstellen wat je doormaakt, mama,' zegt ze langzaam in het Engels. 'We zijn er voor je.'

'Oma iPad?' De slaapdronken Alexa kijkt lodderig naar de

grootmoeder die ze alleen nog maar via FaceTime heeft ontmoet.

Maika geeft haar kleindochter een zoen op de wang en wijst Michelle een raam in het grote huis aan. 'We hebben een privévertrek voor jullie klaargemaakt. Jullie zullen niets tekortkomen hier. Het is jammer dat de winter begint, maar je zult zien hoe prachtig dit land is als de zon over een paar maanden gaat schijnen.'

Michelle kijkt verrast naar haar schoonmoeder. 'Over een paar maanden?'

'Ja, in de lente is Kazichië op zijn mooist.'

'Eh, mama, dat is heel lief, maar zo lang zullen we helaas niet blijven. Na de begrafenis moeten we meteen terug. Maar misschien heb je zin om naar Amsterdam te komen? Je zou een paar nachten bij ons kunnen blijven. We hebben het gastenverblijf opnieuw laten doen.'

Maika kijkt haar even aan, maar antwoordt niet. Ze draait zich om naar haar zoon en zegt iets in het Kazichisch. Ze klinkt boos.

'Wat is er?' vraagt Michelle aan Daniel. 'Heb ik iets verkeerd gedaan?'

'Laten we niet meteen over onze terugreis beginnen.' Zijn stem klinkt afgemeten. 'Mijn moeder is net haar oudste zoon verloren.'

Is dat een terechtwijzing? denkt Michelle. *Had ik moeten liegen dat we zouden blijven?*

Daniel draait zich om en maakt aanstalten om zijn moeder te volgen naar het huis, als een auto met grote snelheid de heuvel op komt rijden en met piepende remmen naast het gezelschap stopt. Het portier zwaait open en een grote, donkere Kazichiër stapt uit. Michelle herkent hem meteen van de familiefoto's. Generaal Radko Lechkov, de minister van Defensie en opperbevelhebber van het Kazichische leger. En Daniels oom. De boomlange militair doet haar denken aan een American football-speler, maar Daniel heeft haar ooit verteld dat achter die intimiderende verschijning een gevoelige ziel schuilgaat.

'*Tsval'a!*' roept de man luidkeels. Met twee stappen is hij bij hen en laat Daniels gezicht verdwijnen tussen zijn enorme handen. Teder plaatst de militair dan een kus op het voorhoofd van zijn neef.

'Oom Radko, mag ik u voorstellen aan mijn vrouw Michelle,' zegt Daniel, als hij zich uit de greep van zijn oom weet te ontworstelen.

De man draait zich om naar Michelle en zoent haar op de wangen alsof ze elkaar al jaren kennen. 'Welkom in Kazichië, Mikaella Lechkova.' Daarna wendt hij zich weer tot Daniel.

'We gaan dit rechtzetten. Dat weet je toch, Daniel? We gaan dit goedmaken, zover dat kan.'

'Hoe bedoelt u? Het ongeluk van Vigo? Hoe kunnen we een ongeluk rechtzetten?'

Vragend kijkt Daniel naar zijn moeder en Michelle ziet dat hij geschrokken is. Radko wil het uitleggen, maar Maika snoert hem de mond.

'*Chumad!*' zegt ze fel.

Daniel vraagt in het Engels wat er aan de hand is.

'*Chumad'i sule! O'tu abscha var?!*' gaat Maika verder. Ze klinkt verbeten.

Michelle wil vragen of ze iets verkeerd heeft gedaan, maar het gesprek ontaardt in een stevige discussie en ze draait Alexa weg van de onrust. Af en toe onderbreekt de diepe basstem van Radko de twee kemphanen, alsof hij de gemoederen probeert te sussen, maar dat lijkt nul effect te hebben. Na een paar minuten loopt Maika opeens richting de voordeur.

Michelle trekt Daniel aan zijn jasje. 'Wat was dat allemaal? Ging dat over Vigo's ongeluk?'

Hij glimlacht. 'Nee, het ging over ons verblijf hier. Ik vroeg of er een bedje is klaargezet voor Alexa. Zodat ze meteen kan slapen.'

Ze kijkt hem verbaasd aan. 'Een bedje? Jullie maakten ruzie over een bedje?'

'Ik wil niet slapen,' zegt Alexa, meer uit gewoonte dan overtuiging.

Daniel bukt zich en geeft zijn dochtertje een kus. Dan komt
hij weer overeind en kijkt Michelle recht in de ogen. 'Er was
wat fout gegaan, maar nu is alles geregeld,' zegt hij. 'Maak je
geen zorgen.'

4

ANTD =>> 99

De eenarmige vrouw die Nairi wordt genoemd, gaat verzitten in de houten stoel.

'Wilt u stil blijven zitten, alstublieft?' vraagt de mannenstem.

De vrouw kromt haar rug. 'Ik ben geen pop. Stel uw volgende vraag terwijl ik mijn gewrichten verlicht.'

'Misschien kunt u ons een korte achtergrond geven over Kazichië. De meeste westerlingen kennen het land niet of nauwelijks.'

De vrouw wrijft in haar ogen. 'Mag ik een glas water?'

'Ik zal iemand sturen, blijf in de tussentijd recht in de camera kijken en beantwoord mijn vraag. Hoe langer u recht in de camera kijkt hoe eerder we klaar zijn.'

'Je zou denken dat mijn antwoorden onze vooruitgang bepalen, niet mijn lichaamshouding. Maar zo werkt het dus niet bij CNN?'

Het is stil. Iemand typt. De toetsen klinken als regen die tegen een raam tikt.

'Goed, ik zal u vertellen over Kazichië,' zegt ze.

Terwijl de vrouw begint te praten, verspringt de code die onder in beeld staat.

ANTD =>> 98

'Er zijn twee landen die Kazichië heten. Het wáre Kazichië is eeuwenoud en het grootste deel van dat kleine land werd bewoond door allerlei clans en stammen van mijn volk, de Aschjadaziërs. Of korter gezegd: de Jada. Het húídige Kazichië is een land dat is overgenomen door oligarchen die mijn volk stelselmatig onderdrukken.' De vrouw krijgt rode vlekken in haar nek en begint sneller te praten. 'Maar niemand is bereid een hand uit te steken naar onze kinderen. Zoals Jemen genegeerd wordt, ondanks alle verschrikkingen, lijkt ook Kazichië niet op de wereldkaart te staan.'

'Misschien kunt u ons wat concrete context geven?' vraagt de man. 'En kijk alstublieft…'

'Ja, ja, ik zal in de camera kijken. En ik zal u vertellen over dit land. Krijg ik een glas water of niet?'

'Komt eraan.'

De vrouw gaat nog een keer verzitten en kijkt in de camera. 'Het verhaal van het moderne Kazichië is het verhaal van Petar Lechkov. In de hoofdstad wordt er over hem gesproken alsof hij een godheid is, maar mijn volk noemt dat soort mensen parasieten.'

'Vertel ons over hem, alstublieft.'

'Dat ben ik aan het doen. Onder de terreur van Stalin werd Petar geboren in een arm boerendorp in het westen van het oude Kazichië, aan de Zwarte Zee. Maar hij schopte het op de een of andere manier tot de communistische partijtop in Moskou. Ik weet niet hoe. Niet uit overtuiging, in elk geval. "De succesvolste kapitalisten zitten aan het hoofd van de communistische tafel" is een aforisme dat u misschien kent. Dat is van Petar Lechkov.

Hoe dan ook, hij gebruikte zijn positie in de partij om een van de zeven grote banken over te nemen en werd bankdirecteur. Toen de Sovjet-Unie implodeerde, deed de Russische overheid allerlei arbitraire pogingen om een vrije markt in te voeren – alsof dat een kwestie van beleid is. De grote staatsbedrijven werden verkocht op veilingen en het was de bedoeling dat iedereen een eerlijke kans kreeg om aandelen te kopen. Maar zo liep het natuurlijk niet, want mensen zoals Petar

Lechkov zagen een kans. Hij wilde de Kazichische mijnbouw in zijn macht krijgen, omdat hij wist dat er niet alleen kolen maar ook lithium in het Akhlos-gebergte zit. Dus hij zorgde dat zijn bank de veiling van dat staatsbedrijf organiseerde. En u raadt het al: hij was de enige die kwam opdagen om te bieden op de mijnbouw in de Akhlos.'

'Hoe kreeg hij dat voor elkaar?' vraagt de man.

'Petar maakte onder Jeltsin vrienden in de Russische onderwereld. En hij gebruikte die schimmige mannen om iedereen te bedreigen die een bod wilde doen op de Kazichische mijnbouw. Niemand durfde naar de veiling te komen, omdat ze bang waren dat hun kinderen vermoord zouden worden. Dus Petar organiseerde de veiling en was de enige die kwam bieden. Binnen een paar minuten had hij de hele mijnindustrie van het land gekocht.' De vrouw houdt haar wijsvinger omhoog. 'Voor één Amerikaanse dollar.'

Er verschijnt een hand met een glas water en ze drinkt het in één teug leeg.

De code onder in beeld is tijdens haar monoloog twee stappen dichter bij de nul gekomen.

ANTD =>> 96

Als het glas leeg is, vertelt ze verder. 'Petar Lechkov koopt dus – zoals bijna alle Russische oligarchen – zijn imperium kant-en-klaar over van de Sovjet-Unie. Maar dat is niet genoeg voor hem. Hij wil onafhankelijkheid van het Kremlin. En dat blijkt terecht, want als Jeltsin ziek wordt en er een economische crisis uitbreekt, raken veel van zijn collega-roversbaronnen hun macht en het grootste deel van hun vermogen kwijt.

Maar Petar niet. Want Petar had een megalomaan plan om onafhankelijk te worden. Hij trok met drie andere invloedrijke families, een groep voormalige KGB-spionnen en twee divisies van het Russische leger terug naar Kazichië. Terug naar zijn geboorteland. Hij reed met tanks de hoofdstad binnen en plantte zijn vlag in de Stoel van God. Zo simpel was het. Er is geen schot gelost en geen slachtoffer gevallen. Hij had niet alleen de mijnbouw in zijn macht, maar ook het hele land om die mijnen heen. Zoiets kun je niet verzinnen, toch? Maar er was zoveel chaos en onzekerheid dat de Kazichiërs hem dankbaar waren. Hij vertelde ze wie de baas was en wat ze moesten doen om een modern land te worden. Hij bracht duidelijkheid.'

De vrouw schudt haar hoofd en de vlekken in haar nek worden groter.

'Maar dat was nog steeds niet genoeg voor hem,' gaat ze verder. 'De verovering van het oude Kazichië ging hem zo makkelijk af, dat hij nog brutaler werd. Petar verlegde doodleuk de grens tot aan de Kaspische Zee. Mijn volk woonde opeens in hetzelfde land als de Neza-clans in het oosten. En natuurlijk raakten wij in conflict met elkaar. Tegelijkertijd probeerden Abchazië en Georgië hun verloren gebieden terug te halen, maar Petar bewaakte de nieuwe grenzen met zijn moderne Russische leger. Niemand had de militaire of economische kracht om iets te doen. En tussen alle andere voormalige Sovjetstaten die in chaos verkeerden, viel het nauwelijks op dat hij de atlas opnieuw inkleurde.'

'En de internationale gemeenschap liet het gebeuren?'

'De internationale gemeenschap vierde feest: de Koude Oorlog was voorbij en in de Kaukasus was het relatief rustig.'

De man kucht. 'Misschien kunnen we ons richten op het Kazichië van vandaag.' Er klinkt geritsel van papieren. 'U stelt dat de familie Lechkov nog steeds de absolute macht heeft. Maar het land is veel democratischer geworden. Er worden presidentsverkiezingen gehouden, dus het volk mag bepalen wie het Hoge Huis leidt.'

'De Lechkovs winnen altijd. Met vijfennegentig procent of meer.'

'Maar er is ook een parlement en een oppositie. Er zijn drie politieke partijen waar het volk uit kan kiezen. En de populairste partij mag een premier aanwijzen om het parlement te leiden. Dit jaar is premier Penka Rosca verkozen: de eerste en enige vrouwelijke premier uit de regio.'

'Is dit waar u het over wilt hebben? Is dit wat CNN wil bespreken?' De vrouw kijkt even naar rechts. 'Natuurlijk is Kazichië niet democratisch. Het is zo democratisch als Syrië of Hongarije. De presidentsverkiezingen zijn vooropgezet en de drie politieke partijen zijn achter de schermen allemaal dezelfde partij. Dat hoef ik de mensen niet uit te leggen. Wat is precies het onderwerp van dit gesprek? Ik dacht dat we het over de Jada-opstand zouden hebben.'

'U overschat hoe goed mensen dit land kennen, mevrouw. We moeten eerst achtergrond geven, zodat het publiek begrijpt waartegen u in opstand komt. Vertel ons over het Hoge Huis. Wat is dat?'

De code is al een paar minuten niet dichter bij de nul gekomen en de man lijkt daar zenuwachtig van te worden – hij staat onder tijdsdruk.

De eenarmige vrouw haalt haar neus op. 'De Mardoe Khador, of het Hoge Huis, is het centrum van de macht. Het wordt beheerst door drie families.'

'Zou u ons aan de drie families van het Hoge Huis willen voorstellen, alstublieft.'

'Ik ben blijkbaar een soort schooljuf,' mompelt ze tegen zichzelf. 'Goed, als dit is wat u wilt horen. De familie Lechkov is de machtigste groep binnen het Hoge Huis. De oudste mannelijke Lechkov is hoofd van het Hoge Huis en wordt altijd verkozen tot president van het land. In feite is de president in Kazichië als een koning: hij heeft volledige zeggenschap. En het hoofd van de familie Lechkov is ook altijd de CEO van Lechkov Industria, de geldmachine die het Akhlos-gebergte vernietigt met mijnbouw. Na de Lechkovs zijn de Karzarovs de op een na machtigste familie van de Mardoe Khador, met Lev Karzarov als hun leider. De Karzarovs besturen allerlei transport en infrastructuur in Kazichië en in Rusland: vliegvelden, treinen, havens – allerlei hubs. Ook heeft Karzarov banden met Gazprom en dus het Kremlin. De derde familie is Yanev en zij hebben de energiesector in handen. De grote thermische centrale buiten de hoofdstad is bijvoorbeeld van hen. Het hoofd van die familie, Igor Yanev, is ook directeur van de OMRA, de Kazichische veiligheidsdienst. Dat zijn de mensen die hele gezinnen laten verdwijnen. Dat zijn de mensen die werkkampen leiden waar onze vrienden en geliefdes zonder reden naartoe worden gestuurd.'

'Als de drie families Kazichië volledig beheersen, waarom is er dan een parlement?'

'De internationale gemeenschap oefende druk uit op de Mardoe Khador. Als voorwaarde voor toetreding tot internationale instituten als de Verenigde Naties en de Wereldhandelsorganisatie, werden er bestuurlijke hervormingen geëist. Het Hoge Huis richtte dus officieel allerlei democratische instituten op, maar in de praktijk kregen die nauwelijks macht. Het parlement wordt geleid door een zogenaamd democratisch verkozen premier, maar ook zij is een marionet. Zij is er om de familie Lechkov te dienen en om "de Twintig" in toom te houden.'

'Wat is dat?'

'Niet wat, maar wie. Tussen alle toneelspelers en marionetten zitten er twintig ministers in het parlement die daadwerkelijk invloed hebben. Dat zijn de twintig grootste industriëlen buiten de families van het Hoge Huis. De Twintig willen meer politieke invloed en zetten via het parlement druk. Er is dus een interne machtsstrijd gaande tussen het parlement en het Hoge Huis.'

'Waarom heeft het Hoge Huis die mannen dan toegelaten tot het parlement?'

'Toen het Hoge Huis een parlement oprichtte, eiste een aantal machtige zakenlieden een ministerspost op. Boris Lechkov, de president toentertijd, vond dat geen probleem, het ging immers om symbolische functies – het hele parlement was symbolisch. Boris dacht ze dus tevreden te houden met mooie titels, maar door hun invloed te bundelen werd het parlement opeens een instituut met zeggenschap. Daar had Boris niet op gerekend. Een grote fout, want daardoor moet de familie Lechkov nu nog steeds de Twintig van zich af zien te houden. Ironisch, hoe een schijnparlement als wapen wordt gebruikt tegen oligarchen.

Hoe dan ook, mijn punt is dat het parlement absoluut geen democratisch forum is. Het heeft er alle schijn van als je buiten staat, maar vanbinnen is het een clubhuis voor machtige mannen. Net zoals alle andere instituten in ons land. Als je de ministers zou vragen van welke partij ze zijn, is de kans groot dat ze zich vergissen.'

'Dat is genoeg, dank u wel.'

De vrouw kijkt op. 'Hoe bedoelt u? Ik ben nog niet klaar.'

'Even geduld, ik moet iets controleren. Kijk in de camera terwijl u wacht.' Het klinkt alsof de man opstaat en overlegt met iemand anders.

Verdwaasd blijft de vrouw in haar stoel zitten. 'Wat is dit?' vraagt ze.

'Ik stel de vragen,' zegt de man. 'Kijk recht in de camera en vertel over Inima.'

De man zegt geen 'alstublieft' meer en klinkt geïrriteerd.

'Ik volg uw gesprekslijn niet.'

'Mevrouw, het spijt me dat ik dwingend ben, maar ik hoor net dat we te weinig vooruitgang boeken. Het is belangrijk dat u stilzit, recht in de camera kijkt en antwoord geeft op mijn vragen. De tijd dringt. Vertel me over uw geboortedorp. Nu.'

'De tijd dringt?' De vrouw met één arm probeert niet meer te glimlachen of te verbergen dat ze de interviewer wantrouwt. 'De tijd dringt voor wie? Voor wat? Wat proberen jullie hier te doen?'

ANTD =>> 95

44

5

In een witgelakte kist, omringd door goud omlijste tekeningen van heiligen – uitgekozen door de patriarch zelf – ligt Vigo Lechkov. Daniel en Maika, broer en moeder van de overledene, staan aan het voeteneinde. Ze houden allebei hun handen plechtig op de rug, alsof de dienst al is begonnen.

'Ze zeggen dat iedere tweeling een bovennatuurlijke band heeft.' Daniels stem klinkt broos in de kille ruimte. 'Dat ze altijd met elkaar in verbinding staan.'

'Wist je al dat er iets mis was?'

Hij knikt. 'Ik droomde vannacht dat ik werd vermoord. Iemand had een soort insect in mijn waterglas gedaan, zodat ik zou stikken. Ik nam een slok en voelde het beestje spartelen in mijn keel. Toen ik wakker schrok, had ik veertien oproepen van u gemist.'

'Jullie hadden een unieke band, en nu is hij weg. Je had hem vaker moeten opzoeken. Hij miste je, dat zei hij vaak.'

Daniel maakt een geluid alsof hij zich verslikt.

'Jij koos er zelf voor om weg te blijven,' zegt Maika voor hij kan reageren. 'Niemand heeft je verboden om naar huis te komen.'

Daniel schudt zijn hoofd, maar gaat er niet op in. 'Hoe is het ongeluk gebeurd, moeder?'

'Hij kwam klem te zitten tussen een vrachtwagen en een betonnen vangrail. Dat ding kwam van links op een T-splitsing en reed veel te hard.'

'Was hij op slag dood?'

'Nee.' Ze zucht en kijkt even omhoog. 'Hij verloor zijn bewustzijn terwijl de brandweer hem uit het wrak zaagde. Hij heeft twee uur vastgezeten. En al die tijd heeft hij alles gevoeld. Ik heb foto's gezien. Het bloed zat overal.' Ze slikt. 'Ik kan nooit meer slapen.'

Daniel knijpt zijn ogen even dicht. 'Vigo reed in de zwaarste Rolls-Royce Cullinan ooit gemaakt. Dat ding is toch een soort tank?'

'Hoe moet ik dat weten? Die truck reed veel te hard en raakte hem tegen de zijkant. En nu zie ik hem nooit meer.'

De woorden zijn zo zwaar dat haar stem breekt.

Daniel blijft ongemakkelijk naast zijn moeder staan terwijl ze huilt – alsof hij wacht op iemand die moet niezen.

'Waarom zei Michelle dat jullie na de begrafenis weer naar Amsterdam gaan?' vraagt Maika dan, terwijl ze haar wangen droogdept met een linnen zakdoek.

'Omdat we daar wonen, moeder.'

'Omdat jullie daar wonen?' Ze spuugt de woorden haast uit. 'Daniel, je begrijpt toch wel dat jij nu de oudste zoon bent én dus de belangrijkste man in dit land bent geworden? Alles hangt van jou af.'

'En u begrijpt toch zeker wel dat ik niet zomaar de boel de boel kan laten in Amsterdam? Alexa moet naar de opvang, Michelle heeft haar werk en ik heb een bedrijf. Ons leven is in Nederland.'

'Hou op met dit toneelspel, zo dom ben je niet.'

Daniel heft zijn handen. 'Ik word geacht alles wat ik heb opgebouwd te laten vallen en terug te komen alsof er niets is gebeurd?'

'Wat jíj hebt opgebouwd?' snauwt Maika. 'Wie denk je wel dat je bent?'

'U hebt mij weggeduwd, moeder, verbannen. En nu verwacht u dat ik terugkom? Ik ken dit huis niet en dit land al helemaal niet.'

'Weggeduwd? Verbannen? Doe niet zo dramatisch. We moesten aan de bloedlijn denken, verwend nest dat je bent.'

'De bloedlijn?'

'Ja! Natuurlijk! En ziehier!' Ze slaat met platte hand tegen de zijkant van de grafkist. 'Het ultieme bewijs dat we daar goed aan deden.'

'Moeder, beheers u.'

'Begrijp je het dan niet, Daniel Petar Lechkov? Als jij weggaat, kan ik net zo goed van het hoogste gebouw in Kazichië springen. Is dat wat je wilt?'

Die vraag legt hem het zwijgen op.

'We worden aangevallen, Daniel. Je broer is vermoord. Dat snap je toch wel?'

Hij opent zijn mond, maar er komt niets uit.

'Je dacht toch niet echt dat het een ongeluk was?' gaat Maika door. 'Ze hebben je broer vermoord op die snelweg. Mijn oudste zoon. Dat wist je allang, Daniel, je droomde er zelfs over. Ze hebben hem de stad uit gelokt en doodgereden.'

'Wie zijn "ze"?' vraagt hij zachtjes.

'Dat is de vraag. Voor de hand ligt het Kremlin. Maar vergeet ook Lev Karzarov niet, of die slang Igor Yanev.'

'Karzarov? Yanev?' Daniel buigt naar zijn moeder en legt zijn handen op haar schouders. 'Bent u paranoïde aan het worden?'

Bruusk schuift ze hem weg en ze haalt haar sigarettenetui tevoorschijn.

'U hebt het over de families die samen met ons dit land hebben opgericht. Karzarov, Yanev en Lechkov zijn sámen de Mardoe Khador.'

'Wees niet zo naïef, jongen. Het zijn allemaal haaien en ze ruiken ons bloed. Ze ruiken dat we zwak zijn. Je vader is dood, je grootvader is in de war en je moeder is geen echte Lechkov.' Ze neemt een hijs en wijst uit de smalle hoge ramen naar de horizon. 'En ondertussen trekken onze mijnwerkers elke dag meer kolen en lithium uit het Akhlos-gebergte. We zijn rijker dan ooit, en zwakker dan ooit. Denk je dat onze vrienden dan vrienden blijven? Natuurlijk niet. Radko en ik weten heel goed tot wanneer bondgenootschappen standhouden in dit land.'

47

'Maar jullie kunnen onze families toch niet tegen elkaar opzetten? Jullie hebben elkaar nodig. Nu meer dan ooit.'

'Jullie?' Maika blaast de rook uit over de kist van haar zoon, witte rook. 'Je bent geen klein kind meer, Daniel. Het is tijd om in te zien dat iedereen in de Mardoe Khador strijd voert met elkaar. Vergeet niet dat er ooit vier families waren. In dit huis wordt altijd gevochten. En nu is het jouw beurt om te vechten.'

Hij loopt resoluut naar de deur, maar blijft dan staan en pakt aarzelend de klink vast. 'U kunt niet van mij verwachten dat ik mijn leven opgeef.' Zijn stem klinkt kwetsbaar. 'Het is hier te gevaarlijk voor mijn gezin. Ik wil Vigo's plek niet innemen, dat kan ik Michelle niet aandoen en dat kan ik mezelf niet aandoen. Na de begrafenis vlieg ik terug naar huis.'

'Terug naar huis? Met je privéjet, mijn jongen? Die weer vol kerosine zit? Terug naar je grachtenpand en je Porsche?'

Hij kijkt naar de gouden deurklink in zijn hand.

'Terug naar je academische carrière waar geen mens van rond kan komen. Naar je eigen bedrijfje dat alleen maar geld kost? Jij zegt dat je iets hebt opgebouwd, ik ben benieuwd wat je daar precies mee bedoelt, want vooralsnog heeft je opa je leven onvoorwaardelijk bekostigd. Nou, dat is afgelopen. De oude man is ontoerekeningsvatbaar verklaard en vanaf nu bepaal ik wat er met onze middelen gebeurt. En ik vind dat je moet werken voor je geld.'

'Ik kan niet terugkeren, moeder. Ik ben een andere man geworden. Ik hoor thuis in het Westen.'

Zijn moeder lacht. 'Je hebt een jetsetleven geleid in Europa, dat doen er wel meer uit deze regio. Maar jullie zijn allesbehalve westerlingen, geloof me. Je hebt de vruchten geplukt van ons werk, dat is iets anders, maar het speelkwartiertje is voorbij. Onze vijanden staan klaar, Daniel. Ze zullen je grootvader en je moeder als nazi's opknopen aan de hoogste boom. En ons geld zal sneller verdwijnen dan je ooit voor mogelijk hebt gehouden.'

'U hebt ons in de val gelokt,' zegt hij zachtjes, en hij kijkt weer naar de klink. In het bladgoud staan drie symbolen gegraveerd: de wapens van de drie families met wie hij is opgegroeid. De families die het land besturen. Ooit waren het andere deurklinken, met vier wapens.

'Je bent zelf naar huis gekomen, Daniel. Ondanks je droom over een moordaanslag. Weet je waarom? Omdat je hier hoort. Je hoort aan het hoofd van de tafel te zitten en diep in je hart wil je dat ook, anders was je wel thuisgebleven.'

'Ik vroeg u of het veilig was om Michelle en Alexa mee te nemen. Alexa is drie jaar.'

'Ze zijn hier veiliger dan waar dan ook ter wereld. Dat heb ik gezegd en dat is de waarheid. Zeker na wat er is gebeurd.'

Hij laat de klink los en draait zich om naar de doodskist.

'Ik ben hier om afscheid te nemen van mijn broer,' zegt hij, 'en verder niets.'

'Niet alle beslissingen in het leven zijn een keuze,' mompelt Maika, 'dat zei je grootvader altijd al.'

6

De eerste keer dat Michelle haar schoonfamilie ontmoette, was twee jaar geleden in New York. Voor die tijd waren de Lechkovs slechts stemmen aan de telefoon geweest of namen in een artikel. Ze waren niet bij hun bruiloft, noch bij Daniels promotie aan de universiteit, en ze hadden Alexa nooit ontmoet. Als Michelle ernaar vroeg, legde Daniel uit dat ze afstand hielden om hen te beschermen. Hij zei dat het niet anders kon, maar ze zag dat het hem verdriet deed. Zelf vond ze het beter zo – Kazichië moest letterlijk en figuurlijk ver weg blijven. Ze had er helemaal geen behoefte aan om leden van de machtigste familie uit de Kaukasus aan de telefoon te krijgen terwijl ze eetrijpe avocado's zocht in de Albert Heijn. En als een van haar vriendinnen iets had gelezen op het internet en moeilijke vragen stelde, kon ze naar eer en geweten zeggen dat Daniel nauwelijks contact met hen had. Het was beter zo. En ze ging ervan uit dat het altijd zo zou blijven.

Maar toen zakte Boris Lechkov in elkaar op de trappen van het parlementsgebouw; een hartaanval gemaakt van sigaren, drank en werkdruk. Het duurde een paar uur voor Daniel zijn moeder te pakken kreeg en tegen die tijd was zijn vader overleden. Hij vroeg wanneer hij kon komen, maar Maika zei hem dat hij weg moest blijven. Ze vond het te gevaarlijk, omdat de positie van hun familie wankelde en Vigo zich nog moest bewijzen als nieuwe president. Er zou via de post wel een dvd-opname van de dienst worden gestuurd, die kon hij bekijken. Daniel legde zijn hand over de telefoon en vertelde haar wat er was gebeurd. Michelle wist niet wat ze hoorde. Ze verwachtte dat hij wel zou protesteren – zelf zou ze niets of niemand tussen haar en de begrafenis van haar vader laten komen – maar niets was minder waar. Hij legde zich erbij neer op één voorwaarde: hij eiste Vigo te mogen zien. Geconfronteerd met de dood, bleek de band met zijn tweelingbroer het sterkst. En Maika ging akkoord.

Enkele weken na de begrafenis zouden ze afspreken in New York, waar Vigo en zijn Amerikaanse vrouw Harper woonden. Lev Karzarov, een van Daniels 'ooms', moest toevallig ook naar Amerika voor een medisch onderzoek, dus het beloofde een echte reünie te worden. Maar niemand mocht weten dat de Lechkov-tweeling zich op enig moment in dezelfde ruimte zou bevinden. Dus Maika liet een tussenpersoon een penthouse huren en er werd een schema opgesteld zodat niemand tegelijk het gebouw binnenliep. Michelle en Daniel moesten doen alsof ze voor werk op reis waren. Vigo en zijn vrouw beloofden zo onopvallend mogelijk bij het penthouse te komen.

Michelle vond het maar niets. De voorzorgsmaatregelen maakten haar zenuwachtig. Ze was bang dat Daniel Kazichië in gezogen zou worden, dat hij een publieke figuur zou worden. Hij beloofde haar dat er niets kon gebeuren. Niemand wist af van het plan, want iedereen vloog privé. En het was een eenmalige ontmoeting, daarna zou alles weer worden zoals het was. Hun leven zou weer doorgaan als voor Boris' dood.

'Geloof me,' zei hij, en dat deed ze.

Toen de liftdeuren van het appartementencomplex in de Upper East Side zich openden, zag Michelle een gigantische loft voor zich uitstrekken met plafonds van zeker zes meter hoog en glazen wanden die uitzicht gaven over Central Park. Daniel nam haar mee naar een lange pezige vrouw en een korte gezette man die naast een meisje in een rolstoel stonden. De vrouw kwam naar Michelle toe en zoende haar op de wangen.

'Mijn naam is Nia Lechkova Karzarova. Wat goed om je eindelijk te ontmoeten. Ik ben de zus van Boris. Of wás zijn zus. Dit is onze dochter, Katja.'

Michelle zwaaide naar het meisje in de stoel, die nauwelijks reageerde.

'Gecondoleerd met uw broer, mevrouw Karzarova,' zei ze. 'Ik heb veel over u gehoord.'

'Noem me maar tante Nia. Je zult wel zenuwachtig zijn, maar je bent hier met familie.'

Ze gaf de vrouw een knuffel en voelde alleen botten en spieren onder de loshangende jurk.

Tante Nia stelde haar voor aan oom Lev, Lev Karzarov, haar echtgenoot en het hoofd van de tweede familie in Kazichië. Lev stond een paar stappen bij zijn dochter vandaan en keek wat verloren naar de East River.

'We gaan straks naar onze specialist,' zei Nia. 'Er zijn veel ontwikkelingen hier in Amerika, dus we komen elk jaar terug om Katja te laten onderzoeken.'

'Mijn vrouw heeft een ongekend doorzettingsvermogen,' zei Lev tegen de rivier. 'Soms tegen beter weten in.'

'Als het om je kind gaat, is opgeven geen optie. Toch? En wat een mooie bijvangst dat we bij de hereniging van de tweeling kunnen zijn.'

'Ik zou het niet mooi noemen,' verzuchtte Lev. 'Terwijl wij hier zijn, vindt er in ons land een machtswisseling plaats. Het is een kritische fase.' Hij keek Daniel na, die naar de bar liep. 'Vigo zou in Kazichië moeten zijn. Net als wij. En Daniel moet zich in Amsterdam verstoppen tot alles weer rustig is.'

Nia schudde haar hoofd verontschuldigend naar Michelle. 'Tijd voor rode wijn.'

Terwijl Michelle achter Nia aan liep, hoorde ze het belletje van de liftdeuren die opengingen. Ze keek opzij en verstijfde. Ze had natuurlijk foto's van Vigo gezien, maar nu hij in levenden lijve op haar afkwam, zag ze pas hoeveel hij op Daniel leek. Zijn uitdrukking, de manier waarop hij liep, hoe hij zijn handen over zijn gezicht wreef; Vigo en Daniel waren identiek.

Het was onwerkelijk en toen hij bij haar kwam staan, kreeg Michelle moeite met ademhalen. Ze deed haar best om zich netjes voor te stellen. Ze probeerde te lachen om Harpers grapjes en luisterde naar Vigo's verhalen over zijn broertje, en na een paar minuten leek het ook wat beter te gaan. Maar toen kwam Maika binnen.

Het was de eerste keer dat ze haar schoonmoeder ontmoette. De oude vrouw vertelde dat ze had leren videobellen en Alexa wilde ontmoeten via haar iPad, en Michelle probeerde enthousiast te reageren en te vertellen over haar dochter, maar het was alsof ze zuurstof tekortkwam. Kazichië kwam opeens heel dichtbij. Te dichtbij. Wat zou er zijn gebeurd als ze verliefd was geworden op Vigo in plaats van Daniel? Of als Daniel de enige zoon was geweest? Had zij dan nu in Kazichië geleefd? Of zou ze niet verliefd op Daniel zijn geworden als hij de troonopvolger was? Maar waar was haar huwelijk dan op gebaseerd? Waar was haar liefde op gebaseerd? Alleen omstandigheden?

En wat gebeurt er als Vigo een slechte president is? dacht ze. *Of als de familie wordt aangevallen? Lopen Daniel en ik dan ook gevaar?*

Toen ze eindelijk weer buiten stonden, vroeg Daniel of het haar was meegevallen. Ze keek naar hem en zag dát gezicht: het gezicht van president Vigo Lechkov. Het gezicht dat allerlei confronterende vragen opriep.

Ze probeerde de paniek te onderdrukken. *Als we thuis zijn, gaat dit gevoel vanzelf voorbij,* zei ze tegen zichzelf. *Je bent moe van de reis en je mist je dochter. Als we thuis zijn, wordt alles weer hoe het was.*

Maar het gezicht volgde haar naar Nederland. Niet alleen in de vorm van Daniel, maar overal waar ze kwam. Want de pers had lucht gekregen van de gevoelige machtswisseling in de Kaukasus. Vigo stond op allerlei nieuwssites, kwam een keer op het journaal en werd besproken bij *Jinek*. Er was geen ontsnappen aan.

Michelle vroeg aan Daniel of hij bang was dat mensen hem

zouden aanzien voor de president van Kazichië. Hij wuifde het weg. Hij zei dat het maar een paar dagen zou duren tot het volgende verhaal aan de beurt was.

'Dit verdwijnt vanzelf,' zei hij. 'Geloof me.'

Ze wilde hem geloven, maar toen Vigo officieel werd 'verkozen', kwam er juist meer aandacht voor de familie Lechkov. Michelle liep over het Spui en zag Vigo overal. De kiosken hingen vol met de nieuwste *Forbes*, met een foto van Vigo. DE NIEUWE KEIZER VAN DE KOLENMIJNEN, stond er op de cover. VIGO LECHKOV. Ze las de spottende toon en zag de achternaam – háár achternaam. Ze liep snel door, in de hoop dat ze geen bekenden zou tegenkomen.

Later die maand nam ze haar zusje Fleur mee naar het Moco Museum, omdat die groot fan was van Banksy. De kunstenaar liet die ochtend een paar nieuwe werken onthullen en Fleur wilde zien wat hij had bedacht. Een van de werken was een lange zwarte feestslinger die aan het plafond boven de andere stukken hing. Haar zusje merkte de slinger niet eens op; ze was de plattegrond aan het bestuderen. Maar Michelle zag meteen het bordje met de titel: JUST ANOTHER LECHKOV PARTY. Ze keek geschrokken omhoog. De slinger bestond uit een lange reeks mannen in pak, verbonden aan hun armen, met over hun buiken de eindeloze zin: *Lang leve de koning is dood lang leve de koning is dood lange leve…*

Ze zette haar zonnebril op, deed de kraag van haar jas omhoog en liep naar het bordje om de achtergrondinformatie van het kunstwerk te bestuderen. Er stond:

De mannen in pak representeren de bloedlijn van de familie Lechkov, die ondanks het Kazichische parlement en de verkiezingen, het land beheersen als een koninkrijk. Alsof het hun heilige geboorterecht is om te onderdrukken en uit te buiten. Na het overlijden van Boris Lechkov liet Banksy deze slingers ophangen in de hoofdstad, ter ere van de kroning van de oudste Lechkov-zoon, Vigo. Hij was nog niet officieel

benoemd, maar de kunstenaar versierde de stad alvast, om-
dat iedereen wist wat de verkiezingsuitslag zou worden. De
versieringen werden meteen weggehaald door de OMRA *(de*
veiligheidsdienst) en twee mensen werden opgepakt.

Toen ze het bordje had gelezen, pakte Michelle haar zusje bij
de arm en trok haar mee naar buiten. Ze moest daar weg. Fleur
vroeg wat er was, maar ze zei niets. Ze wilde het niet uitleggen,
omdat ze wist wat ze zou zeggen: 'Je bent zelf met een Lechkov
getrouwd. Je had dit kunnen weten.'

Later die dag zat ze met Daniel bij hun favoriete Italiaan op
Prinseneiland. Hij vroeg hoe het museum was en zij stelde de
grote vraag.

'Wat gebeurt er als Vigo doodgaat?'

Daniel zette zijn glas neer. 'Hoe bedoel je? Waarom zou hij
doodgaan?'

'Dat gebeurt natuurlijk niet. Maar stel je voor. Zijn er dan
protocollen? Hebben jullie daarover gepraat?'

'Maak je geen zorgen, ik hoor híér. Bij jullie. Het doet me
pijn om dit toe te geven, maar in New York merkte ik dat Vigo
en ik uit elkaar zijn gegroeid. Mijn moeder heeft het voor elkaar gekregen om zelfs een tweeling in twee vreemden te veranderen. Er is in Kazichië niets meer voor mij.'

'Dat vind ik erg om te horen. Ik wil dat je een band met je
broer hebt, maar ik moet het vragen. Je weet nooit wat er gebeurt in zo'n land. Alles werkt daar anders, toch? Het is toch
een soort koningshuis? Ze kijken alleen naar de bloedlijn.'

'Vigo blijft president. Hij is vanaf zijn achtste voorbereid op
deze rol.'

'Dus je maakt je geen zorgen over wat er kan gebeuren?'

'Er gaat niets gebeuren. Hij is waar hij hoort te zijn, net als ik.
Mij hebben ze daar niet nodig en dat is maar goed ook, want
mijn leven is bij jou.' Hij leunde naar voren en legde zijn handen op die van haar. 'Wij gaan daar nooit naartoe, Michelle.
Geloof me.'

7

Met vijftien kilo peuter over haar schouder beklimt Michelle de houten trap die in de ontvangsthal van het Hoge Huis om de kroonluchter draait. Ze had gehoopt dat Daniel mee naar hun kamer zou lopen, zodat ze kon vragen wat zijn oom had bedoeld toen ze buiten bij de fontein stonden. En zodat hij Alexa kon tillen, want haar heupen doen pijn. Maar Maika wilde met haar zoon naar Vigo's kist, en daar durfde Michelle niet over in discussie te gaan. Bovendien wilde ze nog niet aan haar schoonmoeder vertellen dat ze zwanger was.

Op de eerste verdieping vervolgt ze haar weg door een lange gang vol olieportretten. Plots gaat een van de hoge deuren open en in het koude licht van de kroonluchters verschijnt een vrouw. Verrast blijft Michelle staan.

'Harper? Ben jij dat?'

De vrouw die voor haar staat is een schim van de New Yorkse Harper die ze twee jaar geleden heeft ontmoet: haar blonde lokken staan alle kanten op, haar gezicht is grauw en ze heeft alleen een hemdje en een strakke trainingsbroek aan, waardoor Michelle kan zien hoe mager ze is geworden.

'Michelle?' Schichtig kijkt Harper de gang in. 'Waarom zijn jullie hierheen gekomen?'

Michelle steekt haar vrije arm uit om haar schoonzus te omhelzen en condoleert haar met de dood van haar man. Ze ruikt sterkedrank en sigaretten.

'Waarom ben je hier?' vraagt de Amerikaanse nog een keer. 'Waarom heb je je dochtertje meegenomen?'

'Daniel en ik zijn hier voor de begrafenis. We willen er zijn voor jullie.'

'Denk je niet dat het beter is om naar huis te gaan? Voor de zekerheid? Voor je kindje?'

'Harper, rustig maar, we zijn hier ook voor jou.' Ze legt haar hand op de schouder van de vrouw, maar die wordt ruw weggeduwd.

'Ik wil helemaal niet dat je voor mij komt. Het is hier niet veilig. Zodra Vigo in de grond zit, ben ik hier weg. Ik blijf geen minuut langer.'

'Dat snap ik en maak je geen zorgen, Daniel heeft bij zijn moeder gecheckt of het veilig is voor ons, en het is echt oké.'

'Maika heeft dat gezegd? Nou, dan zal het wel goed zitten,' klinkt het sarcastisch.

'Wat bedoel je?'

'Verhuizen jullie naar Kazichië? Komt Daniel zijn broer opvolgen?'

Michelle weet niet zeker of ze daar antwoord op mag geven en schudt ongemakkelijk haar hoofd.

'Dan had je hier nooit heen moeten komen. De troon is leeg en er zijn twee families die alles zouden geven voor die plek. Het is een machtsvacuüm en ik heb goed genoeg opgelet bij geschiedenis om te weten dat zoiets nooit vredig wordt gevuld.'

'Wat denk je dat er gaat gebeuren?'

'Geen idee, maar als ik jou was, als ik een dochtertje had, was ik zo ver mogelijk weggebleven van deze heuvel. In dit huis is zóveel geld te verdienen en zóveel macht te vergaren, Michelle, dat verandert mensen. Ook de mensen die je denkt te kennen.'

8

Zodra Michelle Alexa in haar bedje heeft gelegd, gaat ze op
zoek naar Daniel. Ze moet hem spreken. Als ze beneden komt
dwaalt ze een tijdje door de talloze gangen van het Hoge Huis
zonder iemand tegen te komen, maar dan hoort ze gedempte
stemmen en het getik van kopjes tegen schoteltjes. Het geluid
volgend komt ze uit bij een grote kamer vol mensen. Voor een
open haard zit een man in een rolstoel, aan de andere kant van
de kamer staat een groep mannen gehuld in sigarenrook. Zou
ze Daniel tussen hen vinden, de troonopvolger in het middel-
punt van de politieke belangstelling? Maar wat is Daniel dan
voor hen: de toekomstige president die het land moet gaan leiden in tijden van crisis, of een buitenstaander die de machtsovername in de weg staat?

De misselijkmakende geur van vettige Georgische dump-
lings en tabak negerend, baant ze zich een weg door de mensen. Bij elke stap verschijnen er uitgestoken handen en vriendelijk lachende gezichten. In het midden van de groep staat
echter niet Daniel, maar zijn moeder. Met het wegvallen van
haar oudste zoon, is Maika plots weer het centrum van de
macht. Radko staat naast haar en slaat iemand joviaal maar net
te hard op de schouders.

Als Michelle probeert een weg terug te vinden, staat Lev
Karzarov ineens voor haar. Hij ziet er anders uit dan in New
York. Zijn dikke zwarte haar is strak naar achter gekamd, zijn
stropdas zit recht en hij heeft een groene map onder zijn arm
geklemd. Net als alle andere mannen in die kamer draagt hij
een maatpak in een donkere, egale kleur, en met een speldje

van de Kazichische vlag op zijn borst. In de Mardoe Khador is hij niet de vader van een hulpbehoevend meisje, maar een staatsman met gezag.

'Goed je weer te zien, Michelle,' zegt hij en hij geeft haar een kus op de wang.

'Dag oom Lev, weet u misschien waar Daniel is?'

'Die staat verderop. Is jullie dochter er ook? Alexa?' Hij kijkt tussen de mensen door de gang in, alsof het meisje zelf zal komen binnenlopen. 'Is ze boven?'

'Ze ligt te slapen,' antwoordt Michelle, verrast door zijn belangstelling. 'Ze is moe van de reis.'

Karzarov knikt en blijft de gang in staren.

'Gecondoleerd met Vigo,' zegt ze om de stilte te verbreken.

'Het is verschrikkelijk. Maar het is fijn dat jullie zo snel konden komen. Wanneer laten jullie je spullen uit Amsterdam brengen?'

'Onze spullen? Wij gaan na de begrafenis weer naar huis.'

'O.' Hij fronst zijn voorhoofd.

'Is mijn man hier?' vraagt ze weer.

'Hij staat daarachter met de premier te praten.'

Ze gaat op haar tenen staan en ziet Daniel tegen de lambrisering leunen. Hij kijkt overrompeld naar de mensen om zich heen. Ze glimlacht even bij wijze van excuses en drukt zich dan tussen de donkerblauwe en grijze maatpakken door.

'Ik moet je spreken,' fluistert ze in Daniels oor en ze gebaart dat hij mee moet lopen.

Hij ademt diep uit; hij is duidelijk opgelucht dat ze er is. 'Wat is er?'

'Ik kwam Harper net tegen. Ze maakt zich heel erg zorgen om ons. Ze denkt dat we gevaar lopen. Heeft ze gelijk, denk je?'

Hij staart naar de vloer en ze ziet dat hij twijfelt.

'Wat is er aan de hand?' vraagt ze. 'Praat met me, Daniel.'

'Oké, maar je moet niet schrikken. Mijn moeder vermoedt dat Vigo's dood geen ongeluk was.'

'Wat bedoel je?'

Hij staart haar aan, maar doet er het zwijgen toe.

'Daniel? Is hij… vermoord?' fluistert ze.

Hij knikt.

De misselijkheid is op slag verdwenen. 'Dan gaan we nú naar het vliegveld. We pakken onze koffers en gaan. Ik wil niet eens weten hoe het zit.'

'Dat hoeft niet, Michelle.' Hij gebaart dat ze rustig moet blijven en komt nog iets dichterbij staan. 'Er gaat echt niets gebeuren. We weten niet eens of ze gelijk heeft. We kunnen gewoon naar de begrafenis en over een paar dagen zijn we weer thuis. We moeten alleen een beetje op onze hoede zijn.'

'Maar waarom zouden we in hemelsnaam dat risico nemen? Waarom gaan we niet meteen weg?'

'Omdat het mijn broer is, Michelle. Ik wil hem begraven.' Hij kijkt even naar de mensen achter zich. 'Bovendien moet je begrijpen dat het niet makkelijk is om mijn familie achter te laten. Als jij of ik in dat vliegtuig zou stappen en teruggaan, ziet iedereen dat ik Vigo niet zal opvolgen. En dan wordt het hier een chaos.'

'Maar wat hebben wij daarmee te maken?'

'Ik wil de families tijd geven om een ander plan te maken. Het Hoge Huis moet zich kunnen voorbereiden op het einde van het tijdperk Lechkov.'

'Je zei toch dat dat niet onze verantwoordelijkheid is? Dat het hun strijd is, niet die van jou?'

Het blijft stil.

'Er is nog iets anders wat je dwarszit,' zegt ze en ze legt een hand op zijn wang. 'Vertel.'

'Als we gaan, draait mijn moeder de geldkraan dicht. Dan hebben we niets meer.'

Ze haalt haar hand weg. 'Hoe bedoel je? Kan ze dat doen?'

'Het komt wel goed. Ik heb alleen wat tijd nodig om met haar te praten. Maar als we nu meteen weggaan, maken we haar boos.'

'En als zij boos is, kan ze ons geld afpakken?'

'Het is niet ons geld.' Daniel kijkt naar de open haard, waar de oude man in zijn rolstoel zit. 'Officieel is het het familiekapitaal, mijn opa's geld dus. Maar het korsakov is zo erg dat mijn moeder nu alles beheert. We kunnen dus niet om haar heen.'

'Veiligheid boven geld, Daniel.'

'Natuurlijk. Maar het liefst veiligheid én geld.'

Ze denkt aan Alexa's privéschool. Aan hun vakantiehuizen. Ze denkt aan haar carrière en hoeveel ze geniet van dat werk, juist omdat ze weet dat ze elk moment kan stoppen. Ze voelt zich vrij. Of eigenlijk waande ze zich vrij, tot ze hoorde dat Maika haar leven onder controle heeft.

Daniel wrijft over zijn gezicht, zoals hij altijd doet als hij gespannen is.

Michelle pakt zijn handen beet en trekt hem naar zich toe. 'Als je binnen een paar dagen kunt voorkomen dat het geld verdwijnt, dan blijven we. Als je ons los kunt maken van je moeder, dan moet je dat doen – ik wil vrij zijn van dit huis. Maar ik wil absoluut geen risico's nemen. Onze veiligheid staat voorop.'

Hij knikt. 'We gaan naar de begrafenis, ik zorg dat mijn moeder ons met rust laat en praat met de families zodat ze zich kunnen voorbereiden op mijn vertrek. Daarna vliegen we weg. Voor je het weet zijn we weer thuis.'

Ze kijkt in zijn grijsblauwe ogen – dezelfde tint blauw als de koude zee van zijn geboorteland.

'Geloof me,' zegt hij.

En dat wil ze.

9

De dagen voor de begrafenis doet Michelle haar best om haar schoonfamilie te steunen, maar ze krijgt er de kans niet toe. Ze gaat twee keer per dag naar Harpers kamer en klopt op de deur, maar krijgt nooit antwoord. Als ze haar oor tegen het hout legt is het stil aan de andere kant. Ze probeert Maika te zien, maar de oude vrouw is de hele dag in haar kantoor – waarschijnlijk aan het vergaderen over de toekomst van het land. En de leden van de andere families ziet ze verschijnen en verdwijnen aan het einde van een gang, of in een auto stappen om weg te rijden.

De Mardoe Khador is als een doolhof van deuren die zij niet mag opendoen.

Alleen als ze met Daniel door het huis loopt, komen er mensen tevoorschijn. Dan mag ze opeens een kijkje komen nemen in de verschillende vleugels. En daar ziet ze de grote verschillen. Het Karzarov-domein is elitair en bombastisch, met kristallen kroonluchters, grote sierornamenten en marmeren bladen. De Yanev-vleugel is modern, met designermeubels en strak gestuukte muren. Alleen de presidentiële vleugel en de Lechkov-vertrekken zijn nog in de originele stijl van de Mardoe Khador: houten vloeren, houten lambriseringen, Perzische rode lopers door de gangen, olieportretten aan de muren en in elke kamer een grote schouw. Net niet koninklijk, maar het scheelt niet veel.

Daniel zegt dat de drie families verder van elkaar af zijn komen te staan sinds zijn jeugd. Vroeger waren alle privévertrekken in dezelfde twee vleugels en alle kantoren en vergaderzalen in de andere drie. Alleen het centrale deel van het huis is nog hetzelfde – het deel waar kantoren en vergaderruimtes zijn voor de ministers en andere ambtenaren. Terwijl ze samen door dat deel lopen, ziet Michelle het personeel naar Daniel kijken.

'Ze kijken naar je alsof ze een spook zien,' zegt ze.

'Dat zien ze ook,' zegt Daniel meewarig. 'Ze zien het spook van de vermoorde president.'

De dag voor de begrafenis werkt Daniel hard aan zijn grafrede. Hij wil geen bezoek meer van politici of andere machtige mannen die komen slijmen. Zelfs zijn moeder mag niet langskomen. Michelle ziet dat hij niet alleen afscheid probeert te nemen, maar ook afstand. Hij maakt zich klaar om het huis weer te verlaten.

Terwijl hij schrijft, loopt zij naar de woonkamer om haar ouders te bellen. Het contact met haar vader is al jaren moeizaam, maar ze moet hun vertellen wat er aan de hand is. Anders komt Vigo's begrafenis misschien op het nieuws en zien ze hun kleindochter in Stolia zonder dat ze er iets van af wisten. Dat kan ze niet maken.

Haar moeder neemt op en hoort meteen aan Michelles stem dat er iets aan de hand is.

'Schrik niet, mama. Ik ben niet op vakantie. We zijn in Kazichië.'

'Wacht, ik haal je vader,' zegt haar moeder, en ze legt de hoorn op het keukenblad.

Haar moeder haalt Luc er altijd bij als ze bang is dat ze het niet meer kan volgen. Of als ze bang is dat ze emotioneel wordt.

'Waarom ben je daar?' vraagt haar vader fel. 'Is het vanwege Vigo's ongeluk? Ik zag het op het journaal. Is het daar niet gevaarlijk voor Daniel? En voor jullie?'

Terwijl Michelle haar ouders geruststelt, kijkt ze door de open deur van de woonkamer naar het houten hekwerk van de vide op de eerste verdieping, waaronder voetstappen klinken van mensen die ze niet kan zien en stemmen van mensen die ze niet kan verstaan.

10

Sophie, een jonge vrouw van net achttien, kijkt naar een oude laptop. Ze zit op zolder, in de nok van het schuine dak, voor een dakraam met uitzicht over een woonwijk in Oregon. De zon begint onder te gaan en ze heeft de hele dag nauwelijks gegeten, maar ze heeft geen tijd voor honger. Ze heeft een videobestand gevonden, een geheim bestand. Een vrouw met één arm wordt geïnterviewd, terwijl een code af en toe verspringt. Sophie loopt al jarenlang rond met vragen. Vragen over Kazichië. En ze hoopt dat de video antwoorden voor haar heeft. Maar na een paar uur te hebben gekeken, is ze niets wijzer geworden. Ze weet nog steeds niet wat de code betekent of waarom de vrouw in die stoel zit.

Ze wordt ongeduldig en verschuift de muis, zodat de tijdbalk verschijnt. Tot haar verbazing heeft ze minder dan vijf procent afgespeeld – misschien wel minder dan één procent. Sophie begint de cursor over de balk te bewegen om door te spoelen en de vrouw met één arm wiegt versneld heen en weer op de stoel. Soms verdwijnt ze even en schiet dan weer terug op haar plek. Hoe lang zou ze in die stoel hebben gezeten, om vragen te beantwoorden?

Terwijl ze doorspoelt kijkt ze naar de vreemde getallen onder in beeld, om te zien of ze minuten of uren representeren. Maar dat is niet zo; af en toe lopen ze heel snel af en soms blijven ze uren stilstaan.

Ze stopt met spoelen.

ANTD =>> 85

De eenarmige vrouw zit naar achter geleund. Met haar vingertoppen volgt ze de krassen in het hout van de leuning.

De man zucht, maar het is een andere stem. Blijkbaar wisselen meerdere ondervragers elkaar af.

'Hebt u de nieuwe rebellenleider weleens ontmoet?'

'Bedoel je *Asch-Iljada-Lica*?' vraagt ze. 'De Man met Duizend Gezichten?'

'Ja. Recht in deze camera blijven kijken, alstublieft. Bent u
van plan met hem samen te werken?'

'Ik wil met iedereen samenwerken die mijn volk kan helpen.
Het enige probleem is dat deze man slechts een gerucht is. En
om heel eerlijk te zijn, heb ik moeite de geruchten te geloven.'

'Ze zijn te mooi om waar te zijn?'

'Ze zeggen dat hij in z'n eentje ervoor gaat zorgen dat wij de
hoofdstad verslaan. Hij gaat de oude grenzen herstellen.'

De man ritselt met velletjes aantekeningen of instructies, net
zoals zijn collega. 'En dat gelooft u niet.'

'Nee, natuurlijk niet. Eén man die een heel volk verlost: waar
heb ik dat eerder gehoord?'

'Hoop is goed, toch?'

De vrouw balt langzaam een vuist op de leuning vol krassen.
'Onze eeuwenoude grensdorpen worden veranderd in mijn-
bouwcomplexen, waar ouders en hun kinderen onder de grond
moeten werken – kinderen van twaalf, dertien jaar oud. En
hoe langer zo'n dorp in de mijnbouw zit, hoe meer het op een
werkkamp gaat lijken. Een strafkamp. En als de Jada kritiek
durven te uiten, laat de OMRA ze van de aardbodem verdwijnen. Hele gezinnen worden soms tegelijk gearresteerd door die
monsters van Igor Yanev. En de wereld heeft geen idee. Niemand weet hoe erg het eraan toegaat.' De vrouw slaat op de
leuning. 'Hoop is niet genoeg. We hebben veel meer nodig dan
dat. Zeker nu Daniel Lechkov terug naar Kazichië is gekomen.'

De vrouw wil nog iets zeggen, maar ze stopt met praten omdat de man achter de camera met iemand overlegt. Ze gaat
naar voren zitten. 'Hallo? Zijn we nog aan het opnemen?'

'Excuus,' zegt de mannenstem afwezig. 'We zijn nog met de techniek bezig. Zou u een of twee keer "de Man met Duizend Gezichten" kunnen zeggen?'

'De techniek? We zijn al uren aan het praten.'

'Herhaal ook alstublieft het woord "Neza" drie keer. En neem de tijd voor de twee klemtonen: Ne-za.'

'Ik ga naar de wc,' zegt de vrouw terwijl ze opstaat. 'Met klemtoon op de twee lettergrepen: wee-cee.'

Sophie spoelt heel ver vooruit, vele uren. Als ze de muis loslaat, is de code verder afgeteld.

ANTD =>> 54

'Ik weet dat dit geen interview is,' zegt de vrouw. Ze ziet er moe uit.

'Hoe bedoelt u?' vraagt een van de mannen.

'Toen ik binnenkwam en deze ruimte zag, wist ik dat we niet waren uitgenodigd door CNN. Nou ja, misschien ben ik wel echt uitgenodigd, maar jullie werken in elk geval niet voor die zender. Jullie hebben me ontvoerd en houden me gevangen.'

De man zegt niets.

'Wat doen we hier? Wat willen jullie van mij? Misschien kan ik helpen dat doel sneller te verwezenlijken. Misschien kunnen we elkaar helpen.'

'Als u blijft meewerken doen we u geen pijn.' De toon van de man is onveranderd: zakelijk en monotoon. 'Als u precies doet wat ik vraag, laat ik mijn collega geen mes halen.'

Het gezicht van de vrouw verandert wel. Haar uitdrukking verschiet van het ene op het andere frame, alsof er een barst verschijnt in een porseleinen masker.

'Als het moet, binden we u vast aan de stoel,' zegt de monotone stem. 'Ik wil geen messen of beugels gebruiken, maar mijn opdracht is om dit gesprek af te maken en die code naar de nul te krijgen. Dus dat ga ik doen. Wat er ook voor nodig is.'

'Waarom voeren we dit gesprek? Ik begrijp niet wat jullie willen.' Ze fronst haar wenkbrauwen om niet te huilen. 'Wat gebeurt er als we bij de nul zijn?'

Sophie wordt ongeduldig: ze wil begrijpen wat het doel van het gesprek is. Ze spoelt nog veel verder vooruit, naar de laatste paar minuten. Als ze op 'afspelen' drukt, schrikt ze van wat er op het stoffige scherm gebeurt.

De eenarmige vrouw krijst als een machteloos dier. Haar hand zit vast in de beugel en ze hangt over de leuning van de stoel heen.

'We zijn er bijna,' zegt een mannenstem. 'Kijk omhoog en herhaal deze woorden, dan is het voorbij. Dan verlos ik u.'

De vrouw blijft vooroverhangen en ziet eruit alsof ze doodgaat. De code onder in beeld is bijna bij de nul.

ANTD =>> *04*

'Kijk hierheen,' zegt de man. 'Dit is het laatste wat u hoeft te doen. We zijn er bijna.'

De vrouw met één arm tilt haar hoofd op, maar het kost haar ongekende moeite. Haar hele torso begint te trillen. Haar huid is grauw en haar ogen zijn donker.

'Akhlos,' zegt de man, en de vrouw herhaalt het woord met schorre stem.

'Daniel Lechkov.'

De vrouw herhaalt de naam, maar haar hoofd begint terug naar beneden te zakken.

'De Man met Duizend Gezichten,' zegt de man. 'Kijk omhoog, kijk in de camera en herhaal wat ik zeg. Doe het!'

'De Man met Duizend Gezichten,' herhaalt de vrouw. Haar hoofd valt weer voorover en de code verspringt naar nul.

ANTD =>> *00*

'Het is gelukt,' zegt de mannenstem opgelucht. 'Het gesprek is voorbij.'

'Zijn we klaar?' vraagt de vrouw zachtjes.

'Het is g-gelukt,' zegt iemand anders. Een nieuwe stem, van een stotterende man. 'W-w-we zijn klaar.'

Het beeld verspringt en de stoel voor de groen geschilderde muur is weer leeg. De code is verdwenen en de vrouw ook. Er dobberen stofdeeltjes voor de lens en er staan krassen in de armleuningen van de stoel. Meer krassen aan de rechterkant dan de linker. Na een paar minuten wordt het beeld zwart: de video is voorbij. Op het scherm is alleen de reflectie van een gezicht te zien. Het gezicht van Sophie op de zolder. Met een pen in haar hand zit ze naar de laptop te staren. Ze denkt na over wat ze zojuist heeft gezien – wat ze ermee kan of wat ze ermee moet. Naast de oude laptop ligt een stapel papier waarop ze allerlei aantekeningen heeft gemaakt. Op de laatste pagina staan twee vragen, met tientallen cirkels eromheen. De eerste vraag is: wie is Daniel Lechkov? En daaronder: wie is de Man met Duizend Gezichten?

11

De avond voor Vigo's begrafenis staat Lev Karzarov in de keuken van zijn privévertrek en kijkt naar een glas water. In zijn rechtervuist heeft hij een plastic pipet verborgen. Hij pakt het glas met twee handen vast, zegt iets tegen de lege keuken en strekt zijn arm uit. Als hij dat heeft gedaan, drijven er opeens olieachtige druppels op het water. Na een paar seconden zo gestaan te hebben, giet hij het glas leeg in de gootsteen en vult het meteen weer onder de kraan. Als een toneelspeler oefent hij elke stap opnieuw: glas oppakken, pipetje in zijn handpalm indrukken, glas aanbieden en ontspannen lachen. Er staat niemand aan de andere kant van het marmeren blad, maar Lev doet alsof hij het glas aan Daniel Lechkov geeft. Hij doet net of hij de tweede stap uitvoert van het plan om de Lechkov-tweeling aan de kant te zetten. Het plan van het Kremlin waaraan hij meewerkt om een positie in het nieuwe Kazichië te garanderen voor zijn familie.

In het pipetje zit een combinatie van vloeibare benzodiazepinen, sildenafil, GHB en lsd. Geen gif. Ze zouden niet wegkomen met een tweede moordaanslag; dan zou niemand meer geloven dat het een ongeluk was. Lev oefent daarom een aanslag op de geloofwaardigheid van de laatste Lechkov-stamhouder. Daniel zal die dag, tijdens de begrafenis van zijn broer, in een bordeel worden gevonden met twee minderjarige meisjes. Een gedeserteerde divisie van het Kazichische leger staat klaar om alle overheidsgebouwen te bestormen tijdens Vigo's dienst en de top van het land te gijzelen. Het filmpje van Daniel met de meisjes zal ondertussen de wereld rondgaan, zodat iedereen kan zien dat de toekomst van Kazichië niet langer in veilige handen is bij de Lechkov-familie. Iemand anders zal het land tot rust moeten brengen, en de familie Karzarov is de meest capabele en invloedrijke partij.

Lev gelooft in het plan maar worstelt met zijn geweten. Hij weet niet of Daniel en zijn gezin de coup zullen overleven. Misschien laat Maika het uitlopen op een confrontatie. En zelfs als Daniel veilig het land uit kan komen, zal hij in de ogen van de wereld een verkrachter blijven. Een pedofiel. Lev weet dat hij Daniels leven direct of indirect zal beëindigen en dat wil hij niet. Hij hield van Petar Lechkov, dat was zijn grootste voorbeeld, en hij wil Petars nazaten niet in gevaar brengen, maar tegelijkertijd voelt hij de ogen van zijn eigen vader in zijn rug. En de vuist van het Kremlin om zijn ballen.

En dus oefent hij nog één keer met het glas.

Tijdens die laatste repetitie komt zijn vrouw de keuken binnenlopen.

'Ben je er klaar voor?' vraagt Nia met een rokende sigaret tussen haar lippen.

'Ze hebben hun dochtertje meegenomen,' zegt hij. 'Waarom neemt Michelle dat risico?'

'Je hoopte dat hij alleen zou komen?'

'Als ik Daniel dit glas geef, is er geen weg meer terug. Wij grijpen de macht, of het wordt oorlog. Dat zijn de enige twee uitkomsten. En geen van die twee is goed nieuws voor dat kleine meisje uit Nederland. Of haar moeder.'

'Er is al jaren geen weg meer terug, Lev. Het Kremlin komt eraan, met of zonder onze hulp. Door de macht te grijpen voorkom jij dat er Russische tanks door de straten rollen. Jij voorkomt dat er honderdduizenden meisjes bij betrokken raken, in plaats van één.'

'Je hebt gelijk,' mompelt hij. 'Maar het is moeilijk.'

'Dat weet ik.' Ze geeft hem een zoen op de wang. 'Die mensen zijn onze familie. Maar het is dít,' ze tikt haar sigaret op de rand van het glas, 'of een invasie.'

Hij zucht. 'We zetten alles op het spel door zelf in Kazichië te blijven en het plan uit te voeren. Als we falen laat Maika ons levend villen door de OMRA. En onze kinderen zitten dan vast in Moskou. Wat moet Katja zonder ons?'

'Er is geen andere mogelijkheid. Als een van ons tweeën was weggegaan, had Maika onraad geroken. Dan had ze de hele stad op slot gezet. Bovendien kunnen we de Twintig alleen aan onze kant krijgen als wij met onze soldaten het slagveld op gaan. Dit is de enige manier. En dit is de juiste manier. We gaan niet falen, we gaan geschiedenis schrijven. En we hebben alles geprobeerd om geweld te voorkomen. We hebben Maika keer op keer gezegd dat Vigo ongeschikt is, dat hij een verwende cocaïnejunk is. Maar ze weigerde het te zien. En dus dwingt ze ons in te grijpen.'

Hij knikt. 'Je hebt gelijk.'

'Denk aan je kinderen, en wees moedig voor hen,' zegt ze en ze geeft hem opnieuw een zoen. 'Ik zie je over een paar uur op de trappen van het parlement, meneer de president.'

Terwijl zijn vrouw de kamer uit loopt, kijkt Lev naar het glas. De vlokjes as draaien rond in het water, als zwarte gieren boven een uitgehongerde bizon.

12

In de grote zaal aan de voorkant van de Mardoe Khador hebben de drie families zich verzameld voor de begrafenis. Michelle is met Alexa bij de deur blijven staan; Daniel staat met zijn moeder te discussiëren en ze wil niet zonder hem in de slangenkuil springen. Terwijl ze wacht kijkt ze door de glazen serre naar de oude stad. De Man met Duizend Gezichten staat onderaan de heuvel, met zijn rug naar haar toe. De gezichtloze held. Ze is zenuwachtig voor de beladen begrafenis en om de een of andere reden worden de zenuwen erger als ze het standbeeld ziet staan. Vanaf de heuvel lijkt hij kwetsbaar, in plaats van imposant.

'Papa,' zegt Alexa.

Michelle kijkt om en ziet een aangeslagen Daniel komen aanlopen.

'Ik hoor net dat er zevenhonderd gasten worden verwacht.' Hij knoopt hoofdschuddend zijn jasje dicht. 'Mijn moeder heeft er op het laatste moment een grote staatsbegrafenis van gemaakt, terwijl opa altijd heeft gezegd dat we nooit een koninklijke familie mochten worden. Politieke zaken zijn voor het land, familiezaken voor de familie.'

'Waarom doet Maika dit dan?'

'Omdat ze mij wil presenteren als geschikte politicus. Waarom denk je dat ze maar bleef vragen of ik een grafrede wil geven? Eerst ontnam ze me de kans op een relatie met hem en nu ontneemt ze me de kans op een intiem afscheid. Ze houdt een persconferentie op zijn grafkist.'

Michelle buigt naar hem toe. 'Geschikte politicus?' fluistert ze. 'Je hebt haar toch verteld dat je Vigo's plek niet zult innemen?'

'Natuurlijk. Meerdere keren.' Het laatste knoopje van zijn jasje wil niet meewerken en Michelle ziet aan zijn trillende vingers hoe boos hij is.

'Als je die toespraak niet wilt geven, of op een ander moment, dan mag jij dat zelf bepalen, Daniel. Je bent haar niets verplicht.'

Hij slaat een arm om haar heen en zegt dat hij van haar houdt, maar ze hoort aan zijn stem dat haar woorden niet helpen.

'Waar gaan we heen?' vraagt Alexa voor de zoveelste keer.

'We gaan naar een kerk.' Michelle hurkt naast haar dochtertje. 'Met al deze mensen.'

'Wat is daar?'

'Daar gaan we oom Vigo gedag zeggen.'

Alexa denkt een paar seconden na en zegt dan: 'Die ken ik niet. Ik wil naar huis.'

'Ik ook, liefje. We gaan over een paar nachtjes slapen naar huis. Ik beloof het. Is dat goed? Hou je dat nog vol?'

Het meisje knikt.

Als Michelle weer opstaat, ziet ze Lev Karzarov hun kant op komen.

'Daniel, mijn neven en ik willen graag een toost uitbrengen op Vigo en we zouden het een eer vinden als jullie daarbij aanwezig zouden zijn. Mag ik jullie uitnodigen?' Hij wijst met zijn arm enigszins dwingend richting het gezelschap aan de andere kant van de kamer.

Daniel antwoordt zijn oom in het Kazichisch en loopt met hem mee. Michelle trekt haar zwarte jurkje recht, tilt Alexa op en volgt de mannen. Ze vindt dat Karzarov gespannen oogt en als hij bij een statafel de glaasjes uitdeelt, ziet ze dat zijn handen trillen.

'Wat drinken jullie?' vraagt ze aan Daniel.

'Wodka. In Kazichië drink je sterkedrank met elkaar als je feestviert en als je rouwt. En als je dorst hebt.'

'Is dat wel een goed idee?'

'Ik heb geen keuze.' Hij pakt het glaasje van zijn oom aan.

'Maar je moet toch scherp blijven op zo'n beladen dag?'

'Het zou respectloos zijn als ik dit afsloeg.'

Voordat ze kan zeggen dat ze een vreemd voorgevoel heeft, reikt Karzarov ook haar een glas aan. Ze schudt haar hoofd.

'Ik moet er helaas op staan dat u met ons drinkt.' Hij drukt het glas tegen haar hand. 'Michelle Lechkova, drink met ons en eer Vigo, alsjeblieft.'

'Nee, bedankt,' zegt ze zo beleefd mogelijk. Ze heeft haar schoonfamilie nog niet verteld dat ze zwanger is en wil dat ook nog even voor zich houden.

Karzarov staart haar aan, alsof hij niet goed weet hoe hij moet reageren op haar afwijzing, en haalt dan zijn schouders op. Hij draait zich om naar Daniel en zijn neven, spreekt een onverstaanbare toost uit en de glaasjes worden geleegd.

Op dat moment gaan de grote deuren naar de hal open: het is tijd om naar de auto's te gaan. De groep zet zich in beweging en Michelle laat zich meevoeren. Ze voelt zich kwetsbaar tussen alle Kazichische politici en andere hoogwaardigheidsbekleders. Enkele meters voor zich ziet ze dat de neven van Karzarov Daniel meenemen. Ze begrijpt dat hij bij het afscheid van zijn tweelingbroer een rol moet vervullen, maar toch voelt ze zich in de steek gelaten. Had hij nou echt niet bij haar kunnen blijven? De stroom mensen stuwt haar voort naar buiten. Op de oprit blijft Daniel staan om iemands hand te schudden en Michelle draait zich om en wil hem roepen, maar een man in een zwart pak stapt op haar af.

'Mevrouw Lechkova, volgt u mij, alstublieft. Ik zal u naar uw auto begeleiden, uw man komt ook zo.'

Ze protesteert, maar het is zinloos. De begrafenis wordt als een militaire operatie geleid en met Alexa op haar arm is het moeilijk tegenstribbelen.

Bij de auto aangekomen zet ze haar dochtertje in het kinderzitje en snoert een voor een de riempjes vast. Haar begeleider wijkt niet van haar zijde en pas als hij er zeker van is dat ze nergens meer heen gaat, laat hij haar achter.

De chauffeur start de motor. 'Neemt u ook plaats, mevrouw? Dan kunnen we gaan rijden.'

'Wacht nog even. Mijn man is er nog niet.'

Ze kijkt om zich heen, naar de rij zwarte wagens, maar ziet Daniel niet meer. De chauffeur mompelt iets in zijn portofoon en krijgt meteen antwoord.

'Uw man rijdt met de andere kistdragers mee, mevrouw.'

'Dat kan niet kloppen, daar heeft hij niets over gezegd. We zouden samen naar de kerk gaan.'

Ze tuurt naar de stoet die in beweging komt, maar Daniel is nergens te bekennen.

'Mevrouw, alstublieft, we blokkeren de doorgang. Uw man rijdt straks vlak achter ons. Zullen we vertrekken?'

Twijfelend stapt ze in de auto en ze geeft de chauffeur toestemming om weg te rijden, alsof ze enige inspraak op het verloop van de dag heeft. De colonne draait als een slang om de fontein en glijdt de heuvel af. Ze kijkt door het achterraam maar niemand blijft achter bij het huis. Dan pakt ze haar mobiel en belt Daniel. Hij neemt niet op. Ze belt opnieuw en hij neemt weer niet op.

De chauffeur begint intussen te vertellen over het nieuwe voetbalstadion dat vlak naast de kerk is neergezet en door de lokale bevolking weinig vleiend 'het Ei' wordt genoemd. Ze mompelt dat ze in stilte wil rouwen, terwijl ze Daniel een berichtje met heel veel uitroeptekens stuurt. Deze keer komt er wel meteen een antwoord terug.

Ik zit in andere auto. We zien elkaar bij grote kerk.

Een vloek ontsnapt aan haar lippen. Hoezo zit hij in een andere auto? Hoe kan hij zijn gezin nou alleen laten? Juist nu, na al hun gesprekken over Vigo's begrafenis en haar angst dat de Mardoe Khador iets van hem zal eisen? Na wat Harper heeft gezegd? Hoe durft hij haar juist nu in de steek te laten?

Gelukkig is het een korte rit. De colonne stopt voor de Kazichisch-orthodoxe kathedraal, een beige constructie die steeds dezelfde driehoek herhaalt, groter en groter, van de bladgouden torenspitsen tot de deuren waar de zwarte rij bezoekers langs naar binnen slingert. De chauffeur doet de deur voor Michelle open en wijst naar het modernistische voetbalstadion naast de kerk, dat inderdaad dezelfde vorm heeft als een liggend ei. Verwachtingsvol kijkt hij haar aan.

'U hebt gelijk,' zegt ze ongeduldig, terwijl ze Alexa uit de auto tilt. 'Net een ei.'

In de hoop van de chauffeur af te komen loopt ze de stoep op terwijl ze naar Daniel zoekt. De auto's voor en achter haar stromen leeg en de leden van de drie families lopen de kerk binnen. Maar waar ze ook kijkt, hij is nergens te bekennen. Wie ze wél ziet, is Harper. De Amerikaanse komt op haar aflopen en geeft haar een iets te lange knuffel. Daarna probeert ze Alexa een kusje te geven, maar ze valt bijna voorover op de stoep.

'Loop je met mij mee?' vraagt Harper met dubbele tong. 'Mijn man, mijn liefde, wordt begraven, maar ik ken hier bijna niemand.'

De vrouw ruikt zo erg naar alcohol dat Michelle moeite heeft haar gezicht in de plooi te houden.

'Nou, liverd, als je het niet erg vindt wacht ik nog even op Daniel. Heb je hem gezien?'

Harper kijkt eerst achter zich en focust dan met moeite weer op Michelle. 'Ik zat in de laatste auto. Als hij nog niet langs is komen lopen, moet hij al in de kerk zijn.'

'Dan gaan wij alvast vooruit. We zien je binnen.'

Voor Harper nog iets kan zeggen, pakt Michelle Alexa op en haast zich langs de rij mensen. Ze heeft even geen tijd om haar schoonzus op sleeptouw te nemen. Straks zal ze haar steunen, maar eerst moet ze Daniel vinden.

Bij de ingang van de kerk ziet ze Nia Karzarova staan praten met een lid van de familie Yanev. Ze stevent op de twee af en vraagt of zij Daniel misschien hebben gezien.

'Niet sinds we bij de Mardoe Khador vertrokken,' zegt Nia.

'Maar het is ook zo druk. Ik zou alvast op je plek gaan zitten als ik jou was.'

'Ik moet hem eerst zien te vinden. Ik heb een slecht voorgevoel.'

Om de een of andere reden probeert Nia haar tegen te houden. Een benige hand klemt zich om haar arm. 'Ga toch gewoon zitten, Michelle, er is niets aan de hand.' Even is Michelle verrast door de kracht van de vrouw, dan trekt ze zich los en loopt ze snel verder. Ze speurt de kerk rond en probeert Daniel voor de zoveelste keer te bellen. Ze krijgt zijn voicemail.

Waar ben je toch?

'Waar is papa?' vraagt Alexa.

'Er is niks aan de hand, meisje. We moeten hem alleen even zoeken.'

Blijf rustig, zegt ze tegen zichzelf, *anders wordt Alexa bang. En dat hoeft niet, want er is niets aan de hand.*

Terwijl ze zoekend om zich heen kijkt, komt Maika met een brandende sigaret in haar mond en aan weerszijden een grote beveiliger naar haar toe lopen.

'Zit Daniel al op zijn plek?' vraagt ze, terwijl de beveiligers haar jas aanpakken. Ze ziet er niet uit als een moeder op de begrafenis van haar zoon, eerder als een bokser op weg naar de ring: gespannen, maar strijdlustig.

'Ik weet niet waar hij is. Hij zat niet bij ons in de auto. Zat hij ook niet bij jullie?'

'Hij zit vast al op zijn plek. Laten we naar de voorste rij lopen. Ik wil beginnen.'

Maika gaat haar voor, maar als ze blijft staan om iemand te omhelzen passeert Michelle haar en loopt verder naar de voorste rij.

De houten bankjes zijn leeg.

Rustig blijven, houdt ze zichzelf weer voor. Maar ze is allesbehalve rustig. Er is iets fout, dat voelt ze aan alles. Ze heeft van het begin af aan geweten dat naar Kazichië gaan een fout was, naar deze begrafenis gaan een fout was, en nu is het zover.

Ze belt Daniel voor de zoveelste keer en terwijl ze opnieuw zijn voicemail krijgt, kijkt ze de kerk rond. Bij de ingang ziet ze Nia uit de rij stappen. Alsof ze het verkeerde klaslokaal is binnengelopen knoopt de vrouw haar jas dicht en loopt haastig naar buiten.

'Is hij hier niet?' vraagt Maika. Ze is naast Michelle komen staan en kijkt naar de lege rij stoelen. 'Was hij zenuwachtig voor zijn toespraak?'

'Waar is papa?' vraagt Alexa aan haar oma. 'Ik wil naar papa.'

'Ik heb hem nooit iets gevraagd,' gaat Maika hoofdschuddend verder. 'Het enige wat ik nu vraag, is of hij wat liefdevolle woorden wil zeggen over zijn tweelingbroer. Dat lijkt me toch niet meer dan normaal? Een mooi afscheid? Het is heel belangrijk dat hij hier is. Voor mij en voor het land. Kun je hem bellen?'

Michelle negeert haar schoonmoeder en opent de locatie-app waarmee ze kan zien waar Daniels telefoon is. Maar als ze het programma laat zoeken, blijft het icoontje grijs: zijn telefoon staat uit. Terwijl ze dat tot zich laat doordringen, komt alle spanning van de afgelopen dagen vrij en schiet als elektriciteit door haar lichaam.

'Waar is hij?' vraagt Maika en ze prikt haar in haar schouder. 'Hallo? Michelle? Waar is Daniel?'

Ze wil zeggen dat ze het niet weet, dat er mensen naar hem op zoek moeten gaan. Ze wil zeggen dat ze terug naar de auto wil, dat ze met Alexa naar het vliegveld gaat en daar op hem zal wachten – en desnoods vliegt ze alvast terug. Maar ze staat verstijfd naar haar telefoon te kijken.

Plotseling klinken er zware schoenen die echoën tegen het gewelf. Michelle kijkt op en ziet een groep mannen de kerk binnenrennen, met Radko Lechkov voorop. Zonder pardon duwt de opperbevelhebber van het Kazichische leger gasten aan de kant.

'Meekomen! Nu!' Hij wijst naar Maika en daarna naar Michelle en Alexa.

'Radko, wat is er?' vraagt Maika.

'Ze komen naar de kerk. Een divisie soldaten. We moeten hier weg.'

Michelle schrikt van zijn stem. Hij klinkt bang.

'Waar is Daniel?' vraagt ze, terwijl ze haar dochter tegen zich aan drukt.

'Geen tijd,' zegt Radko en hij gebaart naar een van zijn mannen.

Een hand drukt haar hoofd voorover en ze wordt meegenomen. Ze ziet alleen de stenen vloer en haar eigen schoenen. Van buiten de kerk klinkt een steeds luider wordend gebrom.

'*Etaji!*' zegt de man die haar meevoert.

Meteen struikelt ze over een opstapje en laat Alexa bijna vallen. Ze worden op een podium gehesen en uit haar ooghoeken ziet ze het spreekgestoelte en het altaar. Er gaat een deurtje open en ze komen in een smal gangetje terecht. Achter zich in de kerk hoort ze gegil. *De mensen over wie Radko het had zijn binnen*, denkt ze. Alexa begint te huilen.

Weer een deur.

Weer een opstapje.

Nog meer gegil in de kerk.

Dan een harde knal.

Ze wil in elkaar duiken, maar de man trekt haar omhoog en neemt haar mee.

Was dat een schot?

Er gaat een houten deur open en ze loopt over kasseien – haar hakken tikken. Ze is buiten maar ze voelt de kou nauwelijks. Hoog boven haar hoofd hoort ze de rotorbladen van een helikopter.

De man laat haar los en als ze opkijkt, ziet ze dat ze voor een grote auto met geblindeerde ramen staat.

'Instappen en doorschuiven.'

Half struikelend vallen ze naar binnen en zodra ze zit, draait ze Alexa naar zich toe zodat ze haar in de ogen kan kijken.

'Alles komt goed,' zegt ze en ze trekt de stoelriem strak om hen beiden heen.

De auto scheurt het terrein af en ze ziet een tiental militaire voertuigen voor de ingang van de kerk staan. Er lopen soldaten rond, gewapend en op hun hoede. Een van hen schiet in de lucht. *Een coup*, denkt ze, en plotseling ziet ze Nia weer voor zich die naar buiten rent. En dan denkt ze aan Lev Karzarov. Aan het zweet op zijn voorhoofd en zijn trillende handen tijdens de toost. Karzarov is nooit bij de kerk aangekomen. Net als Daniel.

13

'Ik voel me niet goed,' mompelt Daniel.

Hij probeert in de suv te stappen, maar valt voorover op de achterbank. Twee mannen komen naast hem zitten en zetten hem rechtop. Een derde slaat het portier dicht en neemt plaats op de bijrijdersstoel. Buiten de geblindeerde ramen lopen Michelle en Alexa langs; ze zoeken de auto die hen naar de kerk zal rijden. Daniel probeert iets te zeggen, maar een van de mannen legt een hand over zijn mond. Het is Lev Karzarov.

Terwijl de stoet vertrekt naar de kerk, haalt Karzarov zijn hand weg.

'Is dit een staatsgreep?' vraagt Daniel. Zijn tong hangt slap in zijn mond. 'Heb je me iets gegeven?'

'Ja, het spijt me.'

'Gif?'

'Nee, drugs.'

'Waarom?'

Karzarov steekt een sigaret op. De grote zegelringen om zijn pink en ringvinger klikken tegen het zilver van zijn Dupont. Hij kijkt uit het raam en neemt een lange trek. 'Toen jouw geniale opa deze stad veroverde, zei hij tegen mijn vader dat er een eeuwig schaakspel was begonnen. En hij zei dat we nooit mochten stoppen met spelen, want dan zou Rusland komen om onze plek aan het bord in te nemen.'

'Wat wil je van me?'

'Je broer was niet geschikt voor het presidentschap en het Kremlin werd zenuwachtig. Ik voorkom hiermee een oorlog.

Jullie zullen me zien als een verrader, maar ik ben een reddende engel.'

Daniel wil naar voren komen, maar Karzarov legt een hand op zijn borst en duwt hem zachtjes terug in zijn stoel. 'Ik begrijp je woede. Maar dit is de enige manier om ons allemaal te redden. Je opa zou het begrijpen.'

De stoet rijdt het oude centrum uit en draait om een rotonde. Waar alle auto's de eerste afslag nemen, maakt de auto met Daniel erin zich los van de colonne en rijdt rechtdoor. Hij probeert naar buiten te kijken, maar kan zijn hoofd nauwelijks rechtop houden. In zijn raam worden de andere auto's steeds kleiner op de hoofdweg richting de kerk.

'Michelle... Alexa...?'

'Vandaag bezetten we alle overheidsgebouwen. Als er geen verzet is, hoeft er niet gevochten te worden en hoeven er dus ook geen slachtoffers te vallen. Als het Hoge Huis zich overgeeft, is er niks aan de hand, maar als zij geweld gebruiken, moeten we onszelf en dit land verdedigen. In feite hebben Maika en Radko dus het lot van je gezin in handen, niet ik.'

Een van de mannen pakt Daniels telefoon en houdt hem voor zijn gezicht om de smartphone te ontgrendelen. Met Google Translate schrijft hij een bericht naar Michelle. Daniel staart naar het uniform dat de man aanheeft: het is een militair van het Kazichische leger.

'Waar... heen?' vraagt hij. Zijn tong hangt uit zijn mond en hij is bijna onverstaanbaar.

'Geef toe aan de drugs,' zegt Karzarov. 'Er is niets wat je kunt doen om te veranderen wat er vandaag gaat gebeuren.'

De rest van de rit leggen ze in stilte af. Ze rijden een schimmige wijk ten noorden van het centrum binnen en stoppen in een smalle steeg. Onder een neonbord in de vorm van een vrouw wordt Daniel door twee soldaten uit de auto getrokken. Het stinkt in de steeg naar vetputten en vuilnis. Bestekbakken rammelen en keukenpersoneel schreeuwt tegen elkaar.

Karzarov blijft in de auto zitten. 'Neem hem mee naar binnen, wij rijden door.'

'Dat was niet de deal, meneer Karzarov,' zegt een van de soldaten die Daniel vasthoudt. 'Wij zouden meegaan naar het parlementsgebouw. Wij zouden naast u staan als u de macht grijpt.'

Nog voordat Karzarov kan antwoorden, klinkt er een luide knal. De soldaat die net nog zijn plek in de Kazichische geschiedenisboeken claimde, valt achterover tegen de muur. Zijn lichaam schuift naar beneden en laat een veeg donkerrood bloed achter op de bakstenen.

'We liggen onder vuur!' schreeuwt de andere soldaat. Hij grijpt met zijn ene hand Daniel nog steviger vast en trekt met de andere zijn pistool.

'Wegwezen!' schreeuwt Karzarov. 'We zijn verraden!'

De chauffeur wil gas geven, maar op hetzelfde moment scheurt een grijze bestelbus achteruit de steeg in. Het voertuig gaat zo hard dat de zijspiegels kapotslaan en er vonken tussen de velgen en de muur vandaan spatten. Met piepende banden komt hij zo'n tien meter voor hen tot stilstand. De achterdeuren vliegen open en een eenheid soldaten springt met aangelegde wapens naar buiten. Ze hebben een witte cirkel met een rode verticale streep op hun mouw.

De soldaat die Daniel vastheeft wil zijn handen in de lucht steken, maar er klinkt een enkel schot en hij valt samen met zijn gevangene op de koude straatstenen. Daniel kijkt op naar zijn oom; naar de verrader.

Karzarov zegt tegen de chauffeur dat hij zijn neus moet breken. Zonder een seconde te twijfelen pakt de soldaat zijn geweer en ramt de achterkant tegen het gezicht van zijn baas. Het bloed loopt over Karzarovs donkerblauwe pak alsof er een kraan is opengedraaid. Hij laat zich op de achterbank vallen en houdt zijn gezicht met twee handen vast. Hij prevelt iets. Een naam: Katja.

De redders met het vreemde logo op hun mouw omsingelen

83

de auto en schreeuwen tegen de deserteurs dat ze zich over moeten geven. Zodra Karzarovs mannen hun handen uit de auto steken, worden ze geëxecuteerd.

Een van de soldaten helpt Daniel rechtop zitten zodat hij tegen een muur kan leunen. 'Bent u gewond, meneer Lechkov?'

Daniel probeert te antwoorden. Hij wil iets zeggen. Zijn mond beweegt heel langzaam en zijn onderlip komt trillend los. Maar het lukt niet.

'Godzijdank,' zegt Karzarov, die door een van de mannen uit de auto wordt geholpen. 'Ik dacht dat we er geweest waren. Wie heeft jullie gestuurd?'

'Generaal Radko Lechkov. Wij zijn hier om de machtsovername tegen te houden en de Mardoe Khador te beschermen.'

'Geweldig. Is mijn neef in orde?'

Daniel kan zijn ogen niet meer openhouden. Zijn mond trilt van de inspanning. Hij zet al zijn krachten in om te spreken, om iets tegen de loyalistische soldaten te zeggen, maar het lukt hem niet. Vlak voordat hij geluidloos het bewustzijn verliest, zegt zijn oom: 'Spaar je krachten maar, jongen. We zijn veilig.'

14

'Daar komen ze,' zegt Maika. 'Zet je schrap.'

Michelle kijkt achter zich en ziet twee militaire jeeps tussen het verkeer door slingeren. Ze pakt haar dochter vast en zegt nog een keer dat alles goed komt. 'We hebben alleen een beetje haast.'

Beng!

Er verschijnt een witte vlek in de achterruit.

'Liggen!' roept Maika en ze trekt aan Michelles jurk. 'Je weet nooit of kogelvrij glas het houdt!'

Ze doet haar riem los, laat zich van de bank glijden en drukt de huilende Alexa tussen haar benen. 'Waar gaan we heen?!' roept ze.

'Naar V'kra-Neza, het oude fort, daar zijn militairen die ons kunnen beschermen.'

De auto schudt hevig heen en weer en Michelle kan zich met moeite vasthouden.

'Wat als ze daar ook zijn?' Haar stem komt amper boven het gierende geluid van de motor uit. 'Waarom gaan we niet naar het vliegveld?'

Maika schudt haar hoofd. 'Als we nu vluchten, zijn we alles kwijt!'

Ze wil haar schoonmoeder zeggen dat ze ook alles kwijt zijn als de mannen hen doden, maar een van de jeeps komt in beeld naast haar zijraampje. Ze ziet een soldaat met een machinegeweer uit het dakraam hangen. Hij roept iets – waarschijnlijk dat ze moeten stoppen – richt dan zijn wapen op Maika's portier en haalt de trekker over. Het geluid is oorverdovend en het kogelwerende glas buigt naar binnen als een parasol in de stortregen. Maika schreeuwt het uit en Michelle buigt zich nog dieper over Alexa heen.

De bestuurder geeft een ruk aan zijn stuur, en daarna nog een keer, en nog een keer, maar het lukt hem niet om hun achtervolgers af te schudden. Michelle wurmt zich omhoog en ziet dat de jeep nu voor hen rijdt. Ze zijn ingehaald. Maika schreeuwt weer iets in het Kazichisch en de bijrijder opent zijn raampje en haalt een geweer tevoorschijn. Maar voordat hij kan terugschieten, raakt de auto in een slip. Een van de banden is geraakt en de auto begint wild heen en weer te slingeren. Omdat ze Alexa nog steeds vasthoudt, klapt Michelle met haar hoofd tegen het portier en haar linkeroor begint meteen te piepen. Ze voelt bloed langs haar slaap lopen en ziet dubbel, maar denkt er niet aan om het meisje los te laten.

'Ik heb je,' zegt ze. Ze voelt dat de bestuurder de auto weer onder controle krijgt. 'Geen zorgen. Ik hou je vast.'

De pijn in haar slaap is scherp, maar ze probeert rustig te blijven.

Door je neus in, door je mond uit, zegt ze tegen zichzelf.

Ze wil haar hartslag omlaag krijgen, om ook haar ongeboren kind te beschermen.

En jou hou ik ook vast, kleintje, belooft ze in gedachten. *Jou laat ik ook niet los.*

De piep sterft weg en het geluid van een helikopter komt ervoor in de plaats. Ze kijkt naar buiten en ziet dat ze een andere wijk zijn ingeslagen.

'Zijn we ze kwijt?' vraagt ze aan Maika.

De oude vrouw knikt. Door haar zijraam is niets meer te zien door de kogelinslagen.

'En nu?' vraagt ze terwijl ze rechtop gaat zitten.

'We volgen het noodprotocol. We rijden naar de oude stad, daar worden spijkermatten uitgerold zodra we zijn gepasseerd.'

'En de helikopter? Hoort die bij ons?'

'Ik denk het niet. Maar we gaan naar de ondergrondse bazaar. Daar kan hij ons niet meer volgen.'

Ze rijden door de stadspoort. Toeristen springen net op tijd aan de kant en de helikopter scheert over de Man met Duizend Gezichten. Met grote snelheid loodst de chauffeur hen door veel te smalle steegjes, totdat ze bij een zandkleurig pleintje aankomen. De auto ramt een hek en rijdt het drukke plein op, richting een betegelde trap. Ze raken een man die voorovervalt, maar minderen geen vaart. Pas als ze bij een fonteintje in het midden van het plein komen trapt de chauffeur eindelijk op de rem. Met piepende ademhaling springt Maika uit de auto en zo snel als haar korte beentjes toelaten rent ze de trap af naar de ondergrondse markt. Michelle neemt Alexa in haar armen en volgt haar schoonmoeder en de twee soldaten die met getrokken wapens voor haar lopen. Het is druk in de smalle gangen en ze gaat achter een van de soldaten lopen, zodat hij een weg kan vrijmaken tussen de toeristen. Hij is geraakt en loopt scheef van de pijn. Ze ruikt de ijzerachtige geur van bloed die zich mengt met het aroma van gedroogde vruchten en thee. Op zijn arm ziet ze een donkere vlek.

Maika leidt hen buiten adem naar een halletje vol theekraampjes. Alle muren van de ronde ruimte zijn beschilderd, een gigantische arabesk van gebakken stenen die om Michelle heen draait als een storm van kleuren. Ze richt haar ogen op de vloer en probeert haar ademhaling weer onder controle te krijgen. Haar lichaam voelt beurs van de vermoeidheid en ze is bang dat ze elk moment kan flauwvallen.

Door je neus in, door je mond uit.

'Hierheen!' Maika wijst naar een houten kraampje.

Michelle begrijpt niet wat haar schoonmoeder daar hoopt te vinden, maar rent er desondanks naartoe. Een van de soldaten schreeuwt iets tegen de marktkoopman, die zijn kassa pakt en met veel misbaar wegrent. De toeristen hebben intussen de wapens opgemerkt en proberen zo snel mogelijk de hal te verlaten. Er wordt gegild en onderaan de trap verdringen mensen elkaar. Als ze dichter bij het kraampje komt, ziet Michelle dat er een deur verborgen zit in de arabesk. De tegels op de deur zijn net iets lichter dan de rest van de wand.

Maika komt naast haar staan. 'Hier bevindt zich een geheime doorgang naar het fort. We verstoppen ons achter deze kraam tot ze hem openmaken van de andere kant.'

Michelle doet wat haar gezegd wordt en hurkt achter het kraampje, maar dan hoort ze gegil aan de andere kant van de bazaar.

'Ze komen eraan,' zegt Maika. Met twee handen bonst ze hard tegen de verborgen deur.

Een van de soldaten haalt zijn geweer van zijn schouder en loopt op de commotie af. Voorzichtig komt Michelle omhoog en kijkt vanachter het kraampje of de andere soldaat er nog is. Hij ligt midden in de ruimte op de grond. Rond zijn schouder loopt het bloed over de stenen vloer. Geschrokken verstopt ze zich weer achter het houten schotje. Er is niemand meer om hen te beschermen, ze zijn weerloos. Wat moeten ze nu? Afwachten tot de soldaten hen vinden? En dan? Worden ze dan gevangengenomen of meteen geëxecuteerd?

'We zitten in de val,' fluistert ze. Ze hoort de vertwijfeling in haar eigen stem.

'Wat zeg je?'

'We hadden naar het vliegveld moeten gaan. We hadden hier nooit moeten komen, we kunnen geen kant op.'

Maika werpt haar een vernietigende blik toe. 'Ik heb je toch gezegd dat we dan alles kwijt zijn?'

'Dat kan me niks schelen! Dit is jullie oorlog, niet die van ons. Ik ga hier niet zitten wachten tot ze ons vinden. Alexa en ik kunnen verdwijnen tussen al deze toeristen en vluchten terug naar huis.'

'En Daniel dan, laat je die zomaar in de steek?!'

'Daniel zal willen dat we veilig zijn.' Ze wil opstaan, maar Maika trekt haar naar beneden.

'Ben je gek geworden? Dit gaat niet alleen om jou of mij, Michelle.'

'Laat me los!'

'Denk aan je kind!' Maika trekt nog harder aan haar jurk.

'Dat doe ik juist!'

'Michelle, denk na. Hoe dit ook afloopt, wie er ook de macht grijpt, diegene zal ervoor zorgen dat geen enkele Lechkov ooit nog de troon kan opeisen. Nu of in de toekomst. Ze zullen net zo lang de stad doorzoeken tot ze jou hebben gevonden. En tot ze háár hebben gevonden. Tot de laatste Lechkov dood is.'

'Je bent gek geworden. Dit kleine Nederlandse meisje heeft niks met deze ellende te maken.'

'Ze is een Lechkov,' zegt Maika. 'We moeten haar beschermen.'

Achter hen klinkt een luid geknars. Zandkleurig stof dwarrelt naar beneden terwijl de arabesk opengaat en twee soldaten met witte cirkels op hun schouders door de kleine opening stappen. Zonder een woord te zeggen helpen ze Maika overeind en begeleiden haar een lage donkere gang in. Maar vlak voordat de oude vrouw door de deur gaat, draait ze zich om naar haar schoondochter.

'Je hebt geen keuze, Michelle Lechkova. Dit is niet alleen mijn gevecht, maar ook dat van jou. En dat van je kind.'

15

Daniel en Vigo waren negen jaar oud toen ze bij hoge uitzondering in de catacomben van het oude Neza-fort mochten spelen. Het was de dag nadat Boris Lechkov, hun vader, twee benoemingen in één keer kreeg: hij werd COO van Lechkov Industria en minister van Buitenlandse Zaken van Kazichië. Petar wilde nog lang niet aftreden, maar dacht wel na over zijn opvolging. Boris moest zo snel mogelijk worden klaargestoomd voor het presidentschap, voor het geval Petar iets zou overkomen.

Toen de plechtigheden rondom Boris' benoemingen erop zaten, had Maika een verrassing voor de tweeling. Omdat ze zich zo goed hadden gedragen, nam ze de jongens mee naar het gangenstelsel onder het fort. Het deel vol vervallen altaren en eeuwenoude opslagkamers dat niet toegankelijk was voor het publiek. Daar lag hun arsenaal aan plastic geweertjes klaar, zodat ze een paar uur naar hartenlust konden rondrennen. Er was slechts één voorwaarde: ze mochten niet bij de deur aan het einde van de gang komen.

'Die deur is verboden. Jullie mogen niet eens in de buurt komen,' zei Maika. 'Beloven jullie dat?'

De tweeling gaf hun erewoord en rende weg. Maar na een halfuur, toen de nieuwigheid eraf was, kon Vigo zich niet meer inhouden. Hij sloop langs het bord met het doodshoofd, door de lange smalle gang, naar de geheime deur. Hij probeerde aan de grote hendel te trekken maar kreeg er geen beweging in.

Daniel wilde er niets van weten. Hij bleef op afstand kijken en zei af en toe tegen zijn broer dat hij naar hun moeder moest luisteren.

En toch kreeg hij straf, niet Vigo.

'Wat doen jullie?' vroeg Maika. 'Jullie mogen absoluut niet aan die deur komen!'

Daniel en Vigo hadden hun moeder niet horen aankomen en schrokken zo erg, dat ze bijna omvielen. Maika liet de geheime deur openmaken en pakte Daniel bij zijn armpje.

'Naar binnen!' riep ze. 'Dit wilde je toch? Ga dan maar.'

'Ik wil niet,' zei hij zachtjes. 'Waarom moet ik naar binnen? Ik heb niks gedaan.'

'Wie niet horen wil, moet voelen. Naar binnen!'

Ze duwde hem de donkere gang in en de deur viel met een doffe dreun dicht. In de duisternis bonkte Daniel tegen de dikke, bobbelige platen. Hij wist niet wie of wat er achter de verboden deur gevangenzat, maar het bord met het doodshoofd beloofde niks goeds. Na een tijdje deden zijn vuistjes pijn en hield hij op met slaan, maar nog steeds wilde hij zich niet omdraaien. Doodstil bleef hij naar de deur staan kijken. Tussen zijn riem zat het plastic geweer van zijn tijd als moedige soldaat, maar zijn spijkerbroek was warm van de urine.

Aan de andere kant rookte Maika Lechkova een sigaret. 'Dat krijgen jullie ervan,' bromde ze tegen Vigo. 'Je moet luisteren naar je moeder.'

'Mag hij nu weer naar buiten, mama?'

'Nog niet.' Ze nam een lange trek en blies de rook door de lage muffe gang. 'Wiens idee was het om mijn bevel te negeren?'

De kleine Vigo keek naar de grond. Hij had zijn plastic geweer in zijn hand, maar voelde zich ook geen soldaat meer.

'Nou?' Zijn moeder trok aan zijn arm. 'Was het jouw idee?'

De jongen begon te knikken, maar zag zijn moeders uitdrukking veranderen en schudde snel zijn hoofd.

'Goed zo.'

'Mag hij er weer uit?' vroeg hij. 'We zullen het niet meer doen.'

'Jouw familie is anders, Vigo. Jouw familie heeft échte geheimen. Belangrijke geheimen. En die moet jij bewaren, wat daar ook voor nodig is. Door deze hele berg, door de hele stad, lopen geheime gangen, als de wortels onder een boom. Sommige zijn nieuw en sommige heel oud, maar ze komen allemaal uit achter deze deur. Die deur zorgt ervoor dat onze familie altijd veilig in de bunker kan komen. Waar wij ook zijn in de stad, wij kunnen altijd weer naar huis. Tenzij iemand het geheim van deze deur verraadt. Begrijp je wat ik je probeer te leren, tsvali? Wij hebben belangrijkere geheimen dan andere mensen. Onze geheimen zijn het waard om voor te liegen en te bedriegen. Dat is niet stout, dat is verstandig. Snap je wat ik zeg? Voor ons gelden andere regels.'

Vigo knikte en vroeg of zijn broertje weer naar buiten mocht komen.

Vier jaar na het incident in het fort kwam Daniel het kantoor van zijn moeder binnen. Hij begon een slungelige puber te worden.

'Weet u nog dat u me opsloot in de bunker?' vroeg hij.

'De bunker?' Maika zat achter haar bureau te eten van een zilveren bord op een zilveren dienblad. Om het dienblad heen lagen stapels groene dossiers, met het logo van de veiligheidsdienst erop.

'Ik heb aan papa gevraagd wat er achter die deur zit en hij zei dat het een kreukelzone heet. Een lange gang zodat de ontploffing stopt.'

'Een kreukelzone stopt een ontploffing niet. De klap wordt verdeeld over de ruimte tot er niks meer van over is, als een golf die breekt op de kust. Je moet je precies uitdrukken, Daniel.' Ze keek op van haar bord. 'Heb jij geen les?'

'Waarom werd u zo boos op mij toen Vigo bij die deur stond? Ik deed helemaal niks. En er zit achter die deur alleen een lange gang. Er is daar niks. Waarom werd u zo boos op mij?'

Zijn moeder nam een slok zwarte thee en sloeg een groen dossier open. 'Er zitten daar allemaal geheime gangen.'

'Nou en? U hebt me daar een paar uur in het donker laten zitten. Dat doe je toch niet met een klein kind? En u wist dat het Vigo was. Dat is toch niet eerlijk?'

'Je zat daar hoogstens een paar minuten, jongen. Je broer moest een les leren over familiegeheimen. Dat is belangrijk voor als hij zijn vaders plek overneemt.' Ze zette haar thee neer en sloeg het dossier weer dicht. 'En hou eens op over eerlijk. Eerlijkheid bestaat niet. Eerlijkheid of rechtvaardigheid zijn dingen die mensen verzinnen om hun zin te krijgen. Dat is de les die jij toen kon leren, als je had opgelet. Als je Lechkov heet moet je harde lessen leren, jongen. Veel mensen willen hebben wat jij hebt en die zullen daar alles voor doen.'

Drieëntwintig jaar later, als Daniel zevenendertig jaar oud is, gaat hij voor de tweede keer door die geheime bunkerdeur. Maar deze keer ligt hij op een stretcher en is het donker omdat hij het bewustzijn is verloren. Hij wordt naar de ziekenboeg van de ondergrondse bunker gebracht en op een bed gelegd. De dokter controleert zijn hartslag en reflexen, en zet een naald in zijn dij.

Daniel schiet overeind en ademt in alsof hij boven water komt.

'Rustig maar, meneer Lechkov, u bent veilig.' Met een lampje schijnt de dokter in zijn ogen. 'We hebben u net adrenaline toegediend en een infuus met een zoutoplossing aangelegd. Er is ook wat bloed afgenomen om erachter te komen wat ze u hebben gegeven.'

'Waar ben ik?'

Naast Daniel staat een van de soldaten die hem heeft gered. Op zijn uniform staat een witte cirkel. De man salueert. 'U bent in de bunker, meneer Lechkov, maakt u zich geen zorgen. Ik ben hier om u te beschermen.'

'Wat is er gebeurd? Ik... Er waren soldaten en ik lag in een auto, maar toen...'

'Mijn naam is korporaal Vyli en ik maak deel uit van de *Krugul*.'

Daniel kijkt naar het embleem op het uniform van de korporaal. 'De Cirkel?'

De militair knikt. 'De Cirkel is een speciale militaire eenheid die is opgericht door mevrouw Lechkova en generaal Lechkov met als taak de Mardoe Khador te beschermen tegen een staatsgreep van binnenuit.'

Het duurt even voordat de woorden tot Daniel doordringen. 'Mijn moeder en oom wisten dat dit stond te gebeuren? Ze waren hierop voorbereid?'

De deur vliegt open. 'Is hij wakker?'

Maika stapt over de hoge drempel de ziekenboeg binnen. Haar korte haar staat recht omhoog en haar mantelpakje is gescheurd.

'Hoe kon je zulke risico's nemen, Daniel? Ik dacht dat ik jullie allebei kwijt was.' Ze pakt zijn hand en kust de palm. 'Ik dacht dat het hele land verloren was.'

Hij trekt zijn hand terug. 'Waar zijn Michelle en Alexa?'

'Die zijn hiernaast. Ze zijn in orde, maak je geen zorgen. Als de dokter klaar is, komt Michelle hierheen.'

Hij laat zich achterover in het kussen vallen. 'Wat is er allemaal aan de hand? Wist u dat dit ging gebeuren?'

'Ik heb je toch gezegd dat je moest uitkijken voor de andere families? Je hebt je laten ontvoeren en alles in gevaar gebracht.'

'Ik heb mij wát? Bent u boos op míj?'

'Ja, natuurlijk. Ik heb toch gezegd dat je Karzarov niet kan vertrouwen?'

'Oom Lev heeft dit gedaan?' Langzaam komen de herinneringen aan de schietpartij in de steeg weer bovendrijven.

'Ja, de vuile hond.' Maika spuugt de woorden haast uit.

Daniel staart naar zijn eigen voeten aan de andere kant van het ziekenhuisbed. Voor de jongen die opgroeide in het Hoge Huis was oom Lev het luisterend oor na een ruzie met zijn moeder, en de langste knuffel voor hij naar Engeland verhuisde. Voor de jongen die opgroeide in de Mardoe Khador waren er niet drie families – Lechkov, Karzarov en Yanev – maar één familie. Zíjn familie.

'U wist dat dit ging gebeuren, u wist dat ik oom Lev niet kon vertrouwen, en toch liet u mij hierheen komen. En mijn gezin ook.'

'Iedereen is veilig, dat is het belangrijkste. We hebben de Cirkel opgericht zodat ze een staatsgreep konden voorkomen en dat is precies wat ze gedaan hebben. Karzarov had een hele divisie van ons leger achter zich en kon daarom het parlement en de ministeries van Defensie en Binnenlandse Zaken tegelijk bestormen, maar de Cirkel en onze loyalistische troepen hebben de hoofdstad alweer bevrijd van de verraders.'

'En waar is oom Lev?'

'Het lijkt erop dat hij is gevlucht,' zegt Maika met opgetrokken lip. 'Waarschijnlijk via de geheime gangen terug de stad in. En toen per helikopter het land uit. De grenzen gaan dicht, maar ik denk dat het te laat is.'

'Dus hij krijgt een tweede kans om aan te vallen?'

Voordat Maika zich kan verdedigen, komt Radko binnen. 'Wat ben ik blij je te zien, Daniel. Dat scheelde veel te weinig.'

'Dat kun je wel zeggen,' antwoordt hij. 'Het leger was hierbij betrokken, oom Radko. Ik werd ontvoerd door soldaten. Hoe is dat mogelijk? Het leger is toch altijd trouw geweest aan ons?'

De grote opperbevelhebber kijkt naar de grond. 'Dat is nog steeds zo, maar er was een kleine groep soldaten die van binnenuit een hele divisie tegen ons heeft opgezet. We hebben een paar jaar geleden een Wit-Russisch regiment van de OMON gekocht, zoals we wel vaker doen. Daar zaten blijkbaar infiltranten tussen. Al die tijd hebben ze zich stilgehouden. Gewacht op deze dag. Waarschijnlijk hebben ze een steeds grotere groep om zich heen verzameld. Dat is het nadeel van een huurlingenleger; die werken voor de hoogste prijs. Maar we hebben teruggeslagen en hun aanval is gestopt.'

'Waarschijnlijk zijn de infiltranten geplaatst door Rusland,' bromt zijn moeder. 'We vermoeden dat Karzarov samenwerkt met het Kremlin.'

Op dat moment komt Michelle de kamer binnenrennen. Ze kijkt niet eens naar Radko of Maika en springt bij Daniel op bed. Hij pakt haar vast en de twee houden hun voorhoofden even tegen elkaar – alsof ze elkaar kunnen aarden.

'Ben je in orde?'

Hij knikt. 'Waar is Alexa?'

'Hiernaast, bij een verpleegkundige. Ze is geschrokken, maar verder in orde. Ik ga zo meteen weer terug naar haar. Daniel, we moeten...'

'Je hoeft niks te zeggen. Zie jij kans om de piloot een bericht te sturen?'

Michelle knikt en klimt van het bed.

'Wat bespreken jullie?' vraagt Maika.

'We gaan hier zo snel mogelijk weg,' zegt Daniel. 'Als Rusland echt samenwerkt met oom Lev, zullen ze het hier niet bij laten. De aanval is geopend, er is geen weg meer terug.'

'Hoe bedoel je?' Zijn moeders ogen staan vol adertjes, als een rode rivierdelta die sneller volstroomt dan de oevers aankunnen.

'We gaan naar huis,' zegt hij en hij trekt demonstratief de infuusnaald uit zijn hand.

'Maar dat kan niet.' Maika zwijgt even en kijkt naar de grond. Ook de aderen op haar slapen worden dikker – blauwe delta's. Ergens in het hart van Maika Lechkova staat een dam op barsten. 'We moeten laten zien dat de familie sterk staat,' zegt ze. 'Anders trekken ze ons allemaal van de heuvel.'

Radko vouwt zijn handen in elkaar. 'Daniel, alsjeblieft. Als je weggaat, is de chaos compleet.'

'Het spijt me, ik moet mijn gezin in veiligheid brengen. Ik kan ze niet hier houden terwijl Rusland binnenvalt.'

Maika zet een stap naar voren en pakt hem vast. 'Je móét blijven, want dat is de enige manier om ze op afstand te houden. Wij kunnen jullie beschermen. En wij hebben jou nodig om ons te beschermen.'

'Beschermen? U hebt mij en mijn gezin als een lokeend gebruikt. U was bereid mij op te offeren voor de Mardoe Khador. Zoals altijd.'

'Waar heb je het over? Hoe durf je dat te zeggen?'

'U hebt mij en mijn gezin hierheen gehaald, wetende dat er een staatsgreep gepleegd zou worden.'

Michelle komt weer binnen en houdt haar telefoon omhoog zodat Daniel weet dat het vliegtuig wordt geprepareerd. Hij knikt naar zijn vrouw en kijkt dan naar Radko. 'Hoe is de situatie daarboven? In het Hoge Huis?'

'Het is veilig, de coup is voorbij,' antwoordt Radko zachtjes. 'Maar onderschat je positie niet, Daniel. Jouw rol is nu de belangrijkste van ons allemaal. Als jij gaat...'

Daniel probeert te gaan staan, maar valt terug in het bed. De dokter komt meteen uit zijn stoel overeind. 'U moet weer gaan liggen, meneer Lechkov. Alstublieft. U bent gedrogeerd.'

'Geef me nog een shot adrenaline.'

Maika ademt hard uit – ze briest. 'Als je nu weggaat, zijn we allemaal verloren!'

'Moeder, kom met ons mee naar Nederland. Er is ruimte genoeg in het vliegtuig. En opa ook, en u ook, oom Radko. Jullie kunnen allemaal mee.'

'Dat lost niets op. Denk je dat de Russen je met rust laten als je in het Westen bent? Of al die andere oligarchen die achter ons lithium aan zitten? Denk je dat ze je met rust laten in Amsterdam? Weet je niet meer wat ze met mijn ouders hebben gedaan? Jouw opa en oma?'

'Ik heb niets te maken met lithium. Ik ben een Nederlandse computerwetenschapper en ik ga terug naar huis. Met of zonder jullie.' Daniel rolt zijn mouw op en kijkt naar de dokter. 'Moet ik die prik zelf zetten of doet u het?'

'Jij krijgt ons bloed aan je handen,' fluistert zijn moeder. 'En nadat wij dood zijn, komen ze jullie halen. Waar je ook heen vlucht. Waar je je kind ook verstopt. Ze zullen niet rusten tot de laatste Lechkov is verdwenen.'

16

Rond Vorta Airport heerst totale chaos. Geen enkele toerist wil na de gevechten nog een minuut langer in Kazichië blijven, maar de Mardoe Khador heeft alle vluchten stilgelegd en de grenzen gesloten. Maika hoopt zo Lev Karzarov in het land te houden. En dus moeten Michelle, Daniel en Alexa door een massa boze toeristen rijden. Er wordt tegen de auto geslagen en mensen raken in de verdrukking. Michelle ziet een moeder die haar kind omhooghoudt, in de hoop dat iemand ruimte maakt. Als ze eindelijk bij de ingang van de vertrekhal zijn, stappen eerst de vier soldaten uit die zijn meegereden. De koffers laten ze in de auto achter, die zouden alleen maar oponthoud veroorzaken.

Michelle loopt achter een grote Kazichische militair aan. Om hen heen klinkt woedend geschreeuw in allerlei talen en ze probeert nog dichter bij de soldaat te lopen. Terwijl ze naar de camouflage op zijn rug kijkt, denkt ze aan de achtervolging eerder die dag. De gijzeling in de kerk, de witte sterren in de autoruiten, en hoe ze vlak achter een andere soldaat de ondergrondse bazaar in vluchtte. Een soldaat die is doodgebloed door een schotwond. Hoe kon het allemaal zo snel, zo verkeerd gaan?

Bij de diplomateningang aangekomen vormen de vier soldaten een beschermmuur zodat de Lechkovs naar binnen kunnen zonder dat iemand meeglipt. Terwijl de deuren weer dichtschuiven kijkt Michelle over haar schouder en ziet tientallen ogen. Ogen vol ongeloof. Ogen vol angst. Honderden, duizenden mensen die naar huis willen, die hun gezin in veiligheid willen brengen. Net als zij.

Maar de deuren gaan dicht.

Als ze door de terminal lopen, is het alsof ze in een andere wereld zijn terechtgekomen. Het hele vliegveld is leeg en het is er doodstil. Plotseling is ze zich bewust van haar gehoor, alsof ze thuiskomt van een concert. Ze hoort alleen het echoën van hun voetstappen door de lege ruimte en heel ver weg de gedempte onrust van buiten. In die stilte, als ze hun vliegtuig zien klaarstaan door de ruiten van de glazen hal, durft ze Alexa te vertellen dat ze naar huis gaan. Het meisje legt meteen haar hoofdje op Daniels schouder en valt zonder iets te zeggen in slaap. De belofte van haar moeder is als een toverspreuk waardoor ze de spanning los kan laten. Pas als ze alle drie in het vliegtuig zijn, durft ook Michelle toe te geven aan de vermoeidheid. Ze ziet de piloot en copiloot de checklist afwerken, de stewardess hun flesjes water klaarzetten en het grondpersoneel de brandstofslang weghalen, en durft te geloven dat ze naar huis gaan. Echt naar huis. Die avond zal ze in haar eigen bed liggen. Ze zal haar zusje kunnen vastpakken. In Nederland zullen de problemen niet verdwenen zijn, dat begrijpt ze wel, maar ze zullen in elk geval weer thuis zijn. Terug in een land waar de politie en het leger er zijn om hen te beschermen, niet om de macht te grijpen.

Daniel legt Alexa voorzichtig in een stoel.

'Het spijt me,' zegt hij zachtjes tegen zijn slapende dochtertje.

Michelle loopt naar hem toe en pakt zijn hand vast.

'Het spijt me,' herhaalt hij tegen haar.

Ze legt een hand op Alexa's hoofdje en probeert tevergeefs de tranen weg te slikken. Ze wil zeggen dat ze hem vergeeft, dat ze weet waarom hij terug moest komen. En dat hij niet kon weten wat er aan de hand was. Maar voor ze iets kan zeggen, kucht de stewardess.

'Meneer, mevrouw, er staan hier een paar mensen die u willen spreken voor we vertrekken.'

'Mensen van het vliegveld?' vraagt Michelle.

'Nee,' klinkt het zachtjes. 'Ik begrijp niet hoe ze binnen zijn gekomen.'

Drie figuren stappen de cabine binnen: een kleine vrouw van middelbare leeftijd, met een beslagen bril, en twee kleerkasten.

'Daniel Petar Lechkov? Michelle Verdier Lechkova?' De vrouw duwt haar bril hoger op haar neus.

'*Esti tu var?*' vraagt Daniel. '*I pravish tuk var? Tova chasten e tvitmprivani.*'

'*Me ak stuva Andropov,*' zegt de vrouw. '*Ia loc aresta.*'

Michelle gaat voor haar slapende dochtertje staan. 'Daniel, wat gebeurt er? Wat komen deze mensen doen?'

'Ze zegt dat ze hier is namens een zekere Andropov. Ik vermoed dat hij GROE is,' fluistert Daniel. 'De Russische militaire inlichtingendienst.'

Hij gebaart dat ze moeten gaan zitten.

De twee mannen sluiten de deur naar de cockpit zodat de piloten niet kunnen meeluisteren en sturen de stewardess naar buiten. Michelle voelt alle stress meteen weer terugkomen. Ze heeft die dag zo vaak paniek gekend, dat het een reflex begint te worden.

'Daniel, gaat dit goed?' hoort ze zichzelf vragen. 'Worden we gegijzeld?'

De vrouw haalt een telefoontje uit haar binnenzak en houdt het apparaat voor zich uit alsof ze het ding wil verkopen. Uit de luidspreker komt een opgewekte stem die Engels spreekt met een Russisch accent.

'Meneer Lechkov? Bent u daar? En mevrouw Lechkova?'

Ze zeggen niets.

'U spreekt met Joeri Andropov, ik bel u vanuit de Russische ambassade in Stolia. Ik bel omdat het erop lijkt dat u het land probeert te verlaten.'

'Dat klopt,' zegt Daniel. 'En laat dat "proberen" maar weg.'

Zijn woorden zijn strijdlustig, maar ze hoort de angst in zijn stem.

'Ik raad u ten strengste af om dat te doen,' zegt de Rus.

'Want anders?'

Andropov lacht en het klinkt akelig nep. 'Meneer Lechkov, u

bent heel direct. Een goede karaktereigenschap voor de toekomstige president van Kazichië. Ik zal ook direct zijn: zonder stamhoofd ligt uw regio open voor onrust en verandering. Moskou heeft daar geen belang bij. Wij hoopten met Lev Karzarov voor stabiliteit te zorgen, maar helaas heeft uw moeder zijn geloofwaardigheid vandaag beschadigd. Dus nu kunnen we twee dingen doen: de Democratische Republiek Kazichïe toevoegen aan het grote Rusland, of in zee gaan met de familie Lechkov. Mijn leidinggevende wil het eerste. Hij heeft Petar Lechkov, uw grootvader, nooit vergeven voor zijn verraad. Maar mijn voorkeur gaat uit naar de tweede optie, omdat oorlog altijd rommelig is, en ik hou niet van onzekerheden.'

'Rusland wil een vriend aan de macht,' zegt Michelle.

Daniel gaat naar voren zitten. 'Ik ben die vriend niet, meneer Andropov. Ik ben onpartijdig. En ik ga nu naar huis.'

De man aan de andere kant van de lijn zegt iets in het Russisch en zijn verlengstuk in het vliegtuig gaat meteen in de weer met haar telefoon. Terwijl ze bezig is, richt Andropov zich weer tot Daniel en Michelle.

'Wilt u even naar deze foto's kijken, alstublieft, meneer Lechkov? En laat ze ook aan uw vrouw zien.'

Daniel pakt de telefoon aan en Michelle kijkt over zijn schouder mee. Ze ziet een donkergroene deur en blauweregen die langs de bakstenen muur naar beneden hangt.

Onze donkergroene deur. Onze bakstenen muur.

Er verschijnt een andere foto en ze krijgt het meteen zo warm, dat haar laatste hoop verdampt. De tweede foto is van hun slaapkamer: hun boxspring die opgemaakt klaarstaat voor de thuiskomst.

'Meneer Lechkov, deze foto's zijn een paar minuten geleden gemaakt door vrienden van mij die sinds een paar dagen in Amsterdam verblijven. Ze zeggen dat jullie een prachtig huis hebben. Vooral de grote slaapkamer met aangrenzende badkamer is schitterend. En suite noemen ze dat, als ik me niet vergis. Mijn vrienden blijven voorlopig in dat mooie huis. Dat vindt u niet erg, toch? Ze zullen zuinig zijn op uw spullen.'

Michelle staart naar haar man, die rood is aangelopen.

'Hebben jullie mijn broer vermoord?' vraagt hij.

'Zo jong nog, zo tragisch,' zegt de stem uit de telefoon. 'Doodgereden door een grote vrachtwagen.'

'Waren jullie het?'

'Grote vrachtwagens rijden op de wegen rond Stolia. En ze rijden ook op de snelwegen rond Amsterdam. Zware vrachtwagens rijden overal ter wereld. Het is dus belangrijk om voorzichtig te zijn. Vooral met zo'n mooie, kwetsbare dochter.'

Michelle kijkt achter zich, naar Alexa, die weer wakker begint te worden.

'Ik snap het,' zegt Daniel.

'Geweldig!' De Rus lacht. 'U gaat nu terug naar de Mardoe Khador, meneer Lechkov, en u zegt tegen uw moeder dat u bereid bent om het presidentschap te accepteren. Zodra u stevig in uw presidentiële stoel zit, neem ik contact op om de volgende stap van onze samenwerking te bespreken.'

'Stel voor dat Alexa en ik wegvliegen,' fluistert Michelle.

Daniel knikt. 'Ik blijf hier,' zegt hij tegen de telefoon. 'Ik zal doen wat u vraagt. Maar ik stuur mijn gezin terug naar Nederland.'

'Nee, nee, nee. Zo werkt het niet. U moet goed begrijpen, meneer Lechkov, dat niet ú, maar wij de regels bepalen, en een van die regels is dat dit mooie gezinnetje gewoon bij elkaar blijft. Fijne dag en tot snel.'

De verbinding wordt verbroken en Michelle staart naar het mobieltje in Daniels hand. Het scherm gaat vanzelf uit en de zwarte reflectie van een gezicht verschijnt – een ongedefinieerde omtrek van de man met wie ze is getrouwd.

'U annuleert de vlucht?' vraagt de Russische, terwijl ze haar telefoon uit Daniels hand pakt.

'Nee,' zegt Michelle. 'Nee!'

'Michelle, we...'

'Nee, Daniel! Bel die man terug. We moeten een deal met

hem sluiten. Er moet iets zijn wat we kunnen doen. Desnoods gaat Alexa in haar eentje naar huis, dan blijf ik hier. Ik kan mijn moeder bellen, die haalt haar op van Schiphol.'

'Het heeft geen zin,' zegt Daniel zachtjes en hij laat zijn hoofd hangen. 'We kunnen nu niets doen.'

'Wat bedoel je? Natuurlijk kunnen we iets doen.' Ze kijkt op naar de vrouw. 'Wat willen jullie? Wat kunnen we voor elkaar betekenen?'

'Uw man begrijpt de situatie,' zegt de Russische en ze draait zich om en loopt met de twee zwijgende mannen het vliegtuig uit.

Michelle kijkt naar Daniel. 'Dit kan niet waar zijn. Wat kunnen we doen? Wat kunnen we hem geven?'

'We moeten hier blijven. Als we nu naar Amsterdam vliegen, rollen de tanks Stolia binnen en staan er GROe-agenten te wachten in onze slaapkamer.'

'Dus we zitten hier vast voor de rest van ons leven? Gevangen?'

Hij wrijft over zijn gezicht. 'Ik ga een manier vinden om jullie thuis te krijgen. Ik zweer het. Al moet ik dit hele land op z'n kop zetten. Al moet ik zelf de macht overnemen, ik krijg jullie hier weg, Michelle. Maar eerst moeten we terug naar de Mardoe Khador.'

II

Duisternis

17

Als ik mijn ogen open, blijft het donker.

Ik kan niets zien.

En ik kan ook bijna niets horen.

De vier vliegtuigmotoren bulderen. Ik weet dat ik in het ruim van een C-130 Hercules-militair transportvliegtuig zit. Ik herken het geluid. Niet omdat ik veel van vliegtuigen weet, maar omdat ik dit vliegtuig zo goed ken. Ik heb tientallen, misschien wel honderden keren achter in een Hercules gezeten.

Ik luister naar het vertrouwde gebulder en ik staar naar het zwart voor mijn ogen. Er begint iets te ontstaan in de duisternis. Er vormen zich cirkels die langzaam in- en uitzetten, als een long of een hart. Het heeft iets rustgevends. Als jongetje vond ik het al fijn om in het donker te zitten. In mijn kleine slaapkamer deed ik het licht uit en de gordijnen dicht, en dan ging ik in de hoek zitten. In stilte. Het voelde alsof ik onder water was, waar niemand bij me kon komen.

Maar duisternis duurt nooit lang.

Als mijn ogen begonnen te wennen aan het donker en mijn slaapkamertje terugkwam, deed ik het licht aan en ging ik buiten spelen. Of tv-kijken. Liever had ik de hele dag in die hoek gezeten. Maar dat kon niet.

Duisternis duurt nooit lang.

Iemand naast mij hoest een paar keer. Zo hard dat het boven de vliegtuigmotoren uit komt. Door het geluid raak ik de bewegende cirkels kwijt en komen de herinneringen terug: ik ben midden in de nacht van mijn bed gelicht. Ik ben achter in een auto gezet en naar een militair vliegveld in Duitsland gereden. Terwijl we door het hek reden, moest ik een blinddoek om. Het laatste wat ik me herinner, is dat ik de vluchttijd op vijf uur schatte. Toen gaf iemand me een fles water.

Hoe lang heb ik geslapen?

Shit, ik had me nog zo voorgenomen om wakker te blijven. Zouden ze iets in het water hebben gedaan? Een slaapmiddel?

Ik draai mijn nek en strek mijn benen. Nu mijn lichaam weer wakker wordt, voel ik dat we dalen. De landing is ingezet. Stel dat we acht uur onderweg zijn, dan zouden we boven Niger kunnen vliegen, maar ook boven New York.

De man naast mij hoest nog een keer.

Ik kan wel raden waarom ik een blinddoek om heb: vannacht zijn er door heel Europa huurlingen zoals ik wakker gemaakt en naar dat vliegveld in Duitsland gereden. Dit ruim zit vol geblinddoekte mannen die proberen in te schatten hoe lang we al onderweg zijn. Mannen die elkaars gezicht niet mogen zien.

Het vliegtuig kantelt een beetje en de motoren beginnen te gieren: we draaien richting de landingsbaan.

De operatie staat op het punt te beginnen.

Ik ben niet gespannen, eerder opgelucht. De man die me vannacht wakker maakte, vroeg of ik bereid was een tijd te verdwijnen, misschien wel maanden of jaren, om een complexe operatie voor een grote opdrachtgever uit te voeren. Ik knikte en moest een contract tekenen. De seconde dat ik de pen losliet, werd ik meegenomen. Ontvoerd. Zonder dat ik wist waarheen of waarom.

Het maakt me niet uit: ik heb geld nodig en dit soort opdrachten betaalt goed.

Onder mijn voeten klinkt opeens een schel geluid, waarschijnlijk het landingsgestel dat wordt uitgeklapt.

'*Three minutes*,' roept iemand links van mij. Hij heeft een accent dat ik niet kan plaatsen. Het lijkt Russisch of misschien Georgisch, maar dan iets minder hoekig.

De duisternis begint weer te bewegen – rechte lijnen deze keer.

Ik las laatst dat bijna alle mensen sterven in een straal van tien kilometer rond de straat waar ze geboren zijn. Of was het honderd? Wat het ook was, je eindigt waar je begint, dat was de observatie, en ik kreeg het benauwd van dat artikel. Het afgelopen jaar ging ik ook steeds verder terug. Terug naar het begin. Alsof ik in de put moest springen waar ik al die jaren aan mijn vingertoppen uit was geklommen.

Caro gaf me geen opdrachten meer. Ze zei dat niemand met me wilde samenwerken na wat ik in Jemen had geflikt. Zo zei ze het: wat je hebt geflíkt.

Onzin. Wat kon ik eraan doen dat we in de val werden gelokt?

Ik vroeg of ik toch langs mocht komen, maar daar had ze geen zin in. 'Dat kunnen we beter niet meer doen,' zei ze. 'Laten we het professioneel houden, vanaf nu.'

Raar wijf. Niemand wil me toch meer inhuren? Hoe moet ik het dan professioneel houden? Maar goed, ik had geen andere keuze dan terug te gaan naar de goot. Naar de mannen die altijd klussen hebben. De mannen die al klussen hadden toen ik nog een vijftienjarige niksnut was, voordat ik in het leger ging. Ik ben er niet trots op, maar ik heb weer ordinair ingebroken, mensen bedreigd en beroofd, dat soort dingen.

'Misschien is het tijd om een gewone baan te overwegen,' zei Caro aan de telefoon toen ik haar smeekte om een opdracht. 'Misschien is het tijd om terug te keren in de maatschappij. Om weer boven water te komen.'

Zo zei ze het: weer boven water komen. Kutwijf. Ze weet heus wel dat dat niet kan. Hoe moet ik dat doen? Welke naam moet ik kiezen? Welk paspoort moet ik meenemen als ik me inschrijf bij de gemeente? Ik heb mijn echte paspoort al zo lang niet gebruikt, dat is verjaard. Ik weet niet eens waar het ligt. Bovendien heb ik meer geld nodig dan je verdient met een baan bij de sloop. Veel meer geld.

Het vliegtuig raakt iets. Ik schrik en pak de bank vast. Het is de landingsbaan. Ik had niet door dat we al zo dicht bij de grond waren.

Hoe lang zijn we onderweg geweest? Ik denk acht uur, maar ik weet het niet zeker. Misschien tien. Als we acht uur hebben gevlogen, zijn we misschien wel terug in Jemen.

Ik hoop het niet.

De jetmotoren beginnen tot rust te komen en het vliegtuig taxiet verder.

Caro denkt dat ze zomaar van me af kan. Ze denkt dat ze me aan en uit kan zetten als een lamp. Maar ik zou haar hele leven kunnen verwoesten. Ze denkt misschien dat ik niet doorheb wat ze doet, maar ik zie meer dan de meeste mensen. Ik ben slimmer dan mijn opdrachtgevers denken. Officieel is ze een reclasseringsmedewerker, zo komt ze aan al die huurlingen. Na mijn militaire dienst kreeg ik door de staat een reclasseringsmedewerker toegewezen die gespecialiseerd is in het re-integreren van ex-militairen. Dat was Caro. Maar Caro wilde mij helemaal niet re-integreren, ze wilde me voorstellen aan haar vrienden bij drie grote *private military contractors*. Heel toevallig weet ze precies welke schimmige opdrachten liggen te wachten op afgezakte specialisten zoals ik en de rest van de geblinddoekte mannen in dit vliegtuig. Ik zou haar kapot kunnen maken, ik zou kunnen onthullen dat ze haar werk gebruikt om soldaten te rekruteren. Maar dat doe ik niet, zo ben ik niet. Het was even slikken dat ik niet meer langs mag komen 's nachts – ik dacht dat er iets moois groeide tussen ons – maar ja, ik kom er wel overheen.

Duisternis duurt nooit lang.

'Blijven zitten tot je wordt meegenomen,' zegt iemand.

Het vliegtuig staat stil. Met een waarschuwingspiep en een mechanische zucht gaat de klep open. Dit is het moment van de waarheid. Ik begin toch een beetje zenuwachtig te worden. Waar heb ik ja op gezegd? Wat ga ik doen? En voor wie? Heeft Caro me toch geholpen? Of hebben ze mijn naam via iemand anders gekregen?

Er wordt een hand op mijn schouder gelegd. 'Opstaan en meekomen.'

Wat voor een accent is dat?

Ik laat me leiden door de hand. We lopen het vliegtuig uit. Het is koud, maar niet onder nul. Ik hoor mensen naar elkaar roepen en ik concentreer me op hun tongval: hard en kortaf.

We zijn in Oost-Europa, dat kan bijna niet anders. Ik denk de Kaukasus.

'Blijf vooruitkijken.'

De synthetische stof van een handschoen beweegt langs mijn voorhoofd en de blinddoek wordt weggehaald. Ik sta voor een gedeukte Honda CR-V, bij een lege vliegtuighangaar. Naast me staat een klein breed mannetje. Zonder iets te zeggen duwt hij een telefoon tegen mijn borst.

'Hallo?' Ik weet niet welke taal ik moet spreken.

'Dit is je opdrachtgever,' zegt een mannenstem. 'We zullen na dit gesprek nooit meer contact met elkaar hebben. Alle briefings gaan via een lokale agent, je zult zijn of haar stem horen zodra ik de verbinding verbreek.'

Hij klinkt Amerikaans. Is het de CIA? Special Operations, misschien? Nee, waarom zou de CIA míj inhuren, en waarom via zulke obscure kanalen?

Ik wil me omdraaien om te zien of de rest van de passagiers reguliere CIA-agenten zijn, maar de man voor me pakt me bij mijn schouders. 'Voor je kijken.'

Ik knik en kijk weer naar de oude Honda. Iemand komt aanlopen met mijn spullen en gooit de tassen op de achterbank van de auto.

De Amerikaanse man praat steeds sneller. 'Je zult meer details krijgen wanneer je ze nodig hebt, voor nu is het beter om zo min mogelijk context te kennen. De komende dagen zul je op zoek gaan naar een *person of interest*, iemand die zichzelf "de Man met Duizend Gezichten" noemt. We weten dat deze persoon een opstand tegen de overheid voorbereidt. Een gewelddadige opstand. We hebben alleen geen idee wie hij is of hoe hij aan zijn middelen komt.'

Ik vraag waar ik ben.

'In Kazichië.'

De Kaukasus dus. Zoals ik al dacht.

'Wat moet ik doen als ik deze persoon heb getraceerd?'

Achter me start een auto: een van de andere specialisten heeft zijn of haar briefing gehad en rijdt nu weg.

'De Man met Duizend Gezichten vormt een gevaar voor Kazichië. Hij kan de machtsbalans in het land verstoren.'

Er start nog een auto. Als wedstrijdduiven worden we een voor een losgelaten.

'We zijn bereid alles te doen om deze figuur te vinden.' De stem klinkt nu vreemd. De verbinding hapert en het geluid vervormt een beetje. De lijn begint te ruizen, alsof er een digitale storm opsteekt. 'Meer hoef je voor nu niet te weten. Succes.'

De ruis verdwijnt en ik hoor ineens een vrouwenstem met een Kazichisch accent.

'Stap in de auto en rij naar het adres dat ik je zo geef. Als je daar bent aangekomen bel je dit nummer voor verdere instructies. Er ligt water, eten, geld en een plattegrond van de stad achter in de auto. Koop geen telefoon en koop geen computer. Je moet onzichtbaar blijven.'

Terwijl de vrouw het adres opnoemt, doe ik mijn ogen dicht om de woorden en getallen voor me te zien. De tekens worden in de duisternis voor me uitgeschreven.

'Dit zijn de sleutels voor de auto,' zegt de man die de telefoon aangaf. 'Ben je klaar om te beginnen?'

Ik doe mijn ogen open.

18

De avond is gevallen als ik voor het eerst in mijn leven door Kazichië rijd. Ik ben in een buitenwijk met grote flats langs brede, slecht onderhouden wegen. Hoe dichter ik bij mijn bestemming kom, hoe ruiger de buurten worden. Het doet me hier denken aan een Servische stad waar ik ooit de verkeerde man heb gedood; hij stond op het verkeerde moment op de verkeerde plek. Althans, zover ik weet. Misschien was die vergissing wel mijn ware opdracht – misschien was het allemaal deel van een groter plan.

Ik stop voor een geblakerd flatgebouw. Er staan wat jongeren op de stoep die stil worden als ze me zien – waarschijnlijk verkopen ze drugs. Als soldaat kom je niet graag in je eentje in een luidruchtige en onbetrouwbare auto aangereden bij je *objective*. En al helemaal niet zonder wapens. Maar het is niet anders.

Als ik door de voorruit omhoogkijk, zie ik gebroken ramen en vergeten waslijnen. Ik bel het nummer en vraag om instructies. Dezelfde vrouwenstem die ik op het vliegveld hoorde, legt uit wat er moet gebeuren. 'Ga de flat binnen. Neem de trap naar de vijfde verdieping, appartement 142. Er is daar iemand, een man. We willen dat hij ons vertelt wie de Man met Duizend Gezichten is. Zet hem onder druk.'

'Wat is mijn geweldsinstructie?'

'Geweld is toegestaan, maar geen ernstige verwondingen. Hou het netjes, de man moet blijven leven. Begrijp je me, soldaat?'

'Begrepen. Wat kun je me vertellen over die man? Is het een politicus? Een militair?'

De vrouw zucht. 'Je bent hier niet naartoe gehaald om vragen te stellen, soldaat. Bel me als je de man hebt gesproken.'

De verbinding wordt verbroken.

Wat denkt die vrouw dat ik ben?! Aan mijn cv kun je toch zien dat ik te vertrouwen ben? Dat ik een specialist ben die intel nodig heeft om een operatie uit te voeren? Woede borrelt in me op. Een woede die als kokend water door mijn knokkels stroomt. De laatste tijd gebeurt dat steeds vaker, ik weet niet waarom.

Ik parkeer de auto om de hoek van het gebouwencomplex, uit het zicht van de drugsdealers. Op de achterbank snuif ik vijf milligram Moda, slik een bètablokker en drink wat water. Daarna loop ik, zonder wapens of kogelvrij vest en met een vreemd voorgevoel, de flat binnen.

In het trappenhuis stinkt het naar pis en heroïne. Hoe hoger ik kom, hoe slechter de staat van het gebouw. Op de vierde verdieping zijn twee muren opengebroken waardoor ik een appartement in kan kijken. Er liggen junks op een klein bruin matrasje. Een vrouw staart me aan. Ik weet niet zeker of ze nog leeft; ze knippert in elk geval niet met haar ogen.

Wat doe ik hier? Waarom betaalt deze klus zo goed?

Op de vijfde verdieping is het leeg en stil. Ik loop naar appartement 142 en kraak zo zachtjes mogelijk het slot. Voor ik de deur opendoe, rol ik mijn bivakmuts over mijn gezicht. Jaren geleden heb ik samen met een Scandinavische militair twee Arabieren aan een radiator gebonden en urenlang gemarteld. De opdrachtgever voor wie ik toen werkte wilde weten wie hun rebellengroep van wapens voorzag. Ik wist dat we die mannen uiteindelijk zouden doodschieten, wat de uitkomst van de ondervraging ook was, maar toch stond de Scandinaviër erop dat we maskers droegen.

'Een masker is niet alleen om je identiteit te verbergen,' zei hij, 'maar ook omdat we veel effectiever kunnen intimideren als we geen gezicht hebben. Je ziet geen twijfel of spijt in onze uitdrukking of vermoeidheid rond onze ogen.'

'Heb je dan weleens twijfel of spijt?' vroeg ik.

'Wat ik bedoel, is dat je altijd je masker op moet zetten.'

Ik doe de deur naar appartement 142 open en het is alsof ik door een magische poort stap. Midden in dat drugshol heeft iemand een drukkerij verborgen. Of is het de redactie van een tijdschrift? De muren zijn volgeplakt met papier: krantenknipsels, foto's, schetsen, post-its. In de woonkamer staan twee grote printers waar rollen papier uit hangen als witte tongen. Ik sluip erlangs en zie twee deuren. Die naar de badkamer staat open en ik kijk naar binnen: er is niemand. Vanonder de andere deur schijnt een streepje licht. Ik leg mijn hand op de koude deurklink en luister goed. Iemand is aan het snurken. Ik doe de deur zachtjes open en loop naar binnen. De kamer ligt vol pamfletten in een taal die ik niet kan lezen. In de hoek van de kamer ligt een matras. Er ligt een man op, slapend op zijn buik. Ik hoop dat hij Engels spreekt.

Ik ga over hem heen staan en geef hem een por in zijn rug. De man schiet overeind, waardoor ik mijn arm om zijn nek kan slaan. Ik trek zijn lichaam hard tegen het mijne. Hij verstijft even en slaat dan met zijn handen tegen mijn onderarm.

Met mijn mond vlak naast zijn oor fluister ik: 'Wat kun je me vertellen over de Man met Duizend Gezichten?'

'Wie?' Hij probeert zijn hoofd te schudden. 'Ik weet niet wat u bedoelt. Ik maak pamfletten. Ik ben niet belangrijk, ik schrijf alleen ideeën op.'

Ik gooi hem op de grond. Het is een pezig mannetje. 'Je weet precies wat ik bedoel,' zeg ik en ik ga op zijn hand staan zodat hij netjes blijft liggen. 'Het enige wat ik wil horen, is zijn echte naam. Wie is hij?'

'Alstublieft.' Hij drukt zijn voorhoofd onderdanig tegen de vloer. 'Ik begrijp niet wat u bedoelt. Is hij een geldschieter? Is hij een Jada?'

Ik heb geen idee waar hij het over heeft.

'Hoe houden de rebellen contact met hun leider?' vraag ik.

De man draait zich een stukje om zodat hij me kan aankijken. 'Ik weet niet wie hij is, ik zweer het. De enige leider die de Jada kennen, is een vrouw: Nairi. Geen man. Geen duizend gezichten.'

Ik geloof hem. Mijn instinct zegt me dat deze man niet weet wat ik kom doen. Maar de opdrachtgever heeft aangegeven dat ik druk moet zetten. En dus doe ik dat.

Een halfuur later verlaat ik de flat. Ik heb de man een paar keer door de kamer geschopt en hem tegen de muur gezet en zijn keel dichtgedrukt. Ik heb zijn spullen kort en klein geslagen en gedreigd zijn familie te grazen te nemen. Toen ik over zijn moeder begon, noemde hij allerlei namen op en ik heb alles onthouden wat hij zei. Maar het was nutteloos. Ik kon zien dat hij loog. De Kazichiër had nog nooit van de Man met Duizend Gezichten gehoord en deed gewoon wat hij moest doen om van me af te komen. En ik? Ik begon te twijfelen of ik wel de juiste deur was binnengelopen. We leken twee acteurs die een toneelstuk moeten spelen waarvan ze de plot niet mogen weten.

Wat is dit voor een opdracht?

19

De daaropvolgende drie dagen zet ik mensen onder druk. Drie dagen lang rijd ik heel Kazichië door om informatie in te winnen. Ik sluip een chic hotel binnen en licht een man van zijn bed. Ik trek twee jongens uit hun auto en wacht een vrouw op tot ze klaar is met werken. Niemand weet wat ik kom doen, niemand begrijpt welke naam ik wil horen en niemand weet wie of wat de Man met Duizend Gezichten is. Ik jaag op een spook.

In een klein huisje in Lemnos, een dorp veertig kilometer ten oosten van Stolia, moet ik een vader aan de praat zien te krijgen. Zijn twee zoontjes liggen op bed. Ik maak ze wakker en sleep ze aan hun armpjes naar de woonkamer. Ik laat kinderen liever met rust, die hebben niks met dit soort dingen te maken. Bovendien begrijpt de vader niet wat ik van hem wil. Hij zegt niet te weten wie de Man met Duizend Gezichten is. Hij vertelt een warrig verhaal over een standbeeld in de hoofdstad en heeft het over 'Jada' – net als de pezige pamfletmaker.

'Als ik begrijp wat je nodig hebt, dan geef ik het,' zegt hij. 'Het leven van mijn gezin is geen enkel geheim waard. Maar ik weet niets van een mens met duizend gezichten.'

Na enige tijd begint de moeder hysterisch te worden; ze gooit geld en autosleutels naar mijn voeten. Ik sta in een huis in een wildvreemd land te midden van een doodsbang gezin en ik heb geen idee wat ik hier doe.

Niemand heeft antwoorden.

In de vroege ochtend van de vierde dag belt mijn contactpersoon. Ze zegt dat de ondervragingen zijn afgerond, maar het

vreemde is dat ze niet teleurgesteld klinkt. Ik heb niets losge-
kregen uit mijn targets en toch lijkt ze tevreden. Als ik mijn
excuses aanbied voor het uitblijven van informatie, zegt ze dat
het er niet toe doet.

'Het is belangrijker dat ze de vraag hebben gehoord, dan dat
je een antwoord hebt gekregen.'

Dat begrijp ik niet. Waarom zou mijn opdrachtgever zijn tegenstanders laten weten waar hij naar op zoek is?

Voor ik ernaar kan vragen, zegt de vrouw dat het tweede deel
van de operatie gaat beginnen. Ze noemt een lange reeks coördinaten waar ik de volgende ochtend naartoe moet rijden.

'Verbrand de auto als je bij de oude toren bent. Je herkent het
vanzelf.'

Ik vraag niet wat ze daarmee bedoelt, want ik weet dat ze zal
ophangen voor ik iets kan zeggen.

20

Wie is de Man met Duizend Gezichten?

Dat is de vraag die ik nu al tientallen keren heb gesteld. Dat is de vraag zonder antwoord. Normaal gesproken heb ik geen behoefte aan antwoorden. Normaal gesproken doe ik wat me opgedragen wordt en krijg ik daarna geld gestort op een van mijn buitenlandse rekeningen. Simpel.

Maar deze operatie is anders.

Deze keer voel ik iets nieuws: nieuwsgierigheid.

Wie is de Man met Duizend Gezichten en ben ik vóór hem of tégen hem? Het kan natuurlijk dat de CIA een rebellenbeweging wil steunen zodat ze invloed krijgen in dit land. Maar waarom zouden ze mij sturen? Daar hebben ze hun eigen *insurgency*-specialisten voor.

Ik probeer de vragen van me af te schudden en parkeer de auto op een leeg parkeerterreintje voor een gebouw waarvan alle gordijnen dicht zijn. In de stenen zie ik gaten en lijnen: sporen van een uithangbord.

Ik ben terug in Stolia en dit is het adres waar ik zal overnachten. De afgelopen dagen heb ik in de auto geslapen, maar het is de bedoeling dat ik hier blijf tot de zon opkomt. Ik loop naar binnen, maar zie niks. De lichtschakelaars klikken als ik ze omzet, maar het blijft donker. Ik doe mijn zaklamp aan en zie een verlaten lobby. Dit was een hotel. Bij de liften staan een opgevouwen veldbed, wat eten en een kampeerlamp voor me klaar. Ik laat mijn tassen op de vloerbedekking vallen en kijk rond. Naast de lobby is een grote zaal. Tegen de achterwand staat de bar met planken vol flessen drank. Het feit dat dit hotel niet is leeggeroofd betekent dat het een goed deel van de stad is.

Ik wil naar de trap lopen om naar boven te gaan, maar zie mezelf in de spiegelende wand. Een donkere verschijning in een zaal vol lege stoelen en tafels. Wat is er met me aan de hand? Wat is er veranderd? Waarom blijft dezelfde vraag me lastigvallen, als een wondje in mijn mond?

Zonder een plan loop ik weer naar buiten. De koude stad in. Deze buurt is inderdaad veel beter dan de wijk waar ik de pamfletmaker moest ondervragen. De appartementengebouwen zijn even lelijk als in de rest van Stolia, maar worden goed onderhouden. De straatlantaarns langs de smalle tweebaansweg werken allemaal en er staan veel auto's naast de brede stoepen geparkeerd. Het is laat en rustig op straat. Dat is een goed teken. De buurten waar ik als jongen naar werk zocht, kwamen juist tot leven in de nacht.

Ik loop een paar blokken verder en kom in een straatje waar nog een paar kleine nachtwinkels open zijn. Er staat wat fruit uitgestald en er knipperen allerlei felgekleurde woorden die ik niet begrijp. Er komen weinig buitenlanders in dit deel van de stad, dat zie ik aan de manier waarop ik word nagekeken door de rokende winkeleigenaren.

Dan sta ik opeens voor een internetcafé. Het is een smalle, diepe winkelruimte, met vaal turquoise muren en twee airco-units die bijna uit het plafond lijken te vallen. Er staan vier of vijf oude grijze computerschermen op kleine tafeltjes en er zit één man achter een soort balie naar zijn laptop te staren.

Ik moet doorlopen. Dat weet ik. Ik moet een stukje verder wandelen om tot rust te komen en dan terug naar het verlaten hotel. Morgenochtend moet ik de stad uit rijden. Dat is de opdracht.

Maar ik kan me niet inhouden.

Ik trek de schuifdeur open en loop naar binnen.

Het ruikt naar tabak en nog iets. Iets zoetigs. Op de vloer liggen witte kabeltjes die nergens naartoe lijken te gaan.

De man kijkt fronsend op en vraagt iets in het Kazichisch. Ik wijs naar een monitor en hij knikt.

Het scherm maakt een statisch geluid als het aanspringt en de modem begint piepend in te bellen. Met moeite verander ik de browsertaal naar Engels en googel dan 'de Man met Duizend Gezichten'. Er verschijnt een Wikipedia-artikel over het standbeeld in de hoofdstad. Dat beeld heeft iets te maken met de Ottomanen, heel lang geleden. Het helpt me niet verder. Er is ook een boek dat *De held met duizend gezichten* heet, maar dat gaat over mythen en verhalen. Verder vind ik niets. Maar dat kan toch niet alles zijn? Als het een rebellenleider is, moet ik toch iets kunnen vinden op een nieuwssite over zijn opstand?

Na een tijdje komt de eigenaar van het cafeetje naast me staan. Hij ruikt naar hasj.

'Je komt hier niet vandaan,' zegt hij. 'Waar zoek je naar?'

Ik vertel dat ik een artikel schrijf over een man met duizend gezichten, maar dat het onderzoek niet opschiet.

'Je zoekt op de verkeerde plek. Voor twintig ivot zoek ik voor je op het darkweb, daar staat alles. Ik heb Tor.'

Ik heb geen idee waar hij het over heeft, maar geef hem het geld. We lopen samen naar zijn laptop achter de receptie en hij gaat aan de slag.

'De gewone man denkt dat hij vrij is op het internet,' zegt de Kazichiër, 'maar we zitten allemaal vast in de kapitalistische gevangenisblokken die Google en Facebook voor ons hebben gebouwd. En dan hebben we nog geluk dat het Hoge Huis geen firewall om het land heeft gezet, zoals de Chinezen.'

Ik knik alsof ik naar hem luister maar ik begin al spijt te krijgen van de twintig ivot.

'De echte vrijheid is hier,' zegt de man en hij wijst naar zijn scherm. 'Echte vrijheid is er alleen op plekken zonder regels, zoals het darkweb.'

'Kun je iets vinden?' vraag ik.

'Ik heb een forum gevonden. Kijk.'

'Ik begrijp het niet.'

'Er zijn maar weinig mensen die deze taal spreken. Dit is de taal van mijn volk: de Jada. Deze taal is onze trots en die zullen we nooit opgeven – al zijn er nog maar tien mensen in de hele wereld die het verstaan.'

'Wie zijn de Jada?'

'De Jada zijn de oorspronkelijke bewoners van de Akhlos,' zegt hij en hij wijst door de muur van zijn café naar buiten. 'De bergketen van Kazichië. Wij zijn de grenswachters van het oude land.'

'Wat staat er?'

Hij leunt naar voren om de kleine witte lettertjes te kunnen lezen. 'Dit lijkt een forum voor Jada en Neza die...' hij zoekt even naar het woord, '... politiek actief zijn, als je begrijpt wat ik bedoel. Activisten.'

'Wie zijn die Neza?'

Hij schudt zijn hoofd en wuift iets weg. 'Gekken en alcoholisten. Zij komen uit het oosten, ze horen niet bij dit land. Tussen onze volken hoort een grens, dat is beter. Maar de Mardoe Khador heeft die grens uitgewist en onze mensen zij aan zij aan het werk gezet op hun akkers en in hun mijnen. Dat is vragen om problemen. De Neza denken opeens dat ze ook in de Akhlos thuishoren. Ze beginnen dorpen te bouwen in Jada-gebieden. Daar horen zij niet. Zij horen aan de oostkust, in de bossen.'

'Wat zeggen ze op dat forum over de Man met Duizend Gezichten?'

'Het is een gesprek tussen twee rebellen. De een zegt: "Broeder, jij spreekt van hoop, maar onze dorpen worden weggevaagd en onze kinderen gearresteerd." De ander zegt: "Er is nu meer hoop dan ooit. Volgens onze dorpsoudste is de Man met Duizend Gezichten opgestaan. Verzamel je moed en kus je vrouw." Dan vraagt de eerste wie dat is. De tweede zegt: "Ken je hem niet? De Man met Duizend Gezichten gaat de onderdrukker naar het hiernamaals blazen. Let maar op, binnenkort brandt de hoofdstad als een haard. De familie Lechkov zal het brandhout zijn."'

'Over wie denk je dat ze het hebben?' vraag ik.

'Ik heb over hem gehoord,' zegt hij. 'Maar ik denk dat het sprookjes zijn.'

'Wat heb je gehoord?'

'Ze zeggen dat de Man met Duizend Gezichten een rebellenleger aan het verzamelen is. Ze zeggen dat hij wapens en veel geld heeft. Hij gaat een grote aanval uitvoeren.'

'Een aanval tegen wie?'

'Heb je het huis gezien boven op de heuvel? Bij het oude fort? Dat is de Mardoe Khador, het Hoge Huis. Daar heerst de macht. Daar wonen de oligarchen die Kazichïe in hun wurggreep houden, die de mensen uitknijpen. Mijn volk wil dat gebouw platbranden, zodat Kazichië vredig en democratisch kan worden. En de meeste mensen denken dat dit het moment is om toe te slaan.'

'Waarom nu?'

'Vigo Lechkov, de president, is verongelukt en nu zit er niemand op zijn plek. Misschien neemt zijn broer het over, maar mensen zeggen dat hij niet sterk genoeg is. Wat betekent dat als er ooit een moment was om toe te slaan, het nu is. En volgens deze mensen op het forum is de Man met Duizend Gezichten degene die dat gaat doen.' De man haalt zijn schouders op. 'Eerst zien, dan geloven.'

Ik vertel hem dat ik de naam 'Nairi' een paar keer heb gehoord.

'Nairi is onze leidster. Zij is een levende legende. Zij is de eerste vrouw die alle Jada-clans heeft verenigd tot één front.' Hij gaat staan. 'Ze verloor haar arm door een granaat, vriend, en alsnog heeft ze de soldaat die de granaat gooide neergeschoten. Moet je je voorstellen! Wie kan dat? Wie kan die pijn verdragen? Alleen Nairi. Maar zij gaat de familie Lechkov niet aan de kant krijgen. Zij heeft de middelen niet en ze is geen terrorist. We hebben iemand nodig die aan wapens kan komen en die niet bang is om ze te gebruiken. Als de Man met Duizend Gezichten echt bestaat, dan maken we een kans. Maar het lijkt me sterk.'

Ik bedank de man voor zijn hulp en terwijl ik terugloop naar het verlaten hotel, denk ik na over mijn opdracht. Er zijn twee mogelijke scenario's. Óf ik werk voor mensen die de Jada-rebellen in de bergen willen tegenwerken. In dat geval moet ik de Man met Duizend Gezichten, wie dat ook is, vinden en uit-schakelen. Óf ik werk voor de mensen die de familie Lechkov, wie dat ook zijn, aan de kant willen zetten. Mensen die de re-bellen willen bewapenen. Dan moet ik de Man met Duizend Gezichten vinden om hem hulp aan te bieden.

Maar welke kant het ook is, één ding is wel duidelijk: ik ben hier om een conflict dat al jaren broeit op te stoken.

Ik ben hier om chaos te creëren.

III

Machtsvacuüm

21

Na de mislukte machtsgreep van Karzarov is er maar één man die kan voorkomen dat Kazichië uit elkaar valt. Eén man op wie alle ogen zijn gericht: Daniel Lechkov. Maar die man slaapt.

Michelle kijkt naar die ene man, haar echtgenoot, terwijl ze terugrijden naar de Mardoe Khador. Toen ze het vliegveld af reden probeerde hij wakker te blijven. Ze waren net met de dood bedreigd door de Russische geheime dienst, dus hij wilde haar tot steun zijn. 'Ik laat je niet alleen,' zei hij. Maar de drugs van Karzarov waren te sterk en tegen de tijd dat ze het centrum binnenreden, lag zijn kin op zijn borst en kwijlde hij een beetje. Nu ze hem zo ziet liggen, voelt ze zich angstaanjagend afhankelijk. Wat gaat er gebeuren? Kan er oorlog uitbreken? Zal ze haar ouders ooit nog vasthouden? Moeten haar kinderen opgroeien in dit land en gaan ze een taal spreken die zij niet verstaat? Ze zegt tegen zichzelf dat het geen zin heeft om van het ergste uit te gaan. Samen met Daniel gaat ze een oplossing bedenken, dat doen ze altijd als er iets onverwachts gebeurt. Ze is niet voor niks met hem getrouwd. Hij is een intelligente en empathische man, een vreedzame man, die er alles aan gaat doen om zijn gezin naar huis te krijgen, dat weet ze zeker. Maar wanneer ze weer arriveren bij de Mardoe Khador, moet ze toch even slikken.

Als de auto tot stilstand komt, steekt in haar kantoor in het Hoge Huis Maika Lechkova net een sigaret op. Ook zij kijkt naar die ene man, van wie de toekomst van heel Kazichië afhangt. Ze kijkt via de beveiligingscamera naar hem, terwijl hij met knikkende knieën uit de auto stapt. Die ene man. Haar jongste zoon. De zoon die ze niet begrijpt. Het ene moment lijkt hij zo intelligent als zijn grootvader en het volgende moment doet hij de domste dingen. Hij leeft van het Lechkovfortuin, maar als het zijn beurt is om aan het werk te gaan, probeert hij het land uit te vluchten. Heeft hij geen verantwoordelijkheidsgevoel? En als hij geen politicus wil worden, waarom vlucht hij dan terug naar Nederland? Ze had toch uitgelegd dat de Russen hem zouden volgen? Vertrouwt hij zijn eigen moeder niet? Waar heeft ze dat aan verdiend? Omdat ze hem als kleine jongen naar het Westen stuurde? Dat was de moeilijkste beslissing in haar leven, maar het was de enige manier om hem uit de schijnwerpers te houden. Het kostte haar bijna haar huwelijk, want Boris stond er niet achter. Het was bovendien slecht voor haar reputatie, want in het Hoge Huis werd geroddeld over haar koude hart. Maar toch ging ze ermee door. In ruil voor de veiligheid van haar zoon, liet ze al die hoon over zich heen komen. Nu kijkt ze naar hem en hoopt ze dat hij weet welke rol hij speelt in Kazichië. Ze is doodsbang dat de Russen komen en dat ze van het ene op het andere moment zal verdwijnen, net zoals haar ouders. *Kan ik op je rekenen, tsvali?* vraagt ze hem in gedachten. *Ik ben er ook altijd voor jou geweest.*

Tegenover Maika, aan de andere kant van het grote houten bureau, zit Nia Lechkova Karzarova. Tante Nia kijkt ook naar het scherm, naar Daniel, en haar lichaam trilt van de spanning. Lev is hoogstwaarschijnlijk onderweg naar Moskou, naar hun kinderen. Het is hem gelukt te ontsnappen. Hij wel. Zij zit vast in het Hoge Huis en het is een wonder dat ze nog leeft. Op de een of andere manier heeft ze Maika weten te overtuigen van haar onschuld. Voor nu is ze veilig voor de OMRA, maar uiteindelijk zal Daniel haar lot bepalen. Nia kijkt naar hem en probeert in te schatten wie hij is geworden. Ze herinnert zich een intelligent en vriendelijk neefje – misschien te zacht voor de Kazichische politiek. Maar ze weet niet wie de volwassen Daniel is. Dus ze kijkt naar hem en hoopt dat hij haar leugens zal geloven. Ze hoopt dat ze haar kinderen nog een keer zal vasthouden.

Terwijl Daniel en Michelle de presidentiële vleugel van het Hoge Huis betrekken, kijkt de Rus Joeri Andropov ook naar die ene man. Althans, hij probeert hem te zien. De Bondgenotenspecialist, zoals hij in het Kremlin wordt genoemd, heeft zijn hele team aan het werk gezet om een rapport op te stellen over zijn nieuwe Kazichische 'vriend'. De vriend die aan de macht moet komen zodat Andropov de Russische invloedssfeer rond de Akhlos kan fortificeren. Maar op basis van de informatie die ze hebben, valt er niets zinnigs te zeggen over zijn kwaliteiten als politiek leider of industrieel. Ze weten dat hij een gedreven academicus is. Een computerwetenschapper die onderzoek doet naar neurale netwerken. Verder weten ze niets. Dus wat moet hij rapporteren aan zijn meerderen? Het is hem gelukt om Daniel in het land te houden door zijn gezin te bedreigen, maar dat lukt bijna altijd op die manier. Nu moet gaan blijken of de jongste Lechkov-telg ook het presidentschap zal accepteren. En wat hij met die titel gaat doen. Is Daniel Lechkov de kleinzoon van zijn briljante opa of een kopie van zijn losgeslagen tweelingbroer?

Andropov schenkt nog een glas bier in. Hij houdt niet van onzekerheden. Hoe kan hij ervoor zorgen dat Daniel een succesvolle en gehoorzame president wordt?

In Langley, Virginia, stelt insurgency-specialist Jonathan Rye, Andropovs evenknie, zich de tegenovergestelde vraag: hoe kan Amerika de volgende president van Kazichië doen falen? Vanwege de gigantische lithiumvoorraden zou de CIA graag voet aan de grond krijgen in de Akhlos-regio. En door Vigo Lechkovs dood en de mislukte staatsgreep biedt zich plotseling een mogelijkheid aan om de positie van Rusland te verzwakken. Het hele politieke wandkleed van het land hangt aan één draad, in de vorm van de laatste mannelijke Lechkov. Alleen weet Rye net zo weinig over Daniel als Andropov en dus besluit hij zijn pijlen te richten op de minderheden in het land. De Jada en Neza willen al jarenlang verlost worden van het schrikbewind van de oligarchen. Kan hij een manier vinden om hen sterker te maken nu het Hoge Huis wankelt? En zouden ze dan bereid zijn om ten strijde te trekken tegen Daniel Lechkov?

Rye zet zijn team aan het werk en in de daaropvolgende dagen krijgt hij een steeds beter beeld van de mogelijkheden in Kazichië. Er is namelijk verandering op til in het Akhlosgebergte. Er zijn tekenen van een opstand, er schijnt zelfs een rebellenleger te worden gevormd. Een leger, gevoed door geruchten over een nieuweling die genoeg mankracht, wapens en kennis heeft om de heersende klasse te kunnen intimideren. En hoe dieper het CIA-team graaft, des te meer online activiteit ze zullen vinden rond deze nieuwe figuur en zijn leger.

De meeste Neza- en Jada-burgers geloven de verhalen eerst niet, ze durven zoiets niet te geloven. Maar het gefluister is hardnekkig en wordt een roep. Binnen een paar weken staat Asch-Iljada-Lica synoniem voor voorzichtige hoop. 'De Man met Duizend Gezichten' is opgestaan en niemand weet wie hij is, of waar hij vandaan komt, maar steeds meer mannen pakken hun spullen en reizen af naar een van de rebellenkampen. Allemaal nieuwe soldaten die naar het Hoge Huis willen marcheren. Soldaten die bereid zijn om te vechten. Want zij kijken ook naar die ene man. Naar Daniel Lechkov. En wat zij zien, is de belichaming van het kwaad.

22

In de Mardoe Khador wordt zo snel mogelijk een crisisberaad belegd. Normaal gesproken zou Karzarov aan het ene hoofd van de tafel zitten en een lid van de familie Lechkov aan de andere kant. Maar na de coup is de familie Yanev een plek opgeschoven in de pikorde. Het crisisberaad wordt dan ook in hun vleugel gehouden en op Lev Karzarovs plaats zit nu een kleine man met nauwelijks een gram vet of spieren op de botten: Igor Yanev. Door zijn lichte, dunne haar en spierwitte huid lijkt hij bijna doorzichtig. 'Een nuttige eigenschap voor de baas van de veiligheidsdienst,' grapte zijn vriend Boris vroeger.

Yanev schuift zijn stoel aan en steekt een sigaar op om de spanning te verdoven. Hij voelt zich kwetsbaar. Als de OMRA – zíjn veiligheidsdienst – zo'n groot verraad als dat van Karzarov niet zag aankomen, wat weten ze dan nog meer niet? Hoe lang duurt het nog tot de volgende aanval? En hoe ver is het Kremlin bereid te gaan? Een invasie? Karzarov heeft de coup samen met het Kremlin gepland, dat staat vast, dus wat wordt hun volgende zet?

Wat er ook staat te gebeuren, Yanev is bang dat het Hoge Huis nog minder kans maakt tegen Rusland dan voor de coup. De familie Karzarov vormde meer dan een derde van de politieke en bestuurlijke top van Kazichië. Wat moeten ze nu met al deze familieleden, al die ministers en bestuurders? Er kan bestuurlijke chaos ontstaan. Jaren geleden had het Hoge Huis al eens te maken met de verdwijning van de vierde familie, maar toen zat Petar Lechkov stevig op zijn figuurlijke troon en bezwoer hij de crisis snel. Nu is die troon leeg. Sterker nog, de man die recht heeft op het presidentschap heeft geprobeerd het land te ontvluchten.

De Stoel van God wankelt en Igor Yanev neemt een lange trek van zijn sigaar.

Een voor een druppelen de ministers binnen voor het spoed-beraad. Ze knikken naar Yanev en zoeken snel een plekje. Hij kijkt naar ze en vraagt zich af wat ze denken. Boze tongen be-weren dat hij de macht wil grijpen en hij weet dat Maika die verhalen gelooft. Maar dat is wel het laatste wat hij wil. Presi-dent van Kazichië is zowat de gevaarlijkste baan ter wereld ge-worden en toen de staatsgreep begon, dacht hij maar één ding: vluchten. Hij heeft vijfendertig miljoen dollar op een paar buitenlandse bankrekeningen staan voor noodgevallen – niet genoeg om met drie vrouwen getrouwd te blijven en zijn hui-dige levensstijl vol te houden, maar als hij één vrouw en drie van zijn negen kinderen kiest, zou hij ergens in Europa de rest van zijn tijd in relatieve luxe kunnen uitzitten. En het zou een goed leven zijn.

Maar Yanev wil niet weg uit Kazichië. Hij wil wat zijn vader allemaal heeft opgebouwd niet achterlaten en hij wil het poli-tieke spel nog niet vaarwel zeggen. Dat is zijn passie. Zijn ver-slaving. Dus toen hij hoorde dat Daniel in Kazichië bleef, be-sloot hij ook te blijven. En toen Maika haar zoon zover kreeg om naar het crisisberaad te komen, beloofde hij dat hij het be-raad zou voorzitten. Want alles hangt af van Daniel. Die moet zijn verantwoordelijkheid nemen en president worden, zodat Igor Yanev weer de mooiste positie van Kazichië krijgt: onfeil-baar machtig, vanuit de coulissen.

De hoge deuren gaan open en Maika verschijnt. Ze gaat zit-ten zonder Yanev aan te kijken. Blijkbaar denkt ze nog steeds dat ze hem niet kan vertrouwen. Hij vindt het moeilijk te ac-cepteren hoe irrationeel ze is geworden de afgelopen jaren. Ya-nev is nu haar laatste bondgenoot, maar in plaats van hem ver-trouwt ze Nia Karzarova, de vrouw die hoogstwaarschijnlijk heeft meegewerkt aan de moordaanslag op haar zoon. Voor hem is weer eens duidelijk dat vrouwen ver weg van de politiek moeten blijven.

Als Maika is gaan zitten, kijkt ze om naar haar zoon, die in de deuropening is blijven staan. Daniel kijkt verdwaasd om zich heen – hij ziet er moe uit.

'Daniel, goed dat je er bent. Ga zitten,' zegt Yanev om hem gerust te stellen en hij gebaart naar zijn assistent dat ze koffie moet inschenken.

Voorzichtig komt Daniel in beweging, maar tot ieders verbazing neemt hij niet plaats aan het hoofd van de tafel, maar gaat hij op een van de lege stoelen tegen de lange wand zitten. De plaatsen die bedoeld zijn voor assistenten of stenografen. Maika sist naar haar zoon. Ze wijst naar de lege plek van de doodgereden president. Even lijkt Daniel te twijfelen, maar dan staat hij met zichtbare tegenzin weer op uit zijn stoel en schuifelt naar de tafel. Als hij eindelijk op zijn plek zit, wordt het stil in de zaal. Iedereen wacht op de stamhouder om de vergadering te openen, maar die neemt nietsvermoedend een slok koffie. Maika kijkt haar zoon indringend aan en probeert opnieuw zijn aandacht te trekken, maar Daniel lijkt zich totaal niet bewust van zijn omgeving. Niemand zegt iets en de stilte in de ruimte voelt zwaarder en zwaarder, totdat Yanev er niet meer tegen kan.

'Goed, Daniel is er, dus we kunnen beginnen. Zijn er dringende zaken die we moeten bespreken voor ik de agenda doorneem?'

Zoals Yanev wel had verwacht, neemt een van de Lechkovs meteen het woord. Alleen is het niet Daniel of Maika, maar Radko. De opperbevelhebber is van mening dat ze de samenstelling van het parlement moeten veranderen, desnoods met de zoveelste 'gecontroleerde' verkiezingen. Hij is amper uitgesproken of Vadim Ivanov, de minister van Landbouw, gaat daar luidkeels tegen in.

'Verkiezingen zijn gevaarlijk,' zegt Ivanov. 'Een kans voor de vijand om meer chaos te veroorzaken.'

'U vreest voor uw positie,' antwoordt Radko. 'Laat uw persoonlijke politiek buiten de deur. Wij controleren verkiezingen volledig, waarom zouden die voor meer chaos zorgen?'

'Het is geen geheim dat jullie positie in het parlement veel zwakker is dan die van de familie Karzarov. Ú bent degene die vreest voor uw positie, Radko Lechkov. Dat is de enige reden dat u verkiezingen wilt houden. Maar als lid van de Twintig laat ik dat nooit gebeuren.'

Een paar ministers laten met zachte kuchjes horen dat ze het eens zijn met Ivanov. De minister van Landbouw zit al vijftien jaar op zijn post. Niet omdat hij zoveel van landbouw weet, maar omdat hij een prominente figuur is binnen het Karzarov-imperium met veel vertrouwelingen in het parlement.

'Ik wil orde,' zegt Radko. 'Dat is mijn prioriteit.'

De oude Ivanov gaat staan, maar moet een hand op het tafelblad leggen om zijn balans te bewaren. 'Generaal Lechkov, met alle respect, onze eigen troepen vallen ons aan. Voor het eerst sinds de oprichting van dit land kunnen we ons eigen leger niet meer vertrouwen. Als u orde wilt, moet de prioriteit daar dan niet liggen?'

Yanev ziet Ivanov af en toe naar Daniel kijken. Hij probeert in te schatten wat de nieuwe presidentskandidaat van hem vindt.

'Er is één regiment gedeserteerd, een fractie van onze strijdkrachten,' zegt Radko, 'onder leiding van drie infiltranten die allemaal zijn gearresteerd. Igor Yanevs mannen zijn ze op dit moment aan het verhoren op het hoofdkantoor van de OMRA. Dus maak geen olifant van deze mug.'

'Een mug?' De minister wijst naar Daniel. 'Meneer Lechkov is ontvoerd en bijna vermoord. We waren de controle over het parlement en twee ministeries kwijt en er zijn honderden mensen gegijzeld tijdens een staatsbegrafenis. Een múg, noemt hij dat.'

Iedereen kijkt weer naar Daniel en Yanev ziet het bloed uit

zijn gezicht trekken. Hij begrijpt eindelijk wat er van hem wordt verwacht: hij moet een oordeel vellen.

'Het spijt me,' stamelt hij. 'Ik ben hier alleen om te luisteren. Ik ben niet op de hoogte van de lopende zaken.'

Het wordt zo stil dat Yanev de tabak van de vele sigaretten kan horen smeulen. En hoe langer de stilte aanhoudt, des te bozer hij wordt. Als Daniel niet begrijpt dat hij het Hoge Huis moet redden, is alles verloren. En dat is dan te danken aan Maika Lechkova, de vrouw die alleen naar de korte termijn kijkt. Als zij haar zoon destijds had thuisgehouden, zoals iedereen haar adviseerde, had dit alles voorkomen kunnen worden. Maar in plaats daarvan heeft ze een buitenlander van hem gemaakt. Een vreemdeling. Dankzij het wanbeleid van de zoveelste vrouw die denkt dat ze kil genoeg is om een land te leiden, moeten ze nu allemaal toekijken hoe een hiërarchische machine die al drie generaties op dezelfde manier voortploegt, voor het eerst tot stilstand komt.

Steeds meer van de aanwezigen draaien zich om naar het andere hoofd van de tafel en kijken Yanev aan. Steeds meer mensen denken dat hij Daniels plek zal overnemen. Precies waar hij al bang voor was.

'Er is wel iets anders,' zegt Daniel plotseling zachtjes, en alle hoofden draaien terug. 'Ik ben hier om jullie hulp te vragen. Mijn vrouw en kind zijn doodsbang, ze worden gegijzeld door de Russische geheime dienst. Is er iets wat we het Kremlin kunnen bieden, in ruil voor hun vrijheid? Het enige wat mijn dochtertje wil, is terugkeren naar huis. Kunnen we iets doen, wat dan ook? Alstublieft?'

Yanev staat van verbazing bijna op uit zijn stoel. Hij kan haast niet geloven wat hij zojuist heeft gehoord. Is deze man de kleinzoon van de grote Petar Lechkov? Denkt Daniel Lechkov vlak na een gewelddadige staatsgreep echt alleen maar aan zijn eigen gezin? Begrijpt hij dan niet dat dit crisisberaad niet wordt gehouden voor een crisis in zijn persoonlijke leven, maar dat de politieke orde in de hele Kaukasus op het spel staat? Misschien zelfs die van heel Oost-Europa? Hier aan deze tafel moeten ze de toekomst van honderdduizenden gezinnen redden.

Blijf rustig, zegt hij tegen zichzelf. *Blijf vriendelijk, anders jaag je hem weg.*

'Laten we op dit agendapunt later terugkomen,' zegt Maika.

'Moeten we de vergadering een paar uur schorsen?' vraagt Radko. 'Dan kunnen we Daniel bijpraten.'

'Nee,' zegt Maika. 'Er is een prangend onderwerp waar we direct een beslissing over moeten nemen.' Ze draait zich naar Yanev. 'Jouw mannen hebben Nia Lechkova opgesloten in haar vertrekken en haar telefoons en computer geconfisqueerd. Ik eis dat ze wordt vrijgelaten.'

'Karzarovs vrouw? Zij is nog in de Mardoe Khador?' vraagt een van de ministers verbaasd.

'Ja, natuurlijk!' zegt Maika fel. 'Ze wist van niks. Ze had geen idee wat haar man van plan was. Ik ken haar.'

Yanev schudt zijn hoofd. 'Dat kan ik niet doen, Maika. Alle drie de infiltranten hebben toegegeven dat Nia Lechkova Karzarova deel uitmaakte van de samenzwering.'

'Dat is geen betrouwbare informatie.'

'Waarom niet?'

'Als je een mens lang genoeg met een hamer bewerkt, zegt hij alles wat je wilt horen.'

Het kost Yanev heel veel moeite om rustig te blijven. 'De OMRA zet druk als dat nodig is en dankzij die druk zijn we erachter gekomen dat Nia een gevaar voor ons is. We zouden haar onmiddellijk moeten arresteren. Wat als ze ook je andere zoon probeert te vermoorden? Denk na, Maika. Gebruik je hoofd in plaats van je hart. Ze moet dit huis uit, voor ze nog meer schade aanricht.'

'Nia heeft niets met Vigo's dood te maken, dat weet ik zeker!' Maika kijkt naar haar zoon. 'Jongen, jij bent het toch met me eens? Nia, jóuw tante Nia, wist hier niets van. Dat kan gewoon niet.'

Dit is de druppel, denkt Yanev. Maika gebruikt haar zoons

onzekerheid om haar vriendin te redden. En dat terwijl Daniels eerste beslissingen de rest van zijn carrière kunnen bepalen. Ze zet alles op het spel.

'We schorsen de vergadering,' zegt hij voordat Daniel iets kan zeggen.

'Ben jij opeens de voorzitter, Igor Yanev?' vraagt Maika. 'Nia is onschuldig. En we weten allemaal wat jouw mannen met haar gaan doen. Dat overleeft ze nooit!'

Yanev staat op, doet zijn suède colbert aan en gebaart dan naar Daniel. 'Loop met mij mee.'

De rest van de crisisraad kijkt elkaar aan.

'Waar ga je heen?' vraagt Maika.

'Jij blijft hier,' zegt hij. Hij heeft geen tijd voor deze emotionele oude vrouw. 'Daniel en ik gaan naar Petar.'

23

Als Yanev het vertrek van Petar Lechkov binnenloopt, zit de oude man in zijn stoel bij de grote open haard waar vroeger zijn leestafel stond. Zoals altijd draagt hij een ouderwetse *zweireiher*, met brede schouders en knopen als militaire onderscheidingen. Daniel gaat meteen bij zijn opa zitten en zoent hem op de wangen. Yanev ontwijkt de oude man zo veel mogelijk, omdat hij de aftakeling te confronterend vindt. Bovendien is hij daar niet voor Petar zelf, maar voor wat hij heeft nagelaten.

Hij loopt de grote woonkamer door naar de bibliotheek. Daar staan metershoge boekenkasten gevuld met klassieke werken – zeldzame drukken en speciale edities die Daniels oma verzamelde als hobby en investering. Voor een paar planken van de achterste boekenkast staan dikke, doorzichtige platen. Ze beschermen de dagboeken van Petar Lechkov, honderdduizenden handgeschreven woorden in tientallen, misschien wel honderd, notitieboeken. De ontstaansgeschiedenis van één man en één land.

Yanev schuift het plexiglas aan de kant en pakt een bloedrood notitieboek. Op de voorkant heeft Petar het Lechkov-familiewapen getekend, een symbool dat eruitziet alsof het al generaties bij een adellijk geslacht hoort, maar dat hij zelf heeft bedacht. En boven het wapen staat de titel: *De toekomst van de Mardoe Khador*. Hij pakt het boek en loopt terug naar de woonkamer, waar Daniel naar Petars onsamenhangende gefluister zit te luisteren.

'Dit is Petars laatste dagboek,' zegt hij. 'Hij schreef het vlak na

de korsakovdiagnose, toen hij wist dat zijn geest zou vervagen.'
Daniel kijkt fronsend op en vraagt of het gepast is om dat te
lezen.

'Het is een advies aan ons. Over ons. Hij wil dat we dit lezen.'
Yanev begint te bladeren. Hij heeft zijn bedenkingen over
een man die ijskoude analyses over familieleden en vrienden
achterlaat, maar misschien helpt het Daniel. Hij herinnert zich
de jaarlijkse kerstviering op het Lechkov-eiland in de Centrale
Meren. Tijdens die vakanties ging Petar elke dag ijsvissen en
soms nam hij een van de twee kleinzoons mee. Daniel en Vigo
waren de hele week in competitie voor die eer. Ze wilden elke
dag laten zien wie de sterkste, de snelste of de slimste was.
Want een paar uur alleen met opa, dat was het hoogst haalbare.
En hij herinnert zich ook de dag dat Daniel naar Engeland ver-
trok. Hij ziet de twaalfjarige jongen nog voor zich: trillend van
de spanning. Weggaan bij zijn tweelingbroer ontregelde hem
volledig en Yanev dacht dat de kleine Daniel het niet zou redden. Maar Petar liet de vlucht uitstellen en wandelde een paar
uur met zijn kleinzoon door de tuin. Wat Petar toen tegen Daniel heeft gezegd weet Yanev niet, maar de woorden van zijn
opa gaven de jongen genoeg kracht om weg te gaan.

Die kracht wil hij Daniel nu nog een keer geven. De kracht
om te blijven.

Hij vindt de passage en presenteert het dagboek. Terwijl de
gedoodverfde president het boek aanneemt en er tegenover de
oprichter van het land naar kijkt, krijgt Yanev een weeïg gevoel
in zijn onderbuik. Alsof hij in het luchtledige hangt. Die sensa-
tie is er altijd als hij getuige is van iets wat in de geschiedenisboeken zal staan – als hij misschien zelfs meeschrijft aan een
passage. En dat is precies het gevoel dat hij nooit wil opgeven.

Daniel kijkt even naar zijn opa, alsof de oude man hem nog
toestemming kan geven, en begint dan te lezen. Zijn ogen
schieten over de zinnen en Yanev weet precies wat die ogen
zien. De oude Petar schrijft over de tweeling alsof ze per ongeluk in twee zijn gespleten. Alsof ze ieder de helft van een klein-

zoon zijn. En Daniel is de betere kant. Er staat dat Vigo de brutale kracht en hardheid heeft die nodig zijn om het land te leiden. Maar hij heeft richting nodig. Petar beschrijft Vigo als een hogedrukspuit wiens kop je moet vasthouden om chaos te voorkomen. Hij vindt Vigo geen natuurlijke leider, maar zijn broertje wel.

Daniel is een hoogbegaafde jongen, daar twijfel ik niet over. En hij beschikt over een aantal tegenstrijdige talenten die hem een groot politicus kunnen maken. Hij heeft een analytische geest, maar is ook creatief. Hij is opportunistisch als het nodig is, maar laat zijn basisprincipes nooit los. Daniel moet harder worden. Hij moet net zo sterk, brutaal en koud zijn als Vigo. Als hij dat doet, zijn Lechkov Industria en Kazichië in zijn handen veilig. Misschien zelfs veiliger dan in de mijne.

Daniel klapt het boek dicht en kijkt naar zijn opa. Er staan tranen in zijn ogen.

'Jij kunt dit,' zegt Yanev tegen zijn oneigenlijke neef. 'Jij kunt dit land redden.'

Daniel kijkt naar het rode boek. 'Ik voel me zo schuldig, oom Igor. Ik wil Michelle en Alexa naar huis brengen. Ik wil het goedmaken.'

'Maar je begrijpt dat dat onmogelijk is, tenzij er extreme veranderingen plaatsvinden.'

Daniel knikt.

'Dan weet je wat je nu te doen staat,' zegt Yanev en hij tikt op het familiewapen. 'En Petar zelf zegt dat je het kunt.'

24

In de weken na de mislukte staatsgreep doen Yanev en Maika er alles aan om de Kazichische regering zo rustig mogelijk te houden. Ze besluiten de restanten van de familie Karzarov te sparen, omdat er anders een te groot vacuüm zou ontstaan, en omdat ze Rusland niet willen provoceren. De achtergebleven neven van Lev Karzarov mogen Karzarov Transport daarom blijven bestieren. Ook heeft het Hoge Huis besloten dat er geen verkiezingen komen: de Twintig houden hun plek in het parlement en de premier blijft aan. Alles om tijd te winnen. Tijd die ze nodig hebben om Daniel tot inkeer te laten komen, zodat hij zich kandidaat zal stellen voor het presidentschap. Dan kunnen ze verkiezingen uitschrijven, die hij zal winnen.

Het enige punt waar Yanev en Maika het niet over eens kunnen worden, is Nia. Zij woont nog steeds in het Hoge Huis en Yanev kan Maika maar niet overtuigen dat haar vriendin een gevaar is voor iedereen. Alle deserteurs die de OMRA heeft ondervraagd zeggen dat de echtgenote van Karzarov deel uitmaakte van het complot om het bewind omver te gooien. Waarom zouden zij daarover liegen? Wat winnen ze daarmee? En hoe heeft Karzarov dit gigantische plan al die tijd voor zijn vrouw weten te verbergen? Nia's verhaal is simpelweg ongeloofwaardig, maar Maika geeft niet toe en dus kan Nia zich vrij door de Mardoe Khador bewegen, zelfs door de vertrekken van Daniel en zijn gezin. Als Karzarov een nieuwe poging wil doen om de macht te grijpen, of als Rusland overgaat tot annexatie, kan zij de aanval openen door Daniel te vermoorden. Zij kan het Hoge Huis van binnenuit verzwakken en de deuren openzetten voor de vijand. En dus laat Yanev in het geheim extra beveiliging rond de Lechkov-vleugel zetten. Hij wil haar niet uit het oog verliezen.

Wie hij ook niet uit het oog wil verliezen, is Daniel. Dag en nacht zijn er minstens twee spionnen in zijn buurt, die Yanev constant updates sturen. De eerste paar dagen na het crisisberaad lijkt het alsof hij niet tot Daniel is doorgedrongen met Petars dagboek. De Lechkov-erfgenaam zit de hele dag bij zijn gezin en lijkt te wachten tot zijn problemen vanzelf worden opgelost. Bij de tweede en derde vergadering van het crisisteam komt hij zelfs helemaal niet opdagen. Maar dan verandert er iets. Zonder aanwijsbare aanleiding. Daniel vraagt beleidsstukken en achtergrondonderzoeken op. Hij laat afspraken inplannen met beleidsmedewerkers die hem kunnen bijpraten over alle lopende zaken in het Hoge Huis, en vraagt de premier om een spoedcursus over de vreemde machtsdynamiek in het Kazichische parlement. In de korte rapporten van zijn spionnen leest Yanev dat Daniel dag en nacht doorwerkt. Met de minister van Buitenlandse Zaken en een aantal analytici van de inlichtingendienst praat hij over de GROe en de CIA. Hij wil begrijpen hoe Rusland en de Verenigde Staten hem kunnen dwarszitten en hoe ver die landen zouden gaan om hun doelen te bereiken. En hij praat met de legertop over de samenstelling van het grote Kazichische huurlingenleger.

Zou Daniel eindelijk zijn lot hebben geaccepteerd?

Yanev weet niet hoeveel eer hij zichzelf mag geven voor die ommezwaai, maar het dagboek van Petar lijkt een briljante zet geweest. Hij besluit Daniel nog een week te geven en dan te vragen of hij klaar is om de verkiezingen aan te kondigen aan het volk. Maar in die dagen verandert er weer iets.

Tijdens de vele gesprekken die hij heeft gevoerd, is Daniel op de hoogte gebracht van het al jaren sluimerende conflict tussen de Jada en de Neza, en ineens richt hij zich volledig op de geruchten over een nieuwe rebellenleider die zou zijn opgestaan.

Yanev heeft alleen geen idee waarom. De jarenlange burgeroorlog tussen de Kazichische minderheden – als je het dat al kunt noemen – is zo onbeduidend dat er totaal geen gevaar in schuilt voor de stabiliteit van het land. Maar die week heeft Daniel het in de algemene vergadering alleen maar over de nieuwe Jada-groepering en hun anonieme leider. Hij steekt een monoloog af over iemand die zichzelf 'de Man met Duizend Gezichten' noemt en niemand weet waar hij het over heeft.

Maika wijst haar zoon terecht. 'Hou op over die geitenhoeders, die zijn nog nooit een gevaar geweest. Je zet je familie voor schut.'

Maar Daniel blijft maar doorgaan over 'de terrorist die gevreesd moet worden' en wanneer Yanev hem probeert uit te leggen dat hij zich op de verkeerde dingen richt – Rusland is het enige echte gevaar – wil hij het niet horen.

'Jullie onderschatten de kracht van een verrassingsaanval. De Jada weten dat de Mardoe Khador instabiel is. En we hebben geen idee wat die nieuwe rebel kan of wil. Online heeft hij een ongelooflijke hoeveelheid mensen achter zich.'

Een paar ministers grinniken besmuikt en Yanev begrijpt hun reactie. Wat bezielt Daniel toch? Zelfs als de Jada en Neza door een godswonder vrede zouden sluiten, dan nog maken ze geen enkele kans tegen het Kazichische leger. Zelfs als ze geld en wapens zouden ontvangen van een buitenlandse mogendheid zal dat nauwelijks een verschil maken. Hoeveel mysterieuze namen een van hun leiders ook bedenkt, het verandert niets aan de machtsverhouding. Maar in plaats van zich te richten op de echte gevaren, blijft de beoogde nieuwe president maar doorgaan over terroristen uit de Akhlos en een man met een vreemde bijnaam.

De volgende ochtend laat Yanev een afspraak met Daniel inplannen. Hij moet met hem praten, moet nog één laatste poging doen om hem op het juiste spoor te krijgen. Maar zijn

143

assistent kan Daniel niet vinden – hij is niet bij zijn gezin en ook niet in zijn kantoor – en pas na lang zoeken blijkt hij een afspraak te hebben bij de OMRA. Bij de veiligheidsdienst die Igor Yanev leidt. Zonder dat hij daarvan af wist.

'Wat doet hij daar?' vraagt hij. 'En waarom wist ik hier niets van? Waarom praat hij niet met mij?'

'Het spijt me, we dachten dat u op de hoogte was,' zegt de assistent. 'Hij is al een paar uur in het kantoor van Leonid Torelli.'

25

Leonid Torelli was Daniels beste en enige jeugdvriend. Toen ze elf jaar oud waren, namen Leonid en Daniel samen hun eerste slok drank uit een gestolen fles likeur. Samen sloegen ze voor het eerst de strenge regels van het huis in de wind en slopen ze midden in de nacht langs de soldaten de heuvel af. Urenlang zwierven de jochies door het slapende stadscentrum, om pas terug naar huis te rennen toen de zon opkwam – niemand was het te weten gekomen.

Daniels wereld bestond uit zijn ouders, zijn broer Vigo en de privéleraar van de familie. Leonid werd ondertussen genadeloos gepest op zijn basisschool, omdat hij loenste en slimmer was dan de andere leerlingen – misschien zelfs dan zijn leraren. Hij zat tijdens de pauzes aan de rand van het schoolplein, zo ver mogelijk van een volgende klap. Geen wonder dat de twee eenzame jongens meteen naar elkaar toe trokken toen Leonids vader voor de familie Lechkov ging werken. En de daaropvolgende zes jaar was Leonid het enige wat Daniel meer had dan zijn broer: een vriendschap van 'buiten'. Een vriendschap die nog hechter werd toen Maika de tweeling uit elkaar begon te houden, bij wijze van voorbereiding op Daniels vertrek. Dus toen Daniel twee weken voor zijn dertiende verjaardag Kazichië verliet, nam hij afscheid van twee broers.

Vierentwintig jaar later staat Daniel in een grijs kantoortje, onder een systeemplafond, en kust zijn tweede broer op de wangen.

'Oude vr-vriend,' stottert Leonid, 'Da-daar ben je.'

Daniel pakt hem vast. 'Jij bent de grootste spion van Kazichië geworden, Igor Yanevs nummer twee. Ik kan het niet geloven!'

'Daniel, ik voel me schuldig,' zegt Leonid en hij duwt zijn hoofd onvrijwillig naar links. 'Je bent ontvoerd in het land dat ik in de ga-gaten moet houden. O-Onvergeeflijk.'

'Jij hoeft je nergens voor te verontschuldigen. Hoe gaat het met je?'

'G-Goed. Mijn zoons zijn gezond.'

Leonid gebaart naar de lege stoel voor zijn bureau en gaat zitten. Hij vertelt dat hij Daniels carrière als computerweten-schapper op de voet volgt. 'We kunnen je hier goed gebruiken,' zegt hij en hij wijst naar opgerolde datakabels en twee patch-kasten die in plastic gewikkeld tegen de wand staan.

'Ga je een serverruimte bouwen?' vraagt Daniel.

Leonid lacht. 'Ik mag van Yanev de "afdeling IT" opzetten, zoals hij het noemt.' Hij haalt een balpen uit zijn borstzak. 'Hiermee we-werken onze mensen nu. En dat zal niet snel ver-anderen.'

'Wat doen jullie om IP- en telefoonverkeer te monitoren?'

Leonid schudt zijn hoofd.

'Jullie monitoren helemaal niets? Wat gebeurt er dan als een terrorist onderdelen voor een bom bestelt?'

'Da-dan ontploft er een bom.'

Daniel wordt stil.

'Ik heb g-g-gehoord dat je druk bent geweest de afgelopen tijd. Ben je je aan het voorbereiden op het presidentschap?'

'Ik wil mijn gezin beschermen. En de enige manier om dat te doen, is door te weten waar de gevaren vandaan kunnen ko-men. Cybersecurity werkt net zo. Dat gaat om het vinden van aanvalsvectoren. Heb je daar weleens van gehoord? Zo noe-men ze zwakke plekken in een systeem of netwerk, waar kwaadwillenden doorheen kunnen komen. Ik heb alle aan-valsvectoren in het Hoge Huis in kaart gebracht en dat zijn er veel. Te veel.'

'Z-z-zoals de invloed van Rusland?'

'Dat is de dreiging waar iedereen naar kijkt.'

'Rusland is de grootste dreiging. We weten dat het Kremlin ons leger langzaam overneemt, al jaren. Daarom he-heeft generaal Lechkov de Cirkel opgezet. De GROe dringt ook onze computers en telefoons binnen, w-wat de reden is dat ik de v-veiligheidsdienst moet mo-moderniseren. En het pa-parlement is voor de helft Russisch, daarom durft het Hoge Huis alleen jou aan te wijzen als president.'

Daniel vouwt zijn armen over elkaar. 'Ik ben zelf ook een aanvalsvector. Toen ik naar het vliegveld reed, werden we gebeld door iemand van de ambassade, ene Andropov. Hij wil dat ik president word en daarmee een vriend van Rusland. Anders doet hij mijn gezin iets aan.'

Leonid denkt even na. 'Ik denk dat ik die Andropov weleens ontmoet heb. Officieel is hij een diplomaat, maar we vermoeden dat hij een GROe-agent is. Het klinkt alsof je klem zit, oude vriend, tussen het Hoge Huis en het Kremlin.'

Daniel knikt ongeduldig. 'Een andere aanvalsvector is de familie Karzarov. Zij zullen alles doen om hun plaats in dit land te behouden. Zij zullen proberen om de Mardoe Khador van binnenuit aan te vallen. En de vraag is of Nia Lechkova ze daarbij gaat helpen. Mijn moeder zweert bij haar onschuld.'

'M-m-met alle respect, je moeder is blind geworden. Haar vriendin is een verrader.' Leonid houdt zijn hoofd nog steeds gebogen en knijpt zijn ogen dicht. De tics zijn door de jaren heviger geworden, als hazenpaden die tot sleuven worden uitgelopen.

'Ik heb gehoord over jullie ondervragingsmethodes,' zegt Daniel. 'Als je iemand lang genoeg martelt, geeft hij alles toe.'

'Lees de rapporten: ze wist van Karzarovs plannen. Zij is een van je vectoren, of hoe je het ook noemt. Ik b-begrijp dat het moeilijk is om je tante aan OMRA-agenten over te leveren, maar je zult hard moeten zijn. Je hebt geen andere keuze.'

'Oké. Ik lees graag de rapporten.'

'W-wat heb je nog meer gezien, Daniel?'

'Er is één aanvalsvector die niemand serieus wil nemen. De

belangrijkste van allemaal. Een opstand vanuit het oosten, onder leiding van iemand die de Man met Duizend Gezichten wordt genoemd.'

'Ik heb gehoord over je waarschuwingen tijdens de algemene v-vergaderingen. Maar er is geen reden om je zorgen te m-m-maken. De Jada en Neza zijn simpele volken, en r-relatief klein.'

Daniel glimlacht. 'Je klinkt als je baas, Leonid. Je klinkt als Igor Yanev, die begrijpt ook niet wat ik probeer te doen. Het valt me tegen van hem. Doen jullie onderzoek op het internet? Naar de Jada-fora, waar ze informatie met elkaar uitwisselen?'

Leonid schudt zijn hoofd.

'Dus jullie hebben geen idee wie de Man met Duizend Gezichten is?'

'K-k-klopt, we weten niets over hem. Waarom die fixatie, Daniel? Wat stel je voor?'

'Er is een manier om Karzarov voor altijd buiten spel te zetten. Er is een manier om Rusland weg te houden. Er is een manier om van iedereen te winnen en mijn gezin veilig te houden. Het is niet makkelijk, maar wel mogelijk.'

'Ik ben hier om je te helpen, oude vriend,' belooft Leonid zonder te stotteren. 'Ik sta aan jouw kant. Maar om eerlijk te zijn, dit is te groot. Er zijn te veel fronten waaraan je moet strijden en ik zie geen manier waarop je tegen de Russen op kunt. Je wordt hun marionet, dat moet je accepteren. En je gezin moet hier een leven opbouwen.'

'Iedereen denkt dat we ons moeten verdedigen tegen alle aanvalsvectoren. Dat kan niet. Wat we moeten doen, is die vectoren tegen elkaar opzetten. We moeten onze tegenstanders elkaar laten aanvallen. Wij moeten niet zelf de oorlog aan Rusland verklaren, dat moeten we via de Man met Duizend Gezichten doen. Hij lijkt onze vijand, maar hij is onze redding.'

IV

Wie is Daniel Lechkov?

26

Sophie zit weer op zolder in de grote, stille villa in een buitenwijk van Portland, Oregon. Ze heeft koffiegezet en een ei gebakken, en heeft zich achter de oude laptop genesteld die ze al dagenlang aan het uitspitten is. De laptop waarop ze het filmpje vond van een vrouw met één arm en een vreemde code die langzaam aftelt. En een document dat 'privé' heet. Een vergrendeld document waar ze het wachtwoord niet van weet.

Sophie staart naar het scherm, alsof een wachtwoord een kwestie van wachten is. Links en rechts van de computer liggen lijstjes met mogelijke namen, verwijzingen of getallenreeksen die het zouden kunnen zijn.

Haar moeders geboortedatum?

De postcode van dit huis?

Haar eigen geboortedatum?

FOUTIEF WACHTWOORD

Ze heeft fotoboeken doorgebladerd die in de woonkamer liggen, ze heeft het kantoor doorzocht naar een kluis of notitieboeken, maar nergens vond ze een aanwijzing. Ze blijft theoretische wachtwoorden opschrijven, maar er zijn te veel mogelijkheden.

De naam van de straat?

Het huisnummer?

Een combinatie van die twee?

Ze heeft het geluid van de laptop uitgezet, omdat ze het niet meer wil horen: de korte, strenge toon als haar invoer wordt geweigerd. Dat geluid gaat dwars door haar heen, omdat ze niet weet of er een maximumaantal pogingen is. En als dit bestand weg is, als dit bestand verdwijnt achter een complexer slot, dan moet ze terug naar de tekentafel.

En dat is het laatste wat ze wil.

Nou ja, het allerlaatste wat ze wil is zonder antwoorden terugkeren naar de campus. Dat zou verschrikkelijk zijn. Ze kan zo niet doorgaan, ze kan zo niet door leven. Ze moet iets vinden in dat huis. Ze moet iets vinden waardoor ze begrijpt wat er in Kazichië is gebeurd.

De naam van haar vader?

Zijn lievelingsfilm?

Haar eigen naam?

Haar naam is Sophie. En elke keer als Sophie een wachtwoord invoert, sluit ze haar ogen. Ze wil niet meer zien dat het grijze tekstvakje verdwijnt en het net lijkt alsof de computer het bestand gaat openen. Ze wil geen valse hoop meer.

FOUTIEF WACHTWOORD

Een paar nachten geleden, toen ze voor de zoveelste keer niet kon slapen, is ze op zoek gegaan naar hulp. Via een forum op het darkweb vond ze iemand die zichzelf een hacker noemde. Hij of zij beloofde haar te helpen. Zij moest wat commands invoeren op de oude laptop – de laptop van haar moeder. En daarna moest ze een getallenreeks kopiëren en opsturen. Voor hetzelfde geld heeft ze de hacker volledige toegang tot het beveiligingssysteem van het huis gegeven – haar moeders huis.

'Wie in zee gaat met dieven, mag niet verontwaardigd zijn als hij wordt bestolen,' had haar professor Ethiek weleens gezegd. Dat vond ze toen een slimme uitspraak, maar het leven leek toen nog simpel. Ze moest het risico nemen.

Na een paar minuten kreeg ze een teleurstellend berichtje: 'Dit is een kwantumencryptie. Er is niets wat je kunt doen behalve het juiste wachtwoord invoeren.'

Dus gaat ze door met raden. De naam van haar moeders bedrijf? De plaats waar haar moeder is geboren? De plaats waar
zijzelf is geboren? Ze heeft haar ogen dicht en het geluid is ge-
dempt, maar ze weet al wat er op het scherm staat.

FOUTIEF WACHTWOORD

Vannacht was het weer raak. Vlak voordat ze in slaap viel, zag
ze herinneringen die niet van haar lijken – gestolen herinneringen. In die herinneringen is ze altijd een klein meisje, een
jaar of drie. En het zijn altijd dezelfde scenario's.

*Ze is in een kerk, een grote kerk, en iemand schiet. Ze wordt in
een auto gezet en de auto rijdt hard weg. Maar hoe hard ze ook
rijden, er wordt nog steeds geschoten. Ze ziet witte sterren in de
ruiten.*

*Ze is in een ondergrondse markt, de muren zijn felgekleurd en er
hangt doodsangst in de lucht. Ze wordt vastgehouden door een
vrouw – waarschijnlijk haar moeder. Dan komen er twee soldaten uit een verborgen deur in de muur. Achter de deur is het
donker.*

*Ze staat op een bevroren meer en onder haar voeten zwemt een
schaduw. Iemand duwt haar en ze valt met haar achterhoofd op
het ijs. Iemand schreeuwt en er wordt geschoten. De schoten zijn
zo dichtbij dat haar oren piepen.*

Dat zijn de korte flitsen waar het mee begint. Dat zijn de frag-
menten die haar wakker maken. Maar dan komt de finale nog.
Onherroepelijk. Meestal probeert ze rechtop in bed te gaan
zitten, een glas water te drinken of rondjes te lopen. Maar niets
kan het tegenhouden. Als de vreemde herinneringen beginnen, ziet ze uiteindelijk altijd het huis op de heuvel.

Ze ziet een oude stad. Bij de poort staat een groot standbeeld van een man zonder gezicht. Ze staat op een heuvel, bij een groot huis – misschien is het een paleis. Ze kijkt uit over de wijken van het oude centrum en er heerst chaos. Mensen rennen door de straten, er wordt gevochten en geplunderd. En het grote huis op de berg staat in brand. Haar moeder is zwanger en ze moeten samen vluchten. Ze rijden hard weg, met z'n tweeën, buiten de autoraampjes ziet ze groepen mensen als roedels wilde honden tekeergaan.

Ze heeft alles geprobeerd: slaappillen, partydrugs, jongens, meisjes, hypnose, mediteren, keihard sporten. Ze is zelfs in therapie gegaan. De therapeut zei dat de stad niet bestaat. Hij zei dat de oude muren om het centrum symbool staan voor de muur die Sophie om zichzelf heeft gebouwd. Hij zei dat ze door die muren heen moest breken en dat de stad dan vanzelf zou verdwijnen.

Dus probeerde ze dat advies op te volgen, maar het hielp niet.

Het hielp niet omdat die stad wél bestaat.

Ze heeft het zelf gezien, het is geen droombeeld. Ze zat niets-vermoedend een documentaire te kijken in haar studentenka-mer, een documentaire over de Koude Oorlog die verplicht was voor een werkgroep Internationale betrekkingen. Het beeld versprong en daar was plots die vreemde plek, met dat standbeeld zonder gezicht. En daar was het huis op de heuvel dat ze had zien branden. *Kazichia-stad* werd het genoemd, of *Stolia*. En het paleis op de heuvel heet de *Mardoe Khador*. Het was onmiskenbaar de plek waar Sophie naartoe ging als ze probeerde te slapen. Het was onmiskenbaar en het enige wat ze kon doen was huilen.

'Wat is er?' vroeg haar kamergenoot.

Maar ze kon het niet uitleggen. Ze wist niet hoe ze het moest uitleggen. Ze kon alleen maar huilen en ze wist dat ze op zoek moest naar de bron van die herinneringen. Ze waren namelijk niet gestolen, ze waren van haar. Die dingen waren haar over-komen, lang geleden, toen ze een klein meisje was. En ze wist dat ze kon stoppen met therapie, want die vent was een beun-haas.

Sophie moest zelf op zoek naar antwoorden. Maar waar te beginnen?

De naam van die plek? Stolia? Of de westerse naam: Ka-zichia-stad?

FOUTIEF WACHTWOORD

Ze vroeg haar moeder of ze Kazichië kende, maar die deed net alsof ze er nog nooit van had gehoord. Dus als haar moeder een paar weken weggaat voor werk, doorzoekt ze haar huis. Op zolder, achter een losse plank, vindt ze een oude laptop. Een laptop waarop een tekstbestand staat met de titel 'Privé'. Iedereen heeft recht op privacy, maar Sophie heeft geen andere keuze: ze moet haar moeders geheimen vinden. En dus pro-beert ze het bestand te openen in de hoop dat het een dagboek is.

Terwijl ze nadenkt over wachtwoorden, vindt ze nog iets ge-heims op de oude laptop van haar moeder: een video-opname. In een verborgen map zit een heel groot videobestand. Het be-stand is versleuteld, maar de hacker van het darkwebforum zegt dat het slot van voor de kwantumrevolutie is: binnen twee minuten is het wachtwoord gekraakt.

De video begint te spelen en ze ziet een ondervraging. Een vrouw met één arm moet uren in een houten stoel blijven zit-ten en vragen beantwoorden. De ondervraging duurt zo lang, dat het gesprek een marteling wordt. De vrouw wordt vastge-bonden en bedreigd. Ze moet blijven praten, zelfs als ze bijna flauwvalt van vermoeidheid. Sophie heeft moeite ernaar te kij-ken, maar dwingt zichzelf door te gaan. De vrouw spreekt na-melijk een vreemde taal die erg lijkt op de taal die gesproken wordt in filmpjes over Kazichië. Dat kan geen toeval zijn.

Uiteindelijk roept de video meer vragen op dan dat hij antwoorden geeft. Waarom moet die vrouw blijven praten? Waarom moet ze recht in de camera kijken? Als ze de naam 'Nairi' opzoekt, ziet ze inderdaad de leider van een volk dat de Jada heet. In sommige artikelen wordt ze beschreven als een heldin, in andere als een terrorist. Ze wordt in verband gebracht met een extremistische rebellengroep en hun leider: de Man met Duizend Gezichten.

Waarom heeft haar moeder een video van deze vrouw op haar computer staan?

Tijdens de ondervraging staat er een vreemde code in beeld. Sophie probeert de code in te voeren als wachtwoord voor het tekstbestand: ANTD=>100. Ze probeert het met en zonder getallen, maar niets werkt. Ze probeert de woorden die de vrouw moet herhalen, zoals Jada. En ze probeert haar naam: Nairi. Maar niets werkt.

Foutief. Foutief. Foutief. Het wachtwoord is de hele fucking tijd FOUTIEF!

Sophie zit in het kantoor van haar moeder, in haar stille huis, en ze staat op het punt om na weken niet meer buiten te zijn geweest de zoektocht op te geven. Het voelt alsof ze zichzelf meer verwart dan vooruithelpt. Misschien moet ze douchen, zich weer eens fatsoenlijk opmaken en proberen door te gaan met het leven – wetende dat er nou eenmaal altijd onbeantwoorde vragen zullen zijn. Misschien moet ze terug naar de campus en de schade ongedaan maken die is aangericht door zo lang weg te blijven van college.

Maar vlak voor ze de laptop dichtklapt, weet ze het opeens.

Ze herinnert zich een moment tijdens die lange ondervraging waarvan ze een vreemd gevoel kreeg. Het gevoel dat ze zich eindelijk een beetje kon oriënteren, alsof iemand in de verte een vuur aanstak om haar door de mistbank te leiden.

Sophie gaat terug naar het tekstbestand en terwijl ze het wachtwoord invoert, voelt ze dat het document zal opengaan. Ze weet niet wie hij is of wat haar moeder met hem te maken heeft, maar toch typt Sophie zijn naam in: DANIEL.

Ze sluit haar ogen niet. Ze drukt op 'enter' en kijkt naar de blauwe balk die langzaam volloopt.

WACHTWOORD CORRECT. BESTAND WORDT UITGEPAKT.

27

Als het bestand op het scherm verschijnt, ziet Sophie dat het een dagboek is. Dat is precies wat ze had gehoopt, dat is waarom ze het wachtwoord wilde vinden. Maar nu de intiemste gedachten van haar eigen moeder open en bloot op het scherm verschijnen, wil ze het liefst wegkijken. Ze wil niet weten met wie ze de beste seks van haar leven had of hoe teleurgesteld ze in haar dochter is. Kinderen horen dit niet te zien van hun ouders. Maar Sophie weet geen andere manier om verder te gaan.

Het dagboek begint in oktober, bijna vijfentwintig jaar geleden.

13 oktober 2009
Hij heet Daniel en veel meer weet ik niet over hem, maar toch voelt alles opeens mooier. Dat klinkt melodramatisch en stom, dat weet ik heus wel. Ik fietste daarnet terug van de universiteit en de stad is nog mooier, en Kim heeft haar muziek weer keihard aanstaan in haar kamer maar haar verschrikkelijke Ilse de Lange-cd klinkt ook opeens mooi. Is dit verliefdheid? Dat kan toch niet nu al? Ik heb hem niet eens gesproken.
Daniel kwam een gastcollege geven voor onze werkgroep Rechtsfilosofie. Hij is maar een paar jaar ouder dan ik, heel jong voor een docent. En hij was een beetje verlegen, maar op een charmante manier. Ik zie hem nog precies voor me. Mooi donker haar, grijsblauwe ogen, hij is niet zo lang maar wel breed. Hij had iets mysterieus. Je kon aan hem zien dat hij anders naar de wereld kijkt. Haha, lekker vaag.

Volgens mij zag hij mij ook wel zitten, want hij keek de hele tijd verlegen weg als we oogcontact maakten. Hij komt uit Oost-Europa maar hij spreekt supergoed Nederlands en heel goed Engels.

Ik weet niet eens meer waar hij over vertelde. Hij is computerwetenschapper en ik wist niet eens dat er een studie was die zo heette. Samen met een professor was hij aan het promoveren op artificiële intelligentie die iets met foto's te maken had. Ik lette niet zo goed op. Het enige waar ik aan zat te denken, was wat ik tegen hem kon zeggen na het college. Maar toen het klaar was, liep hij meteen weg en ik durfde ook weer niet achter hem aan te rennen als een soort groupie. Dat leek me een beetje overdreven. Jammer. Dat was Daniel. Ik weet zijn achternaam niet eens meer. Nou ja, vandaag is alles in elk geval mooier.

16 oktober 2009
Ik heb Daniel gevonden. Hij heet Daniel Lechkov. Kim zegt dat ik een enge stalker ben, maar dat kan me niks schelen. Er is een faculteit Wiskunde en informatica en daar kun je dus Computerwetenschappen studeren. Ik ben er gewoon naartoe gefietst. Misschien ben ik wel een enge stalker, maar ik kan alleen maar aan Daniel denken. De hele dag.

Ik ben rondjes door alle gangen van die faculteit gaan lopen. Ik voelde me echt een malloot, hij had net zo goed ergens anders kunnen zijn die dag. Maar toen zag ik hem en deed ik net of we elkaar toevallig tegenkwamen. We hebben een tijdje ongemakkelijk staan praten en toen gaf ik mijn nummer. Ik vind het best stoer van mezelf. Hij keek wel de hele tijd om zich heen en hij praatte heel zachtjes, dus ik denk niet dat hij met studentes mag flirten. Who cares, haha. Ik heb al de hele dag een knoop in mijn buik. Een heerlijke knoop.

22 oktober 2009

Het is halfzeven 's ochtends en ik ben net thuis van de leukste date ooit. Ik heb wel flink overgegeven. Sorry, Kim, als je weer wakker werd. We hebben de hele avond in de kroeg gezeten en alleen maar gepraat. Over mijn reizen en over zijn familie in Kazichië, dat is het land waar hij vandaan komt. Het voelde zo natuurlijk allemaal. Hij snapte precies wanneer ik sarcastisch was. Mensen hebben dat meestal niet door bij mij. Hij wel. En hij heeft van alles over zijn werk verteld. Ik hoop dat ik later een baan vind waar ik net zoveel passie voor heb.

Ik dacht tijdens de date dat het best wel obvious was dat we samen naar huis zouden gaan, maar hij zei niks toen de kroeg dichtging, dus toen zei ik dat hij me mee naar huis moest nemen. Haha. Slet. Hij woont in een bizar mooi appartement aan de Prinsengracht, echt niet normaal. Niet wat je verwacht van iemand die bij de universiteit werkt. Maar wel echt een mannenappartement. Het was bijna leeg, er stonden alleen de spullen die je echt nodig hebt.

Hij probeerde smooth te doen, maar hij was heel zenuwachtig. Hij zette een muziekje aan en hij dimde zijn lampen door in zijn handen te klappen. Het was duidelijk dat er niet veel meisjes over de vloer kwamen. Gelukkig maar! Toen we seks hadden...

Sophie kijkt naar beneden. Ze staart naar het tafelblad en probeert het beeld van haar moeder die seks heeft weg te krijgen.

Ze concludeert dat deze Daniel meer was dan een vriendje. Hij was een van de grote liefdes in haar moeders leven. Of misschien is hij dat nog steeds. Zijn voornaam is het wachtwoord voor het hele dagboek.

Waarom heeft haar moeder nooit over hem verteld?

Ging ze vreemd?

Sophie zoekt naar Daniel Lechkov in de universiteitsdatabase. Er komen drie oude onderzoeken tevoorschijn die hij heeft gepubliceerd met ene professor Sterre van Severen. Ze vindt de meeste Nederlandse namen vreemd klinken, maar deze spant de kroon. Ze schrijft de naam van de professor op in haar aantekeningen en zet erbij: *Probeer hem te vinden.*

Dan probeert ze de onderzoeken te lezen, maar die staan vol wiskundige vergelijkingen. En titels als *Convolutional Neural Networks Tasked With Image Classification* helpen haar ook niet bepaald op weg.

Uit de abstracts kan ze opmaken dat Daniel neurale netwerken bouwde: artificiële intelligentie. Het zegt Sophie allemaal niet veel, maar ze komt een paar keer de term 'deepfake' tegen. Deepfakes kent ze maar al te goed: dat zijn video's waarin iemand iets lijkt te doen of te zeggen, die zijn gemaakt door een AI. Het internet moet in die tijd simpel en overzichtelijk zijn geweest; Sophie kan zich er niets bij voorstellen. Het internet dat zij kent, in het jaar 2034, is verwarrend en onbetrouwbaar. Iedereen kan met de waarheid aan de haal. Iedereen kan met twee muisklikken deepfakes en synthetische stemmen genereren. Haar generatie gaat er bij voorbaat van uit dat alles in de digitale wereld gelogen is. Zelfs filmpjes waarin je beste vrienden iets zeggen, moet je met een korrel zout nemen. De NSA heeft 'verklikkers' gemaakt, die gratis op je computer worden geïnstalleerd, maar die werken bijna nooit.

Sophie vat haar bevindingen samen in haar aantekeningen: *Daniel was een computerwetenschapper die deepfakes maakte. Mijn moeder werd verliefd op hem tijdens een college in 2009.*

Dan zoekt ze naar 'Daniel Lechkov' via haar persoonlijke zoekmachine. Er verschijnen veel meer artikelen dan ze had verwacht. Daniel kwam uit een familie die allerlei bedrijven bestuurde in Oost-Europa en Rusland – zo kon hij dat mooie appartement in Amsterdam betalen. Ze leest dat Daniel een tweelingbroer had die president was van Kazichië.

Als ze verder zoekt naar het verhaal van Daniel Lechkov, leest ze dat hij al decennia aan het roer staat van Lechkov Industria en de invloedrijkste man in Kazichië is. Ze concludeert

dat hij ergens in zijn leven een flinke ommezwaai heeft gemaakt: van academicus in Amsterdam naar magnaat in de
Kaukasus. Sophie vraagt zich af of hij zijn broer moest opvolgen, nadat die verongelukte.

Als ze meer over Daniels leven probeert te vinden, vindt ze
veel tegenstrijdigheden. Op de ene plek wordt hij beschreven
als een gevaarlijke man die veel mensenlevens heeft geofferd.
In andere stukken is hij juist degene geweest die voor meer
democratisering en vrede in het land heeft gezorgd.

Ze kan geen grip op hem krijgen.

Na lang graven in de oudste uithoeken van het internet vindt
ze een artikel van een Nederlandse journalist. Ene Tim Smeets
de Ruyter schrijft over het jaar 2019, als er in Kazichië een burgeroorlog uitbreekt en de minderheden de hoofdstad aanvie-
len. Er ontploffen bommen en er vallen burgerslachtoffers. En
ook in dit artikel gaat het weer over die rebellenleider die zichzelf 'de Man met Duizend Gezichten' noemt.

Sophie ziet die stad voor zich, waar gevochten wordt. En dat
grote huis op de heuvel, dat in brand staat. Ze ziet haar moeder
vluchten.

Was zij in het land tijdens die gevechten?

Ze gaat terug naar een ander tabblad: in 2019 ging Vigo
Lechkov dood en werd Daniel de rechtmatige leider van het
Lechkov-imperium. Dat had ze al gededuceerd, maar nu weet
ze het jaar. Er staat ook dat Vigo Lechkov begraven ligt naast
'de Grote Kerk'. In 2019 was zijzelf drie jaar oud. En een van de
vreemde beelden die ze ziet als ze wil slapen, is een soort kerk.
Haar moeder rent heen en weer, en zoekt iemand. Ze roept een
naam – misschien wel 'Daniel'.

Sophie zoekt voor de zoveelste keer naar plaatjes van de Kazichische hoofdstad, maar filtert deze keer op 'Grote Kerk'. Een
korrelige foto van het gebouw verschijnt. Er staan militaire
jeeps voor de ingang.

Dat is het. Sophie herkent de kerk.

Daar is ze geweest als klein meisje.

Ze voelt de tranen komen. Steeds als ze een van die vreemde herinneringen een plek in de tijd en op de wereldkaart kan geven, voelt het tegelijkertijd als een opluchting en een nieuw verdriet.

Ik was in dat land in 2019, concludeert ze terwijl ze naar het scherm staart. *Tijdens een staatsgreep. En ik was er nog steeds toen er oorlog uitbrak tussen de regering en een rebellenbeweging uit de bergen, onder leiding van een man met duizend gezichten. Ik was als klein meisje in een oorlogsgebied. En daarom heb ik verdrukte herinneringen.*

Waarom zou haar moeder haar meeslepen naar een begrafenis in een ver land? Wat moesten ze in Kazichië? En waar was haar vader, Gabriël? Waarom was die niet mee?

Maar het antwoord is er al. Alsof ze het altijd al heeft geweten.

Zou het echt zo zijn? denkt ze. *Daniel Lechkov?*

Sophie zegt het hardop tegen de mooie straat achter het zolderraam, vanuit haar moeders lege huis. Ze zegt het dus tegen niemand. Maar ze moet de woorden een keer uitspreken, omdat ze wil horen of het klinkt als een leugen of als de nieuwe waarheid.

'Daniel Lechkov is mijn echte vader.'

En ze weet dat het waar is.

28

Michelle staat in de presidentiële vleugel van het Hoge Huis en kijkt naar het achterhoofd van haar driejarige dochtertje. Alexa zit voor de smart-tv die Daniel heeft laten installeren zodat ze haar favoriete programma's op YouTube kan kijken. Het meisje zit daar een groot deel van de dag, maar ze laat het gaan: ze wil dat haar dochter tot rust komt. Ze moet zich veilig voelen, dat is het belangrijkste. Vuurgevechten, doodsangst, een achtervolging door de stad – genoeg om een volwassene trauma's te bezorgen, laat staan een kind. Als ze weer thuis zijn gaat Michelle zeker op zoek naar een goede kinderpsycholoog. Tot die tijd mag Alexa zoveel tv-kijken als ze wil.

Daniel lijkt niet te begrijpen wat er met zijn dochter is gebeurd. Of hij weigert het schuldgevoel toe te laten. Hij zegt dat het vanzelf goed komt. Hij zegt dat het een kwestie van tijd is. Dat gelooft Michelle absoluut niet. Het lijkt alsof het meisje rustig is, maar wat gebeurt er onder de oppervlakte, in haar onderbewustzijn? Het is niet ondenkbaar dat ze de rest van haar leven getekend zal zijn door die ene dag. Door die ene beslissing om naar Kazichië te gaan. Het schuldgevoel spreidt zijn koude vleugels in haar buik. Ze draait zich weg van het meisje voor de televisie en loopt naar de badkamer.

Eerst moeten we veilig thuiskomen, zegt ze tegen zichzelf terwijl ze achter het dressoir gaat zitten. *Dan laten we een behandelplan opstellen. In de tussentijd moet je je hoofd koel houden, Michelle. En gewoon doorgaan met je dag. Daniel is bezig ons hier weg te krijgen.*

Ze rolt haar T-shirt omhoog en wil een potje olie pakken,

maar schrikt van haar eigen buik die zichtbaar groter is geworden. Dat lijkt altijd in horten en stoten te gebeuren, in plaats van geleidelijk. Tijdens haar eerste zwangerschap was ze gefascineerd door die transformatie. Maar deze tweede keer vindt ze de verandering beklemmend: het is een wrang bewijs van de weken die voorbijgaan in het Hoge Huis. In gevangenschap.

Gewoon doorgaan met je dag, zegt ze weer tegen zichzelf, en ze pakt het potje olie alsnog. Maar in plaats van de deksel open te draaien, kijkt ze naar het Kazichische etiket. Tijdens haar eerste zwangerschap verzorgde ze haar buik elke dag. Misschien deed het middeltje niets, maar ze had geen striae overgehouden aan Alexa. En dus kocht ze hetzelfde *stretchmark*serum bij haar dermatoloog en zette het klaar in de badkamer.

De badkamer in Amsterdam.

De badkamer waar ze niet naar terug kan.

Toen ze Daniel vertelde over de olie, stuurde hij een personeelslid langs alle cosmeticawinkels in de hoofdstad. De vrouw kocht tientallen potjes en tubes, maar dat ene merk was nergens te krijgen. Michelle weet dat ze zich verwend gedraagt, maar ze wil dát flesje. Ze wil Golden Lotus, net als de vorige keer. Ze wil het flesje dat staat te wachten tot ze terugkomen uit Dubai – als een trofee van de naïeve zekerheid dat ze altijd weer naar huis mag. Ze wil die naïviteit terug. Maar dat kan niet. Ze kijkt naar het potje en moet zich inhouden om het niet tegen de spiegel te gooien. Hoe lang houdt ze het vol in het Hoge Huis voordat ze gek wordt? Ze kan niet naar haar dochtertje kijken zonder zich schuldig te voelen. Ze kan niet naar haar eigen buik kijken zonder bang te worden. En ze kan niet eens naar een potje huidolie kijken zonder zo boos te worden dat ze een spiegel wil breken.

Hoe lang houdt ze het nog vol?

Het zou makkelijker zijn als Daniel meer tijd voor haar had. De eenzaamheid is het zwaarst van alles. Haar eerste zwangerschap was een mooie periode, ondanks alle onzekerheden en ongemakken, omdat Daniel dag en nacht bij haar was. Ze herinnert zich het moment dat de weeën begonnen. Ze lagen samen op bed en hij legde zijn hand op het kleine voetje dat tegen de baarmoederwand drukte. Hij deed alsof hij kon voelen wie hun kindje zou worden. 'Het is een jongen,' zei hij en hij schoof zijn vingers over de bewegende huid, 'en hij pubert nooit en is altijd lief en redelijk tegen zijn ouders, maar wordt toch een onafhankelijke man.'

Michelle lachte. 'Is dat wat je voor het kind hoopt of voor jezelf?'

Daniel kuste haar voorhoofd en zei dat hij trots op haar was. Op haar en hun kindje.

Twee uur later zat ze naast hem in de auto, op weg naar het ziekenhuis. Ze was gespannen maar niet bang, want ze deden het samen.

Nu zit ze opgesloten in een onbekend land en moet alles alleen doen. De eerste paar dagen bracht Daniel nog veel tijd bij hen door. Maar hij is steeds harder gaan werken en blijft steeds langer bij de OMRA – wat dat ook is. Hij slaapt niet eens meer bij haar in bed. Af en toe komt hij langs om te douchen en dan probeert ze met hem te praten. Maar meestal voelt ze zich na die gesprekken nog eenzamer.

'Hoe gaat het met je?' vroeg ze die ochtend. 'Is er al uitzicht op een oplossing?'

Hij zuchtte diep. 'Het is niet bepaald een simpele opdracht, Michelle. Ik weet dat het lang duurt allemaal, maar we hebben geen bondgenoten in dit land. Het Hoge Huis wil me hier houden omdat ze bang zijn voor een machtsvacuüm. Omdat ze bang zijn voor Rusland. Dus er is niemand die ons wil helpen. Het komt allemaal op mij neer. Ik moet in mijn eentje een uitweg vinden. En dat kost tijd.'

Michelle kon zich niet voorstellen dat ze er helemaal alleen voor stonden. 'Waarom bellen we niet met de Nederlandse ambassade?' vroeg ze. 'Of de Franse? Ik heb twee paspoorten, ik heb ze alle twee bij me. Laat mij helpen.'

'De ambassade? Wat gaan die overheden doen, een extractie-team naar dit huis sturen om de familie van het beoogde nieuwe staatshoofd te ontvoeren? Die landen zouden hoogstens via de officiële kanalen een vraag uitzetten. En die officiële kanalen zijn wíj!'

Ze schrok van zijn felle reactie. 'Ik probeer alleen maar mee te denken, liefje,' zei ze.

'Sorry.' Hij haalde diep adem. 'Ik ben niet boos op jou. Het is de druk van deze situatie.'

'Moeten we dan niet met Amerika praten? Misschien kunnen zij ons helpen?'

'Zodra we contact zoeken met de CIA, gaat Rusland over tot militaire actie. Dan breekt er oorlog uit. We zouden met één telefoontje tienduizenden levens op het spel zetten.'

'Maar hoe komen we hier dan weg, Daniel? Wat moeten we in vredesnaam doen?'

Hij pakte haar vast. 'Ik weet nog niet precies wat we moeten doen, maar ik beloof dat ik jullie zal beschermen. En dat ik jullie uiteindelijk terug naar huis krijg.'

'Ons,' zei ze. 'Hoe je ons alle drie terug naar huis krijgt.'

'Vertrouw me,' zei hij en hij stapte onder de douche.

Er is één persoon die het oneindig lange wachten gelukkig wat draaglijker maakt: Harper. De Amerikaanse weduwe van Vigo Lechkov durft ook niet weg en Michelle gaat elke middag bij haar op de thee. Hoe wrang de situatie ook is, Harper krijgt haar altijd aan het lachen. Een paar dagen eerder zat Michelle bijvoorbeeld te klagen over het serum dat nog in Amsterdam staat. Harper hoorde het een paar minuten aan en sprong toen op van de bank.

'*Oh my god,*' zei ze en ze trok een keukenkastje open. 'Hebben ze hier alleen reguliere koffiebonen? Ik drink op Manhattan altijd Kopi Loewak.' Ze wenkte Alexa. 'Kom mee, we gaan. We moeten een kat vangen op straat en koffiezetten van de keutels, anders word ik gek!'

Iedereen lachte – ook Alexa, zonder te begrijpen wat er gezegd werd.

Maar ook Harper heeft het zwaar. Michelle weet heus wel dat ze te veel drinkt. Ze ziet het aan haar ogen en ze ruikt het aan haar adem. Ook Harper zit al weken dicht tegen het breekpunt aan.

En die middag breekt ze.

Zodra Michelle bij Harpers appartement aankomt, ziet ze aan de Amerikaanse dat er iets mis is. De relativerende glimlach is verdwenen en haar ogen staan dof; ze heeft te veel gedronken en te weinig geslapen.

'Michelle, luister,' fluistert ze alsof er nog iemand in de kamer staat. 'We moeten hier weg.'

'Wat een goed idee, dat we daar niet eerder op zijn gekomen,' antwoordt ze spottend.

'We hebben lang genoeg op Daniel gewacht, hij is nu een van hen geworden.'

'Van wie?'

Harper gebaart dat ze in de keuken verder wil praten en schuift de deur achter zich dicht. 'Waarom zitten we hier als makke lammetjes te wachten op jouw man? We willen toch weg? Dan moeten we zelf een plan bedenken.'

'Wat kunnen we doen? Ik wil niks liever dan naar huis, maar daar staat de Russische geheime dienst op ons te wachten. Geloof me, ik heb de foto's met mijn eigen ogen gezien. Daniel werkt dag en nacht aan een oplossing. We moeten hem vertrouwen.'

'Michelle, de man met wie jij je leven deelde in Amsterdam, is niet de man die met je is meegekomen naar dit land. Hier is hij een Lechkov.'

'Daniel is anders,' zegt Michelle. 'Hij is opgegroeid in het Westen.'

'Vigo was ook anders als we in New York waren. Daarom probeerde ik hem weg te houden uit dit land. Hier veranderde hij in... in iets anders.'

'In wat dan?'

'In een manipulatieve politicus.' Ze schenkt zichzelf een glas water in en slaat het achterover. 'Jij hebt toch ook weleens dictators als Loekasjenko of Maduro op het nieuws gezien, en dan naar hun vrouwen gekeken? Jij hebt je toch ook weleens afgevraagd hoe iemand aan de zijde van zo'n gewetenloze tiran kan staan? Wij weten het antwoord nu, Michelle: je wordt langzaam naar binnen getrokken. Zonder dat je het doorhebt, word je deel van hun land en hun regime. Ze laten het lijken alsof ze aan de goede kant staan. Of alsof er geen andere uitweg is. Maar die is er wel. We moeten samen vluchten. Met Alexa. We moeten het land uit, voor het te laat is.'

'Daniel is ons nergens naar binnen aan het lokken, Harper. Hij wil ons juist helpen te ontsnappen. Hij wil ons beschermen tegen de tirannie.'

'Zie je het echt niet? De keuze die hij moet maken? Zou jij je moeder, je opa, je ooms en tantes, je neven en nichten aan hun lot overlaten? Natuurlijk niet. En Daniel kan ze redden, door de machtigste positie in het land te accepteren. De plek die hem als kleine jongen is ontzegd. De plek die aan zijn broer werd gegeven, omdat die een paar minuten ouder is. Weet je hoe sterk de aantrekkingskracht van die troon dan is?' Ze slaakt een diepe zucht voor ze verdergaat. 'We moeten hier weg, Michelle, en Daniel gaat dat niet voor ons regelen. Sterker nog, hij gaat er alles aan doen om je op je plek te houden, want hij wil hier blijven. Hij wil laten zien wat hij kan.'

'Je kent hem niet.'

Harper gaat aan de keukentafel zitten en fluistert weer. 'Ik heb een plan. Er is een manier om weg te komen, maar ik kan niet met mezelf leven als ik jullie hier achterlaat.'

'Serieus? Je hebt echt een plan?'

Ze knikt. 'Het is riskant, maar niet zo riskant als hier blijven.'

'Als dat echt waar is, dan moeten we Daniel erover vertellen. Hij wil met ons mee. Waarschijnlijk kan hij ons helpen.'

Harper kijkt omlaag en drukt haar palmen tegen elkaar, alsof ze tussen de kerkbanken zit. 'Michelle, beloof me dat je niks zult zeggen. Zweer op Alexa dat je hem niks vertelt over mijn plan.'

'Waarom niet? Je bent paranoïde, Harper.'

'Paranoïde? Misschien. Maar jij bent naïef. Weet je wat ze hier doen met verraders? Hier in Stolia staat het gebouw van de OMRA. Voetgangers steken daar altijd over omdat de kelders zo slecht geïsoleerd zijn dat je het krijsen van de martelingen op straat kunt horen. Dat geschreeuw gaat dag en nacht door.'

'Je luistert niet naar me: Daniel zou je nooit laten arresteren. Hij staat aan onze kant. Hij probeert ook een ontsnappingsplan te bedenken.'

'Daniel zal alles doen om jullie te beschermen, maar hij gaat nooit meer terug naar Nederland. Hij wordt de volgende president van Kazichië, dat garandeer ik je. Dus de vraag is wat jij wilt. Wil jij je tweede kind in een Kazichisch ziekenhuis op de wereld zetten? Met militairen voor de deur om je te beschermen tegen een aanslag op de Lechkov-bloedlijn? Als je dat wilt, dan moet je netjes blijven wachten tot Daniel de macht in handen heeft. Maar als je naar huis wilt, dan moet je zelf de grens over vluchten. Dan moet je met mij meekomen zonder iets tegen Daniel te zeggen. Als je op hem wacht, dan blijf je de rest van je leven in het Hoge Huis.'

29

Harper is niet de eerste die Michelle waarschuwt voor Daniel Lechkov. De avond dat ze haar nieuwe vriendje aan haar ouders voorstelde, begon haar vader al kritische vragen te stellen nog voordat het eten was opgediend.

'Als je zelf nauwelijks inkomsten hebt,' zei hij, 'dan leef je van het geld van je familie. Vind je dat niet moreel bezwaarlijk? Vanwege de manier waarop dat is verdiend? De onderdrukking in dat land? Het onrecht?'

Haar moeder kwam binnen met een schaal stomende boontjes en zei dat Luc zich koest moest houden. Maar dat deed haar vader niet. Integendeel, hij viel zijn gast de hele avond aan. En tijdens het toetje was Daniel het zat.

'Nederland is hetzelfde als Kazichië,' zei hij. 'Deze verzorgingsstaat waarin uw dochter veilig kon opgroeien, is rijk geworden van oorlog, uitbuiting en slavenhandel. Nederland is ook gebouwd op onderdrukking, alleen een paar honderd jaar eerder dan Kazichië. Alle welvaart in de wereld is gebouwd over de rug van een ander.'

Haar vader schudde zijn hoofd en bromde een Franse verwensing tegen de Mona-pudding.

Michelle wilde de ruzie sussen en legde haar hand op Daniels been, maar die kon zich niet meer inhouden. 'En het pensioen dat u krijgt, waar u van leeft, haalt rendementen uit investeringen in wapenhandel, winning van edelmetalen door moderne slaven en boringen naar fossiele brandstoffen in landen die vrouwen onderdrukken. Maar toch accepteert u dat geld, zodat uw vrouw een heerlijke maaltijd voor ons kan maken.'

'Genoeg,' zei Michelle. 'Laat het gaan, alsjeblieft.'

Daniel hield zijn mond. Maar haar vader liet het niet gaan. De dag erna belde hij haar.

'Hoorde je wat hij zei, Michelle? Hij vindt dat onderdrukking noodzakelijk is. Dat is wat die mensen geloven. Blijf weg bij alles wat Lechkov heet, meisje.'

Michelle werd boos. Ze wilde excuses. En ze wilde dat hij zich met zijn eigen leven bemoeide. Maar dat kon hij niet. Hoe serieuzer de relatie werd, hoe heviger haar vader zich verzette. Zelfs tijdens hun bruiloft, vlak voor hij zijn enige dochter naar het altaar mocht brengen, ging hij door. 'Denk goed na wat je doet,' fluisterde hij, terwijl de muziek begon. 'Ik begrijp dat het geld fijn is, maar je trouwt met een slangennest. Luister naar je vader. Dit wordt je ondergang.'

'Het gaat me niet om het geld, papa. En doe niet zo dramatisch.'

'Het is niet dramatisch, die man is gevaarlijk.'

'Hij is een wetenschapper. Hij schrijft de hele dag computercode,' zei ze en ze probeerde de opkomende tranen te bedwingen. 'Moeten we dit echt nú doen? Vlak voor ik ga trouwen?'

'Dit is mijn laatste kans. Ik wil je beschermen.'

'Hij is de mooiste man die ik ooit heb ontmoet. Hij is de liefde van mijn leven.'

'*Il est le fils d'un tyran*, Michelle!' riep Luc Verdier machteloos – zo hard dat alle gasten het konden horen.

Ze liep zonder haar vader naar het altaar.

De tweede waarschuwing kwam uit onverwachte hoek: professor Sterre van Severen. Sterre was een belangrijke man in Daniels leven. Door hem was hij computerwetenschappen gaan studeren en toen Daniel talent bleek te hebben, haalde Sterre hem naar de Universiteit van Amsterdam zodat ze konden samenwerken aan zijn onderzoek.

Michelle hield zich als strategieconsultant bezig met allerlei marktontwikkelingen en complexe datasets, maar het werk van Sterre en Daniel was voor haar te abstract. Ze begreep het wel in grote lijnen: de mannen deden onderzoek naar neurale netwerken die zichzelf slimmer konden maken. En ze gebruikten die netwerken om 'deepfakes' te maken. Michelle kende deepfakes van de apps waarmee je je eigen gezicht kon wisselen met dat van een beroemdheid. Maar de techniek erachter, de codes die Daniel de hele dag schreef, waren voor haar als een buitenlandse taal.

De twee wetenschappers werden grote namen in hun vakgebied en na jaren vol doorbraken besloten ze samen een bedrijf te beginnen om de artificiële intelligentie die ze hadden gebouwd aan het werk te zetten. Ze noemden hun netwerk ERIS, naar de godin van de tweedracht. En ERIS kreeg geen onbescheiden doel: het moest de wereld redden. Daniel en Sterre redeneerden dat het niet lang zou duren tot iedereen deepfakes kon maken. Iedereen met een laptop of telefoon zou de president van Amerika een oorlog kunnen laten verklaren, of de CEO van een multinational onzin laten uitkramen tijdens een aandeelhoudersvergadering. Daarom moest er een leugendetector komen die de waarheid kon herkennen. Die leugendetector was ERIS.

De vakpers omarmde het idee vanaf het eerste persbericht. Een van de meest toonaangevende wetenschappers als het om deepfakes ging, wilde samen met zijn rechterhand de wereld redden van een vloedgolf aan leugens en verwarring. Het was een vliegende start. Maar er was wel een prijs voor die roem: Daniel moest zijn carrière aan de universiteit opgeven. Sterre eiste dat. Een van de twee moest zich volledig op ERIS richten om het een kans van slagen te geven en Sterre had de hoogste aanstelling, dus wilde niet terugtreden. 'Dat zou zonde zijn,' vond de professor. Na lang twijfelen besloot Daniel te luisteren naar zijn mentor en brak hij zijn academische carrière af. Een groot offer, maar het leek de juiste beslissing: het bedrijf maakte grote sprongen. En hun werk aan ERIS vorderde veel sneller dan ze voor mogelijk hadden gehouden. Niets leek tegen te zitten.

Maar toen stond Sterre opeens voor de deur. Michelle was alleen thuis en vroeg wat hij kwam doen. De professor liep zonder zijn jas uit te doen de woonkamer in en zei dat hij over Daniel wilde praten.

Hij ging op haar stoel zitten. 'Misschien moeten we stoppen met ERIS.'

'Hoe bedoel je? Het gaat toch ontzettend goed met ERIS?'

'Ja, te goed.'

'Maar dat kun je Daniel toch niet aandoen. Hij heeft alles opgegeven voor dit bedrijf. Voor jou.'

'Denk je dat ik dit wil? Ik heb geen andere keuze. Hij gedraagt zich... gevaarlijk.'

'Gevaarlijk? Daniel? Waar komt dit ineens vandaan? Overdrijf je niet een beetje, Sterre?'

'Onderschat de implicaties van ons werk niet, Michelle. ERIS kan een oorlog beginnen.'

'Ik snap niet hoe een leugendetector gevaarlijk kan zijn. Jullie zijn toch juist de oplossing voor het probleem?'

'Je kunt alleen de ultieme leugendetector maken, door ook de beste leugenaar te maken,' legde Sterre uit. 'Het neurale netwerk dat wij bouwen heet een "generatief antagonistennetwerk". Het is eigenlijk niet één netwerk, het zijn er twee. En die twee netwerken zijn elkaars tegenstander. De ene code heet de *generator*, die produceert een beeld dat echt lijkt, maar het niet is. Bijvoorbeeld van Tom Cruise die een kus geeft aan een lama. En de tweede code heet de *discriminator*, die probeert te ontdekken of het beeld van Tom Cruise een deepfake is of niet. Door elkaar constant tegen te werken, wordt het netwerk steeds beter in het maken van deepfakes, en in het herkennen ervan. Je bouwt dus tegelijk het schild tegen een wapen en het wapen zelf: de leugendetector en de leugenaar.'

'En jij vindt dat Daniel onverantwoordelijk omgaat met het deel van de code waarmee je deepfakes maakt?'

'Met een netwerk dat zo ver voorloopt als ERIS moet je het juiste moment vinden om te publiceren. Als je te laat bent, is je leugendetector niet slim genoeg om nuttig te zijn. Maar als je te vroeg bent, geef je de wereld een gevaarlijker wapen dan ze hadden. Ons werk aan ERIS is zo snel gegaan dat we moeten wachten. We lopen zo ver voor dat we de morele implicaties boven de zakelijke kansen moeten zetten: als we nu naar buiten treden, verdienen we veel geld, maar maken we het probleem ook groter. Ik dacht dat Daniel dat met me eens zou zijn.'

'Wat stelt hij dan voor?'

'Toen ik zei dat ik niet naar buiten wilde treden, werd hij boos. Hij wil het netwerk juist zo snel mogelijk aan het werk zetten, om er zeker van te zijn dat wij de eerste zijn. Hij zegt dat ik niet begrijp hoeveel er afhangt van het succes van ERIS, voor zijn carrière. Dit is het enige waar hij mee bezig is: zijn eigen succes.'

'Maar dat is toch ook zo? Dit is toch heel belangrijk voor hem? Zijn opa heeft er bijna twee miljoen in gestopt. Hij wil zijn familie niet teleurstellen.'

'Dit is groter dan zijn wensen!' Sterre zei het zo hard dat Michelle naar de babyfoon wees om hem bewust te maken van haar slapende dochtertje.

'Ik weet zeker dat hij geen slechte intenties heeft, Sterre. Ik denk dat je gewoon met hem moet praten.'

'Ik praat al maanden met hem, maar hij weigert naar me te luisteren.' Sterre kwam naar voren zitten en legde zijn hand op de hare. 'Michelle, als ERIS in de verkeerde handen valt, is het een massavernietigingswapen. En Daniel gaat ermee om alsof het een klappertjespistool is. Zou je alsjeblieft met hem willen praten? Ik heb de laatste weken een kant van hem gezien die ik niet begrijp. Een harde kant.'

Ze drukte Sterre op het hart dat hij zich geen zorgen hoefde te maken. Waarschijnlijk was Daniel gewoon moe. Het hele gezin was moe. Michelle had veel last van haar zwangerschap en ze werkten allebei veel te hard. Ze zou een vakantie boeken en dan met hem praten. Dat beloofde ze. Sterre liep met een bezorgde uitdrukking de woonkamer uit en Michelle belde meteen haar favoriete resort in Dubai. Als ze rustig aan het zwembad lagen, zou ze erover beginnen. Ze zou Daniel helpen Sterres kant van de zaak te zien. Maar bij dat zwembad kwamen ze nooit, want die nacht werd Vigo vermoord. En de volgende dag vlogen ze naar Kazichië.

30

Een paar dagen na het gesprek met Harper wordt er op de deur geklopt. Het is dag zesentwintig in het Hoge Huis en Michelle verwacht deze op dezelfde manier te beginnen als alle voorgaande: starend naar Alexa's tekenfilms. Maar er wordt geklopt en dus knoopt ze haar badjas dicht en doet de deur open.

Voor haar staat een staflid dat vriendelijk naar haar glimlacht. Hij heeft een boodschap van Maika: of Michelle misschien tijd heeft om met haar dochter thee te komen drinken in Maika's privévertrekken?

Een beetje beduusd staart ze de man aan. Ze heeft haar schoonmoeder niet meer gesproken sinds de dag van de coup. Dus waarom nu ineens? Vanwaar deze plotselinge aandacht? De man staart vragend terug en heel even twijfelt ze. Dan zegt ze dat ze zich eerst moet aankleden en opmaken, maar dat ze zich zal haasten.

Een klein halfuur later neemt ze plaats in een van de enorme fauteuils in Maika's appartement en bestudeert haar schoonmoeder. Zou de oude vrouw een uniek moment van medemenselijkheid beleven? Wil ze haar schoondochter eindelijk wat steun bieden? Misschien komt het omdat ze weet dat Michelle zwanger is? Maar de thee is nauwelijks ingeschonken of Maika begint over haar vriendin Nia. Ze vraagt of Michelle een goed woordje wil doen bij Daniel. Ze is bang dat Nia gearresteerd zal worden door de OMRA en dan van de aardbodem verdwijnt.

Natuurlijk gaat het niet om ons, denkt Michelle. *Natuurlijk is het volkomen onrealistisch om te denken dat iemand zich om mijn of Alexa's welzijn bekommert.*

Zonder een slok te hebben genomen staat ze weer op.

'Nee,' zegt ze. 'Ik wil geen goed woordje doen. Ik wil geen deel worden van jullie machtsspelletjes. Het enige waar ik om geef, is teruggaan naar Nederland.'

Ze wil niet koud klinken, maar ze kan het niet langer opbrengen om haar gevoelens te verbloemen. Ze is te zwanger en te gestrest voor diplomatie.

Maika zet hoofdschuddend de theepot neer.

'Michelle, Daniel en jij kunnen onmogelijk terug naar Nederland. Dat weet je toch? Om dat op een veilige manier te doen, moet hij het Hoge Huis stabiel achterlaten zonder zelf president te worden. Dat is onmogelijk. De harde realiteit is dat jullie hier niet weg kunnen zonder een bloedbad te veroorzaken.' Ze zwijgt en kijkt Michelle met een schuin hoofd aan. 'Vertelt Daniel jou wel eerlijk waar hij mee bezig is? Want volgens mij werkt hij dag en nacht aan het consolideren van onze macht. Ik heb niets gezien wat duidt op een vluchtplan.'

'Waarom denk je dat?'

'Hij is de veiligheidsdienst aan het moderniseren. Hij is samen met Radko het leger aan het doorlichten en hij laat de burgeroorlog in het oosten in kaart brengen. Dat klinkt niet alsof hij zo snel mogelijk weg wil. Dat klinkt alsof hij zich voorbereidt op het presidentschap.'

Michelle kijkt Maika aan en wil van alles zeggen. Wil haar van alles toewensen. Maar in plaats daarvan roept ze Alexa en loopt de kamer uit. Ze kan het niet meer. Ze kan de theorieën over haar echtgenoot niet meer aanhoren. Ze weet niet meer wat ze moet geloven, wie ze kan geloven, maar niks doen en afwachten in dat klote Hoge Huis is geen optie meer. Ze kan niet meer liegen tegen haar baas dat ze ziek is en elke dag zijn bezorgde berichtjes lezen. Ze kan zichzelf niet meer tegen haar beste vriendin horen zeggen dat ze nog vertrouwen heeft. Dat alles goed komt. Want ze weet helemaal niet of het goed komt. Ze heeft geen enkel idee waar Daniel mee bezig is.

Het is tijd voor duidelijkheid. Nee, het is tijd voor de waarheid. Daniel mag haar niet meer buitensluiten. En dus laat ze zich onaangekondigd naar de veiligheidsdienst rijden.

'Naar het hoofdkwartier van de OMRA,' zegt ze tegen de chauffeur.

Met dezelfde vragende blik als het staflid dat haar kwam uitnodigen voor de thee, staart de chauffeur via de achteruitkijkspiegel naar Michelle.

'Ben je doof? Rijden. Naar de veiligheidsdienst.'

De twee receptionisten kijken elkaar paniekerig aan: wat moeten ze doen? Niemand mag zomaar binnenkomen zonder afspraak. Ieder ander zou onmiddellijk gearresteerd worden, maar dit is de vrouw van Daniel Lechkov. En Michelle Lechkova laat zich niet zomaar de toegang ontzeggen.

Na tien minuten aandringen komt Daniel eindelijk naar beneden. In het felle tl-licht ziet Michelle hoe uitgeput hij is. Gejaagd wijst hij naar een bankje in de ontvangsthal waar ze kunnen zitten.

'Wat is er aan de hand?'

'Je moeder zegt dat wij nooit meer naar huis kunnen, en dat jij dat weet. Ze zegt dat je je aan het voorbereiden bent op het presidentschap.'

Ze ziet dat hij ergens anders is met zijn gedachten. 'Ik word gek, liefje,' zegt ze. 'Ik zit de hele dag in dat huis te wachten en ik word gek. Ik moet weten wat je plan is om ons weg te krijgen. Of er überhaupt een plan is. Ik moet weten of ik mijn ouders ooit nog kan vasthouden. Mijn hele leven in Nederland valt uit elkaar. Ik moet...'

Hij pakt haar hand vast en zegt dat het allemaal goed komt. Hij belooft het.

Ze wil niet huilen waar Alexa bij is, maar kan zichzelf nauwelijks bedwingen. 'Is dat zo?' vraagt ze met haar gezicht op zijn schouder. 'Denk je echt dat het goed komt? Want ik weet het niet meer.'

'Ik heb maar één prioriteit, Michelle, en dat is jullie veiligheid. Het enige waar ik al die dagen en nachten keihard mee bezig ben, is jullie beschermen.'

'Maar wat betekent dat? Wat ben je aan het doen? Hoe ga je ons naar huis krijgen?'

Daniel laat haar los en wrijft over zijn gezicht. 'We kunnen op dit moment niet terug naar huis, daarvoor is de situatie te explosief. Ik wil je niet banger maken dan je al bent, maar we worden letterlijk van alle kanten bedreigd. Door Rusland, door Amerika, door de opstandelingen in de bergen en de vrienden van Karzarov in het parlement. Ik moet al die partijen van ons af houden, dus mijn prioriteit is niet teruggaan naar Nederland. Mijn prioriteit is jullie veiligheid.'

'Maar hoe kun jij in je eentje tegen al die partijen op?'

'Leonid en ik zijn zo snel mogelijk een digitale afdeling uit de grond aan het stampen. Ze werken hier nog met pennen en faxmachines, en ik probeer van de OMRA een modern instituut te maken. Zo krijgen we veel meer overzicht en controle. Daarnaast zijn we bezig...'

Terwijl Michelle naar hem luistert, voelt het alsof ze een stukje loskomt van de bank. Alsof ze op een schommel zit die op het dode punt blijft hangen. Haar maag trekt samen en haar bovenbenen tintelen een beetje. *Een digitale afdeling uit de grond stampen*, denkt ze bij zichzelf. *Dat is wat hij aan het doen is al die tijd. Hij is controle aan het uitoefenen. Of zoals Maika het noemde: de macht aan het consolideren.*

Leonid komt de hal binnenlopen. De kleine loensende man wijst op zijn horloge en roept iets naar Daniel. Hij doet net alsof Michelle en Alexa onzichtbaar zijn.

'Ik moet gaan,' zegt Daniel. 'Leonid en ik werken aan iets belangrijks.'

Hij wil gaan staan, maar ze trekt hem terug naar de bank. 'Wacht even, alsjeblieft. Ik snap het niet. Een digitale afdeling voor de veiligheidsdienst opzetten, dat klinkt niet alsof we vandaag of morgen naar huis kunnen. Ik... ik begrijp het niet meer. Hoe lang zijn we hier nog?'

'Ik weet nog niet wanneer we weer in Nederland zullen zijn. Ik weet nog niet hoe we daar moeten komen. Ik snap dat je je verloren voelt. Maar je moet geloven dat ik alleen maar bezig ben met jullie veiligheid. We praten morgen verder, oké?'

Zonder op een antwoord te wachten kust hij Alexa op haar voorhoofd en verdwijnt met Leonid achter de liftdeuren.

'Wat gaan we doen?' vraagt Alexa. 'Wat gaat papa doen?'

Ik weet het niet, denkt Michelle.

31

Midden in de nacht schrikt Michelle wakker. Hoorde ze iemand schreeuwen? Ze weet niet zeker of de stem een echo uit haar droom was. Ze draait zich om en ziet op haar telefoon dat het drie uur is. Aan het opgeklopte kussen te zien is Daniel nog aan het werk. Zoals altijd. Ze probeert opnieuw in slaap te komen, maar denkt aan hun gesprek bij de veiligheidsdienst. Het gesprek over zijn 'digitale afdeling'. Die avond vertelde ze Harper wat er was gebeurd en de Amerikaanse sprong bijna uit haar vel van frustratie. 'Dit is precies wat ik voorspelde: hij gaat hier nooit meer weg. We moeten zelf ontsnappen. We moeten de controle terugkrijgen over ons eigen leven.'

Er wordt weer geschreeuwd. Het is geen droom. Het is een vrouw, in het Hoge Huis.

Ze stapt het bed uit en sluipt in haar pyjama naar de woonkamer, de deur door, naar de balustrade die uitkijkt over de donkere vleugel. De houten vloer kraakt onder haar blote voeten en ze probeert ondanks haar weeïge heupen op haar tenen te lopen. Ze kijkt naar beneden en ziet drie of vier mannen die iemand vasthouden. Een vrouw, maar ze kan niet zien wie het is. De vrouw laat zich over de grond slepen, als een demonstrant bij een zitstaking. De groep loopt richting de vide en het maanlicht dat door de hoge kerkachtige ramen valt verlicht de gezichten. Het is Nia Karzarova. Ze wordt meegenomen door een paar mannen – waarschijnlijk de veiligheidsdienst. Michelle weet dat deze arrestatie al weken in de lucht hing en hoopte dat het snel zou gebeuren: ze wil niet in hetzelfde huis slapen als de vrouw van een verrader. De vrouw die ze de kerk uit zag lopen, vlak voor de coup werd gepleegd. Maar nu ze haar hoort schreeuwen alsof ze in brand staat, weet ze niet meer wat ze moet hopen. Nia klinkt zo bang, dat ze bijna gek lijkt te worden.

Iemand anders roept iets en het geschreeuw verstomt.

Door een van de hoge deuren komt Maika in haar nachtjapon de hal binnenlopen, omringd door beveiligers. Michelle kan niet verstaan wat ze zegt, maar het is duidelijk dat ze haar vriendin probeert te redden. Nia strekt haar hals uit, als een dier dat een slok water wil. De machtigste vrouw van het Hoge Huis zwaait met haar korte armpjes terwijl ze de mannen bevelen geeft, maar die laten hun gevangene niet los. Een kleine figuur komt uit de duisternis naar voren. Michelle leunt nog verder over de balustrade om hem te zien. De man stottert, maar klinkt rustig en autoritair. Het moet Leonid zijn. Ze denkt dat ze Maika een paar keer 'Igor Yanev' hoort zeggen. Waarschijnlijk wil ze weten of hij het bevel heeft gegeven. Leonid schudt zijn hoofd en zegt dan iets wat Michelle wel heel duidelijk verstaat. Hij zegt een Kazichische naam: *Daneil*.

De naam is als een toverspreuk die iedereen doet verstijven. Het wordt doodstil in de hal en Michelle houdt haar adem in. Voorzichtig zet ze een stapje terug, bang dat iemand haar zal opmerken. De houten vloer kraakt zachtjes onder haar voeten.

Het is Maika die de stilte verbreekt. Ze fluistert iets tegen Nia. Michelle kan zich maar één mogelijke vertaling voorstellen: het spijt me. De vrouw begint weer te schreeuwen – nee, te krijsen – terwijl ze het huis uit wordt gesleept. Het geluid blijft door de lege gangen echoën, lang nadat de grote voordeuren weer zijn gesloten en Nia over de oprit is afgevoerd.

Maika blijft in de hal staan en steekt een sigaret aan. In het licht van de aansteker ziet Michelle gele tranen glinsteren. Ze overweegt naar beneden te gaan om haar te troosten, maar in plaats daarvan sluipt ze terug naar bed, gaat onder de dekens liggen en staart klaarwakker naar het plafond.

Daniel heeft dit gedaan. Dat is het enige wat ze denkt.

Natuurlijk moet hij zijn tante arresteren. Hij heeft geen andere keuze. Maar toch kan Michelle niet meer slapen. Ze denkt aan Harper die vertelde over de OMRA en de martelingen. Als Harper dat weet, weet Daniel het ook.

Zou Harper gelijk hebben? denkt ze. *En mijn vader? Sterre? Heeft Daniel een andere kant, een kant die ik niet ken? Een gezicht dat pas naar voren komt nu we op zijn geboortegrond zijn?*

De rest van de nacht staart ze naar het donkere plafond vol sierornamenten, als naar een rorschachtest van schaduwen, en probeert het gezicht van haar echtgenoot te zien.

32

De volgende dag staat Michelles termijnecho op de planning. Ze vindt het moeilijk te accepteren dat die in Kazichië moet plaatsvinden, dat ze niet naar haar eigen verloskundige kan. Daniel heeft beloofd dat ze naar de beste privékliniek van het land zullen gaan, met betere verloskundigen en artsen dan in Nederland. Maar het voelt niet als een voorrecht.

Om bij de kliniek te komen moeten ze de stad uit en dus staat een helikopter van Lechkov Industria voor hen klaar. Daniel is die nacht niet meer thuisgekomen en als ze over het dak van het Hoge Huis naar het landingsplatform loopt, ziet ze hem voor het eerst sinds hun gesprek bij de veiligheidsdienst. Onder het geweld van de draaiende rotorbladen geeft ze hem een kus en vraagt hoe het gaat. Hij zegt iets, maar ze kan hem niet verstaan. De helikopter verheft zich van het platform en vliegt over de stad. Sinds de verijdelde coup zijn de straten verlaten en de winkels dicht. Omdat er nog geen nieuwe president is gekozen, weet de bevolking niet wat er gaat gebeuren in het Hoge Huis. Alleen bij de supermarkten staan lange rijen mensen die een voorraad willen inslaan, bang dat er nog meer geweld komt. Na een paar minuten laten ze Stolia achter zich en verschijnt er onder Michelles voeten een eindeloos tapijt van boomtoppen. Daniel zet het microfoontje op zijn koptelefoon aan en zegt dat hij spijt heeft van hun gesprek. Hij begrijpt dat ze meer uitleg wil. Dat ze wil weten wat hij aan het doen is.

'We moesten een moeilijke beslissing nemen,' zegt hij. 'Daarom was ik zo gehaast en zo afwezig. Het spijt me.'

'Bedoel je de arrestatie van Nia?'

Hij kijkt haar verbaasd aan.

'Mocht ik dat niet weten?'

'Natuurlijk wel.'

Ze vraagt of het hem dwarszit dat hij zijn tante aan de veiligheidsdienst moest overdragen.

'Het was de enige manier. Het was te gevaarlijk om haar in het Hoge Huis te laten. Ze heeft dit zelf veroorzaakt, niet ik.'

'Dat is waar, maar het moet een zware beslissing zijn geweest. Of niet?'

'Geen enkele beslissing die ik hier moet nemen is makkelijk.'

Het klinkt klinisch. Afstandelijk. Ze begrijpt niet waarom hij zo doet. Ze stelt toch begrijpelijke vragen?

De helikopter kantelt een beetje en een wit complex verschijnt aan de voet van een besneeuwde heuvel. Daniel kijkt uit het raam en zegt voor de zoveelste keer dat ze daar topkwaliteit zorg krijgen.

'Is er een kans dat ik in dit land moet bevallen, Daniel? Is dat waarom je me maar blijft vertellen hoe goed de zorg hier is? Want dat ga ik niet doen. Mijn tweede kindje wordt geboren in Nederland, hoe dan ook.'

Hij probeert te glimlachen, maar het kost hem veel moeite. 'Ik kan dit niet binnen een paar dagen oplossen, hoe graag ik dat ook zou willen. Het kost tijd, maar ik heb een plan.'

'Een plan om hier weg te komen?'

'Ik heb alle opties bekeken. Alle mogelijkheden. En volgens mij is er maar één manier om hier weg te komen die veilig is. Maar om dat plan uit te kunnen voeren, heb ik tijd nodig. En als ik eerlijk ben, is het niet ondenkbaar dat je hier moet bevallen. Daarom wilde ik je deze kliniek laten zien.'

'No way.'

'Michelle, ik...'

'Laat ik duidelijk zijn, Daniel: dat gaat niet gebeuren.' Haar stem klinkt akelig beheerst, maar de zenuwen gieren haar door de keel. 'Als jij ons niet op tijd het land uit kunt krijgen, dan moeten we met Harper gaan praten. Zij heeft een plan om weg te komen, een snelle manier om te vluchten.'

Terwijl de helikopter begint te dalen, leunt Daniel over haar heen. 'Hoe bedoel je? Wat wil ze doen?'

Ze beschermt haar buik met twee handen. 'Rustig! Wat is er met jou aan de hand? Ik weet niet wat haar plan is, dat heeft ze me niet verteld. Maar misschien hebben we er iets aan. Waarom maakt dit je zo boos? Harper wil ook wegkomen, net als wij. Ze staat aan onze kant.'

'Je mag niet naar haar luisteren, Michelle. Hoor je me? Als jullie proberen weg te komen, breng je jezelf in gevaar. Begrijp je dat? Jullie moeten afwachten, dat is de enige manier. Je mag niks ondernemen. Ik verbied het je.'

'Jij doet wat?!' Ze heft haar vinger en dwingt hem terug naar achteren. 'Wie denk je dat je bent? Hoe durf je zo tegen mij te schreeuwen? Ik ga mijn kind niet op de wereld zetten in een land waar elk moment gevechten kunnen uitbreken. En als dat betekent dat ik zelf een manier moet vinden om weg te komen, dan doe ik dat.'

De helikopter heeft de grond bereikt en de deur wordt van buiten opengeschoven. Op het platform staat een blonde vrouw met een klembord te wachten. Ze glimlacht wat ongemakkelijk en vraagt of alles in orde is.

'Nee,' mompelt Michelle in het Nederlands terwijl ze uit de helikopter klimt. 'Niets is in orde.'

Nadat ze kennis heeft gemaakt met de directeur van de kliniek en haar nieuwe gynaecoloog, mag Michelle in een donkere kamer plaatsnemen op een behandeltafel. Ze probeert beleefd te blijven, maar kan zich nauwelijks concentreren door de onafgemaakte ruzie die nog in de lucht hangt.

De echoscopiste smeert koude gel op haar buik en schuift het echoapparaat langzaam heen en weer.

'Dat knipperende stipje is het hartje.' Daniel vertaalt wat de vrouw zegt en hij wijst naar het scherm. 'Het hartje klopt.'

'Alles is dus goed?'

Hij knikt.

Ze probeert zich te concentreren op haar kindje, maar kijkt steeds naar haar man. Het witte licht van het scherm tekent schaduwen langs zijn mond en ogen – alsof iemand achter hem staat die met lange zwarte vingers zijn uitdrukkingen bespeelt. *Waarom bewaar je zoveel afstand?* vraagt ze hem in gedachten. *Waarom los je dit niet samen met mij op, zoals we altijd hebben gedaan?*

Terwijl de echoscopiste een andere hoek zoekt om hun kindje beter te laten zien, gaat Daniels telefoon. Zijn jasje hangt over zijn stoel en de trillende iPhone zoemt tegen de houten rugleuning. Hij schrikt zo erg dat hij overeind springt en meteen opneemt. Aan de andere kant van de lijn praat een man zo hard dat Michelle kan horen dat er paniek is. Ze rolt op haar zij en pakt haar eigen telefoon. Op haar scherm staat een bericht van Harper.

Ontploffing in militaire kazerne. Ik denk oorlog. Kom snel terug.

'Wat is er aan de hand?' vraagt ze. 'Worden we aangevallen? Is de oorlog begonnen?'

Hij legt zijn hand op de telefoon. 'Er zijn bommen ontploft, maar je hoeft je geen zorgen te maken. Ik heb het onder controle.'

'Zijn het de Russen?'

'Het zijn de rebellen. Maar je moet me vertrouwen, jullie zijn veilig.'

Michelles telefoon piept nog een keer. Ze krijgt een pushmelding van een nieuwsapp.

Twee explosies in Kazichië. Vermoedelijk terrorisme.

'Zie je wel, dit is precies wat ik bedoel. We moeten hier weg!' Ze praat zo hard dat de echoscopiste schrikt en ook gaat staan.

'Rustig, laten we niet te snel conclusies trekken.'

'We gaan nu naar huis, Daniel. We halen Alexa op en we vluchten.'

Hij begint zijn jasje aan te doen. 'Ik heb het onder controle. Geloof me. Ik wist dat dit zou gebeuren, ik wist alleen niet wanneer. Maar ik heb het onder controle. Beloof me dat je niet naar Harper luistert, oké? Beloof me dat je op mij wacht in het Hoge Huis.'

Voordat ze nog iets kan zeggen, komen er twee beveiligers binnen die haar meenemen. Met de plakkerige gel van de echo nog op haar buik wordt ze door de mannen naar de hoofdingang begeleid. Buiten staat een auto voor haar klaar. Ze gaat op de achterbank zitten en vraagt de chauffeur meteen of hij weet wat er aan de hand is. De man weet niet veel te melden, alleen dat de hoofdstad veilig is en het Hoge Huis ook – de bommen zijn ontploft in een ander deel van het land.

Alexa en Harper zijn dus ongedeerd.

Terwijl de auto wegrijdt, ziet Michelle boven zich de helikopter met Daniel aan boord terugvliegen naar Stolia. Waar zou hij heen gaan? Naar een andere beveiligde locatie? Naar het hoofdkwartier van de OMRA?

De hele rit naar Stolia staart ze uit het raam en vraagt ze zich af wat er gaat gebeuren. Ze opent nieuwsapps op haar telefoon, maar er is nog weinig bekend over de toedracht van de explosies. Is het oorlog? Is het een terroristische aanval? Gaan het luchtruim en de grenzen weer op slot? Als ze eindelijk bij het Hoge Huis aankomen, rent ze naar het appartement dat ze de afgelopen weken haar thuis heeft genoemd. Alexa zit te spelen en Harper kijkt met waterige ogen naar de televisie.

'De gevechten zijn begonnen,' fluistert Harper. 'Ze hebben het over een rebellenleger uit het Akhlos-gebergte. Ik ga weg, ik ga ontsnappen. Je moet met me mee, Michelle. Je moet Daniel achterlaten en je kinderen in veiligheid brengen.'

Michelle staart naar het scherm. Ze ziet rook en stof en mensen met bebloede gezichten die proberen weg te komen.

'Je hebt gelijk,' zegt ze. 'Wat is je plan?'

V

Nairi van de Jada

33

De vrouwenstem aan de telefoon zegt dat de tweede fase van de operatie gaat beginnen. Ik heb allerlei mensen ondervraagd over een man met duizend gezichten zonder een stap verder te komen. Maar mijn contactpersoon is tevreden en geeft me nieuwe coördinaten.

Met de oude Honda die ik op het vliegveld heb gekregen rijd ik de stad uit richting het oosten. Het is een lange rit en de versnellingsbak staat op klappen, dus ik moet trekken en duwen om in beweging te blijven. Maar ik mag niet klagen, want ik zie hier Lada's rijden die nauwelijks nog vooruitkomen – modellen die eruitzien alsof ze in productie waren voor de Muur viel.

Na tweeënhalf uur stopt de weg en rijd ik verder over een grasveld, langs de rand van een dicht bos. De wagen hobbelt over het veld. Ik vraag me af of ik de kaart verkeerd heb gelezen, maar na een halfuur verschijnt de zwartgeblakerde toren.

'Verbrand de auto als je bij de oude toren bent,' had de stem aan de telefoon gezegd.

Ik overgiet de Honda met benzine, steek de landkaart aan en gooi hem door het zijraam. Als de zwarte rookpluimen boven de boomtoppen uitkomen, hoor ik in de verte een helikopter opstijgen.

Ik schat in dat hij over een minuut of vijf bij me zal zijn.

De banden ontploffen en er vliegt glas in het rond, dus ik draai me weg van de auto en loop naar de toren. Schaduwen van het vuur schieten als vissen tussen de dikke beuken door en slaan als golven tegen de onderkant van de ruïne.

Als ik naar binnen stap, zie ik een ijzeren wenteltrap naar boven kronkelen. Ik vraag me af waar het gebouw voor diende. Het lijkt op een vuurtoren. Maar wie zet er een vuurtoren aan de rand van een bos? Ik wil de trap opklimmen om te zien of er een lamp op het dak staat, maar de constructie begint te piepen als ik erop sta. In plaats daarvan ga ik precies in het midden van de toren op de stenen grond zitten en doe mijn ogen dicht.

Ik voel me veilig in die cirkel – als op de bodem van een put. Ik voel me een kleine jongen in het donker, die net doet alsof hij onder water zit, waar niemand bij hem kan komen.

Het zoeven van de rotorbladen komt steeds dichterbij.

Hoe harder het geluid wordt, hoe vuriger ik wens dat niemand me komt halen. Ik wil niet verder met deze vreemde opdracht. Ik wil vergeten worden. Ik wil bij de toren blijven. Voor altijd. Ik zou kunnen leven van het bos en de vuurtoren weer helemaal restaureren. Niemand die daar iets aan heeft, maar toch wil ik het doen. Het zou geen deel zijn van een groter plan, het zou geen verborgen belangen dienen. Ik zou het bouwen, omdat ik het wil bouwen. Verder niks.

Maar ja, ik heb een opdracht die afgerond moet worden, want ik heb geld nodig.

Terwijl de helikopter op het veld landt, loop ik naar buiten. Een vrouw stapt uit met een grote zak over haar schouder. Ik steek mijn hand uit om me voor te stellen, maar ze kijkt me niet eens aan. Ze laat de tas op de grond vallen en vraagt me de spullen te controleren. Ik herken haar stem van de bondige telefoongesprekken.

Ik probeer haar botheid niet persoonlijk te nemen.

In de tas zit een Amerikaanse *spec ops*-uitrusting. Met open mond van verbazing haal ik het m4a1-aanvalsgeweer tevoorschijn. Het wapen is precies uitgerust naar mijn wensen – van de hoek waarin de grip staat tot het merk ir-laser.

Ik vraag aan de vrouw hoe ze weet waar ik graag mee werk. En of Amerika onze opdrachtgever is. Er staan namelijk Amerikaanse vlaggen op het uniform.

De vrouw zegt dat we geen tijd hebben voor kletspraat, dat ik moet instappen zodat we verder kunnen.

'Ik moet het wapen controleren en het vizier afstellen,' zeg ik en ik ga op één knie zitten.

'Ben je doof?' vraagt ze. 'We gaan nú weg. We hebben geen tijd voor dit soort dingen.'

Iedere soldaat weet wat de meestvoorkomende reden is van een wapendefect tijdens een gevecht: de schutter. Daarom controleer en onderhoud je altijd zelf je wapen. Daarom stel je altijd zelf je vizier af. Iedere professional weet dat. Maar toch ga ik in de helikopter zitten zonder mijn wapen te checken. Als een brave hond. Als een slechte soldaat.

Terwijl we opstijgen, voel ik de woede weer door mijn knokkels stromen. Als kokend water. Ik kijk naar beneden. Onder mijn voeten wordt de brandende auto een steeds kleiner rood puntje in een steeds grotere zee van bomen. Die oude vuurtoren vind ik nooit meer terug.

34

'Spring. Dichterbij kom ik niet.'

De piloot probeert de helikopter stil te houden boven een stenen plateau dat uitsteekt bij een haarspeldbocht. Ik zie aan zijn handen en voeten dat hij hard werkt om de controle te houden. Zo hoog in de bergen is de wind waarschijnlijk onvoorspelbaar en fel.

De vrouw trekt de deur open en springt naar beneden.

Ik trek de tweepunts sling van het geweer strakker en spring achter haar aan.

Gehurkt blijven we op de ijzige rots zitten terwijl de helikopter wegvliegt. Ik doe mijn capuchon op en trek mijn sjaal voor mijn gezicht. Als de helikopter weg is, dwarrelt de sneeuw weer stilletjes naar beneden. Voor ons kronkelt een smal bergpad dat verdwijnt in de mist. De vrouw is zonder iets te zeggen het pad op gelopen. Ik draai mijn geweer naar mijn borst en ga achter haar aan. De sneeuw kraakt onder mijn laarzen.

'Je hebt je nog niet voorgesteld,' zeg ik na een paar minuten.

'Nee.' Het klinkt vijandig, alsof ik een onfatsoenlijke vraag heb gesteld. 'Dat is niet noodzakelijk voor de missie. Ik weet jouw naam ook niet, soldaat.'

'Als ik je moet beschermen, moet ik je ook kunnen waarschuwen voor gevaar. Dus het is wel noodzakelijk.'

Ze zucht overdreven. 'Sasha.'

Waarom is ze zo geïrriteerd? Waarom is alles wat ik vraag verkeerd?

'Oké, Sasha, en waarom zijn we hier? Wáár zijn we?'

'Je bent toch gebriefd bij het vliegveld, soldaat?' Ze trekt haar handschoenen verder over haar polsen. 'Dit is de Sjivida-pas. Zeven maanden per jaar is het beneden helemaal dichtgevroren. Compleet onbegaanbaar. Vandaar de helikopter. Het laatste stuk naar Inima moeten we lopen, daar doen we een uurtje over.'

'Wat is er te vinden in Inima? Wat gaan we daar doen?'

Ze zet haar zonnebril op. 'Het is de grootste nederzetting van de Jada, de traditionele grenswachters van de Akhlos. De Jada wonen langs de grens met Rusland en de Russen schuiven die grens steeds een klein stukje op. Dat maakt de Jada boos, maar ze kunnen er weinig aan doen. Bij de grens in het westen voeren ze tegelijkertijd al jaren strijd met de Neza. De vergeten oorlog, noemen ze dat hier. Of de onzichtbare oorlog. Maar dit conflict is de laatste maanden in rustiger vaarwater terechtgekomen.'

'Dus deze groep vecht met de Russen aan één kant en de Neza aan de andere.'

'Deze groep, zoals jij ze noemt, is een volk dat bestaat uit talloze stammen en clans met allerlei subculturen. En ja, ze vechten met iedereen. En het liefst zouden ze ook nog vechten tegen de overheid. Maar goed, wat ga je beginnen tegen een modern leger als je leeft van oude rituelen en zelfgemaakte kaas?'

'En in die nederzetting waar we nu naartoe gaan zullen we de Man met Duizend Gezichten ontmoeten?'

'Ons doelwit in Inima is een vrouw die Nairi heet. Zij is de leider van de Jada en wij komen haar ophalen voor een interview. Met de Amerikanen. Hopelijk kan zij onze opdrachtgevers meer vertellen over de Man met Duizend Gezichten. En in ruil voor informatie krijgt zij zendtijd van CNN. Dat wil ze, omdat ze hoopt dat de CIA haar zo opmerkt. Als Amerika haar steunt, kan ze misschien iets tegen de overheid beginnen.'

'Dus we ontvoeren haar voor de CIA?'

Sasha blijft abrupt staan en draait zich om. 'Ben je doof? We gaan niemand ontvoeren. Ze weet dat we komen. Dit is een heel simpele opdracht.'

Ik knik en bied mijn excuses aan.

Het is helemaal niet simpel. Deze vrouw is bang, ik kan het horen aan haar stem. Ze is bang voor wat ons te wachten staat in Inima. Of ze is bang voor die Nairi. En als het echt zo'n simpele opdracht is, waarom zou ze dan bang zijn?

Ze liegt tegen me.

Ik kijk langs de bergwand omhoog. De mist begint dunner te worden en er tekent zich iets af langs de helling. Het lijken bomen, maar dat kan niet op deze hoogte.

'Wat zijn dat?' Ik wijs met de M4 in mijn handen.

'Dat zijn de oude wachttorens van de grenswachters. Die worden nog steeds gebruikt. Vlak bij Inima zul je er nog veel meer zien staan, sommige zijn eeuwenoud.' Ze is buiten adem door de ijle lucht.

'Kunnen ze ons daarvandaan zien? Ik heb geen zonneklep op mijn vizier, dus ik kan ons niet verdedigen.'

'Waarschijnlijk weten ze dat we komen, maar ze hebben geen langeafstandswapens.'

'Het zijn toch een soort van rebellen in een burgeroorlog?'

'Het zijn rebellen zonder geld. Daarom hebben ze ook de hulp nodig van de CIA.'

'Was de toren waar je me hebt opgehaald ook een wachttoren? Ik vond het een mooi gebouw.'

'Vond je het mooi?' Ze glimlacht zonder me aan te kijken. 'Dat was een wachttoren van een gevangenis. Op dat veld stond vroeger een groot complex dat helemaal is afgebrand tijdens een gevangenenopstand. Alleen die toren is over.'

De manier waarop ze het zegt zit me dwars. De manier waarop ze haar hoofd schudt en glimlacht zit me ook dwars. Ze vindt het fijn om me belachelijk te maken. Hoe kan zij weten waar die toren voor diende? Hij zag er heel oud uit en ik denk dat ze een verhaal verzint over een gevangenis om me op mijn plek te zetten.

Ze wil laten merken dat ze mijn meerdere is.

'De opdracht is simpel,' zegt Sasha nog een keer, om duidelijk te maken dat ik mijn mond moet houden. 'We nemen Nairi mee voor dat interview zodat we haar kunnen vragen over de Man met Duizend Gezichten. Jij beschermt haar, mocht dat nodig zijn. Jij zorgt dat ze bij onze helikopter komt zodat we haar naar de locatie kunnen brengen waar we haar gaan filmen.'

'En dat is het?'

'Verder doe je niks en zeg je niks. Simpel zat, lijkt me.'

35

We staan in het belangrijkste bolwerk van de Jada. Het is niet omheind met een hekwerk of barricades zoals je zou verwachten, en je bent er voor je het doorhebt. Wij staan op het laagste punt, de plek waar je als soldaat nooit wilt staan. En overal waar ik kijk, zie ik gevaar.

Verspreid over de lege hellingen staan oude dikke torens met houten ladders tegen de zijkant. Er zitten mensen op de platte daken naar ons te kijken. Sommigen zijn gewapend. Sommige wapens zijn op ons gericht. Rond de torens staan lage, leistenen gebouwen met kleine doorkijkjes als ramen. In de ramen zie ik mensen bewegen. Sommigen hebben wapens. Het deel van de nederzetting waar wij staan is veel nieuwer. De gebouwen hebben hier meerdere verdiepingen, grote ramen, satellietschotels en dakpannen. Tussen de huizen zitten mannen gehurkt te wachten. Ze praten niet met elkaar. Ze kijken allemaal naar ons.

Dit is niet goed.

Ik had wat Moda en concerta moeten snuiven.

Caro zei altijd dat ik drugs gebruikte omdat ik mezelf niet vertrouwde, maar dat is niet waar. Ik gebruik drugs om mezelf tot het uiterste te kunnen pushen – dat is iets heel anders. Ik denk dat zij het vervelend vond dat ik altijd een blauw pilletje nam als wij seks hadden. Ze voelde zich beledigd omdat ze dacht dat ik niet zonder kon. Maar ze begreep het verkeerd. Ik zou het ook wel zonder kunnen, maar ik wil alles uit mijn lichaam halen.

'Achter je,' fluistert Sasha en ik draai me om.

Een grote groep mannen staat vlak achter ons. Ik begrijp niet hoe ik ze heb kunnen missen. De mannen hebben Russische Mosin-Nagants vast. Als de rebellen op de wachttorens die ook hebben en er goed mee kunnen omgaan, zijn we een stuk minder veilig dan mijn reisgenote schijnt te denken. Ze zien er misschien niet uit als moderne *sniper rifles*, maar het zijn wel degelijk gevaarlijke langeafstandswapens.

Ik kijk weer voor me. Er komen mannen van de torens geklommen en tussen de huisjes vandaan. Ze komen de heuvel af. Een cirkelvormig net van rebellen sluit zich – een strop die wordt aangetrokken.

'Vechten is geen optie.' Ik schuif mijn geweer op mijn rug.

'We hoeven ook helemaal niet te vechten. We zijn hier voor het interview. Nairi weet dat we komen.' De vrouw klinkt niet erg overtuigend.

Twee oudere mannen zonder wapens groeten ons. Ze zijn allebei gespierd en hebben gehavende gezichten. Ze praten Russisch en Engels door elkaar, waardoor ik het een beetje kan volgen. Sasha legt uit dat wij voor CNN werken en dat we Nairi komen ophalen, zoals afgesproken.

'Ik zal mijn perskaart pakken,' zegt ze. Haar handen trillen terwijl ze haar jas openritst.

De twee mannen pakken ieder een kant van het plastic kaartje en kijken er verloren naar. Een van de twee kijkt dan naar mij. Naar de Amerikaanse vlag die op mijn borst is gestikt.

'Lopen jullie mee, alstublieft,' zegt hij beleefd in gebroken Engels, alsof we geen gevangenen zijn.

Tussen twee oude uitkijktorens staat een houten huis met grote glazen schuifdeuren die uitkijken over het hele dorp. In de deuropening wacht een zwarte verschijning op ons. Terwijl we steeds dichter bij het huis komen vergeet ik mijn flanken in de gaten te houden. Ik vergeet de rebellen die ons omringen en kijk alleen maar naar de zwarte figuur. Ze heeft een lang gewaad aan waarop allemaal witte symbolen staan die ik niet kan lezen.

'Welkom in Inima,' zegt ze. Niet in die vreemde mengelmoes die de rest spreekt, maar in vloeiend Engels.

Sasha loopt voor me uit en vraagt of ze het genoegen heeft met de legendarische Nairi van de Jada te spreken.

'Hier in de bergen noemen ze mij inderdaad Nairi,' zegt de zwarte verschijning, 'maar een legende kan ik niet zijn, want ik ben nog niet dood.'

Ze heeft een prachtig gezicht – veel fijner dan de andere Jada – maar er staan littekens over haar linkerwang en in haar nek.

'We kunnen mijn verhaal nog samen vormgeven voordat de overlevering ermee aan de haal gaat,' zegt ze en ze wuift haar mannen weg. Het lijkt alsof ze haar linkerhand mist. Misschien zelfs haar hele arm. Ik herinner me het verhaal dat de man in het internetcafé vertelde, over hoe zelfs een granaat deze vrouw niet kon stoppen.

Een van de mannen die achter ons staat pakt mijn geweer vast en wijst naar mijn pistool. Ik haal het magazijn uit de SIG Sauer en geef dat aan hem. Hij accepteert het compromis. Blijkbaar heeft hij niet door dat er een kogel in de kamer zit. Eén schot zal geen verschil maken in een vuurgevecht met tientallen of misschien wel honderden Jada-strijders, maar het is goed te weten hoeveel ervaring deze mannen hebben.

'Het is een eer om hier te zijn,' zegt Sasha. Ze ziet er slecht uit, ze is heel bleek en trilt een beetje.

'Kom binnen,' zegt de vrouw die Nairi wordt genoemd. 'De dorpsoudste voelde dat jullie dichtbij waren en wil jullie graag ontmoeten.'

We lopen achter haar aan door de glazen schuifdeuren en komen in een provisorische troonzaal. In het midden van de kamer zit een oude vrouw in een houten stoel op een verhoging, omringd door kaarsen en fotolijstjes. Ook zij heeft een zwart gewaad aan. De stof is zo lang dat hij als een sluier rond haar stoel over de grond ligt. Achter de vrouw staan twee lange tafels tegen de wand vol oude zendradio's – het zijn er tientallen, misschien wel honderd. Twee jonge mannen zitten met hun rug naar ons toe en praten zachtjes in hun vreemde taal tegen de versterkers.

De analoge ruis van de radio's klinkt als een stromend beekje.

Nairi gebaart naar de wachters bij de deur en gaat dan naast de oudste op een kruk zitten. De deuren en gordijnen gaan dicht en de kamer wordt helemaal donker, op het kaarslicht na.

'Kan wat hier wordt besproken het daglicht niet verdragen?' Sasha vraagt het met een zenuwachtig lachje.

'Zo zien we alleen jullie intenties,' fluistert Nairi.

Ik kan niet goed inschatten of ze een grapje maakt of niet. Sasha twijfelt zo te zien ook, want ze staart onzeker naar onze gastvrouw. Dan zet ze een stap naar voren en vouwt haar handen in elkaar.

'Mijn naam is Eva Fletcher en ik werk voor CNN.'

Ik kijk verrast op.

'Ik ben hier om u mee te nemen naar de studio waar we u zullen interviewen.'

'Je zegt dat je voor CNN werkt, Eva Fletcher, maar aan je accent te horen kom je uit Stolia.'

'Dat klopt. Mijn vader was Brits, mijn moeder Kazichisch. Ik ben hier geboren. Ik ben de correspondent voor CNN in Kazichië. Hebt u de rapportage niet gezien die we hebben gestuurd?'

'Ik heb de rapportage gezien. Ik herken je gezicht van de video.'

De oude vrouw in de stoel fluistert iets en Nairi leunt voorover naar haar. De littekens in haar nek strekken zich.

'Vertel me eens, waar zullen deze opnames plaatsvinden?' vraagt ze dan.

'Op een eiland in een van de Centrale Meren hebben we een huis tot onze beschikking. Het is goed beveiligd en er is plek om te overnachten.'

'Dat is niet wat mij is toegezegd. Het interview zou op Jadagrondgebied gebeuren.'

'De plannen zijn gewijzigd omdat we geen geschikte plek konden vinden.'

Naira bestudeert de vrouw naast me een tijdje, alsof ze probeert in te schatten of ze wordt voorgelogen of niet. 'Dan sta ik erop een militaire escorte mee te nemen. Twaalf man.'

'Het spijt me, maar dat zal niet mogelijk zijn. In de helikopter is slechts ruimte voor twee mensen. Maar wij garanderen uw veiligheid. Amerika garandeert uw veiligheid.' Ze wijst naar mij.

Nairi laat haar blik op mij vallen en overlegt dan weer met de oude vrouw naast haar.

Ik kijk naar de vrouw die eerst zei Sasha te heten en zich nu Eva noemt. Waarom liegt ze over haar naam? Of spreekt ze nu wel de waarheid? Werk ik toch voor de Amerikanen?

Nairi richt zich weer tot ons. 'Als ik niemand kan meenemen, gaat het interview helaas niet door. Het spijt me dat jullie de lange reis voor niets hebben gemaakt.'

Sasha kijkt naar mij. De spanning wordt haar bijna te veel. Ik zou haar best willen helpen, maar als zij mij niet wil vertellen wat het plan is, kan ik ook niets voor haar betekenen als dat plan uit elkaar valt.

'Nairi, neemt u mij niet kwalijk.' Sasha doet nog een stap naar voren en een van de soldaten maakt een afkeurend geluid. 'Dit is uw kans.'

'Wat bedoel je daarmee, Eva Fletcher?'

'De Mardoe Khador wankelt. President Vigo Lechkov is dood en het gerucht gaat dat zijn broer de macht niet wil. De familie Karzarov heeft geprobeerd de macht te grijpen, maar dat is mislukt, en de familie Yanev lijkt niet in beweging te komen. Dit is het moment voor de Jada om toe te slaan.'

Nairi gaat rechtop zitten en kijkt vanaf de verhoging uitdrukkingsloos op ons neer.

'Dit is het moment om aan de wereld te laten zien dat u hier bent om een einde te maken aan de onderdrukking. Dit is het moment om een bondgenootschap met Amerika te overwegen. De Man met Duizend Gezichten heeft een rebellenleger klaarstaan. Met hem en met ons, maakt u een kans.'

'Wat weten jullie over hem, over Asch-Iljada-Lica?' vraagt Nairi.

'Niets. Maar u moet toch weten wie hij is? U hebt minstens een vermoeden.'

'Ik heb geruchten gehoord, verder niets. Als jullie hier zijn in de hoop dat ik jullie naar hem kan leiden, naar de Man met Duizend Gezichten, dan moet ik jullie teleurstellen.'

Sasha wil iets zeggen, maar plots begint de oude vrouw in de stoel hard te hoesten. Ik ken die hoest. Diep en pijnlijk. Het klinkt als donker bloed op witte zakdoeken, als het aanstaande gebrom van de koeling onder een opbaarplank.

Nairi schiet op de dorpsoudste af en klopt haar op de rug. De oude vrouw moet even op adem komen en fluistert dan iets in Nairi's oor.

Allebei de vrouwen kijken opeens naar mij.

'De dorpsoudste hoort onze voorvaderen praten,' zegt Nairi. 'Ze hebben het alleen maar over jou. Niet over CNN, niet over Amerika, niet over deze Eva uit Stolia – als dat haar echte naam is.'

Ik weet niet wat ik moet doen. Vanuit mijn ooghoek zie ik dat Sasha me met een ruk aankijkt, alsof ik haar heb verraden. Mijn hartslag is veel te hoog. Ik had Moda moeten snuiven.

'Ze zien je intenties,' vertaalt Nairi het gefluister van de oude vrouw. 'Je intenties zijn puur, maar je bent verdwaald. De voorvaderen hebben bijnamen voor jou. Ze noemen jou de zwijgende man. Ze noemen jou de soldaat zonder naam.'

'Is het waar dat jij geen naam hebt?' vraagt de dorpsoudste. Ze spreekt me direct aan en dat overvalt me. Ik had niet verwacht dat ze Engels zou spreken. Haar stem is laag en raspend. 'Was er niemand om je een naam te geven toen je geboren werd?'

Ik kijk in haar kleine glinsterende ogen, weggedrukt in de rimpelige huid, en mijn keel wordt droog. Ik zie het donkere meer waar mijn vader ons mee naartoe nam. Ik lig met mijn zusje in de rode tent en ik zie hoe ze haar ogen dichtknijpt als de rits opengaat.

'Ik heb een naam,' zeg ik zachtjes, 'maar ik heb hem al zo lang niet meer gebruikt, dat ik hem begin te vergeten.'

De dorpsoudste knikt en wenkt Nairi. Maar als die naar voren komt zitten om te luisteren, begint het hoesten weer. De oude vrouw schokt op en neer in haar stoel.

'Is uw dorpsoudste ziek?' vraagt Sasha.

Nairi knikt naar haar. 'Haar beurt om door de volgende deur te stappen is helaas dichtbij.'

'We zouden haar mee kunnen nemen. Er zijn privéklinieken in het Westen waar ze geholpen kan worden. CNN betaalt. Uiteraard.'

Nairi fronst haar voorhoofd. 'Nu zijn er opeens twee plekken vrij in de helikopter, Eva uit Kazichia-stad? Ik dacht dat er daarnet nog maar één plek was.'

'Twee plekken, meer niet.'

Met een ruk staat Nairi op.

'Ik heb genoeg gehoord,' zegt ze en haar zwarte gewaad bolt als een zeil, en valt dan langzaam terug naar de grond. 'Jullie zijn onze gasten. Wij zorgen voor een warme maaltijd en zachte bedden. In de tussentijd laat ik jullie naar twee verschillende onderkomens brengen, zodat we erachter kunnen komen wat de waarheid is.'

Terwijl de deuren opengaan en het daglicht binnenkomt, kijkt Sasha me hulpeloos aan – met grote ogen die iets proberen te zeggen. De vrouw die beweert een CNN-correspondent te zijn wenst waarschijnlijk dat ze me precies had verteld wat we hier komen doen, en voor wie we werken. Maar het is te laat.

36

Sasha wordt meegenomen naar een kamer achter in het huis. Als ze weg is, nemen twee kleine Jada-mannen mij mee naar buiten, naar een houten huisje op het steilste punt van de helling. Ze pakken me niet bij mijn armen, zoals de mannen met mijn reisgenote deden, maar zijn vriendelijk. Ze laten zien waar ik kan slapen en waar de wastafel is, en ze vragen of het aan mijn eisen voldoet. Het is een beetje primitief, maar ik heb weleens twee weken in de woestijn van Jemen moeten overleven zonder eten – dit is luxe.

Na de rondleiding blijven de mannen ongemakkelijk in de deuropening staan. In stuntelig Engels legt een van de twee uit dat ik ben uitgenodigd om met Nairi en de dorpsoudste te dineren die avond. Ze zeggen een paar keer dat het een grote eer is – blijkbaar zijn ze bang dat ik de uitnodiging afsla. Terwijl ik probeer duidelijk te maken dat ik er zal zijn, kijken de twee mannen elkaar aan. Ze willen me nog iets vragen, maar weten niet hoe. Uiteindelijk gebaart een van de twee naar de andere kant van de heuvel.

'Laat ons zien wat u kunt. Alstublieft.'

De ander knikt. 'We hebben bier.'

Net buiten het dorp is een schietbaan die bestaat uit lege blikjes op zwerfkeien. Er staan een stuk of tien jonge mannen met een paar geweren. Zodra ik aan kom lopen valt iedereen stil, behalve één wat oudere man. Hij stelt zich in vloeiend Engels voor als Paada en vraagt van alles over zijn Mosin. Ik laat hem zien hoe je het grendelgeweer sneller kunt herladen als je drie vingers gebruikt en leg meteen ook uit waarom je beter door je knieën kunt gaan voor je een afstandsschot neemt – als je daar de tijd voor hebt. De mannen hangen aan mijn lippen. Ik laat zien waarom je een vizier altijd op honderd meter moet afstellen, en hoe je een mes kunt gebruiken voor *close combat*. En ondanks hun gebrekkige Engels lukt het me zelfs om een beetje over mijn voorliefde voor scheikunde te praten. Ik vouw mijn narcotica-etui open en bereid een simpel recept voor een prestatieverhogend middel. De Jada bedanken me na elke tip alsof ik hun kinderen terug naar huis heb gebracht.

Ik weet niet waarom, maar het voelt goed om mijn kennis te delen. Misschien heb ik wel een toekomst als instructeur. Maar het kan ook aan de Jada liggen. Het zijn vriendelijke en toegankelijke jongens, en ik heb een beetje medelijden met ze. Het zijn geen vechters en zeker geen soldaten: ze worden gedwongen hun wapens op te pakken en kunnen alle hulp gebruiken. Dit is een vreedzaam volk.

Als de avond valt, gaan de mannen op het koude gras zitten om een blik bier te drinken. Ik zeg dat ik weg moet – ik ga eten met Nairi en de dorpsoudste. Paada vraagt of ik morgen bij hem kom lunchen. Ik bedank hem voor de uitnodiging en leg uit dat ik zal worden opgehaald door de helikopter, dus dat ik dan al weg ben.

De mannen lachen. 'Jij bent hier nog wel een tijdje, soldaat. Die helikopter gaat morgen zonder jou terug naar de vallei.'

Het diner is in Nairi's huis. In de woonkamer staat nu een lange opklaptafel vol kaarsen in plaats van een troon. De radio's tegen de achterwand zijn verstopt onder vergeelde lakens en de fluisterende mannen zijn naar huis.

Ik zit aan het hoofd, recht tegenover Nairi en de dorpsoudste. Aan de lange kanten van de tafel zitten Jada die ik nog niet heb ontmoet. Bijna niemand praat Engels, maar af en toe krijg ik een lachje of een knikje – ze willen dat ik op mijn gemak ben.

De stoel naast mij is leeg en ik hoop dat Sasha zich haast. Er is een man met een vreemd snaarinstrument binnengekomen en ik denk dat ze hier moet zijn voor de muziek begint.

'Dit is onze *inamorvedi* of toostmeester,' legt Nairi uit. Ze kijkt me recht aan en de littekens in haar gezicht lijken licht te geven in het kaarslicht. 'Voor we het eten opdienen brengt hij een toost uit op onze voorvaderen, die elke avond te gast zijn aan de eettafel.'

Ik wil naar Sasha vragen, naar Eva Fletcher, maar Nairi gebaart dat ik stil moet zijn.

De toostmeester begint heel langzaam te praten, in zijn onverstaanbare taal, en heft een glas naar mensen die hij achter ons om de tafel ziet staan. Nairi pakt haar glas en gebaart naar mij dat ik mag drinken. In de beker zit koud bier. De meeste mensen zouden daar blij mee zijn geweest, maar ik houd niet van alcohol. Ik snap niet waarom je jezelf moedwillig zou verdoven en verslappen. Uit beleefdheid neem ik een slok. Mijn eerste slok bier in meer dan tien jaar.

De toostmeester klapt zijn handen tegen elkaar en pakt zijn kleine gitaar met drie snaren van onder de tafel. Hij stemt eventjes en begint dan hard te spelen en te zingen. Ondertussen komt er een meisje binnen met een dienblad vol brood en bakjes zout. Terwijl het lied doorgaat, pakt iedereen een sneetje en een bakje.

Ik neem een hap en kijk op. De dorpsoudste huilt – kleine glinsterende tranen kronkelen tussen de rimpels op haar wangen. Ze praat zachtjes in zichzelf en kijkt over onze hoofden heen. Ze kijkt naar de geesten. Deze mensen zijn zo verbonden met hun voorouders, dat ze hen na de dood nog steeds kunnen zien.

Als de toostmeester klaar is, loopt hij om de tafel heen en gaat op de stoel naast mij zitten. Dus niet de stoel van Sasha. Maar waar is die dan? Hoewel het erg ongepast voelt, verhef ik mijn stem om Nairi te kunnen vragen waar mijn reisgenote is.

Nairi lacht naar me. 'Ze is veilig en ze heeft het goed, maar ze is niet uitgenodigd voor dit diner. Wij willen jou leren kennen, soldaat zonder naam. De vrouw die zegt dat ze Eva heet, kennen we al vanaf het moment dat ze ons dorp binnenliep.'

37

De zon is net op, maar de Jada zijn allang wakker. Ik sta voor mijn huisje, ondanks de kou, en drink de koffie die iemand voor me heeft klaargezet. Een boer loopt langs met twee paarden die balen hooi trekken. Hij zwaait naar me. Achter hem loopt een man met een grote jerrycan op zijn schouder. Volgens mij maken ze een grapje over harde en slimme werkers. Ik houd mijn stenen kopje omhoog, bij wijze van groet.

Terwijl de mannen achter de helling verdwijnen, kijk ik naar de gebouwen die over de berg verspreid staan. Sommige huizen hebben een schotel op het dak, andere hebben niet eens ramen. Sommige zijn van hout en gloednieuw, andere eeuwenoud en van leisteen. Dit is wat er gebeurt als je nooit iets weggooit, maar steeds een manier vindt om te repareren: dan blijft je geschiedenis om je heen staan, als de geesten rond Nairi's tafel. Ik wou dat ik een geschiedenis had. Of kon terugvinden. Anders dan deze mensen ben ik geen deel van de wereld om me heen. Ik ben losgekomen: ik ben een rafelrand die bungelt in de wind.

Een paar uur later zie ik Paada komen aanlopen. Ik heb mijn wapens geïnspecteerd, maar veel meer dan dat heb ik niet kunnen doen. Sasha heb ik de hele ochtend nog niet gezien en ik vraag me af of ze in orde is. Het lijkt erop dat de helikopter voor niks op ons zal wachten bij de pas vandaag. Paada vraagt me opnieuw of ik bij hem thuis wil komen lunchen. Hij kijkt me aan alsof hij bang is dat ik ga weigeren. Maar waarom zou ik? Natuurlijk wil ik dat.

Terwijl we door het dorp lopen vertel ik Paada dat ik me goed voel in de bergen.

'Natuurlijk,' zegt hij. Hij legt uit dat de Jada zo hoog mogelijk willen wonen omdat ze dan dichter bij God zijn. 'Voel je Zijn warmte? Het is winter, maar het is niet koud.'

Ik begrijp wat hij bedoelt, maar wat ik voel heeft niks te maken met een god.

We eten een eenvoudige lunch van brood en zelfgemaakte kaas, en na afloop speel ik met Paada's zoontjes. De jongens lachen om mijn tatoeages. Ze trekken aan mijn armen en proberen de inkt eraf te halen. Het zijn de eerste kinderen die ik zie sinds ik hier ben. Paada's vrouw Ambi'va legt uit dat de meeste kinderen op school blijven slapen omdat het twee uur lopen is langs de steile helling van hun berg. Zelfs de Jada, die geboren worden met betonnen kuiten, doen die wandeling liever niet twee keer per dag. Ik vraag of het moeilijk is om hun kinderen zo weinig te zien. Ze leggen uit dat de hechte Jada-gemeenschap op school begint: de kinderen moeten het de hele week met elkaar doen. Daar verbroedert de volgende generatie. Om de een of andere reden maakt dat me emotioneel.

In het Westen had ik het geen tien minuten uitgehouden bij iemands gezin thuis. Van rijtjeshuizen en Volvo's krijg ik zin om in mezelf te snijden. Maar van deze mensen word ik rustig. Ze zijn eerlijk. Hun leven is simpel en ik heb altijd gedacht dat simpel hetzelfde was als onbeschaafd. Ik dacht dat mensen in een minder ontwikkelde samenleving achterliepen, maar nu begin ik te begrijpen dat ze voorlopen. Zeker op mij. Niemand heeft hier schulden bij een onderwereldfiguur, en niemand hier wordt gedwongen mensen pijn te doen om die schulden terug te verdienen.

Ik sta weer bij de schietbaan en de jonge mannen zijn boos. Ik was bang dat ik iets verkeerd had gedaan, maar het heeft niets met mij te maken. Ze hebben bericht gekregen uit een ander Jada-dorp. Twee meisjes zijn verongelukt, een tweeling van veertien jaar.

Het leven in de Akhlos is niet zo simpel als ik dacht.

Paada komt bij me staan en legt een hand op mijn schouder. 'Dat deel van de bergen is volledig overgenomen door Lechkov Industria,' zegt hij met schorre stem.

Ik ken die naam ondertussen. En ik proef de zwavelachtige nasmaak.

'Die twee meisjes zijn bedolven onder mijnafval. Ze hadden zulke lange diensten gedraaid in een van de Lechkov-werk-kampen, dat ze doodmoe de kortste weg naar huis namen, vlak langs de afvaldump. Dat is levensgevaarlijk. Toen er slib los-kwam van de helling is het over ze heen gestroomd als een la-wine.'

Paada steekt een sigaret op.

'Twee jonge meisjes, gestikt in de stront van die hebberige honden. En als hun ouders een rechtszaak eisen, of kritiek ui-ten, worden ze gearresteerd door de OMRA. Iedereen weet wat er is gebeurd, maar het gaat niets veranderen. Het zal alleen maar erger worden. Europa wil niet afhankelijk zijn van Chi-na voor al hun elektrische auto's en weet ik veel wat, en de grootste lithiumvoorraad na die van Portugal ligt hier,' hij stampt op de grond, 'dus ze gaan de hele Akhlos leegtrekken. En Europa gaat net doen alsof ze niet weten onder welke om-standigheden de Jada leven. Weet je, die lithiummijnen zijn nog veel erger dan die kolenmijnen. Ze moeten dieper graven en lithium uit keiharde erts halen. Dat maakt een ongelooflijk lawaai en alle huizen trillen tot ze instorten. Het vee wordt bang en rent weg. De mensen die nog in vrije dorpen wonen, geven het op.'

Paada kan zijn tranen weer niet bedwingen. De andere man-nen kijken ongemakkelijk naar hun voeten en brommen ver-wensingen.

'Ons volk gaat verdwijnen.'

'Er moet iets zijn wat jullie kunnen doen,' hoor ik mezelf zeg-gen om de stilte te verbreken. 'Jullie hebben wapens, jullie zijn met velen.'

Paada lacht met pijn in zijn ogen. 'Wij zijn een simpel volk, soldaat. Je hebt ons zien aanmodderen met onze oude geweren. En de Mardoe Khador heeft het modernste leger uit de regio.'

Een van de jongens zegt iets tegen me, maar zijn vriend gebaart dat hij zijn mond moet houden.

'Asch-Iljada-Lica,' herhaalt Paada en hij knikt naar zijn vrienden dat het goed is. 'De Man met Duizend Gezichten. Het zijn geruchten, maar de Jada putten er hoop uit.'

Bij het horen van die naam voel ik mijn hartslag stijgen, maar ik laat niets merken. Ik vraag zo neutraal mogelijk wie dat is.

'Ergens in de bergen zou een Jada met veel middelen en macht bezig zijn een rebellenleger te formeren. De mensen die hem aan het werk hebben gezien beweren dat alles gaat veranderen. Ze zeggen dat er een aanval op de hoofdstad wordt voorbereid. Een echte. Ze zeggen dat hij een kans maakt tegen Lechkov.'

De andere jongens lijken geïrriteerd te zijn dat Paada het geheim deelt met een buitenstaander. Ze fluisteren naar hem en schudden hun hoofd.

'Het zijn slechts geruchten,' zegt hij eerst tegen mij en dan tegen de groep. 'We weten net zo weinig als jij.'

'En Nairi dan?' vraag ik. 'Zij lijkt vastberaden. En zij is veel meer dan een gerucht.'

Paada knijpt zijn ogen tot spleetjes. 'Dat ligt aan jou, vreemdeling,' zegt hij en hij drukt zijn vinger tegen mijn borst. 'Als jij ervoor zorgt dat zij de steun van Amerika krijgt, dan maakt ze een kans. Maar als jij voor die honden werkt, die kindermoordenaars... als jij onze leider meeneemt om haar te doden, dan hoop ik dat jij en je familie naar de hel gaan waar jullie oneindig lang bedolven worden.'

'Ik wil jullie niet dwarsbomen,' zeg ik.

De mannen kijken me verwachtingsvol aan, maar ik weet niet wat ik verder kan zeggen.

'Is dit het moment van de waarheid?' vraagt Paada met hoge adem. 'Ga je ons vertellen wat je hier komt doen?'

Ik wil zeggen dat ik voor Amerika werk en dat Nairi veilig is bij mij. Ik wil aan hun kant staan, maar ik mag mijn eigen partij niet kiezen.

'Ik weet het niet,' zeg ik. 'Het spijt me. Ik heb geen idee voor wie ik werk.'

Paada legt weer een hand op mijn schouder en zegt dat het tijd is om naar huis te gaan. 'Misschien vertel je ons morgen iets meer.'

Hij probeert de situatie te de-escaleren, ondanks mijn zwijgen.

Ik verdien zijn hand niet. Ik verdien zijn glimlach niet.

Ik voel me klein, op deze berg.

38

Ik lig nog maar een paar minuten op bed als er op de deur wordt geklopt. Het is Nairi. Ze vraagt of ik wakker ben. Ik weet niet waarom, maar ik blijf doodstil liggen, als een kind dat zich verstopt door niet te bewegen.

De deur gaat open en er verschijnt een andere vrouw dan ik had verwacht. Het is Nairi, maar ze heeft een vaalrode trui en een veel te grote spijkerbroek aan. Haar bruine haar zit in een knot op haar achterhoofd. Ze lijkt opeens veel kleiner, veel normaler. Veel kwetsbaarder. Haar linkermouw is naar binnen gevouwen.

'Mag ik binnenkomen? Ik wil even met je praten.'

Ze doet de deur achter zich dicht en komt naast me op bed zitten. Ik ruik aarde en alcohol en een beetje zweet. Het ruikt lekker; het ruikt echt. Heel anders dan Caro. Ik heb ergens eens gelezen dat we geleid worden door onze neus als we een partner kiezen. Onbewust zoeken mensen via geur naar een complementair immuunsysteem. Terwijl Nairi dichterbij komt, vraag ik me af of ik ooit verliefd ben geweest.

'De dorpsoudste zegt dat er een schaduw over je heen hangt, soldaat.'

Ik vraag wat ze bedoelt.

'Een man die je op je plek houdt. Iemand die al jaren dood is. Wie is hij? De dorpsoudste zegt dat hij je heeft gedoopt, toen je jong was. In donker water. Was het je priester?'

Ik schud mijn hoofd. 'Ik ben nooit gedoopt en ik ben al helemaal niet gelovig.'

'Maar je bent wel volgzaam.'

'Ik krijg een opdracht en die voer ik uit. Ik stel geen vragen.'

'Heb je een opdracht gekregen van Amerika?'

Ik weet niet wat ik moet zeggen. Ik weet niet of ik tegen haar kan liegen. Ik weet niet of ik tegen haar wíl liegen.

'Heb je een opdracht gekregen van de CIA?'

'Mogelijk, maar ik weet het niet zeker,' geef ik toe. De hoopvolle gezichten van de mannen bij de schietbaan staan als een lichtvlek op mijn netvlies.

'Begrijp je waarom ik belangrijk ben voor deze gemeenschappen, soldaat? Voor de kinderen en hun moeders in de bergdorpen?' Ze leunt naar voren. 'Dankzij mij durven ze weer naar huis te komen. Ze durven zich te verzetten tegen de oligarchen. Heb je gehoord van de tweeling? De meisjes die dood zijn?'

Ik knik.

'Die ellende moet stoppen. De dorpsoudste zegt dat ik het risico moet nemen. Ze zegt dat ik in de helikopter moet stappen. Want als de CIA ons helpt, dan verandert dat de geschiedenis van ons volk.'

'Ik weet nooit precies voor wie ik werk. Deze operatie doet denken aan een insurgency-operatie van de CIA. Dat zou betekenen dat de Amerikanen jullie beweging willen steunen, in ruil voor loyaliteit. Maar ik weet het niet zeker. Ik weet het nooit zeker.'

'Jij weet niet welk doel je dient. Je weet niet eens of je goed of kwaad doet. Wat een vreemd leven.' Nairi kijkt de kamer in. 'Zo zouden wij onze mensen nooit gebruiken. Iedereen is een vertrouweling bij ons. Niemand is de huurling en niemand is de opdrachtgever. Een grens bewaak je samen.'

Ik knik, omdat ik niet weet wat ik anders moet doen.

'Waar voel jij je thuis, soldaat?'

'Ik weet niet hoe dat voelt. Ik heb nog nooit een thuis gehad.'

'Hoe kan dat?'

Ik vertel haar hoe ik als jongetje voor criminelen werkte. Tenminste, het beetje dat ik me van die tijd kan herinneren.

Dat ik in hoerenhuizen sliep of illegale casino's en soms op straat. Ik vertel haar over mijn tijd in de jeugdgevangenis en daarna als soldaat. Hoe het leger me richting en zelfvertrouwen gaf, maar ook geen thuis was. 'En sinds ik als huurling werk, woon ik in hotels, in militaire kampen, in vliegtuigen. Nooit langer dan een paar maanden op dezelfde plek.'

'Het klinkt alsof je geen andere keuze hebt,' zegt Nairi.

'Ik heb schulden bij gevaarlijke mensen. Die moet ik terugbetalen.'

Ze gaat staan en knikt. 'Ik begrijp dat het lijkt alsof je niet kunt ontsnappen aan dit leven. Maar weet dit, soldaat zonder naam: dit huis is voor jou. Dus als jij een plek zoekt, dan mag je hier blijven. Bij ons in de bergen. Hier heb je geen schulden en hier ben je geen huurling. Hier ben je een van de Jada, net als ik.'

Ik kijk om me heen. 'Dit huis? Maar ik kan toch niet zomaar hier komen wonen?'

'Waarom niet? Je kunt wonen waar je wilt. Wij zouden je accepteren als een van ons. Denk er een paar dagen over na. Wij vragen loyaliteit, dat is alles.'

39

Elke ochtend sta ik voor het huis, drink ik koffie en groet ik de boer met het paard en de man met de jerrycan. Elke middag sta ik met de jongens bij de schietbaan. En elke avond eet ik in het huis van Nairi. Al meer dan vijf dagen gaat het zo. Ik heb geen idee waar Sasha is. Beneden in het dal is de operatie waarschijnlijk allang afgeblazen. Ze denken dat we dood zijn, of gevangengenomen. Maar het kan me niet schelen. Elke dag dat ik in de bergen kan blijven, is het waard. Ik gebruik geen drugs meer, ik voel geen druk meer op mijn borst en ik voel de woede niet meer stromen. Ik ben helemaal niet meer boos: ik ben rustig. Het enige waar ik aan denk, is Nairi's aanbod om hier te blijven. Om in het houten huisje te wonen en een van hen te worden. Een Jada.

Ze komt elke avond langs als ik op bed lig en vraagt naar mijn leven. Ik vertel haar alles. Dat heb ik nog nooit gedaan; ik hoor voor het eerst mijn eigen verhaal. Het is een verhaal vol gevechten. En zij is ook eerlijk. Over de angst die ze voelt, omdat de mensen op haar rekenen – wonderen van haar verwachten. Soms wenst ze dat ze kon vluchten. Maar dat zou ze nooit doen. Zo is ze niet. We hebben het ook over de Man met Duizend Gezichten. Ze weet niet wie hij is, maar ze hoopt dat de geruchten waar zijn. Ze hoopt dat hij zo bloeddorstig is als de mensen beweren, want zelf zou ze nooit zo harteloos kunnen zijn. Zelf zou ze nooit een aanslag kunnen plegen, of angst als wapen willen gebruiken. Maar ze denkt wel dat het noodzakelijk is – de Mardoe Khador laat geen andere mogelijkheid open.

En niet alleen wíj hebben het over de mysterieuze rebellenleider, in heel Inima gonst het van de verhalen. Bij de schietbaan speculeren ze over wie hij is en waarom hij nu opeens
opstaat. Twee van de jongens zijn op een ochtend ineens weg:
vertrokken naar een van de geheime rebellenkampen. Het leger van de Man met Duizend Gezichten groeit met de dag.

Na zeven dagen zie ik Sasha weer. Ze staat ineens voor me,
alsof ze een van de dorpelingen is.
　'Daar ben je, ik was naar je op zoek. Was je al die tijd hier in
het dorp?' vraagt ze.
　'Ja, waar anders?'
　'Wat heb je tegen ze gezegd? Heb je met die Nairi gepraat?'
Haar stem klinkt gespannen.
　'Ik heb niets gezegd. Ik heb ze alleen leren schieten. Waar
was jij?'
　'Opgesloten. Ik dacht dat ze me zouden martelen voor informatie. Of erger.' Schichtig kijkt ze in het rond, ook al is de heuvel leeg.
　'Dat zouden ze nooit doen.'
　'Dat weet jij niet.'
　'Wat gaat er nu gebeuren? Is de operatie afgeblazen?'
　'Nee, er is rekening gehouden met de mogelijkheid dat Nairi
niet meteen met ons zou meegaan. De helikopter is daarom
elke dag om tien uur naar de afgesproken plek gevlogen om
ons op te halen,' – ze kijkt weer wat zelfverzekerder uit haar
ogen – 'maar morgenochtend is hij er voor het laatst. Als we er
dan niet zijn, worden we aan ons lot overgelaten. Dit is onze
laatste kans. We móéten Nairi zien te overtuigen.'
　Ik neem rustig mijn laatste slok koffie. 'Niet voordat ik weet
wie onze opdrachtgever is.'
　'Wát zeg je?'
　'Ik wil weten of we hier zijn om deze mensen te helpen of
tegen te werken. Vertel me de waarheid, anders overtuig ik
niemand.'

'Anders overtuig jíj niemand? Wie denk je dat je bent?!' De denigrerende frons is terug. 'Jij bent hier niet om te praten, soldaat. Jouw enige zorg is de veiligheid van mij en onze target.'

'Dat klopt. Mijn missie is om Nairi te beschermen, dat zei je inderdaad. Wat is er op dat eiland? Waar nemen we haar mee naartoe?'

'Ik werk voor CNN en jij werkt voor de Amerikanen, dat is het verhaal. We hebben nog één kans om hier weg te komen. En deze mensen hebben nog één kans op hulp van de CIA.'

Spreekt ze de waarheid? Ik zie de spanning in haar ogen. Ik zie dat ze er alles aan probeert te doen om zelfverzekerd over te komen. Maar dat hoeft niet te betekenen dat ze liegt. Het kan ook betekenen dat er veel op het spel staat.

'Morgenochtend komt de helikopter voor de laatste keer. Daarna zitten we vast op deze berg.' Ze denkt dat ze mij daarmee bang maakt.

Die avond ziet Nairi er slecht uit. Moe. Ze staat in de deuropening van mijn slaapkamer en heeft een grote fles in haar enige hand.

'Neem een slok, soldaat. Dit spul is goed voor je hart.' We gaan op bed zitten en ze drukt de fles tegen mijn borst.

Ik schud mijn hoofd. 'Ik drink niet.'

'De meeste harten slapen, drink dit en word wakker.'

Ik wil een kleine slok nemen, maar Nairi duwt de onderkant van de fles omhoog, en ik drink tot ik moet hoesten.

'Goed zo, laat het maar branden.' Ze pakt de fles en legt een hand op mijn rug terwijl ik op adem kom.

'Ik heb geprobeerd met Eva te praten, of hoe ze dan ook mag heten,' zeg ik. 'Het enige wat ik weet is dat morgenochtend de laatste kans is om in de helikopter te stappen. Daarna komt hij niet meer terug.'

Nairi knikt. 'Dank je. Vertel mij over je vader.'

Ik kijk op. Dat was een onverwachte wending.

'We draaien hier al dagen omheen,' zegt ze. 'Het is tijd om me te vertellen wat er is gebeurd.'

Ik kijk even naar de houten planken onder mijn voeten en neem dan nog een grote slok uit de fles. 'Hij nam mijn zusje en mij mee op vakantie,' zeg ik, terwijl ik de fles teruggeef. 'Voor de eerste keer op vakantie; we konden het niet geloven. Maar bij het meer waar we naartoe gingen was helemaal geen camping. Er was daar niks. En hij had alleen een tent meegenomen en drank. Geen eten of iets om te doen. Dus we hadden honger en we verveelden ons, maar we klaagden niet. We wilden er iets van maken. We wilden op vakantie, net zoals de andere kinderen. We deden ons best om de dagen te vullen en het leuk te hebben.'

'Dat meer is het water waar je bent gedoopt. Het donkere water dat de voorouders zagen.'

'Elke ochtend nam hij me mee voor "zwemles". Ik moest hard worden, zei hij altijd. Ik moest leren mijn impulsen te beheersen. Met twee handen duwde hij me onder water, om me te trainen. De eerste paar keer verzette ik me, sloeg ik tegen zijn armen, maar dat had geen zin. Daardoor duurde het alleen maar langer. Na een tijdje vond ik rust in het donkere koude meer. Ik vond het fijn, gek genoeg, onder water. Ik leerde te accepteren dat hij kon bepalen of ik op tijd weer bovenkwam en gaf me over aan de duisternis. Het werd een veilige plek.'

'Wat is er met het meisje gebeurd?'

Ik moet diep ademhalen om ruimte te maken voor de woorden. 'Op de laatste ochtend van de vakantie nam hij háár mee, in plaats van mij. Ik wilde hem tegenhouden, maar hij was te sterk. Ze bleven de hele dag weg. Ik ben ze gaan zoeken, maar het was een groot meer en ik was een kleine jongen. Uiteindelijk heb ik bij de tent gewacht. Mijn vader kwam pas terug toen het alweer donker werd: psychotisch door de drank, en zonder zijn dochtertje. Zonder mijn zusje.'

'Lag ze nog in het water?'

Ik zeg niets. Ik zie weer voor me hoe ze haar ogen dichtknijpt als de rits van de tent naar beneden gaat. En de bruine haren die als een lege vuilniszak op het water drijven.

'Wat heb je gedaan?'

'Ik heb die fles drank uit zijn hand gepakt en hem daarmee vermoord.'

'En toen ben je begonnen aan een leven zonder thuis.'

'Toen ben ik weggelopen bij dat meer. Ik ben naar de stad gelift en daar verzon ik een nieuwe naam en een nieuw leven voor mezelf.'

Nairi komt tegen me aan zitten. 'Ik zie jou, soldaat zonder naam. Ik zie wie je bent en wie je had kunnen zijn. Je bent gedoopt met geweld en nu denk je dat geweld jouw enige weg terug naar binnen is. Maar dat is niet zo. Ook jij kunt een thuis vinden.'

'Waar is mijn thuis?'

'Hier in de bergen, als je dat zou willen.' Ze legt haar ene hand op mijn gezicht. Ik dacht dat haar ogen bruin waren, maar van dichtbij zijn ze donkergroen. 'Hier is plek voor jou. Een plek waar je iets kunt opbouwen. Maar alleen als je stopt met het accepteren van opdrachten voor geld en begint met het doen van beloftes aan mensen.'

'Wat wil je dat ik doe?'

'Beloof dat je mij zult beschermen,' zegt ze snel en zachtjes, alsof het per ongeluk uit haar mond valt. 'Beloof aan de Jada dat je mij terug naar mijn post hier in Inima zult brengen, wat we ook aantreffen op dat eiland. Als je dat doet, heb je hier een thuis. Op de Akhlos. Voor altijd.'

Haar gezicht raakt dat van mij. Ze ruikt naar de bergen.

'Als dit interview echt met CNN is, en als de Man met Duizend Gezichten echt wapens en mensen komt brengen, dan gaat er een grote opstand beginnen. En bij die opstand hebben we mensen zoals jij nodig om de families in het Hoge Huis te verslaan. Jij kunt ons helpen geschiedenis te schrijven. Ben je bereid een soldaat van de Jada te worden?'

Ik knik.

'Je moet het hardop zeggen.'

'Ik ben bereid een soldaat van de Jada te worden. Ik zal je beschermen.'

'Zijn er echt maar twee plekken vrij in de helikopter?' vraagt ze. Ze houdt haar mond vlak voor die van mij.

Ik kijk recht in haar donkergroene ogen. 'Ja.'

'Het afgelegen eiland waar ze ons naartoe willen brengen, is daar een opnamestudio of een gevangenis?'

'Ik weet het niet. Ik ben er nooit geweest. Ik weet alleen dat ik je veilig in die helikopter moet krijgen. Dus dat is wat ik ga doen.'

Nairi leunt achterover en haar ogen worden weer donkerbruin. 'Dan ga ik morgen met jullie mee. Met jou mee.'

Ik pak de fles en neem nog een slok. De drank heeft mijn borst warm gemaakt en mijn handen koud. Mijn knokkels branden al dagen niet meer.

Nairi schuift naar me toe en legt mijn hand op haar dij. 'Adem diep in, soldaat zonder naam,' fluistert ze. 'Na vannacht zul je mijn naam niet snel vergeten.'

Terwijl ze me zoent, dringen ook haar woorden bij me binnen. Het maakt niet uit wat er op dat eiland is: studio of gevangenis. En het maakt ook niet meer uit wie mijn opdrachtgever is en aan welke kant hij staat. Want schulden bestaan niet in deze bergen en dus heb ik geen geld nodig. En dus ben ik geen huurling meer. Ik ben geen deel meer van een onbegrijpelijk geheel, ik ben één man die een simpele belofte heeft gedaan. Aan haar: Nairi.

Ik ben geen soldaat zonder naam.

Ik ben een soldaat van de Jada.

VI

De opstand

40

Het begint met drie bomaanslagen, vlak na elkaar.

In de *situation room* van het Hoge Huis staat generaal Radko Lechkov naar een grote kaart van Kazichië te kijken. Een analist van de OMRA heeft zojuist met een potlood een kruisje gezet in het noordwestelijke deel van de Akhlos, bij de Russische grens. Daar was een explosie in een kolenmijn. De mijnwerkers waren van dienst aan het wisselen toen het gebeurde, dus er vielen geen slachtoffers. Maar de ingang is ingestort en de mijn onbegaanbaar. Een mijndorp zonder mijn betekent dat alles stilstaat. En dat betekent 230.000 dollar verlies voor Lechkov Industria. Per uur. Een groot probleem, dat snel moet worden opgelost, maar niet het probleem van Radko. Noch van de OMRA. Het moet een ongeluk zijn geweest.

De mannen beginnen hun spullen te pakken om weg te gaan, maar dan komt er weer een melding binnen. Een tweede explosie. De analist zet nog een kruisje: honderdtachtig kilometer ten westen van het mijndorp, en Radko begint te bellen. De hoogste bevelhebber van het Kazichische leger is niet snel in paniek – en als hij dat al eens is, is er niets aan hem af te lezen – maar de tweede ontploffing doet zijn kleine ogen wijd opengaan. En als hij de telefoon oppakt om alle leden van het huis te laten samenkomen, trilt zijn hand. Die tweede explosie betekent dat er een aanval op het land is geopend. En niet zomaar een aanval. De tweede bom is ontploft in de Petar Lechkovkazerne, het grootste militaire complex van Kazichië en best beveiligde terrein in de regio. Maar Radko's hand trilt vooral omdat de bom is afgegaan in het hoofdgebouw tijdens de wekelijkse stafvergadering van het Kazichische leger. Een vergadering die hij altijd zelf voorzit, maar net deze week heeft hij bij hoge uitzondering een plaatsvervanger naar de kazerne gestuurd. Luitenant-kolonel Pjotr Lechkov. Zijn enige zoon.

En dan wordt er een derde explosie gemeld. Het derde kruisje staat tachtig kilometer westelijker dan het tweede, op een gloednieuwe fabriek van de familie Karzarov, vlak buiten de stad Baghsenka. Daar moeten binnenkort elektrische lijnbussen en heftrucks worden gemaakt – de voorbereidingen voor het openingsfeest waren in volle gang. De bom ontplofte midden in de fabriekshal, die voor een deel is ingestort. Volgens de eerste berichten zijn er geen slachtoffers, maar alle zes de brandweerwagens van de westelijke kazerne in Baghsenka zijn erheen gestuurd om te voorkomen dat het vuur overslaat naar de opslag vol lithium-ion batterijen.

Terwijl de situation room volloopt met mensen, vraagt Radko zich af waar de volgende bom zal ontploffen. Met zijn wijsvinger trekt hij een denkbeeldige streep over de kaart. Misschien is het toeval, of een optische illusie, maar de drie aanslagen lijken het begin van een rechte lijn. Een spoor waarover een trein van explosies dendert, die vanaf Jada-territorium voortraast naar het westen. Naar de hoofdstad. De analist zet zijn bril op en kijkt door het plafond omhoog, wachtend op de klap. Wachtend op de bom die de Mardoe Khador zal wegvagen.

41

Er heerst totale chaos in de situation room. De leden van de militaire top die niet in de Petar Lechkov-kazerne waren, hebben een plan opgesteld dat Radko Lechkov moet goedkeuren. Midden in hun presentatie staat de opperbevelhebber op en hij loopt al bellend weg – al meer dan een uur probeert hij zijn zoon te bereiken, maar nog altijd zonder resultaat. Hij passeert de minister van Buitenlandse Zaken, die met een telefoon tegen zijn ene oor en een vinger in het andere met het Witte Huis belt, en daarna het Kremlin. Het Witte Huis belooft tijd vrij te maken in de agenda van de president voor een kort telefoongesprek. Het Kremlin wenst ze sterkte. Beide ontkennen enige betrokkenheid.

En intussen maakt iedereen ruzie met iedereen.

'Natuurlijk zit Rusland hier achter,' zegt premier Rosca. Haar lange bruine haren zitten strak in twee knotten. 'Hoe komen ze anders in die kazerne? Er zitten infiltranten in ons leger en die hebben een bom laten afgaan.'

Igor Yanev, die tegenover haar aan de lange tafel zit, schudt zijn hoofd. 'Waarom zouden ze? Rusland heeft ons al in een hoek gedreven. Bovendien heeft het Kremlin geen enkel belang bij het schaden van onze industrie. Gazprom is nauw verbonden met Karzarov Transport.'

'Het is Karzarov zelf,' zegt Maika met schorre stem. 'Die slang doet een tweede poging om ons weg te jagen.'

Minister Ivanov gaat staan en vraagt of iemand bewijs heeft voor die beschuldigingen. 'Dit is een heksenjacht!' zegt hij en hij krijgt meteen bijval van de andere ministers die Karzarov trouw zijn gebleven.

'Stilte!' probeert Igor Yanev. 'Dit brengt ons geen stap verder.'

'Mag ik Karzarov niet beschuldigen?' vraagt Maika. 'De man die mijn zoon heeft laten vermoorden? Natuurlijk verdedig jíj hem, Ivanov. Het is een wonder dat je nog niet gearresteerd bent voor verhoor.'

Ze krijgt meteen bijval van twee Lechkov-sympathisanten.

In de enige hoek waar het stil is, kijken Leonid en Daniel naar het enige computerscherm in de bunker. Alec Medva, een van de data-analisten die ze onlangs hebben aangenomen, doet verwoede pogingen om uit te vinden wat er is gebeurd. In zijn brillenglazen schieten nieuwsberichten, foto's en codes voorbij. En twintig minuten later slaat Daniel met zijn vlakke hand op het tafelblad.

'Wij hebben informatie!'

Omdat slechts een paar mensen reageren, loopt hij naar de tafel en roept dat hij weet wie er achter de aanslagen zit. Niemand stopt met discussiëren of bellen, en dus loopt hij achter de schreeuwende mannen langs naar voren, naar het hoofd van de tafel, en stapt tussen twee ministers door op het houten blad. Hij gaat tussen de asbakken en documenten staan en heft zijn handen.

'Stilte!'

Eindelijk verstomt de herrie.

Met alle ogen op zich gericht moet Daniel even zoeken naar zijn woorden. 'We weten wie er achter de aanslagen zitten. Het is een aanval uit het oosten. We worden aangevallen door de Jada.'

Maika en Yanev kijken elkaar aan, minister Ivanov lacht met een raspende stem.

'Wil je beweren dat een paar kaasboeren uit de bergen hebben ingebroken in de grootste kazerne van onze landmacht?' zegt hij.

Daniel klimt van de tafel en geeft een seintje naar Leonid en Alec. Het grote scherm gaat aan en de kamer wordt gehuld in een wit schijnsel. Er verschijnt een schokkerige opname in lage resolutie. Een statig gebouw van rode baksteen is gehuld in wolken van gruis. In de buitenmuur zit een gapend gat. Daniel legt uit dat het de kazerne is, minder dan een minuut na de aanslag.

'We hebben deze symbolen gevonden,' zegt hij en hij wijst naar het scherm. Er staat iets op de muur. Een soort logo, vier of vijf keer naast elkaar, zo te zien aangebracht met een spuitbus en een sjabloon. Het lijkt een uitgerekte kroon met drie stippen eronder. 'En ditzelfde symbool hebben we ook bij de andere twee aanslagen gevonden.'

Op het scherm verschijnen foto's van een hoog hek, met daarachter een in stofwolken gehulde mijnlift. Over alle VERBODEN TOEGANG-borden staat dezelfde kroon gespoten.

'Hoe komen jullie aan al deze beelden?' vraagt Ivanov. 'Komt dit van een satelliet?'

De data-analist kijkt verbaasd op van zijn laptop.

'Die uploaden mensen zelf,' zegt Daniel zonder zich om te draaien. 'Ze noemen dat het internet, minister Ivanov.'

Voordat de oude man kan reageren, start Leonid een video-opname van de Karzarov-fabriek. Een grote kolom rook stijgt op uit de fabriekshal, alsof een reus zijn zwarte arm naar binnen duwt. Alec pauzeert het beeld, zodat iedereen kan zien dat hetzelfde symbool levensgroot op de toegangsweg staat getekend – haastig en scheef, maar onmiskenbaar.

'Daniel, we hebben nu geen tijd om naar foto's van graffiti te kijken,' zegt Maika. 'We moeten zo snel mogelijk de staat van beleg afkondigen.'

Maar Daniel gaat stoïcijns verder. 'We hebben het symbool dat jullie zien nagetekend en een Google-*reverse image search* uitgevoerd. Dat is een manier om over het hele internet te zoeken naar plekken waar een bepaalde vorm of foto voorkomt. Een van de plekken waar we dit beeld veel zien, is op Jada-fora. Op plekken waar rebellen samenkomen en praten over de Man met Duizend Gezichten.'

Alec laat een forum op het scherm verschijnen en vertaalt

het Jada-dialect. 'Broeders en zusters uit de Akhlos, de Man met Duizend Gezichten is opgestaan. De val van Lechkov is begonnen.'

'De Man met Duizend Gezichten?' vraagt iemand. 'Het standbeeld?'

Ivanov lacht. 'Begrijp ik goed dat jullie een pagina hebben gevonden waaruit blijkt dat de Jada ontevreden zijn met de huidige regering? Gefeliciteerd! Wat een vondst!' Een groot deel van de aanwezigen grinnikt met hem mee.

Daniel blijft even stil. Hij kijkt gefrustreerd naar de zaal vol mensen die niet zien wat hij ziet. Dan vraagt hij Alec om alle zoekresultaten te laten zien. Alle plekken waar ze het symbool hebben gevonden. Het scherm begint zich te vullen alsof een virus zich voor hun ogen verspreidt. Ze zien Facebook-groepen waar Jada-rebellen manieren bespreken om aanslagen te plegen. *Discord servers* waar wapendistributiepunten worden gedeeld. En heel veel foto's van de kazerne, de mijn en de fabriek voordat de bommen ontploften.

'De Man met Duizend Gezichten heeft het grootste rebellenleger uit de geschiedenis van de Jada kunnen rekruteren via het internet,' legt Daniel uit, 'omdat wij – de Kazichische overheid – geen digitaal verkeer monitoren. Omdat het Hoge Huis blind is in de digitale wereld.'

Hij wil een foto laten zien van de rebellen die een militair kamp opzetten in de bergen, als plotseling het scherm wit wordt. Hij kijkt naar Alec, die zijn handen in de lucht houdt alsof de laptop gloeiend heet is.

'Er breekt iemand in.'

'Een cyberaanval!' Daniel rent terug naar de computer. 'Iedereen moet de verbinding met ons netwerk verbreken. Nu!'

De leden van het crisisteam halen hun smartphones tevoorschijn, maar de apparaten reageren nergens meer op.

'Zet alles uit!' roept Daniel tegen Alec.

Alle vaste lijnen in de situation room beginnen tegelijk te rinkelen. Er komen telefoontjes binnen vanuit het parlement, de ministeries en de veiligheidsdienst. Alles is platgelegd. Industrieën. Infrastructuur. Alle netwerken zijn aangevallen.

Daniel laat zich in zijn stoel vallen. 'Ze zijn al weken binnen, dat kan niet anders. Ze hebben gewacht tot dit moment.'

Igor Yanev komt naast hem staan. Het hoofd van de veiligheidsdienst ziet lijkbleek. 'We zijn hier niet op berekend,' fluistert hij.

Daniel wrijft over zijn gezicht. 'We moeten alles omgooien. Zo snel mogelijk. Daarvoor heb ik volledige toegang tot de veiligheidsdienst nodig. Ik moet echt overal bij kunnen.'

Yanev knikt. 'Zeg me wat je nodig hebt en je krijgt het.'

Alec komt overeind en onderbreekt het gesprek. Hij zegt dat er een videobestand is verschenen op het netwerk. Een bestand dat naar alle devices is gestuurd.

De leden van het crisisteam worden stil. Op het grote scherm en alle telefoons die op tafel liggen verschijnt het zwarte logo van de Man met Duizend Gezichten: de kroon met drie cirkels eronder.

'Het is een afspeelknop,' zegt Alec.

Leonid twijfelt. 'Moeten w-we erop klikken? Straks is het een val.'

'Ze hebben al toegang,' zegt Daniel. 'Speel het maar af.'

Er verschijnt een lege stoel in beeld die tegen een grijze muur staat. De ruimte is donker en er klinkt zacht geblaas of gebrom. Een paar seconden gebeurt er niks, maar dan zit er van het ene op het andere moment iemand in de stoel. De figuur draagt een zwarte coltrui en een bivakmuts met twee openingen bij de ogen. Door het harde licht van boven zijn zelfs de ogen in zwart gehuld.

'Wij zijn de grenswachters van de Akhlos,' zegt de figuur.

Aan de bewegingen van het masker kun je zien dat de mond beweegt, maar het stemgeluid is vervormd. Het klinkt alsof allerlei verschillende stemmen om de beurt iets zeggen – elk woord is uit een ander geluidsfragment gesneden, als een geknipte en geplakte losgeldbrief.

'Wij zijn het offer dat Huis Lechkov brengt, zodat zij de bergen kunnen leegzuigen en hun vadsige buiken kunnen vullen. Elke dag willen ze meer. Want het is nooit genoeg. En het zal nooit genoeg zijn. De Mardoe Khador is een ingenestelde parasiet die zijn tanden zo diep in de Stoel van God heeft geboord, dat niemand hem los durft te trekken. Niemand behalve wij. Wij zijn de Jada. Wij zijn de ware man met duizend gezichten – het leger dat de onderdrukker wegjaagt. Wij komen van de Akhlos naar het dal, om het Hoge Huis door te prikken. De Stoel van God zal rood kleuren en de wereld zal de waarheid naar beneden zien stromen als een waterval van bloed.'

De figuur met de bivakmuts is even stil en kijkt onbewogen in de lens. Stofdeeltjes zweven door de ruimte en reflecteren het witte licht.

'Corrupte leiders van het Hoge Huis, onthou deze belofte: de Jada komen jullie halen. Vandaag was pas het begin.'

Het scherm wordt weer wit, en het crisisteam staart in stilte naar de leegte.

'Hebben de Jada ons net de oorlog verklaard?' vraagt Maika zachtjes.

Igor Yanev draait zich naar een van zijn assistenten en zegt dat hij contact wil leggen met Nairi. Hij wil weten wat hun eisen zijn.

'We weten niet of dit Nairi is,' zegt premier Rosca. 'Zelfs voor haar is dit extreem. En het gezicht leek mannelijk.'

'Nee,' zegt Daniel, 'we nemen geen contact met de Jada op. Eerst moet ik een tegenaanval klaarzetten. Tot die tijd doet niemand iets. Jullie wachten op mijn bevel. Ik heb de leiding.'

Voordat iemand hem kan tegenspreken staat hij op en gebaart naar Leonid en Alec dat het tijd is om te gaan. Op weg naar buiten komt hij Radko tegen, die naar het witte scherm van zijn mobiel staart.

'Heb ik iets gemist? Ik was met mijn zoon aan het bellen, maar mijn telefoon doet het niet meer.'

42

Binnen een paar uur heeft Daniel een *Jada war room* opgezet in het gebouw van de veiligheidsdienst, vanwaaruit hij het tegenoffensief coördineert. De ruimte is op dezelfde verdieping als de nieuwe digitale divisie zodat hij en Leonid beide teams tegelijk kunnen aansturen.

Leonid is begonnen met het opzetten van nieuwe netwerken. De gehackte netwerken van de overheid moeten als verloren worden beschouwd, dus hij laat de volledige digitale infrastructuur opnieuw bouwen. En hij bestelt honderden nieuwe telefoons en laptops, zodat alle ambtenaren, leden van het Hoge Huis en de leiding van de belangrijkste industrieën hun werk zo snel mogelijk kunnen hervatten. Er zijn duizenden gigabytes aan data verloren gegaan, maar dat verlies moeten ze accepteren. Ze beginnen helemaal opnieuw, met de beste beveiliging die er bestaat.

Radko heeft meteen de beveiliging rond alle overheidsgebouwen opgeschroefd, terwijl Daniel met spoed een intelligent camerasysteem uit het buitenland laat komen. De camera's worden door de Cirkel in de hele binnenstad geïnstalleerd, en gekoppeld aan de servers van de OMRA. Radko heeft ook de oproerpolitie gemobiliseerd en onder militair bewind geplaatst. Op de rotonde voor het parlementsgebouw staat een groep Jada te protesteren en hoewel het minder dan honderd mensen zijn, met twee of drie spandoeken, maakt hij zich zorgen. Er zijn nog nooit openlijke protesten van de Jada of Neza geweest – zeker niet midden in de hoofdstad. En dus staat de oproerpolitie klaar om in te grijpen. Tot Radko's grote ergernis heeft Daniel hem alleen opgedragen te wachten.

De onrust onder de Kazichische bevolking neemt nog meer toe. Mensen sluiten zich op in hun huizen en proberen aan wapens te komen. Er komen militaire checkpoints op de toegangswegen. Daniel laat de nieuwszender van Kazichië weten dat hij een plan heeft om de situatie onder controle te krijgen en vraagt de mensen rustig te blijven. Zijn moeder en Radko raden hem met klem aan verkiezingen uit te roepen zodat hij met veel machtsvertoon kan worden beëdigd als president. Maar Daniel vraagt ze nog een paar weken respijt.

'Eerst laat ik het land zien wat ik met terroristen doe.'

Igor Yanev heeft de OMRA intussen opdracht gegeven te onderzoeken hoe de rebellen toegang hebben gekregen tot de best beveiligde locaties van het land. Ze moeten het antwoord vooralsnog schuldig blijven, maar komen er wel achter dat iemand een lading RDX heeft gestolen uit het militaire depot. Met dit explosief zijn de bommen gemaakt.

'Ze zijn dus niet alleen de kazerne binnengedrongen, maar ook het wapendepot,' concludeert Radko beschaamd. 'Het best beveiligde gebouw, op het best beveiligde terrein.'

'W-weten we al meer over de werkwijze van de Man met Duizend Gezichten?' vraagt Leonid.

Yanev geeft schoorvoetend toe dat ze voor een raadsel staan. 'Onze theorie is dat hij hulp van binnenuit krijgt. De vraag is van wie. Misschien Amerika? En dat is niet het enige probleem. Er is heel veel springstof gestolen. Meer dan er tot nu toe is ontploft.'

'Hoeveel meer?' vraagt Daniel.

'Genoeg voor nog twee grote bommen,' zegt Yanev terwijl hij zijn doos sigaren opendoet. 'Of één heel grote.'

Niemand zegt iets, maar de wandklok lijkt steeds harder te tikken.

43

Op Manhattan druisen de auto's en voetgangers langs elkaar heen. Mensen haasten zich naar hun werk met volle koffiebekers en lege blikken. Taxichauffeurs steken hun handen naar buiten om aan te kondigen dat ze van baan gaan wisselen, of er nou ruimte voor ze is of niet. Liften schieten omhoog en metro's glijden onder de rivier door om zo veel mogelijk drukte af te voeren. De New York Stock Exchange knippert rood en groen, alsof ze alle veranderingen in kaart kunnen brengen, en op de grote schermen rond Times Square tuimelen de extra uitzendingen van CNN en Fox over elkaar heen, alsof ze altijd een vinger aan de pols kunnen houden.

Op het oostelijke deel van het eiland, tegen de oever van de East River, staat het hoofdkwartier van de VN. De vlaggen van de leden wapperen allemaal op dezelfde hoogte – ook die van Kazichië. New York heeft nog nooit naar dat land omgekeken. De meeste Amerikanen weten waarschijnlijk niet eens dat het bestaat. Maar dan ontploffen er drie bommen op één dag en ontstaat er angst in de Kaukasus.

Jada- en Neza-vluchtelingen proberen al jarenlang naar Rusland of Georgië te komen, of de Zwarte Zee over te steken naar Turkije, maar nog nooit zijn er zoveel vluchtelingen tegelijk geweest als na de aanslagen. En nooit eerder waren er Kazichiërs bij. De omringende landen vragen de VN dan ook om hulp: ze zijn bang voor chaos. Maar niet alleen overheden, ook ngo's uiten hun bezorgdheid. Artsen zonder Grenzen waarschuwt voor een tekort aan levensmiddelen langs de Russische grens. Het Rode Kruis is begonnen vluchtelingenkampen te bouwen in Abchazië en Georgië. En ook grote bedrijven uit de regio luiden de noodklok. De cyberaanval heeft niet alleen de overheid platgelegd, maar ook een deel van de industrie. Zelfs Karzarov Transport, het grootste transportbedrijf uit Oost-Europa, lag een paar uur plat. Hoe is dat mogelijk? En wie is de volgende?

Van de ene op de andere dag heeft New York het over Kazichië. De aandelenbeurs kleurt een paar minuten rood, CNN en Fox News laten Stolia zien, en de VN roept de Veiligheidsraad bij elkaar om de situatie te bespreken.

De Kazichische afgezant Alin Pipia loopt zwetend door het VN-gebouw. De Mardoe Khador wil absoluut geen pottenkijkers en Pipia moet voorkomen dat de Veiligheidsraad inspecteurs of misschien zelfs troepen stuurt. Verspreid door het hele land zijn er tientallen, misschien wel honderden werkkampen vol Jada- en Neza-gevangenen die absoluut niet voldoen aan de internationale rechtsnormen. En het beleid van de OMRA zal evenmin op goedkeuring van de wereld kunnen rekenen.

Het probleem is alleen dat Kazichië geen lid is van de raad, en dus niet zelf kan vetoën. Daarom heeft afgezant Pipia een informele ontmoeting met de Verenigde Staten en Rusland geregeld, in de kleine kantine op de eerste verdieping. De twee grootmachten zijn wel lid en hij moet ze overtuigen overal tegen te stemmen. Dat soort vooroverleg is een normale gang van zaken in het VN-gebouw. Overal zitten landen te praten, ter voorbereiding van officiële bijeenkomsten. De diplomaten spreken in het gebouw af omdat het internationaal grondgebied is; de kans dat ze stiekem worden opgenomen of afgeluisterd is daardoor kleiner.

Samen met zijn team heeft Pipia de avond ervoor een strategie bepaald voor het gesprek met Amerika en Rusland. Dat doen ze wel vaker en alles leek dan ook onder controle. Maar toen had hij die ochtend plots een verwarrend bericht ontvangen van het Hoge Huis:

Laat M en B zien dat wij bang zijn voor A.

M en B staat voor MacKay en Bogrov, de Amerikaanse en Russische vn-afgezanten met wie hij heeft afgesproken. A staat voor Asch-Iljada-Lica. Pipia moet dus aan zijn collega's laten zien dat hij bang is voor een Jada-terrorist. Waarom wil het Hoge Huis dat men bang wordt voor de Man met Duizend Gezichten? En waarom wordt er zo weinig context gegeven? Als hij niet begrijpt wat de familie Lechkov probeert te doen, is de kans groter dat hij een onbedoelde fout maakt.

Terwijl Pipia uit de lift stapt en naar de kantine loopt, vraagt hij zich af waarom hij niet bij de ngo is gaan werken die hem twee weken daarvoor een baan aanbood. Het salaris is goed en de functie saai, beter kan niet. Als hij de kleine kantine binnenloopt, ziet hij Judy MacKay al op hem zitten wachten. Ze is een halfuur te vroeg. Pipia zwaait naar haar terwijl hij tussen de lege tafeltjes door loopt, en zij blijft hem strak aanstaren. MacKay lijkt altijd boos. Haar gezicht hangt naar beneden als dat van een Berner sennen, met ogen die bijna verdwijnen onder de huidplooien en een mond die naar beneden wordt getrokken door haar wangen. Pipia vindt haar een intimiderende vrouw en niet alleen door haar verschijning; ze spreekt acht talen, waaronder vloeiend Russisch en Mandarijn, en staat erom bekend midden in belangrijke vergaderingen weg te lopen als ze niet blij is met de gang van zaken. Niet veel leden komen daarmee weg, maar tegen MacKay durft niemand in te gaan.

Hij heeft amper aan de tafel plaatsgenomen of MacKay informeert of hij een derde partij heeft uitgenodigd. Wat ze daarmee bedoelt is of hij Frankrijk heeft verzocht aan te schuiven bij de bespreking. De Fransen worden vaak gevraagd als neutrale partij bij onofficiële vergaderingen, maar Amerika heeft dat deze keer niet gedaan omdat ze het overleg te gevoelig vinden. Pipia heeft de Fransen evenmin gevraagd en laat op die manier zien dat Kazichië er hetzelfde over denkt.

De Amerikaanse knikt even en vraagt dan of Kazichië weet wie de Man met Duizend Gezichten is. 'Jouw overheid weet iets. Jullie hebben minstens een theorie.'

Pipia schudt zijn hoofd. 'Het is een raadsel.'

MacKay gelooft hem niet en dringt aan. Ze zegt dat Amerika zeer dankbaar zou zijn voor die informatie. Het zou de Kazichische overheid veel op kunnen leveren.

Ja, veel ellende, denkt Pipia. De CIA wil weten wie de Man met Duizend Gezichten is, zodat ze samen met hem het Hoge Huis omver kunnen gooien.

'Is de dreiging legitiem?' vraagt MacKay. 'Is de Man met Duizend Gezichten zo gevaarlijk als de pers ons doet geloven?'

Pipia herinnert zich het bericht van het Hoge Huis. 'Presidentskandidaat Lechkov weet niet waar hij moet beginnen,' zegt hij. 'Het Hoge Huis begrijpt niet wie het is of hoe hij de aanslagen heeft kunnen organiseren.'

'Interessant,' bromt MacKay zachtjes.

Op dat moment komt Bogrov binnen. De eerste keer dat Pipia de kleine Russische diplomaat ontmoette, dacht hij dat Bogrov afwezig of onaandachtig was. Maar sinds hij weet dat de Rus een schaakmeester is, kijkt hij heel anders naar diens glazige ogen. Deze man is geen dromer, hij speelt de hele dag op meerdere borden tegelijk.

De Rus knikt even kort naar MacKay en schudt Pipia's hand. Hij gaat zitten en zegt dat hij verontrustende berichten krijgt: het Hoge Huis zou de Man met Duizend Gezichten vrezen.

Pipia bevestigt het.

Bogrov knikt weer en richt zich tot MacKay. Alsof de Kazichiër er niet meer bij zit vragen de Rus en de Amerikaan naar elkaars kinderen en partners. Na een tijdje zo om elkaar heen te hebben gedanst, beginnen ze een voorzichtig gesprek, waarin ze allebei zo min mogelijk prijsgeven. Ze vragen elkaar of hun geheime diensten actief zijn in Kazichië – alsof ze het antwoord op die vraag niet weten.

'Nauwelijks,' zegt MacKay.

'Wij ook nauwelijks,' zegt de Rus.

Het is even stil. MacKay roert in haar koffie en het lepeltje tikt tegen de bodem als een metronoom. Dan vraagt MacKay of Rusland vindt dat de VN zich met de situatie moet bemoeien.

'Daar moeten we voorzichtig mee zijn,' zegt de Rus.

'Misschien heb je daar gelijk in,' zegt de Amerikaan.

Weer is het stil.

'En wat vind je van inspecteurs?' vraagt Bogrov.

'Die kunnen meestal niet zoveel doen,' zegt MacKay.

De twee diplomaten knikken naar elkaar.

MacKay zegt dat ze de dreiging niet reëel en de kans op instabiliteit in de regio klein acht. De Rus is het met haar eens. Troepen sturen is dus niet nodig.

Pipia weet dat ze liegen. En hij begrijpt nu waarom hij de rebellenleider moest ophemelen. Het Hoge Huis wil dat Amerika een potentiële insurgency-partner in de Man met Duizend Gezichten ziet. Want als de CIA een kans ziet om voet aan de grond te krijgen in de Akhlos, willen ze zo min mogelijk actieve partijen in de regio. Dus het feit dat de Man met Duizend Gezichten invloedrijk lijkt, is genoeg reden om de VN weg te houden. Rusland wil sowieso geen inmenging, omdat ze het Lechkov-regime hebben geïnfiltreerd. Maar nu Bogrov hoort dat Daniel Lechkov bang is voor de Man met Duizend Gezichten, moet de VN al helemaal wegblijven. Hij wil het Hoge Huis zo de ruimte geven om het rebellenleger zo snel en effectief mogelijk weg te vegen – zonder oog voor verdragen of mensenrechten.

En dus is de uitkomst na een uur van voorzichtige vragen en ontwijkende antwoorden simpel: beide landen zullen de Veiligheidsraad adviseren de soevereiniteit van Kazichië te respecteren en geen actie te ondernemen. De volgende dag zal de raad samenkomen voor een nutteloze vergadering en een nutteloze stemming.

MacKay laat het lepeltje los en vertrekt zonder een slok te

hebben genomen. De koffie draait rond in het kopje. Ze zegt tevreden te zijn met de uitkomst van het gesprek, en glimlacht zelfs. Pipia wil ook opstaan, maar de Rus vraagt hem te blijven zitten.

'Vertel me eens, kameraad Pipia,' zegt Bogrov als zijn Amerikaanse tegenhanger weg is. 'Wie is de Man met Duizend Gezichten? Dat moet jij weten, de OMRA heeft zijn huiswerk altijd goed op orde. Vertel me zijn naam, dan helpen we jullie om van hem af te komen. We sturen een drone en het is klaar.'

'Ik zou het mijn Russische vrienden graag vertellen, maar we hebben geen idee,' zegt Pipia.

'Directeur Yanev heeft toch zeker wel een theorie? Hoe krijgt een Jada dit allemaal voor elkaar? Die gigantische cyberaanval?'

'We hebben werkelijk geen idee,' herhaalt Pipia. 'Maar één ding is zeker: een gevaar zo groot als deze man, heeft mijn land nog nooit gezien.'

Bogrov knikt en staart naar zijn lege kopje koffie. Zijn glazige blik wordt steeds scherper en Pipia beseft dat de Rus vanaf dat moment nog maar één schaakpartij speelt: tegen een rebellenleider zonder naam.

44

Het is vroeg in de ochtend als Daniel opstaat vanachter zijn bureau om zich uit te rekken. Hij is in het gebouw van de OMRA, in een extra beveiligd deel van de digitale veiligheidsdivisie die hij met Leonid heeft opgericht. Om hem heen zit de top van zijn nieuwe team die hij uit heel Oost-Europa heeft laten halen voor onweerstaanbare salarissen – ook zij hebben de hele nacht doorgehaald.

Daniel bestuurt zijn systeem vanaf een speciale terminal. Het scherm waar hij aan werkt spiegelt vanuit alle posities, behalve als je er recht voor zit – zelfs iemand die naast hem staat om over zijn schouder mee te kijken ziet alleen een spiegelbeeld. De computer zelf staat in de kelder van het gebouw, in een vuurdichte ruimte, achter een kluisdeur met een biometrisch slot. Als iemand de kluisdeur probeert te forceren of als Daniel langer dan een week niet inlogt, formatteert het besturingssysteem automatisch zijn eigen harde schijf en is alle data verdwenen. En de encryptie op de harde schrijf is zo geavanceerd, dat er een kwantumrevolutie voor nodig is om hem te kraken.

Het voordeel aan Daniels manier van werken is dat zijn volgende zet altijd geheim blijft. Niemand overziet het hele plan, behalve hijzelf. Het nadeel is dat hij al het voorbereidende werk zelf moet doen. Pas als het tijd is om een deel van zijn plan uit te voeren, kan hij gebruikmaken van de slagkracht die tot zijn beschikking staat als de facto president. Tot die tijd staat hij er alleen voor. Zijn ogen zien dan ook bloedrood en zijn wallen donkerblauw. Naast het toetsenbord staat een kop koude koffie: de cafeïne heeft geen effect meer. Maar zijn vingers ratelen onverstoorbaar over het toetsenbord.

De deur gaat open en Leonid stapt naar binnen. Het is duidelijk dat de kleine spion wel heeft geslapen en gedoucht, maar toch ziet ook hij er moe uit. Hij rapporteert aan Daniel over de nieuwe netwerken

'Alles is o-online. We kunnen beginnen met monitoren.'

'Dank je wel, goede vriend. Dat betekent dat we voorlopen op schema.'

Het grote voordeel aan de cyberaanval is dat de veiligheidsdienst nieuwe netwerken heeft mogen bouwen voor de overheid en industrie, netwerken waar ze zelf volledige toegang tot hebben. Niemand stelde een kritische vraag, want iedereen was geschrokken en vertrouwde op Daniel om ze te beschermen. En nu kan de veiligheidsdienst dus alles zien wat iedere ambtenaar, minister, werknemer of CEO doet.

Leonid zet een laptop op het bureau en laat zien wat de status van hun werk is. Daniel draait zijn stoel naar de computer en wijst naar een reeks gearceerde code. 'Daar komen de Russen.'

Leonid knikt.

Het vermoeden was dat het Kremlin al jaren telefoongesprekken, e-mails en andere communicatie in Kazichië aftapte – Rusland zag precies wat de Kazichische overheid deed. Ze hadden zo'n grote technologische voorsprong, dat ze ongestoord hun gang konden gaan. Maar dat heeft ze ook onvoorzichtig gemaakt. Want nu Rusland opnieuw moet inbreken, doen ze dat met grof geschut en zonder hun eigen sporen grondig te wissen, precies wat Daniel had voorspeld. Dat is het tweede voordeel aan de cyberaanval geweest: ze zien niet alleen wat er in het land gebeurt, maar ook wie het land wil binnendringen.

'Ze verwachten niet dat wij meekijken,' zegt hij, 'en dus laten ze hun ware aard zien. Geweldig werk, Leonid. We zijn de controle over ons eigen land aan het terugkrijgen.'

Leonid kucht. Er lijkt hem iets dwars te zitten en Daniel vraagt hem wat het is.

'Over w-ware a-aard gesproken,' zegt de spion zachtjes. 'W-we moeten het over iets anders hebben. Over je vrouw.' Daniel draait zijn stoel om. 'Wat bedoel je? Heb je iets gehoord?'

Leonid knikt.

De twee hadden al weken discussies over Michelle. Daniel had zich laten ontvallen dat Michelle zich irrationeel en ongeduldig gedroeg en Leonid stelde daarop voor om afluisterapparatuur te plaatsen in de presidentiële vleugel van het Hoge Huis. Alleen audio, beloofde hij, geen video, zodat Daniel een vinger aan de pols kon houden. Daniel wilde daar niets van weten. Hij zag geen enkele reden om zijn eigen gezin te bespioneren. Zelfs toen Leonid bleef aandringen – hij stelde voor om software te gebruiken die alleen opnam als er bepaalde triggerwoorden werden uitgesproken – hield Daniel voet bij stuk; hij wilde er niets meer over horen.

Maar daar kwam verandering in toen hij met Michelle in de helikopter op weg was naar de kliniek. Daar vertelde ze hem dat Harper een ontsnappingsplan had. Ze wilde vluchten. Hij kon zich niet voorstellen dat ze het meende, dat ze zo onvoorzichtig zou zijn. Hij kende haar toch? Ze zou nooit hun kleine meisje ontvoeren en in gevaar brengen. Leonid zei dat hij daar niet van uit kon gaan. 'Je weet nooit waar iemand toe in staat is onder extreme d-druk.' En dus gaf Daniel toestemming om de microfoon van Alexa's smart-tv te hacken en in Harpers appartement een camera te plaatsen.

Daarna hadden ze het er niet meer over en deed Daniel alsof de apparatuur nooit was geïnstalleerd. Maar die ochtend controleerde Leonid zijn software en zag dat er een gesprek was opgenomen in de presidentiële vleugel. Iemand had iets gezegd waardoor het systeem begon op te nemen. Leonid las de automatische transcriptie en kon maar één conclusie trekken.

'Ze w-w-willen op de vlucht slaan.'

Daniel staart voor zich uit. Secondelang hangt er een bedrukte stilte in de ruimte, die alleen verstoord wordt door het zachte zoemen van de servers en het getik van hun team. Dan lijkt hij weer wakker te worden. 'Ik geloof het niet.'

'Het spijt me, vriend. Er is geen twijfel over.'

'Ik wil de opname horen.'

Hij opent het audiobestand en buigt naar de kleine laptop-speakers, om te verstaan wat de vrouwen zeggen. Hij hoort Harper, maar haar stem klinkt hol en ver weg. 'We moeten onze telefoons uitzetten,' zegt ze. 'We moeten voorzichtig zijn.' Dan is daar ineens Michelle. Het eerste deel van haar zin is slecht te verstaan; de twee vrouwen staan waarschijnlijk ver van de afstandsbediening waar de microfoon in zit. Maar dan komt ze dichterbij, want ineens klinkt haar stem glashelder.

'We moeten het land uit. We kunnen niet meer op Daniel wachten, de gevechten zijn begonnen. Wat is je plan?' Verbijsterd kijkt Daniel naar de laptop. Dan fluistert hij, alsof zijn vrouw niet kilometers van hem verwijderd is: 'Michelle, wat doe je? Ben je gek geworden?'

VII

Schaduwverdrag

45

Op de dag van de aanslagen, vlak na de termijnecho bij de privékliniek, stond Michelle tegenover Harper in de woonkamer van de presidentiële vleugel. Ze gaf haar Amerikaanse schoonzus gelijk. 'We moeten het land uit. We kunnen niet meer op Daniel wachten, de gevechten zijn begonnen. Wat is je plan?'

Maar Harper wilde geen details geven. Het was beter dat Michelle zo lang mogelijk zo min mogelijk wist, zei ze. Ze beloofde dat ze binnen een paar dagen weg konden gaan. Maar daarvoor moest ze iets ophalen, en voor hun veiligheid was het beter om elkaar tot die tijd niet te zien.

Michelle stemde in, wat kon ze anders, maar het wachten viel haar zwaar. Het duurde drie lange dagen tot Harper eindelijk voor haar deur stond.

'Het is gelukt, we kunnen gaan.'

Michelle begint twee kleine rugzakken in te pakken. Haar paspoort en dat van Alexa had ze al klaarliggen, verder propt ze er nog wat kleding en Alexa's knuffelhond bij.

'Wat is je plan?'

'Het is niet mijn plan,' zegt Harper, 'maar dat van Vigo.' Ze heeft een ouderwetse telefoon en een laptop bij zich. 'Vigo noemde deze computer onze levensverzekering. Niemand weet van het bestaan behalve jij en ik.'

'Is dat ding niet gehackt, zoals alle andere telefoons en computers?'

Harper schudt haar hoofd. 'Er zit geen netwerkkaart of bluetoothontvanger in.'

Ze vertelt dat de computer en telefoon verstopt waren bij een vriend van Vigo in Stolia.

'In de computer staat een telefoonnummer. Door dat te bellen geven we een startsein voor de operatie. Niemand zal opnemen, maar twee uur later staat er iemand te wachten op een geheime ontmoetingsplek. Iemand van de MIT, de Turkse geheime dienst.'

'En dan?'

Harper vertelt dat de MIT hen over de Zwarte Zee naar de Turkse kust zal brengen. Vanaf daar worden ze naar Ankara gevlogen per helikopter. In de hoofdstad kan Michelle dan de Nederlandse ambassade bellen en Harper de Amerikaanse.

'Goed nieuws, toch?' zegt ze. 'Onze overheden moeten ons beschermen en repatriëren. En tot we bij die ambassades zijn, beschermt de Turkse overheid ons.'

Michelle kijkt naar het hoge raam, waarachter het al vroeg schemert. Nu ze hoort wat het plan is, twijfelt ze. 'Hoe weten we zeker dat het veilig is voor Alexa om de oversteek te maken? En voor mij? Ik ben zwanger en het is ijskoud buiten.'

'Het is veilig omdat we deze garantie hebben,' zegt Harper en ze houdt een USB-stick omhoog. 'Ik heb geen idee wat erop staat en ik wil het ook niet weten, maar de Turken willen het hebben.'

Michelle vraagt waarom ze niet wil weten wat er op de USB-stick staat.

'Stel dat het een wapendeal is, of iets anders waarmee we ellende veroorzaken? Misschien ga ik twijfelen als ik zie wat het is. Ik wil niet twijfelen. Ik wil naar huis. Maar jij mag de documenten doorlezen als je dat fijner vindt.'

Michelle schuift de laptop naar zich toe, steekt de USB-stick in de poort en opent het bestand. Ze ziet een pdf van honderden pagina's. Het ziet eruit als transcripties van gesprekken. De meeste tekst kan ze niet lezen omdat het Russisch of Kazichisch is, maar dan vindt ze een paar passages in het Engels. Ze leest een gesprek tussen een Rus en een Kazichiër – waarschijnlijk twee diplomaten of andere hooggeplaatste ambtenaren – die handel met Turkije bespreken. De twee mannen maken prijs-afspraken. Nee, systematischer dan dat: geheime handelsver-dragen. Michelle concludeert dat Moskou afspraken maakt met alle voormalige Sovjetstaten om de prijs van geïmporteer-de Turkse goederen in de hele regio te drukken. In dit specifie-ke gesprek gaat het over de import van Turkse farmaceutische producten.

Ze scrolt verder en beseft dat elke transcriptie een ander ge-sprek is dat de Turkse overheid niet mag horen. Elk gesprek is een ander onderdeel van het gigantische schaduwverdrag.

'Nee,' zegt Michelle, 'dit is te riskant, Harper. Dit is te groot. Dit kan een conflict tussen Rusland en Turkije veroorzaken.'

Als ze opkijkt, ziet ze dat haar schoonzus aan het bellen is met de oude telefoon.

'Wat doe je?'

'Ik heb het signaal al gegeven.'

'Had je dat niet even kunnen overleggen?'

Harper haalt de USB-stick uit de laptop en klapt deze dicht. 'We praten al weken. Het is nu of nooit. Ik ga naar huis en jij mag mee. Graag of niet.'

Michelle kijkt naar Alexa, die in zichzelf fluistert terwijl ze met een pop speelt.

Twee uur later rijdt een rode Porsche Cayenne de Stoel van God af. Harper zit achter het stuur en Michelle ligt naast haar dochter onder een verhuisdeken verstopt. Ze voelt de auto af-remmen en legt haar vinger op Alexa's mondje. Het meisje kijkt haar moeder met grote ogen aan. Ze staan bij het hek, onderaan de heuvel, en Michelle kan haar vriendin horen pra-ten met de militairen. Voor het eerst in haar leven voelt ze de neiging om hulp te vragen aan een hogere macht. Niet omdat ze zich wil overgeven, maar om íets te doen, om een gevoel van controle terug te krijgen. 'Alsjeblieft,' fluistert ze met haar neus tegen Alexa's kruin. 'Bescherm ons.'

Er wordt gelachen en het hek gaat piepend open. Langzaam zet de auto zich weer in beweging.

'We zijn vrij!' zegt Harper een minuut later en ze slaat op het stuur. 'Het is gelukt.'

Michelle gooit de deken van zich af en zet Alexa op haar schoot.

'Wat gaan we doen?' vraagt het meisje voor de zoveelste keer.

'We gaan op reis,' zegt Michelle. Ze durft niet meer te beloven dat ze naar huis gaan.

Ze rijden Stolia uit en komen in een moderne buitenstad. Harper stopt bij een industrieterrein en wijst naar de overkant van de straat. 'Daar is de afspraak. In dat winkelcentrum.'

'Wat doen we als iemand ons volgt?' vraagt Michelle, terwijl ze in de spiegels kijkt of er iemand verschijnt.

'Dan zien ze dat we gaan winkelen.'

Alexa doet netjes haar eigen rugzakje om, en loopt met haar moeder mee. Michelle heeft moeite naar het meisje te kijken. Ze voelt zich te schuldig.

Terwijl ze het nog lege winkelcentrum binnenlopen, zegt Harper dat ze bij een tapijtenwinkel op de derde verdieping moeten zijn. Ze nemen de roltrap en zien meteen een tl-verlicht zaaltje met Perzische tapijten aan de muren. Achter de kassa zit een oude Turkse man met een krantje.

Harper loopt twijfelend naar hem toe. 'Ik ben hier voor de afspraak,' zegt ze zachtjes.

De man mompelt iets en wijst naar achteren.

Ze lopen naar een deur waarop een Kazichische waarschuwing staat. Harper klopt twee keer en wacht. Na een paar seconden gaat de deur open en zien ze een vrouw met smaragdgroene ogen en pikzwart haar staan. Ze heeft zoveel foundation, felrode lippenstift en oogschaduw op, dat haar gezicht bijna een masker lijkt.

'Ik moet vragen om het codewoord,' zegt Harper zachtjes tegen de vrouw. Michelle ziet rode stressvlekken in haar nek.

'Atlantis,' antwoordt de vrouw en ze gebaart dat ze snel naar binnen moeten komen.

Achter de verboden deur is de berging van de winkel. Er hangt een sterke chemische lucht en Michelle houdt de kraag van haar jas voor haar mond en neus om zich te kunnen concentreren op het gesprek. De vrouw vraagt naar de USB-stick. Harper legt uit dat er twee documenten op staan. Voor het eerste deel is het wachtwoord 'Atlantis'; het wachtwoord voor het tweede deel zal ze in Ankara geven. De vrouw stopt de USB-stick in de binnenzak van haar suède jasje.

'Het duurt ongeveer een uur om de boottocht naar Rize voor te bereiden. Hopelijk kunnen we tijdens de tocht een helikopter naar de kust laten komen, anders moeten we het hele stuk naar Ankara rijden. We hadden niet op een kind gerekend. Het wordt een lange reis en het zal niet altijd comfortabel zijn.'

'En jullie zorgen ervoor dat we bij de ambassades komen?' vraagt Michelle. Ze heeft haar kraag teruggevouwen om verstaanbaar te zijn. De vrouw kijkt haar aan en schrikt. 'Mevrouw Lechkova? Wat doet u hier?'

Michelle schrikt op haar beurt dat de spionne weet wie ze is. 'Het is mijn overheid niet,' stamelt ze. 'Ik wil gewoon naar huis.'

'Deze deal is ontworpen voor u,' zegt de vrouw tegen Harper, 'en in bepaalde situaties ook voor uw man, Vigo Lechkov. Maar alleen als hij geen controle meer over het Hoge Huis zou hebben. Ik wil geen conflict tussen mijn overheid en de uwe provoceren.'

'Zij zijn nog maar een paar weken in het land,' zegt Harper. 'Ze hebben niets te maken met de Mardoe Khador. Ze spreken de taal niet eens.'

De Turkse vrouw haalt de USB-stick weer tevoorschijn. 'Nee,' zegt ze. 'Het spijt me, het is één passagier of geen. Ik ben alleen bereid ú mee te nemen, dat risico is al groot genoeg.'

Michelle zet een stap naar de Turkse spionne. 'Alstublieft, ik wil mijn kind hier weghalen. Weg bij de aanslagen. Er staan dingen op die USB-stick die uw overheid wil weten. Prijsaf-spraken over de import van...'

'Nee.' De vrouw houdt haar handen in de lucht. 'Alstublieft, mevrouw Lechkova. U duwt me in een levensgevaarlijke hoek. Weet u zelf wel wie u bent? Weet u zelf wel wat er gebeurt als iemand met uw positie geheimen ruilt met iemand zoals ik? U bent de vrouw van de aankomende president. En dat is zijn kind. In deze berging kunnen oorlogen uitbreken.'

De Turkse vrouw loopt terug de winkel in. De piepende dranger trekt de deur dicht en ze staan met z'n drieën in de kleine kast.

'Gaan we nu?' vraagt Alexa. 'Mama, gaan we nu op reis?'

Michelle kijkt naar haar dochter, die de gespen van haar rug-zakje vasthoudt – klaar om op reis te gaan, zoals haar moeder heeft uitgelegd – en wordt boos. Ze doet de deur open en roept naar de Turkse agent. De vrouw doet net alsof ze het niet hoort en gaat sneller lopen.

'Je neemt me mee!' roept Michelle door de winkel. 'Of ik ver-tel mijn man over de deal die hier bijna plaatsvond.'

De vrouw blijft staan.

'Ik meen het,' zegt ze. 'Jij zorgt dat we allemaal veilig in An-kara komen, of ik vertel het Hoge Huis over jou, en de docu-menten die je probeerde te stelen van de familie Lechkov.'

De spionne neemt ze mee naar de achterkant van het winkel-centrum, waar een Turkse man hen staat op te wachten bij een oude Citroën. De vrouw gaat bij hem in de auto zitten en zegt dat ze moeten volgen in hun eigen auto; mocht iemand ze aan-houden, dan kunnen ze nog steeds zeggen dat ze gingen win-kelen. Ze rijden achter de Citroën aan de stad uit en komen op een smalle, slecht onderhouden kustweg. Michelle kijkt uit het raam en denkt aan Vigo's ongeluk. *Zou dit de weg zijn waar hij werd vermoord? De weg waar het allemaal begon? Of eindigde.*

Na een halfuur stoppen ze bij een kleine haven en Michelle ziet een paar vissersbootjes en een verwaarloosd zeiljacht liggen. Ze ruikt een rioollucht en zout water. Aan het einde van een steiger meert net een zwarte speedboot aan; de grote glimmende buitenboordmotoren steken af als twee witte tanden in een dood gebit. Het gebrom dat ze produceren is zo hard, dat het tegen de gebouwtjes rond de haven echoot.

'Niet bepaald een onopvallende ontsnapping,' zegt ze tegen de Turkse terwijl ze de steiger op lopen.

'We spelen met vuur,' zegt de vrouw en ze kijkt haar verwijtend aan. 'Het belangrijkste is dat we zo snel mogelijk wegkomen. En die boten zijn snel.'

Michelle ziet hoe bang de vrouw is en begint weer te twijfelen. Misschien heeft ze te hard aangedrongen. Ze is een paar keer gewaarschuwd dat het risico te groot is en misschien laat ze zich te veel leiden door haar vluchtinstinct. Misschien moet ze terug naar de hoofdstad om nog één keer met Daniel te praten, om nog één keer te proberen om samen een oplossing te vinden, zoals ze altijd hebben gedaan. Maar voordat Michelle iets kan zeggen, wijst Harper achter haar. Ze draait zich om en ziet drie suv's met grote snelheid het verlaten parkeerterrein op rijden.

'Wegwezen!' roept de Turkse. 'We zijn verraden!'

Ze gooit haar smartphone in het water en rent naar de boten. Harper laat haar koffertje vallen en spurt haar achterna. Michelle, die eerst Alexa moet oppakken, wil het ook op een rennen zetten, maar de auto's hebben het hek geramd en scheuren nu de steiger op. Ze lijken niet te stoppen.

Michelle kan geen kant op.

Met Alexa in haar armen rent ze naar de rand om in het ijskoude water te springen, maar voor ze zich afzet komen de wagens piepend tot stilstand. De houten steiger kraakt onder het gewicht. Gewapende mannen springen uit de achterste twee auto's en sprinten op haar af. Ze schreeuwt dat ze niet gewapend is, maar de mannen rennen langs haar heen verder de steiger op. Als ze zich omdraait ziet ze nog net de Turkse vrouw op een van de boten springen. De piloot geeft meteen vol gas en met een luid gebulder en veel wit schuim schiet de boot weg van de steiger, richting de havenmond. Harper, die vlak achter de Turkse zat, springt ook maar haalt de boot net niet, en komt in het koude water terecht. Michelle ziet haar vriendin verdwijnen in het witte schuim.

En dan hoort ze haar naam. Het portier van de voorste auto gaat open en Daniel stapt uit.

'Michelle, stop! Blijf weg bij die boot!' Met grote stappen komt hij op haar af en pakt haar arm vast. 'Waar ben je mee bezig? Wil je ons allemaal dood hebben?'

'Ik moet mijn kindjes beschermen,' hoort ze zichzelf zeggen. Dan begint ze te huilen, en Alexa huilt met haar mee. Ze voelt zoveel tegelijk, dat ze niks meer kan overbrengen, behalve de verwarde wanhoop.

Daniel trekt haar mee naar de auto. Ze zegt dat het pijn doet, maar hij negeert haar.

'Praten met Turkije? Ben je gek geworden? Begrijp je niet hoe onverantwoordelijk dat is? Je hebt misschien een enorme diplomatieke crisis veroorzaakt, of nog erger.'

De woorden dringen maar langzaam tot haar door. Daniel weet van het plan af. Hij weet dat ze met Turkije in gesprek waren. Maar hoe? Wie heeft hem dat verteld?

Hij doet het portier open en gebaart naar de achterbank. 'Wat dacht je dat er zou gebeuren in Ankara? Wat dacht je dat Nederland zou doen? Dat ze "foei" zouden roepen naar het Kremlin en dat alles weer goed zou komen? Je zou daar net zo goed vast komen te zitten als hier. Maar daar zou ik je niet kunnen beschermen.'

Ineens dringt de waarheid tot haar door. 'Je hebt me afgeluisterd,' fluistert ze.

'En dat bleek terecht,' geeft hij meteen toe. 'Als ik dat niet had gedaan, waren jullie nu zonder bescherming op de vlucht. En kreeg ik Erdogan achter me aan. Alsof ik nog niet genoeg tegenstanders heb.'

Maar onze telefoons stonden uit, denkt ze. *Waar heeft hij de*

microfoons verstopt? En wanneer? Terwijl ik sliep?
Dan klinkt er een schot.

Ze draait zich om en ziet de Citroën wegrijden. De Turkse handlanger probeert te ontsnappen, maar twee van de soldaten staan op het parkeerterrein en schieten de banden lek. De kleine auto rijdt zwalkend verder en komt tegen een betonnen muurtje tot stilstand.

'Laat ze stoppen,' zegt ze terwijl ze de almaar harder huilende Alexa tegen zich aan drukt.

Maar Daniel doet niets. Hij blijft naast de auto staan en kijkt naar de spion die uit de Citroën wordt getrokken. Een van de soldaten houdt de Turk vast en de ander stompt twee keer hard in zijn maag. Ze schrikt van het geweld en bedekt Alexa's ogen.

'Daniel, zeg er iets van!'

'Je laat me geen andere keuze,' zegt hij. 'Ik kan die mensen niet meer laten gaan. Dat zou te gevaarlijk zijn, voor ons allemaal. Ook voor jou.'

Met veel geraas komt een helikopter laag overvliegen. Een militair met een geweer hangt half naar buiten en een van de soldaten op de grond wijst richting de speedboot aan de horizon, waarna de helikopter doorvliegt.

De Turkse vrouw wordt straks ook opgepakt, denkt ze, *en dat is mijn schuld.*

Ze hoort iemand proesten en ziet dat de militairen Harper uit het water hebben gevist. Ze lopen met de drijfnatte Amerikaanse tussen hen in en passeren de auto met Michelle en Daniel. Michelle moet denken aan de avond van Nia's arrestatie. Harper kijkt naar haar op met een blauw oog en gebarsten lip, haar blik vol angst.

'Laat haar gaan,' zegt ze. 'Daniel? Wat doe je? Laat Harper gaan.'

'Hoe kan ik haar laten gaan? Ze heeft verraad gepleegd. Ze heeft een conflict met een ander land uitgelokt en alles op het spel gezet. Denk je dat ik dit wil?'

'Dat is de vrouw van je broer. Ze is onze familie.'

Daniel gaat naast haar in de auto zitten, maar zegt niets.

'Daniel! Wat ga je met haar doen?'

'Ik heb geen andere keuze meer. Jullie dwingen me dit te doen.'

Ze kijkt naar Daniel, maar het is alsof hij door een deur van melkglas is gestapt. Het enige wat ze nog ziet, zijn de contouren van haar man.

46

Tijdens hun eerste vakantie samen, reisden Michelle en Daniel twee weken lang door Italië. Twee weken lang viel ze van de ene verbazing in de andere. Hun reis bestond uit privéchauffeurs, privévluchten, volledig afgehuurde toprestaurants en zelfs een privé-eiland voor de Italiaanse kust. Ze vierden het leven op een obscene manier. Maar Michelle leerde Daniel ook beter kennen tijdens die reis. De tegenstrijdige puzzelstukjes van zijn leven als wetenschapper in Europa en miljardairszoon uit Kazichië begonnen steeds beter te passen. Ook omdat ze delen van hem zag waar ze zich niet goed tot kon verhouden. Met name de manier waarop hij naar zijn geboorteland keek bleek een stuk gekleurder dan ze dacht.

Hun reis eindigde in Florence. Daar vertelde hij voor het eerst over een van de belangrijke mannen in zijn leven: opa Petar. Ze zaten samen op het balkon van hun suite met uitzicht over de Duomo en wachtten op hun gids. Michelle vroeg naar Petars verhaal en het ontstaan van Kazichië. Daniel had zijn koffiekopje vast, zat naar de zonnige stad gedraaid en vertelde hoe Petars moeder, zijn overgrootmoeder, werd ontvoerd tijdens Stalins Grote Terreur.

Petar was negen jaar oud toen zijn moeder, een eenvoudige boerin, hem op woensdagochtend een kus gaf, over de akkers naar de markt liep en nooit meer terugkwam. Waarom ze daar werd gearresteerd, was nooit bekend geworden. Maar vaststond dat ze op de markt een mandje vroeg gerijpte citrusvruchten probeerde te verkopen. Toen ze met haar koopwaar naar een groep militairen liep om haar fruit aan te bieden, werd ze geslagen en op de grond geduwd. Twee soldaten trokken de boerin aan haar haren door de modder en namen haar mee. Later die dag vonden Petar en zijn vader het mandje dat zijn moeder had gevlochten tussen de marktkraampjes. Niemand in het dorp durfde ze te vertellen wat er was gebeurd. Niemand durfde te praten met de kleine jongen die zijn moeder zocht.

Petars vader werd verstoten van de kolchoz omdat zijn vrouw ideologisch corrupt zou zijn, en werd depressief. Kleine Petar probeerde de boerderij zo goed mogelijk te bestieren, maar zonder zijn vaders hulp was het onmogelijk. Bovendien hing de dreiging van een arrestatie als een cirkelende roofvogel boven hun kleine huisje.

Na twee jaar ploeteren vond Petar zijn vaders lichaam, hangend aan de citrusboom die elk jaar vroegrijpe vruchten gaf.

'Stel je voor, dat je leven op die manier begint,' zei Daniel tegen het Italiaanse plein. 'Die kleine jongen was verstoten door zijn dorp, achtergelaten door zijn ouders en had geen cent op zijn naam. De wereld zet hem neer als een machtswellusteling, of een geldwolf, maar mijn opa zag als kleine jongen wat de wereld kan doen met de mensen van wie je houdt. Hij zag dat iedereen in de modder kan eindigen, of aan een fruitboom, hoe goed of slecht je ook bent. En dus begon hij zich op te werken. Hij wilde boven mannen als Stalin uitsteken, zodat hij zijn eigen gezin en de mensen van wie hij hield kon beschermen tegen dat soort maniakken.'

Hij probeerde zijn emoties te verbergen, maar Michelle zag dat de tranen vlak onder de oppervlakte zaten.

'Wat een mooie manier om ernaar te kijken,' zei ze.

Hij dronk het laatste slokje koffie en schudde zijn hoofd. 'Het is de enige manier om ernaar te kijken. Want zo is het gegaan.'

Ze vroeg naar de geruchten over de werkkampen waar dwangarbeid en martelingen zouden plaatsvinden. Waar zelfs kinderen zouden zitten. Michelle zei dat ze het wrang vond om te zien dat Petar de onderdrukker was geworden. Hij leek eerder op een mishandelde die in een mishandelaar verandert, dan op een beschermer.

'Je begrijpt het niet,' zei Daniel kortaf. 'Dat zijn gevangenissen. In Amerika moeten gevangenen toch ook werken? Mensen zoals jouw vader kijken naar Kazichië en zien corruptie. Maar dat land is geboren uit de liefde van een negenjarig jongetje voor zijn vader en zijn moeder. Petar wist dat hij zijn eigen kinderen nooit bij dat mandje in de modder zou achterlaten. Wat er ook voor nodig was, dat zou hij niet laten gebeuren. Hij zou ze beschermen. En wat blijkt? Als je uit liefde vecht, kun je alles voor elkaar krijgen. Dan kun je zelfs de wereldkaart naar je hand zetten.'

Macht en liefde zijn met elkaar verbonden voor Daniel en Petar, dacht ze. *Je beschermt de liefde door machtiger te worden dan je vijanden.* Maar de prijs die Petar Lechkov bereid was geweest te betalen voor zijn macht, was heel hoog. Hoger dan zij moreel acceptabel vond. En ze wist niet zeker of Daniel dat met haar eens was.

Na hun reis door Italië las Michelle een biografie van Petar Lechkov van de hand van de Nederlandse journalist Tim Smeets de Ruyter. De auteur schreef over de mensonterende omstandigheden in de Kazichische werkkampen en de verschrikkelijke manier waarop de OMRA elke vorm van opstand de kop indrukte. Het was niets anders dan een totalitair regime, stond in het boek, dat mensenrechten op alle mogelijke manieren schond. De meeste ontdekkingen die de auteur had gedaan verbaasden Michelle niet, maar toch was het confronterend om alles achter elkaar te lezen.

En toen kwam het laatste hoofdstuk. Het verhaal dat ze nooit eerder had gehoord. Het verhaal dat ze nooit had willen horen. Smeets de Ruyter schreef over een eiland in de Centrale Meren dat niet in de atlas stond, dat zelfs niet op Google Maps was te vinden. Het was een geheim eiland waarop de familie Lechkov een vakantiehuis had gebouwd. Daar ging

Petar elk jaar met kerst heen om een week te ijsvissen. De enige dagen in het jaar die hij vrij nam. Volgens Smeets de Ruyter lag er een duister geheim verborgen onder dat ijs. Volgens hem was er ooit een vierde groep oligarchen in Kazichië geweest, de familie Tsaada. Melano Tsaada stond aan het hoofd van Samto Minarit, een mijnbouwbedrijf net als Lechkov Industria dat vooral actief was vlak bij de Russische grens. Het gerucht ging dat Melano aan Petar een voorstel had gedaan om te fuseren. Toen Petar weigerde, bleven de Tsaada's hun imperium uitbouwen, soms ten koste van Petars expansiemogelijkheden. De twee families kregen ruzie en het Hoge Huis werd onrustig: voor het eerst werd Petar Lechkovs autoriteit in twijfel getrokken.

In december 1997 werd de hele Tsaada-clan uitgenodigd voor de jaarlijkse kerstviering op het Lechkov-eiland. Opa's, oma's, vaders, moeders, kinderen en kleinkinderen; zelfs de twee honden mochten mee. Het leek een vredesoffer van Petar om de rust in de regio te bewaren, maar sinds die vakantie werd er nooit meer iets van de vierde familie vernomen. Hun familieschild verdween uit het Hoge Huis, Samto werd ingelijfd door Lechkov Industria en als iemand in Petars bijzijn de naam 'Tsaada' noemde, werd hij ontslagen – of erger. Wat er precies was gebeurd kon Smeets de Ruyter niet bewijzen. Maar hij had zelf de grote, dichtgevroren wateren rond het eiland gezien: de perfecte plek om een hele bloedlijn te begraven. En hij had een privébeveiliger gevonden die op het Lechkov-eiland werkte.

Ik mag de naam van mijn bron niet publiceren, maar als ik zijn ooggetuigenverslag mag geloven, dan liggen er vrouwen, kinderen en jonge honden op de bodem van dat meer. Een hele familie is afgeslacht en onder het ijs verstopt. Waarom? Omdat Petar Lechkov altijd meer wil. Meer macht, meer invloed, meer geld. Het jaar na de verdwijning bouwden de families Karzarov en Yanev hun eigen vakantiehuizen, op hun eigen eilanden. Waarschijnlijk omdat ze geen kerst meer durfden te vieren op het Lechkov-eiland. Zelfs zij zijn bang voor Petar: een man die kinderen offert om zijn kroon te kunnen houden.

47

'*Il treva var,*' zegt Daniel.

De chauffeur knikt en start de motor. Ze verlaten de haven en de auto met Harper erin verdwijnt uit het zicht. Michelle vraagt niet meer wat er met haar gaat gebeuren. Ze krijgt toch geen antwoord.

De rest van de rit zegt niemand iets. Ze denkt aan de ochtend dat ze naar Schiphol reden, een paar weken daarvoor; hun laatste momenten in Nederland en in het ongewisse. Toen was het ook zo stil, alsof ze alle drie voelden dat ze op chaos af reden. Alsof de toekomst stond geschreven in de wapperende vlaggen rond de vliegtuighangaar – in de opstekende storm. *Op welk punt had ik stop moeten zeggen?* denkt ze terwijl ze opnieuw de hoofdstad binnenrijden. *Op welk moment had ik weg moeten lopen, om nog een goed mens te zijn? Na onze eerste zoen? Of toen we hoorden dat Vigo dood was?*

Wat het moment ook was, nu is het te laat. Het kwaad is al geschied.

Ze denkt aan Harper. Ze vreest voor haar. En dus vreest ze haar eigen man – haar Daniel. Ze is bang geworden voor hem, omdat ze hem niet meer begrijpt. Of nooit heeft begrepen. Ze vreest ook voor Alexa. Michelle wil alleen zijn met haar dochter, zodat ze kan uitleggen wat er is gebeurd. Of eigenlijk, liegen om haar gerust te stellen. Het voelt alsof ze honderden uren aan moederlijke taken moet inhalen, en elke dag komt er honderd uur bij. Nee, niet alleen moederlijke taken; het meisje heeft allebei haar ouders nodig.

Wanneer het gezin Lechkov de presidentiële vleugel weer binnenloopt, wordt er nog altijd niks gezegd. Hun schoenen tikken op de houten vloer, de deur kraakt terwijl Daniel hem voor zijn vrouw opendoet, en Michelles eigen ademhaling klinkt mechanisch en onnatuurlijk hard.

Ze doet de deur dicht en vraagt Daniel wat er gaat gebeuren. 'Niet nu,' fluistert hij in het Engels. 'Eerst moeten we ons meisje rustig krijgen, dan pas kunnen wij praten.'

Hij gaat op zijn knieën zitten en legt een hand op Alexa's schoudertje. Michelle blijft bij ze staan, terwijl Daniel liegt over het geweld bij de vissershaven. In die exacte positie – Daniel op z'n knieën, Alexa met haar armpjes langs haar lijf en haar rugzakje nog om, en Michelle die eroverheen hangt met de koffer naast zich – blijven ze bijna een halfuur zachtjes praten tot de ergste spanning van het kindergezichtje is verdwenen. Al die tijd zegt het meisje niks. Dan tilt Daniel haar langzaam op en gaat staan. Zijn knieën knakken. Met z'n drieën lopen ze naar de bank en samen beantwoorden ze de warrige vragen die eindelijk komen. Daniel zet zijn telefoon uit en als er iemand op de deur klopt, roept hij iets in het Kazichisch om hem weg te jagen. Het enige waar hij zich op concentreert, is zijn dochtertje voorzichtig laten zien dat ze haar ouders nog kan vertrouwen. Als Michelle naar hem kijkt, ziet ze Alexa's vader weer. Haar man die zo empathisch en geduldig is. Die altijd de tijd neemt om zijn vrouw en kind gerust te stellen als dat nodig is. Ze herkent hem. Maar als hij een hand op haar rug legt, siddert ze. Het is een illusie. Deze man is Daniel niet. Of niet meer.

Die avond duurt het uren om het meisje in slaap te krijgen. Michelle en Daniel moeten om de beurt naast haar komen zitten en steeds weer opnieuw uitleggen wat er allemaal is gebeurd, en waarom. Om halfelf valt ze eindelijk in slaap. Michelle staat bij het bedje en kijkt naar het slapende meisje. Eindelijk ziet ze er weer uit als een kind dat zich alleen zorgen maakt over ruzie in de speeltuin of geschaafde knietjes na een valpartij. Maar ook dat is een illusie. Ze is dat kindje niet meer.

Terwijl Michelle terug naar de woonkamer sluipt, haalt ze een paar keer diep adem om zich voor te bereiden op het gesprek. Daniel zit te wachten op de grote chesterfield en heeft een glas rode wijn vast. Ze kent die frons, die voorzichtige ogen en die vingers die altijd iets zoeken aan de voet van het glas. Ze lijken op de frons en de vingers van haar geliefde.

'En nu?' vraagt ze, terwijl ze naast hem gaat zitten. 'Wat gaat er nu gebeuren?'

'Het enige wat ik je vraag, het enige wat ik je al vraag sinds we hier vastzitten, is mij te vertrouwen. Dat is alles. Geef me vertrouwen terwijl ik ons gezin probeer te redden. Maar vandaag heb je laten zien dat je me niet alleen wantrouwt, je wilt me ook dwarsbomen. Je wilt het moeilijker voor me maken. Waarom?'

Ze ziet dat hij geëmotioneerd is en om de een of andere reden stelt dat haar gerust. 'Leg me uit wat je aan het doen bent,' zegt ze. 'Maak me deel van je plan.'

Hij neemt een slok en zet het glas op de houten bijzettafel. 'Hoe kan ik je nog vertrouwen, Michelle? Je bent een gevaar voor alles wat ik probeer te doen. Je bent een gevaar voor jezelf en je kinderen. Ik durf je mijn plan niet meer te vertellen, omdat ik niet weet waar je toe in staat bent.'

Zijn woorden kwetsen haar zo erg dat ze zich moet inhouden om de fles wijn niet tegen de nieuwe televisie te smijten. 'Hoe moet je míj vertrouwen? Ik weet niet eens meer wie jij bent. Wat gaat er met Harper gebeuren? Verdwijnt ze, net als Nia? Denk aan haar familie in Amerika! Die zullen nooit weten wat er met hun dochter en zus is gebeurd. Dat is toch niet eerlijk? Ze is een onschuldige vrouw die naar huis wil. Net als ik. Laat haar gaan, Daniel. Geef haar een ticket naar New York.'

Hij gaat staan en knoopt zijn jasje dicht. 'Ik begrijp niet dat je zoiets kunt vragen. Denk je dat ik dit wíl? Mijn eigen familie arresteren? Harper kan onmogelijk naar huis, net zomin als jij. Dat hebben jullie samen onmogelijk gemaakt.'

Ze komt ook overeind en wil zijn arm pakken, maar hij loopt weg.

'Ik weet niet wie jij bent', zegt hij. 'Ik ken jou niet meer, deze vrouw die samenwerkt met Turkije. Maar ik ga ervan uit dat de angst je te veel werd. Ik ga ervan uit dat je weer bij zinnen komt zodra we veilig zijn. Dus tot die tijd blijf je hier, in deze vleugel. Jij en Alexa.'

Haar maag knijpt samen. 'Wat? Sluit je mij op?'

Daniel doet de deur open en twee beveiligers komen naar binnen. Hij geeft ze instructies in het Kazichisch en ze ziet hoe de beveiligers naar elkaar kijken; ze voelen zich opgelaten. De president geeft ze de opdracht zijn eigen vrouw, een vooraanstaand lid van het Hoge Huis, gevangen te houden.

'Dit is niet nodig.' Ze probeert rustig te klinken. 'We zullen in het Hoge Huis blijven, ik zweer het. Je hoeft me niet op te sluiten. Ik zal naar je luisteren, ik zal me gedeisd houden.'

Hij zegt dat het hem spijt. Er is geen andere manier. Hij zegt dat ze blijkbaar te bang is om te zien dat hij dit allemaal voor haar doet. Voor haar en Alexa. Maar Michelle gelooft het niet. Ze gelooft hem niet en ze gelooft niet dat dit gebeurt. Ze pakt zijn arm vast en wil hem terug naar de bank trekken. Ze moeten blijven praten, dan komt het goed. Maar hij trekt zich los en sluit de deur.

VIII

ERIS

48

In de warroom op de afgesloten derde verdieping van het OMRA-hoofdkwartier laat Daniel aan Radko en Yanev zien waar hij aan werkt. Ze staan voor een groot scherm met een kaart van Kazichië. Over de hele kaart knipperen rode puntjes. Radko wijst naar een cluster stipjes en vraagt wat het zijn. Daniel legt uit dat het een rebellenkamp van de Jada is, verborgen in de bossen. Het zit er al jaren, maar ze kunnen het nu pas zien.

Yanev tikt met zijn onaangestoken sigaar op het scherm. 'Staan deze stipjes allemaal voor rebellen? Hoe heb je ze gevonden?'

In zo eenvoudig mogelijke bewoordingen legt Daniel uit dat hij de reverse image search-techniek van Google heeft nagebouwd en verbeterd. Dat algoritme zoekt op social media en fora naar iedereen die het symbool van de Man met Duizend Gezichten gebruikt, en die gebruikers worden meteen opgeslagen en geïndexeerd in een database – inclusief de locatie van hun computer of telefoon. 'We gebruiken het symbool van hun leider, het logo van de Man met Duizend Gezichten, als een Trojaans paard.'

Maar dat is pas het begin.

Hij vertelt dat hij code heeft toegevoegd aan de Google-techniek om niet alleen rebellen te vinden in de digitale wereld, maar ook in de fysieke. Hij heeft het logo van de Man met Duizend Gezichten in een QR-code veranderd: een fysieke hyperlink. Iedereen die met zijn telefoon een foto maakt van protestborden waar het symbool op staat, of een selfie maakt ter-

271

wijl ze een T-shirt dragen met het symbool, klikt als het ware op Daniels link. Al die apparaten laten automatisch een notificatie zien: een nikszeggende pop-up. Maar als iemand erop drukt – bijvoorbeeld omdat ze de pop-up weg willen – krijgt de veiligheidsdienst volledige toegang tot het apparaat. Omdat de meeste Jada of Neza goedkope Android-telefoons hebben en niet weten hoe ze hun nog goedkopere computers moeten beveiligen, zuigt de database niet alleen hun locatie op, maar ook hun naam en socialmedia-activiteit.

'Iedereen die ook maar in de buurt komt van het symbool van de rebellen, geeft zich bloot aan ons,' zegt Daniel. 'En verschijnt als een stipje op deze kaart.'

Yanev glimlacht. 'Dus we weten precies wie onze tegenstanders zijn en waar ze zich bevinden? We zien ze bij wijze van spreken nog voordat ze hun eerste wapen oppakken?'

Daniel knikt. 'Het programma draait nog maar net en elke dag komen er profielen bij. Hoe langer de opstand duurt, hoe beter wij kunnen zien welke mijndorpen op het randje van opstand staan. Of welke voorsteden vol rebellen zitten. Dus hoe populairder de Man met Duizend Gezichten wordt, hoe meer wij te weten komen over onze vijanden.'

'Genoeg om ze te verslaan?' vraagt Radko.

Daniel kijkt naar Yanev. 'Als ik volledige toegang krijg tot alle overheidsdatabases, kunnen we nog veel meer over ze te weten komen. Als we deze gegevens koppelen aan de database op de zesde verdieping, met alle burgergegevens, dan weten we van alle stipjes op deze kaart waar ze wonen en voor wie ze werken. Dan weten we hoe hun kinderen heten en waar die kinderen naar school gaan. Dan hebben we iedere soldaat van de tegenstander onder controle.'

Het hoofd van de beruchte OMRA draait zich langzaam om. Hij kijkt bedrukt. 'Jij bent een gevaarlijke man als je met je rug tegen de muur staat. Misschien wel net zo gevaarlijk als je opa.'

'Je zei zelf dat er nog een bom is – misschien twee. Ik wil niet dat die tot ontploffing komt.' Daniel legt zijn vinger op de kaart.

'En ik wil niet dat deze kampen mobiliseren en Kazichische dorpen beginnen te bestormen.'

'Ik zal zorgen dat je volledige toegang krijgt,' zegt Yanev. 'Stop deze waanzin, alsjeblieft. Maar wees voorzichtig. Als jij die twee databases aan elkaar koppelt, veranderen we in een controlestaat. Dan breken we meer privacywetten dan er bestaan.'

Radko balt een vuist. 'Genoeg gekletst! Tijd om brandbommen op die dorpen te gooien. Tijd om mijn zoon te wreken!'

Yanev kijkt Radko verbaasd aan. 'Wat bedoel je, je zoon is toch ongedeerd?'

'Dat had heel anders kunnen aflopen! De aanslag op de kazerne was een aanslag op zijn leven. Tijd om aan te vallen. Maika is het met me eens. De Jada zijn vergeten wie hier de baas is.'

Daniel zegt dat ze zijn moeders bevelen moeten negeren. Alles verloopt volgens plan. Ook zijn tweede geheime operatie.

'Welke tweede operatie?'

'We gaan Nairi van de Jada ontvoeren,' zegt Daniel en hij gebaart naar Leonid, die bij een whiteboard staat.

Igor Yanev laat van schrik zijn sigaar vallen. 'Je gaat wát? Dan kunnen we net zo goed meteen de aanval openen.'

'Niemand heeft door dat we haar ontvoeren. Zelf heeft ze ook geen idee.'

Leonid draait het whiteboard om en er verschijnen zeven foto's van serieus kijkende mannen.

'Oom Radko, zou u de operatie willen toelichten?'

Radko legt Yanev uit dat ze in het diepste geheim zeven specialisten uit Europa hebben overgevlogen. Daniel had hem gevraagd de beste huurlingen ter wereld te vinden, die bereid zijn alles te doen voor geld, zonder vragen te stellen. Hij wijst naar een van de specialisten. 'Dit is specialist nummer vier, een Nederlander. Hij is voor ons onderweg naar Nairi's hoofdkwartier in de Akhlos om haar mee te nemen naar het Lechkov-eiland.'

'En jij denkt dat de Jada dat laten gebeuren?' vraagt Yanev, terwijl hij zijn sigaar van de vloerbedekking pakt en opnieuw aansteekt.

Daniel legt uit dat Nairi zal meegaan met haar ontvoerders omdat ze denkt dat ze met een CNN-journaliste en een Amerikaanse soldaat spreekt. Ze heeft een reportage gezien waarin een verslaggeefster door Jada-gebieden reist en vertelt over de burgeroorlog. Die reportage is echt, maar het gezicht van de vrouw is het gezicht van een Kazichische spionne. 'Het is een deepfake,' zegt Daniel, 'gemaakt met mijn artificiële intelligentie – ERIS. De video hebben we naar Nairi gestuurd, zodat zij de spionne aanziet voor een CNN-journaliste.'

'Een kans om zichzelf in Amerika te laten zien, kunnen de Jada niet afslaan,' vult Radko aan. 'Zelfs als ze twijfelen aan de intenties van de vreemdelingen in hun dorp zullen ze het risico nemen.'

'Deze operatie is al begonnen?' vraagt Yanev en hij kijkt van Radko naar Daniel, en dan naar Leonid. 'Dit is veel te riskant. En voor wat? Om haar te ondervragen? Dit soort beslissingen mag nooit worden genomen zonder mijn goedkeuring.'

'Je hebt gelijk,' zegt Daniel. 'Het zal niet meer gebeuren, maar we moesten ons haasten. We moesten een kans pakken.'

'U moet zijn plan h-horen,' zegt Leonid – duidelijk geschrokken dat zijn eigen baas van niets wist. 'Het is b-briljant. Wat we met Nairi gaan doen lijkt een ondervraging, maar het is heel iets anders. Het is iets wat de wereld nog nooit heeft gezien.'

Yanev neemt een paar korte trekjes om zijn sigaar weer aan te krijgen, en kijkt dan de kamer rond. 'Goed, laat dan maar eens horen. Wat willen jullie met Nairi doen? Wat is het plan?'

49

Twee weken na de bomaanslagen wordt er een filmpje geüpload door de Man met Duizend Gezichten. Het tweede bericht van de rebellenleider. De figuur zit weer voor dezelfde grijze muur, met dezelfde bivakmuts op. Maar deze tweede keer is de stem niet vervormd: het is een vrouwenstem. De Man met Duizend Gezichten is een vrouw. En die vrouw spreekt niet alleen de Jada aan; ze vraagt alle minderheden om vrede te sluiten en zich op de ware vijand te richten. Zij aan zij. Ze vraagt Jada en Neza om bij zichzelf te rade te gaan wat ze bereid zijn te doen om hun kinderen een beter leven te geven. Wat als dat betekent dat ze hun Neza- of Jada-broeders moeten vergeven? Dat is toch nauwelijks een offer?

'Word een van de duizend gezichten,' zegt de vrouw, 'want ik ben ook maar één van die gezichten. Ik ben niets, als jullie niet allemaal naast mij komen staan.'

En dan trekt ze de bivakmuts van haar hoofd.

Het is Nairi van de Jada.

'Ik laat mijn gezicht zien, omdat het niet om mij gaat. Het gaat om ons allemaal, als één verenigd front. Als één soldaat met duizend gezichten, een soldaat van de Jada én de Neza, tegen de Mardoe Khador.'

Terwijl de YouTube-servers het filmpje verwerken en publiceren, gaat er een leger van bots aan het werk. Er staat een protocol klaar om de video de hele wereld over te sturen, zonder dat een mensenhand op een muis klikt of een toets aanraakt. Het filmpje wordt verspreid door duizenden Twitter-accounts, Instagram- en Facebook-profielen, en gedeeld op allerlei politieke fora. Als het filmpje tractie krijgt, wordt het werk van de bots vanzelf onzichtbaar gemaakt, door echte gebruikers die het delen en erop reageren. Na een paar uur worden alle botaccounts automatisch verwijderd, op één na. Een botgestuurd e-mailadres verzendt Nairi's video naar alle grote kranten en nieuwsplatformen van Oost-Europa en Amerika. En dan verdwijnt ook dat ene e-mailadres en is er geen spoor meer van het botleger.

Het internet is binnen een dag bedolven onder de onthulling: Nairi van de Jada is de Man met Duizend Gezichten. Zij is geradicaliseerd. Zij is de rebellenleider die bommen laat ontploffen door het hele land. En die waarheid wordt meteen aangenomen: natuurlijk is zij het – wie anders?

Nu de rebellenleider een gezicht heeft, groeit haar volgelingenaantal exponentieel. Het mysterie van de gezichtsloze figuur maakte de opstand magnetisch, maar met Nairi's gezicht wordt het legitiem. Want zij is een hard maar vreedzaam mens. Zij gaat altijd verzoenend te werk. Dus als zelfs Nairi alleen met geweld een manier ziet om verder te komen, dan is het tijd om de wapens op te pakken.

Nairi zegt in haar filmpje dat ze niet van iedereen geweld verwacht, er zijn ook andere manieren om de opstand te voeden. Bijvoorbeeld door je steun te laten zien op social media. Als reactie daarop veranderen steeds meer mensen hun profielfoto in het symbool van de Man met Duizend Gezichten. Ook buiten Kazichië. Er worden meer T-shirts gedrukt, spandoeken gemaakt en graffiti van het symbool op muren van Kazichische steden gespoten. En het protest op de rotonde bij het parlement groeit hard – Jada en Neza scanderen zij aan zij tegen het logge grijze parlement dat de opstandelingen bewegingloos aanstaart, als een ingedutte, onverschillige oude man.

Het Kremlin, in de persoon van Joeri Andropov, zoekt contact met Daniel, maar krijgt hem niet te pakken. De Russen willen dat het Hoge Huis een statement maakt en dat Daniel zo snel mogelijk officieel gekozen wordt tot nieuwe president, zodat hij de tegenaanval kan inzetten. Andropov laat de minister van Buitenlandse Zaken weten dat Kazichië kan rekenen op militaire steun. 'Er zijn toevallig net vier divisies in staat van paraatheid gebracht voor oefeningen nabij de grens,' zegt hij, 'dus leveringen van wapens of mankracht hoeven niet lang te duren.'

De CIA ziet de video ook en Jonathan Rye moet meteen aan de slag. Eindelijk weten de Amerikanen met wie ze contact moeten maken. Rye stuurt een insurgency-team naar de Akhlos om Nairi te vinden en hij laat een inventarisatie maken van de wapens en middelen die ze de Jada-opstandelingen kunnen bieden om Daniel Lechkov van de troon te stoten. Maar er zit hem iets dwars, er klopt iets niet. De Man met Duizend Gezichten was niet alleen een mysterie omdat hij geen naam had, maar ook vanwege de complexiteit van de aanslagen. Gesynchroniseerde bomaanslagen op extreem beveiligde locaties. Een cyberaanval die zo geavanceerd was dat hij een hele overheid platlegde. En daar zou deze Nairi achter zitten? Hoe heeft ze dat voor elkaar gekregen? Hoe komt ze aan de middelen om dat te doen? De Amerikaan staat voor een raadsel.

Aan de politieke top van Kazichië heerst ook verwarring. Het Hoge Huis wil zich verdedigen tegen de groeiende terroristenbeweging, maar mag niets doen. De veiligheidsdienst en de afdeling Militaire strategie krijgen expliciete instructies om af te wachten – geen rapporten, geen analyses. De diplomaten en het ministerie van Buitenlandse Zaken krijgen te horen dat het overleg met Amerika en Rusland moet worden opgeschort. De premier ontvangt geen briefings van het Hoge Huis en moet doorgaan alsof de Man met Duizend Gezichten niet bestaat, terwijl de parlementsleden elke dag door een grotere groep opstandelingen moeten rijden om bij het parlementsgebouw te komen. De onzekerheid maakt mensen bang en versterkt de roep tot actie. Yanev wil de oproerpolitie inzetten om de protesten de kop in te drukken, maar Daniel houdt hem tegen. Radko en Maika willen militaire acties tegen de rebellenkampen beginnen, maar krijgen geen toestemming.

Al die tijd weet niemand wat Daniel Lechkov van plan is. Op de nieuwe afdeling van de veiligheidsdienst zit hij aan het hoofd van de tafel, met aan de muur achter zich de digitale kaart van Kazichië waarop steeds meer knipperende stipjes verschijnen. Hij ziet er moe uit, maar klinkt standvastig. 'We moeten wachten. Nog heel even. Hoe sterker de Man met Duizend Gezichten wordt, hoe sterker wij worden. Als onze tijd komt om aan te vallen, dan gebruiken we de Man met Duizend Gezichten om iedereen tegen elkaar op te zetten. Tot dat moment moeten we geduld hebben.'

Terwijl zijn team door elkaar begint te praten, blijft Daniel onverstoord aan het hoofd van de tafel zitten. De kaart aan de achterwand vult zich met zoveel stippen, dat het twee vlakken worden – rode knipperende vleugels, die uit zijn schouders lijken te groeien.

50

In het stille huis in Oregon loopt Sophie naar de grote witte kast in de woonkamer. De kast die vol staat met fotoalbums: foto's van Sophie met haar ouders. Op vakantie, tijdens een uitje, tijdens kerst. Lachende gezichten. Foto's van Sophie, haar moeder en de man die haar vader moest voorstellen. De man die zou zijn doodgegaan aan kanker.

Is zelfs dát een leugen? Zijn ziekte?

Met twee handen tegelijk trekt ze de albums van de planken. De boeken vliegen over de houten vloer. Als de kast leeg is, gaat Sophie op haar knieën zitten en controleert alle foto's. Ze gaat alle pagina's van alle albums af en uiteindelijk vindt ze één losse foto van haar in elkaar gedrukte rode gezichtje, vlak nadat ze is geboren. Verder is er geen foto van voor haar derde levensjaar. Geen foto van voor 2019: het jaar dat ze naar Kazichië ging. Ze pakt haar telefoon en opent de cloud-server van het huis. Ze gaat naar de map met homevideo's en filtert op datum. Het oudste bestand is een opname van haar vierde verjaardag. Het leven van voor die tijd is gewist. Ver-stopt. Weggestopt. Net zoals Sophies herinneringen van die tijd zijn weggestopt. Herinneringen die af en toe bovenko-men en dan weer verdwijnen. *Een achtervolging. Beschietin-gen. Een huis op een heuvel dat wordt bestormd door een woes-te menigte.* Herinneringen die haar het gevoel geven dat ze buiten zichzelf treedt, dat haar leven iets is waar ze over leest, in derde persoon enkelvoud. Maar dit is háár verhaal en ze heeft er recht op. En voor de misschien wel honderdste keer die week belt ze haar moeder, de vrouw die al jaren geleden dat verhaal had moeten vertellen. Maar ze is weg. Ze is al bijna twee weken verdwenen en het huis is leeg. Alleen Sophie dwaalt er nog rond, als een spook dat het verleden wil bezweren.

Ze loopt naar het marmeren kookeiland in de keuken en schenkt zichzelf een glas rode wijn in. Ze wil blijven zoeken, maar zonder hulp zal het lastig worden en dus blijft er nog maar één optie over. In haar aantekeningen staan twee Nederlandse namen. De eerste is van de professor die met Daniel onderzoek deed naar deepfakes: Sterre van Severen. Sophie vindt zijn gegevens in een oude universiteitsdatabase en belt het telefoonnummer, maar er neemt niemand op. De tweede naam is Tim Smeets de Ruyter, de Nederlandse journalist die een boek schreef over de gevechten en aanslagen in Kazichië in 2019. *De opstand*, heet het. Ze vindt een telefoonnummer, maar dat is niet meer in gebruik.

Gefrustreerd kijkt Sophie naar de donkere keukenramen. Haar ouderlijk huis lijkt los te komen van Amerika. Achter de ramen is niets meer: geen telefoonlijnen om mee te bellen en geen mensen om haar de waarheid te laten zien. Ze drinkt het glas wijn leeg en opent het boek van de journalist. Het gaat over de Jada-rebellen die de aanval op het Hoge Huis openden. Letterlijk. De journalist beschrijft hun leider, de Man met Duizend Gezichten, als een held. Iemand die onterecht werd weggezet als terrorist. Volgens de journalist was er maar één bron van kwaad in die strijd, en dat was Daniel Lechkov.

Ze krijgt een vreemd gevoel in haar buik als ze haar vaders naam ziet staan, en leest snel door. De journalist schrijft relatief weinig over hem. De eerste helft van het boek gaat over de minderheden. En een groot deel van de laatste hoofdstukken speculeert Smeets de Ruyter over de identiteit van hun leider. Volgens de artikelen die Sophie kon vinden was Nairi van de Jada de Man met Duizend Gezichten. Maar de journalist gelooft dat niet.

In Jada-kringen is Nairi een tot legende verheven vrouw. Ze heeft ongekende invloed in de Akhlos en het is dus aannemelijk dat zij de Man met Duizend Gezichten is. Zij zou de mannen van haar volk absoluut zover krijgen om hun wapens op te pakken en haar te volgen naar Kazichia-stad. Maar er is genoeg reden voor twijfel.

Volgens onderzoekers van twee gerenommeerde denktanks moet er een organisatie van specialisten hebben samengewerkt met de rebellen. Vaststaat dat ze ten tijde van de bomaanslagen geen hulp van Amerika kregen. Van wie dan wel? Daarnaast is Nairi sinds de opstand niet meer in het openbaar gezien, zelfs niet in haar eigen dorp. Bewoners beweren dat ze is meegegaan met Amerikaanse journalisten en daarna nooit meer is teruggekomen. Ik ben zelf in Inima geweest om haar familie te interviewen en haar oom is ervan overtuigd dat er iets niet klopt.

Ten slotte zijn er forensische data-analisten die onderzoek hebben gedaan naar de video waarin de Man met Duizend Gezichten de aanslagen opeist. Zij stellen dat het gezicht onder de bivakmuts niet dezelfde vorm heeft als het gezicht van Nairi. Onder het masker zou een man verscholen zitten.

Dus terwijl de Jada Nairi blijven eren als een godin en de pers haar verhaal heeft opgetekend en gearchiveerd, blijft deze journalist zich de vraag stellen: wie is de Man met Duizend Gezichten?

Sophies telefoon gaat. In de stilte van het huis lijkt de ringtone scheller dan gewoonlijk. Ze neemt op en zegt voor het eerst in weken iets hardop: 'Hallo?'

Iemand haalt oppervlakkig adem. Raspend.

'Hallo? Mét wie spreek ik?'

De ademhaling wordt nog harder en ze hoort een soort geklik en gesmak. De stem die begint te praten is zwaar, hij spreekt Engels met een accent. 'Is dit wie ik denk dat het is?'

'U spreekt met Sophie Joubert, met wie spreek ik?'

De man aan de andere kant van de lijn moet even slikken. Weer hoort ze dat gekke geklik – waarschijnlijk een kunstgebit.

'Spreek ik soms met professor Van Severen? Uit Nederland?'

'Noem me maar Sterre,' zegt de oude man.

'Ik ben op zoek naar iemand die me meer kan vertellen over Daniel Lechkov.'

'Mevrouw Joubert, ik kan u alles vertellen over Daniel. Waarschijnlijk meer dan hijzelf.'

51

Sophie liegt. Ze liegt tegen de oude professor dat ze een journalist is en dat ze schrijft over de geschiedenis van Kazichië. Haar leugen wordt veel uitgebreider dan ze van plan was: ze haalt er een redacteur bij die niet tevreden was over haar eerste opzet en ze vertelt hoe frustrerend het proces is vanwege een tekort aan bronnen. Ze hoort zichzelf liegen en vraagt zich voor het eerst af of haar zoektocht gevaarlijk is. Heeft haar vader of moeder iets misdadigs gedaan, waardoor ze nu ondergedoken zitten in Amerika? Voor het eerst vraagt Sophie zich niet af wat ze met haar zoektocht kan vinden, maar wat ze zou kunnen verliezen.

De man aan de andere kant van de lijn gelooft haar verhaal over het artikel. Hij vraagt niet eens hoe ze aan zijn gegevens komt. 'U probeert onderzoek te doen tussen de scherven van een informatieoorlog,' zegt hij. 'Daniel Lechkov is lange tijd verwikkeld geweest in een strijd met een rebellenleider van de Jada. De twee bevochten elkaar in de fysieke wereld met bommen en verdragen, zoals mensen al eeuwen doen. Maar ook in de digitale wereld, met cyberaanvallen, leugens en manipulatie van de media. Dat maakt het opgraven van de waarheid erg moeilijk.'

'Wanneer leerde u Daniel kennen?' vraagt ze.

De oude man vertelt dat hij naar een Britse kostschool ging – Hewton Public School. Na zijn eindexamen ging hij artificiele intelligentie studeren in Londen, maar hij bleef betrokken bij de kostschool als assistent van de huismeester.

'Voor uw beeldvorming, een kostschool is onderverdeeld in

huizen,' zegt hij. 'Mijn taak was om voor de nieuwe jongens van Chester House te zorgen. Een van die jongens was Daniel. De eerste dagen in Hewton zijn voor iedereen zwaar. Je bent weg bij je ouders en je woont in het geval van Daniel opeens in een ander land. Bovendien leg je 's nachts een schaduwtest af. De oudere jongens pesten de nieuwkomers, bij wijze van ontgroening. Ze gooien bijvoorbeeld water of urine over ze heen terwijl ze liggen te slapen.' De professor klikt met zijn gebit. 'Bent u er nog, mevrouw Joubert?'

'Jazeker,' zegt ze. 'Ik luister en maak aantekeningen.'

De professor vertelt dat Daniel worstelde met zichzelf toen hij aankwam in Engeland. Ondanks zijn uitzonderlijke aanleg voor wiskunde en extra aandacht van de huismeester, kon hij zijn draai niet vinden. De jongen wilde het liefst terug naar huis, maar dat was geen optie: hij mocht zijn geboorteland niet meer in, omdat de twee erfgenamen gescheiden moesten blijven. En dus was hij een dertienjarige jongen die klem zat tussen het Oosten en het Westen.

Sterre bood aan met hem te praten.

'Ik wilde gewoon helpen,' zegt de professor en hij klikt weer met zijn kunstgebit. 'Niemand had kunnen voorspellen, ikzelf ook niet, dat ik Daniels carrière en leven decennialang richting en betekenis zou geven.'

'Kunt u vertellen over de dag dat u Daniel voor het eerst ontmoette?' vraagt Sophie.

'De eerste keer dat ik Daniel ontmoette, zag ik een charmante jongen voor Chester House staan. Hij was vrij klein, maar van nature atletisch gebouwd. Brede schouders en grote armen. Daniel is een knappe jongen, met diepe ogen, als u begrijpt wat ik bedoel – ogen waarvan je wilt weten wat zich erachter afspeelt. Ik vermoed dat hij een depressie had in die tijd. Hij zou dat nooit hebben toegegeven, maar ik heb een sterk vermoeden dat hij fantaseerde over zelfmoord.

Wat ik heb gedaan, is hetzelfde als een professor wiskunde ooit bij mij deed: ik heb Daniel laten zien dat mensen met een talent voor wiskundige vergelijkingen de toekomst in handen hebben. Het digitale tijdperk stond op het punt te beginnen en Hewton had een Power Mac 6100 – toentertijd een geavanceerde computer. Ik weet niet hoe oud u bent, mevrouw Joubert, maar we spreken over het jaar 1995, ver voor de kwantumrevolutie. Hoe dan ook, ik heb Daniel laten zien hoe wiskundige kennis kan worden toegepast in de digitale wereld. Hij doorzag de mogelijkheden ongelooflijk snel. Het woord "genie" wordt te vaak gebruikt, maar Daniel is zonder twijfel een genie. Binnen een paar dagen schreef hij simpele programma's op die Mac met HyperCard, en na een paar weken begonnen we met echte codeertalen. We zagen elkaar eens per week en Daniel knapte op. Zijn scores ook.'

Sophie krijgt kippenvel op haar armen. Beetje bij beetje begint ze de contouren van haar vader te ontwaren. 'En na uw tijd in Engeland gingen jullie samen onderzoek doen?' vraagt ze, met haar pen in de aanslag.

De professor kucht. 'Daniel heeft mij jarenlang geholpen met wetenschappelijk onderzoek. Ik promoveerde in Amsterdam en vroeg of hij ook aan de universiteit wilde komen werken.'

'Waar hielden jullie je mee bezig?'

'Het is erg technisch, mevrouw Joubert, dus het is moeilijk om in detail te treden zonder esoterische termen te gebruiken. Maar in grote lijnen draaiden onze eerste experimenten en onderzoeken om zogenaamde *auto encoders*. Door de jaren heen werd ons onderzoek steeds complexer en gingen we ons richten op generatieve antagonistennetwerken die deepfakes kunnen maken en synthetische stemgeluiden kunnen genereren. De ontwikkelingen in ons veld gingen razendsnel en het was een geweldige tijd. U weet wat een deepfake is, neem ik aan?'

Ze krijgt een ingeving en begint terug te bladeren in haar aantekeningen. 'Hoe kan een netwerk een deepfake maken? Hoe zorg je dat het juiste gezicht wordt nagemaakt? Wat voor soort data is daarvoor nodig?'

De professor legt uit dat je een netwerk heel veel beelden van een gezicht moet laten zien voordat je een goede deepfake kunt maken. Je moet het netwerk uren aan materiaal geven, het liefst van hoge resolutie. 'Hoe slimmer de netwerken zijn,' zegt hij, 'hoe minder data nodig is om een deepfake te maken.'

'Hebben jullie een naam voor die beelden?'

'*Training data*,' zegt hij. 'Zo noem je de gegevens die je het netwerk geeft om een gezicht te leren genereren.'

Sophie omcirkelt een woord op de eerste pagina van haar aantekeningen. Een woord dat ze heeft opgeschreven toen ze de oude laptop van haar moeder net had gevonden. 'Om hoeveel training data zou dat ongeveer zijn gegaan, in die tijd?'

'Tegenwoordig heb je geen training data meer nodig: nu ziet een netwerk iemands gezicht en kan het meteen reproduceren. Toentertijd konden wij met ongeveer tien uur data een bijna perfecte deepfake maken met ons antagonistennetwerk. Met honderd uur konden we een masker maken dat niet van de waarheid te onderscheiden is. Door niemand. Vandaag nog steeds niet.'

De pen in haar hand stopt. Ze staart met open mond naar haar aantekeningen.

'Honderd uur training data voor het antagonistennetwerk,' zegt ze tegen zichzelf.

Op het aantekeningenblok staat de vreemde code uit de ondervragingsvideo: ANTD 100. Onder de code schrijft Sophie: *Antagonistennetwerk Training Data 100.*

De professor vertelt iets, maar ze luistert niet meer. Ze ziet de vrouw met één arm, vastgebonden in de stoel. De vrouw die moest blijven praten, die woorden moest herhalen tot de code van 100 naar 0 was gegaan. Ze realiseert zich waarom die vrouw vastgehouden werd. En waarom ze niet begreep wat het doel van de ondervraging was die ze op haar moeders laptop had gevonden. De mannen in dat filmpje stelden geen vragen omdat ze informatie nodig hadden, ze wilden training data. Ze waren een netwerk aan het trainen zodat ze deepfakes konden maken van Nairi's gezicht. Daarom moest ze bepaalde woorden herhalen en steeds weer recht in de camera kijken. En blijkbaar hadden ze de deepfake zo snel mogelijk nodig, waardoor het gesprek een marteling werd.

'Iemand heeft haar ontvoerd en een deepfake van haar gemaakt,' zegt Sophie zachtjes.

'Wat zegt u?'

'Nairi van de Jada. Daniel Lechkov heeft haar ontvoerd en een deepfake van haar gemaakt. Het leek alsof ze vertelde dat zij de Man met Duizend Gezichten was, maar het was Daniel die haar gezicht gebruikte.'

Aan de andere kant van de lijn is het stil, op de raspende ademhaling na.

'Zij was het niet,' redeneert Sophie verder. 'Misschien was Nairi nooit de Man met Duizend Gezichten, maar ontvoerde het Hoge Huis de meest voor de hand liggende kandidaat. Zo beheersten ze alle twee de kanten van de opstand. Ze waren de gevestigde orde en de rebellen tegelijk. Maar waarom?'

'Om meer invloed te hebben,' klinkt het aan de andere kant van de lijn. 'Zo simpel is het.'

'U wist dit?'

'Ik herkende de code van ERIS, de code die ik samen met Daniel heb gebouwd. Maar ik kon het niet bewijzen. En steeds als ik aan iemand uitlegde dat Nairi een digitale illusie was, werd ik weggezet als een complotdenker. Een gekkie.'

Sophie begint een beeld te krijgen van wat er is gebeurd. Terwijl zij en haar ouders in Kazichië vastzaten, vielen de rebellen aan. Haar vader moest een manier bedenken om hen te beschermen zonder de oorlog te laten escaleren en daarom maakte hij een deepfake van Nairi. Zo kon hij het rebellenleger verwarren en controleren.

'Ik weet wie je bent,' zegt de oude man opeens. 'Ik weet dat dit gesprek geen journalistiek onderzoek is.'

Het duurt een paar seconden voordat zijn woorden tot haar doordringen. Dan vraagt ze niet wat hij bedoelt, maar hoe hij dat weet.

'Omdat ik al zestien jaar op dit telefoontje wacht, meisje. Ik weet niet waar je bent en waarom je daar Sophie genoemd wordt. Ik weet niet hoeveel je je herinnert van je tijd in Kazichië, maar het is zo'n opluchting om te horen dat je nog leeft. Ik was zo bang dat jij en je moeder waren omgekomen toen de Man met Duizend Gezichten aanviel. Maar daar ben je dan eindelijk, Alexa. Want dat is je echte naam, wist je dat? Jij heet Alexa Lechkova.'

Sophie begint te trillen. Alexa trilt met haar mee. De telefoon tikt zachtjes tegen haar oorschelp. Ze probeert zichzelf onder controle te krijgen door het keukenblad vast te pakken en op één punt te focussen. Maar het helpt niet. Want het enige wat ze hoort en ziet, is die naam: Alexa. Haar naam. En de hele wereld om die naam heen, valt voor haar ogen uit elkaar.

52

Daniel zit met Radko in een vergaderruimte van het Hoge Huis als hij opeens in actie komt. Het mysterieuze wachten is ten einde.

'Het is zover,' zegt hij. 'De tweede fase gaat beginnen.'

'Gaan we eindelijk mobiliseren?' vraagt Radko.

'Nee, we gaan naar Baghsenka.'

Radko weet dat ze die middag worden verwacht bij het hoofdkantoor van Karzarov Transport omdat Daniel een opvolger voor Lev Karzarov wil aanwijzen. Hij wil voorkomen dat de transportsector nog onrustiger wordt. Maar hij wist niet dat het bezoek deel was van Daniels plan om Rusland en de Man met Duizend Gezichten weg te houden uit de hoofdstad.

Terwijl ze de zaal uit lopen, komt Maika deinend haar kantoor uit. 'Daar ben je!' roept ze door het huis. 'We moeten praten.'

Daniel zegt tegen Radko dat hij bij het helikopterplatform moet wachten en loopt naar zijn moeder. Maika heeft een kristallen whiskyglas in haar hand en vraagt waarom ze geen deel uitmaakt van het crisisteam. En waarom Daniel haar mijdt. Hij zegt dat ze naar binnen moeten gaan en doet de deur van zijn moeders kantoor achter hen dicht.

'Ik wil weten hoe het met Nia gaat,' zegt ze met dubbele tong. Ze heeft haar ogen tot streepjes geknepen en ploft neer op haar bureaustoel. 'En waarom heb je je gezin opgesloten? Ik wilde vandaag met Michelle praten, maar ik mocht niet naar haar toe. Ben je soms gek geworden, jongen? Je hebt je vrouw en dochtertje laten opsluiten in Vigo's vleugel. Je zwangere vrouw.'

'In míjn vleugel. En het is voor hun eigen veiligheid. U hebt geen idee wat er is gebeurd. Wat Michelle heeft geprobeerd. Ze liet me geen andere keuze.' Daniel zucht. 'We moeten praten, moeder. U blijft Radko adviseren over een agressievere aanpak van de Jada-opstand. Stop daarmee. Er is een plan, een goed plan en dat ben ik aan het uitvoeren. U wilde dat ik de leiding nam en dat doe ik. En u blijft maar contact zoeken met Nia. Ik begrijp dat u haar mist, maar het is gevaarlijk.'

'Je begrijpt helemaal niks, jongen! Wat loop je nou te kletsen over een "advies"? Ik heb Radko helemaal geen advíés gegeven, ik heb hem een bevél gegeven: verbrand de opstandelingen. Die Man met Duizend Gezichten is binnen een paar maanden een levende legende geworden. We moeten dit zo snel moge-lijk de kop indrukken en de enige manier om dat te doen, is met intimidatie.' De diepe kraaienpootjes spannen zich als ka-bels vanaf haar oren. 'Of denk jij dat er een vriendelijke manier is om de Jada rustig te krijgen?'

'Moeder, genoeg.'

Maika walst de Yamazaki, zodat de twee ijsblokjes tegen het kristal tikken. 'Misschien was het een fout om je de Mardoe Khador te geven.'

Daniel zucht en wrijft met twee handen over zijn gezicht. 'Dit werkt niet,' zegt hij vanachter zijn palmen. 'Ik weet niet hoe ik dit moet zeggen, moeder, dus ik zeg het maar gewoon: u moet met pensioen. Ik neem het over.'

'Wat?!' Haar ogen worden nog smaller en de kabels trekken nog strakker. 'Kijk me aan als je met me praat. Zo kan ik je niet verstaan.'

Hij laat zijn handen zakken, maar kijkt naar zijn eigen schoot. 'Ik moet dit doen, moeder. U gaat per direct met pensioen.'

Met een zwaai gooit Maika het glas tegen de vloer. De Japan-se whisky en het Franse kristal spatten in het rond. Daniel be-schermt zijn gezicht tegen de rondvliegende scherven.

'Wie denk je wel dat je bent?!' roept de oude vrouw met over-slaande stem. 'Er is niemand, zelfs je opa niet, die dit land langer heeft geleid dan ik. Toen hij zijn verstand verloor, nam ik het over. Toen je vader dood neerviel, heb ik binnen twee uur al die oude mannen onder de duim gekregen. Ik heb je broer moeten opvangen. En toen kwam jij, met je computerjargon en je onduidelijke ambities. Een onrustzaaier ben je, en ík heb de rust bewaard. Ík heb het Hoge Huis geleid, omdat het míjn huis is!'

'Nee, moeder, niet meer. Ík neem het op tegen de Man met Duizend Gezichten en ík zorg dat het goed komt, geloof me. En u moet om de dood van uw zoon rouwen. U moet rust nemen.'

'Hoe durf je hem erbij te halen? Jij hebt mij nodig, je hebt geen ervaring.'

'Ik zal advies vragen, maar u wordt niet meer toegelaten tot het parlement en vanaf nu kunt u geen contact meer hebben met de veiligheidsdienst.'

'Wat is dit? Is dit wraak voor vroeger? Ik weet dat je niet naar Engeland wilde. Je was jong en het zal zwaar zijn geweest, maar je moet niet doen alsof de duurste kostschool van Europa een oorlogsgebied was. Je moet niet doen alsof je een trauma hebt opgelopen. Blijkbaar ben je te bang om het te zien, maar ik doe dit allemaal voor jou. Voor jullie.'

Daniel zegt niets.

'Wat wil je horen? Sorry? Is dat waar dit om gaat? Het spijt me?'

'Dat zou fijn zijn, maar dat heeft hier niets mee te maken. Dit is een politieke en zakelijke beslissing. Onpersoonlijk.' Daniel loopt om het bureau heen en hurkt naast haar. 'Lieve moeder, u hebt zo lang moeten vechten en u hebt zoveel mensen verloren. Als ik al bedenk hoe erg ik...' Zijn stem slaat over en zijn gezicht vertrekt. 'Ik mis Vigo elke dag.'

Maika legt een hand op zijn wang. 'Ik wil naast je staan terwijl je dit doet, jongen. Je kunt dit niet alleen. Je bent geen leider. Maar we kunnen wel een leider van je maken. Samen.'

'Help me door aan de kant te gaan. U zult zien dat ik alles

onder controle heb. Aan het einde van de dag is het hele Karzarov-imperium van ons en loopt oom Lev vrijwillig de landsgrens over zodat wij hem kunnen arresteren. En binnen een week stopt Rusland met spioneren en halen ze een deel van de troepen weg bij de grens.'

Zijn moeder kijkt hem aan met een blik vol minachting. 'Denk je dat nou echt? Hoe dan?'

'Aan het einde van de dag zijn ze allemaal bang voor mij en doen ze precies wat ik zeg. Let maar op.' En dan draait hij zijn moeder de rug toe en loopt het kantoor uit.

53

Het Karzarov-imperium wordt bestuurd vanuit een hoofdkantoor aan de rand van de stad Baghsenka – vlak bij de fabriek die is opgeblazen door de rebellen. De hoofdingang is
een gerestaureerd treinstation waar het moderne glazen
hoofdkantoor als een vijandig ruimteschip overheen staat.
De algemene vergaderingen worden gehouden in een grote
zaal op de bovenste verdieping. Daar zitten alle grootaan-
deelhouders en de raad van bestuur te wachten op Daniel
Lechkov. Ze weten niet wat hij komt doen, maar mogen zijn
verzoek om hen toe te spreken niet weigeren. Alle leden van
het Hoge Huis hebben dat recht. De voorzitter, Lev Karzarov,
is natuurlijk afwezig, maar minister Ivanov neemt zijn hon-
neurs waar.

De oude man ziet er ondanks zijn driedelige Engelse maatpak slecht uit. Zijn paarsige huid hangt als een natte washand
over zijn schedel en rond zijn mondhoeken zitten diepe gelige
kloofjes. Ivanov heeft een slecht voorgevoel over Daniels
komst. De afgelopen weken heeft hij er alles aan gedaan om
het Karzarov-imperium in de luwte te houden. Geen aandacht
trekken, maar rustig afwachten was zijn devies. Het Kremlin
kan elk moment de macht grijpen in Kazichië, waardoor Lev
Karzarov alsnog een van de belangrijkste mannen in het land
wordt. En dan is hij, Vadim Ivanov, degene geweest die de
troon voor hem heeft bewaakt.

De grote deuren gaan open en Daniel komt binnenlopen.
Ivanov verwelkomt hem droog en wil een voorstelrondje beginnen, maar de presidentskandidaat onderbreekt hem ruw.

'Zijn we compleet? Of compleet genoeg om te kunnen stemmen?'

Ivanov is van zijn à propos en wil iets zeggen, maar Daniel geeft hem daar de kans niet toe. 'Mooi, dan zou ik graag vaart maken. Vanwege de aanslagen en de toenemende onvrede in het land, heeft de premier een noodverordening getekend. Met Nairi aan het hoofd van de opstand zal de onrust alleen nog maar toenemen en de regering en de Mardoe Khador moeten er alles aan doen om de veiligheid van eenieder te garanderen. Dit houdt in dat we overal zullen ingrijpen waar wij dat nodig achten.' Hij haalt een stapel papier tevoorschijn. 'Ik ben hier om toe te lichten wat we van plan zijn te doen met Karzarov Transport.'

'Dit kan niet!' roept een van de Karzarov-broers.

'Dit is ongehoord!' roept een oom.

Ivanov weet niet wat hij moet doen, behalve afwachten en Daniels plan aanhoren.

'Dit zijn ongehoorde tijden,' gaat Daniel verder. 'We weten niet hoe Nairi toegang krijgt tot onze netwerken en onze best beveiligde locaties. Om de economie van Kazichië te beschermen moet het Hoge Huis ervoor zorgen dat de transportsector en infrastructuur van ons land zo stabiel mogelijk blijven.'

'Ik ben hier om die stabiliteit te garanderen, meneer Lechkov, ingrijpen is niet nodig,' onderbreekt Ivanov hem. Hij moet zijn best doen om beleefd te blijven. 'Waar Karzarov Transport baat bij heeft, is rust. Hoe minder verandering, hoe beter, en dat is dan ook mijn beleid.'

Daniel zet zijn vuisten op de grote glazen tafel, die door twee oude spoorstaven aan elkaar wordt gehouden. 'Dat is niet genoeg, minister. Ik ben hier om het roer over te nemen.'

Een fractie van een seconde is het doodstil en dan barst de storm los. Luidkeels protesteren de Karzarovs. Het overheidsingrijpen wordt onwettig genoemd, misdadig zelfs. De onrust wordt steeds erger en hoewel het Ivanovs taak als vicevoorzitter is om orde te houden, laat hij het gebeuren.

'Op dit moment bestaat vijftien procent van deze vergadering uit vertegenwoordigers van Gazprom of de Russische staat,' roept de presidentskandidaat boven de mannen uit. 'Mijn voorstel is om het aantal door Rusland gesteunde leden te verhogen naar dertig procent.'

De zaal wordt stil.

Daniel steekt drie vingers in de lucht. 'Wij zullen Rusland dertig procent van de controle geven, maar ík vervang Lev Karzarov als voorzitter van deze raad en stel een nieuwe vicevoorzitter aan. Ivanov wordt per direct ontheven van zijn positie binnen het concern. Karzarov Transport wordt onderdeel van Lechkov Industria. Die overname voeren we stapsgewijs uit, tot het één conglomeraat is, onder de Lechkov-naam. Dat zal vier tot vijf jaar duren.'

Ivanov gaat staan en wil de vergadering schorsen, maar krijgt de kans niet.

'Ik ben nog niet klaar,' zegt Daniel. 'De tweede voorwaarde van deze verordening is dat alle leden van de familie Karzarov worden uitgekocht. Alle macht moet naar de aandeelhouders en de raad van bestuur.'

Ivanov staat nog steeds, maar zegt niets meer. Opeens ziet hij het, Daniels plan. Op de een of andere manier is de OMRA erachter gekomen dat de Russische belangen in Karzarov Transport veel hoger zijn dan de officiële vijftien procent. Bijna de helft van de aanwezigen heeft banden met Rusland en een voorstel om het officiële belang te vergroten zal daarom gegarandeerd worden goedgekeurd. Zeker nadat Lev Karzarov, de CEO, gezichtsverlies leed en het land uit moest vluchten. Maar hoe is Daniel achter die belangenverhouding gekomen? Wordt het bedrijf afgeluisterd?

De nieuwe netwerken, denkt Ivanov. *Dat is het. Daniel heeft de cyberaanval gebruikt als kans om te spioneren bij de andere families.*

De neven en ooms zien Daniels plan nog niet en protesteren weer. Maar hun geschreeuw houdt niet lang aan, want de herriemakers zijn in de minderheid. Bijna niemand staat de Karzarov-mannen bij. Een voor een worden ze stil en gaan zitten. Ze kijken naar hun bestuurders en aandeelhouders en realiseren zich dat ze verraden worden. De zwijgende Russische meerderheid zal ze aan de kant zetten.

'Dit kan niet waar zijn,' bromt een van de Karzarovs en hij kijkt naar Ivanov. 'Er moet een manier zijn om dit tegen te houden. Toch? Vadim?'

'Ik heb nog één laatste voorwaarde,' zegt Daniel voor de minister kan antwoorden, 'en daarna gaan we over tot een stemming.'

De zaal wordt doodstil: de ene helft probeert na te gaan of dit te mooi is om waar te zijn, de andere helft wacht machteloos af wat hun lot zal worden.

'Rusland levert Lev Karzarov uit aan de Kazichische overheid. Binnen twaalf uur wil ik hem in de ogen kijken, op Kazichisch grondgebied.'

Ivanov barst uit in een sarcastisch gelach en kijkt om zich heen. 'Dit kunnen we niet tolereren. Deze man is gek geworden. Dit bedrijf is gebóúwd door Lev Karzarov en zijn vader.'

De Karzarovs putten nieuwe moed uit zijn woorden en hij gooit er nog een schepje bovenop door te bevelen dat de beveiliging moet komen om Daniel uit het pand te zetten. Maar het is allemaal vertoon. Hij weet wat er staat te gebeuren: Daniel Lechkov gaat de familie Karzarov uitwissen, zoals zijn opa dat met de Tsaada heeft gedaan. Het Hoge Huis zal van drie naar twee families gaan en er is niets wat ze kunnen doen om hem tegen te houden.

Ivanov kijkt naar de hoge grijze muren van de vergaderzaal. Achter de boze Karzarovs aan de lange glazen tafel hangen foto's van al hun vooraanstaande familieleden. Bij de ingang hangt pater familias Sergej Karzarov, met naast hem zijn troonopvolger Lev en zijn broers, en daarnaast zijn neven: de bloedlijn die het imperium heeft gebouwd en bestuurd. Dankzij hun relatie met Gazprom waren ze onschendbaar in de regio. Maar juist die opening naar Rusland gebruikt Daniel om ze in één klap buiten spel te zetten.

'We stemmen nu,' zegt Daniel. 'Als mijn voorstel wordt aangenomen, verlaat niemand deze ruimte totdat het Kremlin is ingelicht. Contact met de buitenwereld is sowieso verboden tot er is gestemd en wie ook maar een poging doet om Lev Karzarov te waarschuwen, zal ogenblikkelijk worden opgepakt en veroordeeld voor hoogverraad. Buiten staat er een speciale militaire eenheid klaar.'

'Je maakt een vijand die je niet aankunt,' zegt Ivanov. 'Je krijgt me vandaag weg uit dit gebouw, maar je krijgt me nooit weg uit het parlement. Ik ben een van de Twintig en wij komen je kroon halen.'

Het parlement is de laatste plek waar hij zijn positie kan verdedigen. Hij zal de andere ministers ervan moeten overtuigen het Hoge Huis de rug toe te keren. Lukt dat niet, dan zullen de Lechkovs hem arresteren zodra ze Karzarov Transport hebben ingelijfd.

Je moet vechten, zegt hij tegen zichzelf. *Dit is nog niet voorbij.*

Maar als hij naar de andere kant van de tafel kijkt, naar de jonge Lechkov-zoon die afwacht terwijl de leden van de algemene vergadering hun stem uitbrengen, twijfelt hij aan zijn kansen. Ivanov geeft het met moeite toe aan zichzelf, maar hij voelt ontzag. Hij kijkt naar Daniel Lechkov en vreest dat de volgende grote leider van Kazichië is opgestaan.

Als Daniel een paar uur later het hoofdkantoor van Karzarov Transport uit loopt, staat Radko met een tiental militairen van de Cirkel te wachten bij de auto's. Zijn oppervlakkige ademhaling wordt met waterdamp geschreven in het gele licht van de koplampen.

'Is het gelukt?'

Daniel knikt terwijl hij instapt. 'We hebben Karzarov Transport in onze greep. En Lev wordt vandaag nog uitgeleverd.'

'Wat wil je doen als je hem hebt gearresteerd?' vraagt Radko zodra ze wegrijden.

Daniel kijkt door het raam naar de lege donkere ring van Baghsenka. 'We geven hem net zoveel genade als hij ons gaf: geen. En zijn familie ook niet. Niet zijn vrouw, niet zijn kinderen, niet zijn broers en zussen.'

Even blijft het stil.

'Laat je je niet te veel leiden door je emoties, Daniel? Je hebt gewonnen.'

'Emoties? Dit is juist de pragmatische aanpak. Ik moet mijn emoties uitschakelen om dit te kunnen doen. We zorgen dat iedereen te weten komt dat het hoofd van de Karzarov-familie in een ondervragingskamer van de veiligheidsdienst aan zijn einde is gekomen. En we zorgen dat iedereen te weten komt dat zijn hele gezin moet lijden vanwege zijn inschattingsfout. Hoe machtig je ook bent, iedereen kan gearresteerd worden.'

'Zodat niemand je durft te verraden,' zegt Radko.

'Het is de enige manier om onze gezinnen en alle gezinnen van Kazichië veilig te houden. En dat doel rechtvaardigt elk middel.'

54

Lev Karzarov zit op het besneeuwde natuursteenterras van zijn Kazichische buitenhuis en kijkt uit over de dorpjes in de Tumani-vallei, vlak bij de Russische grens. Hij heeft zijn schouders opgetrokken zodat zijn nek verdwijnt in de dikke blauwe winterjas en rookt een sigaret. Naast hem zit een lange slanke man met zijn schoenen op het blad, die een vrolijk staccato melodietje fluit. Joeri Andropov is al jarenlang de tussenschakel tussen de Mardoe Khador en het Kremlin, en Karzarov is hem gaan beschouwen als een vriend.

Hij is gespannen omdat hij liever niet meer in Kazichië komt: het voelt als een onnodig risico. Maar Andropov heeft bericht gekregen van Ivanov – de minister wil hem zo snel mogelijk spreken – en Rusland garandeert zijn veiligheid. En dus is Karzarov de grens overgegaan om zijn mentor en oude vriend te zien. Maar als de deur naar het terras opengaat en Karzarov zich omdraait, beseft hij dat hij de grootste fout van zijn leven heeft gemaakt. De grootste fout die hij ooit zal maken.

Hij is verraden.

'Oom Lev,' zegt Daniel, terwijl hij met vier beveiligers en Radko naar het tafeltje loopt.

Karzarov kijkt met een ruk naar Andropov, die nog steeds met zijn voeten op tafel zit. 'Verraadt het Kremlin mij? Na alles wat ik voor jullie heb geriskeerd?'

De Rus schudt zijn hoofd. 'Lev, ik heb je beloofd dat Moskou alles zou doen om Karzarov Transport te redden. Ik ben een man van mijn woord, dat ben ik altijd geweest.'

Karzarov springt op en rent naar het stenen muurtje dat zijn terras omheint. Over de rand wacht een vrije val van tientallen meters.

'Ga zitten, oom Lev,' zegt Daniel. 'De dood komt vanzelf.'

Hij kijkt de diepte in. Hij zou willen springen, maar durft niet.

'Ik moest wel, Daniel,' zegt hij. 'We zouden alles kwijtraken als ik niets had gedaan. Je broer was afgeleid. Hij was een cocaïnejunk. Net als zijn vrouw.'

Met gebalde vuisten komt Daniel op hem aflopen. 'Je hebt hem vermoord. En je wilde zijn begrafenis gebruiken om mij en mijn gezin te ruïneren. Dat lijkt me een overtrokken straf voor slecht leiderschap.'

'Ik wist niet dat ze hem zouden doden.' Hij zet een voet op het muurtje. 'Als ik dat had geweten, had ik jullie gewaarschuwd.'

Andropov lacht en zwaait zijn voeten van tafel. 'Moet je hem horen! Lev Karzarov, de barmhartige samaritaan.'

Daniel komt naast hem staan en kijkt over de rand. 'Ivanov heeft je niet verraden. Ik heb de Russen een derde van heel Karzarov Transport gegeven, in ruil voor jouw uitlevering. Alles wat je hebt opgebouwd, alles wat je familie heeft opgebouwd, is nu van mij. Je neven en ooms worden gearresteerd, hun gezinnen ook. Ik maak ze allemaal kapot.'

Lev slaakt een luide kreet die weergalmt door de vallei. Twee zwarte vogels vliegen op van tussen de rotsblokken.

'Je bent een simpele, emotionele man, Daniel Lechkov,' zegt hij, trillend van woede. 'Je hebt het Kremlin een derde van de hele transportsector gegeven? Waarom? Voor dít moment. Voor dit korte moment waarin je mij alles kunt afnemen. Maar wat komt hierna? Hierna ben jíj alles kwijt. Je opa vervloekt je, jongen. Je hebt het land overgeleverd aan de Russen.' Hij schudt zijn hoofd.

'Je hebt gelijk. Ik wil je zien kruipen van wanhoop. Spring maar over die rand, dat zou nog mooier zijn. Maar dit is allemaal bijvangst.' Daniel kijkt even naar Andropov, die nog aan het tafeltje zit en gaat dan op fluistertoon verder. 'Jullie denken dat het draait om landsgrenzen en industrie, maar die tijd is allang voorbij. Het draait nu om informatie. Wie de controle heeft over de meeste informatie, wint. Altijd. Rusland zat al in Karzarov Transport. Daar zaten ze al jaren, dat weet jij ook, want jij liet ze toe. Ik heb de Russen alleen maar naar de oppervlakte gehaald, ze zichtbaar gemaakt. Alles wat zij vanuit jouw bedrijven doen of bespreken, kan ik zien.'

Karzarov kijkt naar de jonge Lechkov naast hem. Hij heeft hem vreselijk onderschat.

Daniel komt nog dichter bij zijn oom staan. 'Ik heb volledige controle over de twee grootste industrieën van het land en de hele IT-infrastructuur van onze overheid. Ik ben misschien kortzichtig of emotioneel, oom Lev, maar ik ben vooral de machtigste man sinds Petar Lechkov.'

Karzarov voelt geen woede of afgunst meer, alleen maar leegte. Alleen maar vermoeienis en hol verdriet. 'Wat gaat er met me gebeuren?' vraagt hij.

'Je gaat mee met deze heren van de veiligheidsdienst.'

Hij zucht diep en lang, alsof hij zijn ziel alvast naar beneden laat vallen. 'Mag ik mijn vrouw een laatste keer zien?' vraagt hij. 'Jouw tante? Mag ik minstens weten hoe het met haar is?'

'Nee. Het enige wat je mag weten is dat Nia niet anders wordt behandeld omdat ze een vrouw is.'

Opnieuw overweegt hij te springen. Hij leunt naar voren en Daniel doet niets om hem tegen te houden, maar dan bedenkt hij iets. 'Mijn dochtertje, Katja, zij is nog in Moskou. Ze kan niet voor zichzelf zorgen. Stuur je iemand daarheen? Of laat je haar naar Kazichië komen?'

Daniel kijkt hem onbewogen aan. 'Toen ik in die auto lag, verdoofd door jouw drugs, smeekte ik om het leven van mijn vrouw en kind. Maar ik kreeg niets van je. Dus dat is wat ik jou ook geef. Niets.'

'Maar wat kan een klein meisje hier nou aan doen? Ik smeek je, haar leven is al moeilijk genoeg.'

Daniel haalt zijn schouders op.

Karzarov springt op hem af. Hij probeert hem te slaan, maar Radko pakt zijn capuchon vast en trekt hem het balkon af. Terwijl hij door de grote militair door zijn eigen huis heen wordt gesleept, schreeuwt hij naar Daniel dat dit pas het begin van hun strijd is. Hij zal er alles aan doen om het Hoge Huis te doen vallen. Hij zal nooit stoppen. Nooit! Maar als ze door de voordeur naar buiten lopen, ziet Karzarov een zwarte auto op de oprit staan en zwijgt hij abrupt. Hij heeft vaak genoeg mensen in dergelijke auto's zien verdwijnen. Hij heeft vaak genoeg zelf het bevel gegeven iemand op te laten halen met zo'n auto. En hij weet dat het dichtslaan van het portier het einde betekent.

Nadat Karzarov is afgevoerd, loopt Daniel naar de Rus die nog aan tafel zit.

'Andropov, neem ik aan?'

De man knikt en glimlacht breed naar Daniel.

'Jij bedreigde mijn dochtertje aan de telefoon. Mijn drie jaar oude dochtertje.'

'Absoluut!' De Rus steekt zijn hand uit over de tafel. 'Wat geweldig om elkaar eindelijk te ontmoeten.'

Daniel negeert de uitgestoken hand. 'Hebben jullie iets te maken met de Jada-opstand? Asch-Iljada-Lica, helpen jullie haar?'

'Absoluut niet. Daar zouden we geen baat bij hebben. Sterker nog, het Kremlin ziet de opstand liever verdwijnen omdat ze bang zijn dat de CIA met de Jada gaat samenwerken. Wij willen je graag helpen om Nairi te stoppen.'

Daniel knikt. 'Dat is geen probleem. Wij hebben een plan. Ik zal de opstand laten verdwijnen en ik zal zorgen voor stabiliteit. Dat is wat jullie wilden en dat zal ik doen. Het enige wat ik vraag, is dat jullie mijn gezin naar huis laten gaan.'

'U weet dat dát niet kan.'

'Wat kan dan wel?'

'Dat hangt ervan af. Wat wilt u?'

'Stop met de spionage', zegt Daniel. 'Stop met het aftappen van onze lijnen, stop met de schaduwpolitiek en stop met de beïnvloeding van het parlement. En trek de troepen terug uit de grensstreek. Minstens de tankdivisies. Ik wil een open lijn met Moskou. Ik heb laten zien dat ik een vriend ben, behandel me als een vriend.'

'Dat lijken wél redelijke eisen, meneer Lechkov.'

Andropov wrijft zijn handen tegen elkaar en haalt een zwartleren attachékoffer vanonder zijn stoel. 'Moskou stuurt mij naar buurlanden om partnerships te beginnen. Dat is wat ik doe. En zover ik kan zien, bent u een partner van ons geworden.' Hij legt de koffer op tafel en begint aan de cijfersloten te draaien. 'Ik zal daarom zorgen dat het Kremlin een paar stappen terug doet. De druk wordt niet meer opgevoerd.' De cijfersloten klikken open. 'Maar als ik u niet meer kan zien, weet ik niet wie u bent, meneer Lechkov. Vandaar deze officiële herinnering aan de voorwaarden van onze samenwerking.' Hij doet de koffer open en loopt weg. 'Fijne dag, en de hartelijke groeten aan uw moeder.'

Terwijl de Rus fluitend het terras af loopt, draait Daniel de attachékoffer om zodat hij kan zien wat erin zit. De koffer is gevuld met glasscherven – dik glas, zoals dat van een autoruit. Hij pakt een grote scherf die helemaal rood is. Rood van het opgedroogde bloed. En langs de scherpe rand van de scherf, zitten bruine haren geplakt. Bruin zoals zijn eigen haar. Bruin, zoals het haar van zijn tweelingbroer.

Hij legt de scherf langzaam terug en doet de koffer voorzichtig dicht, alsof hij Vigo zou kunnen verstoren in zijn slaap. Zachtjes legt hij zijn hand op het zwarte leer en blijft in zijn eentje op het terras van Karzarovs buitenhuis staan, boven de vallei vol Kazichische dorpen die fluisterend roddelden over de familie die op de helling woonde – over de dingen die zulke mensen moeten doen om zo rijk te blijven. Hij staat daar met zijn hand op de koffer en huilt zonder geluid te maken.

Dan droogt hij zijn tranen en belt Leonid. Terwijl de telefoon overgaat loopt hij door Karzarovs huis naar de voordeur.

'Ik wil dat je Nairi en alle Europese specialisten laat verdwijnen,' zegt hij. 'Voorgoed.'

Leonid protesteert. Hij zegt dat ze de operatie expres over verschillende specialisten hebben verdeeld, zodat niemand begrijpt wat het doel van de operatie is. Het is niet nodig om zoveel slachtoffers te maken. Niemand overziet het geheel.

'Dit plan werkt alleen als niemand weet wat ERIS is,' zegt Daniel. 'We kunnen geen risico's nemen. De soldaten moeten verdwijnen. Vooral de specialist die we naar Nairi hebben gestuurd. Ik wil dat iedereen wordt geëxecuteerd en ik wil dat hun lichamen verdwijnen. Duidelijk?'

Leonid zucht, maar stemt toe.

Daniel hangt op en kijkt even naar de woonkamer die eruitziet alsof de Karzarovs elk moment thuis kunnen komen. Hij kijkt naar de eettafel, waar een speciale stoel voor Katja staat zodat ze kan mee-eten, en loopt naar buiten.

IX

Het massagraf

55

We vliegen in een klein vliegtuig over het eiland. Het is een soort langwerpige rots tussen tientallen kleine watertjes die allemaal verbonden zijn met een gigantisch donkergroen meer. Ik heb nog nooit zoiets gezien. Nairi is erg zenuwachtig. Ze speelt de hele twee uur durende vlucht met een leeg waterflesje en de dorpsoudste legt af en toe een hand op haar schouder. Ik ben ook gespannen, omdat ik nog steeds niet weet waar we naar op weg zijn: Nairi's ondergang of haar redding? Ik kijk naar de zwijgende Sasha die tegenover me zit, maar kan aan haar gezichtsuitdrukking niks aflezen.

We landen op een eenvoudige strip tussen de meren, waar een paar sneeuwscooters voor ons klaarstaan. De enige manier om bij het eiland te komen, is over het bevroren meer. Vanaf de sneeuwscooter zie ik een lange stenen trap die vanaf het ijs over de rots naar boven leidt, tot aan een groot gebouw. Het ziet eruit als een exclusief resort en terwijl we de trap beklimmen, ontspan ik iets meer. Dit is geen *black site* of een Kazichische gevangenis. Dit ziet eruit als een warm welkom.

Als we de ontvangsthal binnenlopen, staat een arts ons op te wachten. De man vraagt de dorpsoudste of ze meteen onderzocht wil worden of eerst wil bijkomen van de reis. Terwijl de oude vrouw samen met Sasha achter de dokter aan schuifelt, wordt Nairi uitgenodigd om mee te gaan naar de opnamestudio. Ik loop met haar mee naar de kelder. We komen in een ruimte van twintig bij twintig meter waarin camera's en allerlei apparatuur staan opgesteld. Het ziet er allemaal professioneel uit. Er lopen drie of vier mensen rond die niet dreigend overkomen. Geen militairen, denk ik, eerder cameramensen of technici. Dat is goed nieuws. Deze mensen willen haar niks aandoen. Ze willen met haar in gesprek.

Een van de cameramannen tikt mij op mijn arm en vraagt mij terug naar boven te gaan. Hij zegt dat er geen buitenstaanders bij de opname aanwezig mogen zijn. Eerst twijfel ik even, maar dan legt hij uit dat ik net als zij te gast ben op het eiland. Er is een kamer voor mij klaargemaakt, waar ik me kan opknappen en uitrusten. Nairi is ondertussen gaan zitten en lijkt zich niet meer bewust van mijn aanwezigheid. Uiterst geconcentreerd luistert ze naar de instructies die ze krijgt van een van de mannen – ze is hier met maar één doel en daarvan laat ze zich door niets en niemand afleiden.

Ik ga op het zachte bed liggen en sta mezelf toe om te ontspannen. Nairi is hier veilig. En ik ben hier veilig. Ik doe mijn ogen dicht en zie meteen die van haar – soms bruin, soms groen. Ik denk aan gisteren, toen ze haar trui uittrok en ik zag dat de littekens tot over haar linkerborst lopen. Bij een ander zou het me hebben tegengestaan, maar niet bij haar. Het was alsof ze me liet zien wie ze was. Alsof de littekens haar verhaal vertelden, zoals de mijne dat bij mij doen – de littekens die ik aan Jemen heb overgehouden, en daarvoor Palestina en daarvoor Midden-Afrika en daarvoor een andere hel op aarde. En de littekens die ik mezelf heb gegeven: de rode lijnen van het snijden en de zwarte lijnen van de tatoeages. Mijn lichaam staat vol. Op mijn rug een zandloper met hoge golven en donker schuimend water achter het glas, in plaats van zand. Op mijn armen een traliemuur van inktstreepjes – één voor elke succesvolle operatie die ik heb afgerond. En op mijn buik en bovenbenen een wirwar van roofdieren die door een mistig bos rennen. Er is weleens iemand geweest die geen seks meer met me wilde toen ik mijn shirt uittrok. Ze zei dat ik eruitzag als iemand die pijn nodig heeft. Maar dat is het niet. Dat is niet mijn verhaal.

Gisteravond was ik met Nairi en die zei er niets over. Ze hielp me mijn T-shirt uit te trekken en legde haar warme hand op het glas van de zandloper.

56

Ik schrik wakker en spring uit het bed. Met gebalde vuisten doe ik een paar stappen naar voren maar er is niemand. De kamer is leeg. Ik hoor alleen het suizen van de wind over de maanverlichte meren buiten mijn raam. Zo te zien is de avond net gevallen, maar het voelt niet alsof ik maar een uurtje geslapen heb. Mijn ogen zijn dik en mijn lichaam voelt loom. Ik doe het licht aan en zie dat er twee borden op het tafeltje bij de deur staan. Een stuk vlees met gestoofde groente en een gebakken ei op twee boterhammen: avondeten van gisteren en een ontbijt van vanochtend. Al het eten is koud en droog. Ik heb de nacht en de volgende dag geslapen. Ik val nooit 'zomaar' in slaap, en al helemaal niet zo lang en zo diep. Iemand heeft die deur opengedaan en dat eten neergezet en zelfs daarvan ben ik niet wakker geworden. Misschien bereidt mijn lichaam zich al voor op een leven als geitenherder in de bergen.

Ik fris me op en loop de kamer uit, op zoek naar Nairi.

Het is een mooi minimalistisch gebouw met veel natuursteen en grote ramen die uitkijken op het buitenaardse uitzicht van wit besneeuwde stenen tussen de groene wateren. Als ik in de hal kom zie ik twee soldaten bij de trap naar de kelder staan. Ik zeg dat ik voor Nairi kom, maar ze weigeren me door te laten. De een heeft een Russisch accent en de ander een Frans. Het zijn huurlingen maar niet zoals ik. Dit zijn simpele voetsoldaten die per dozijn worden ingehuurd. Als ik vraag voor wie ze werken, doen ze net of ze me niet begrijpen.

'Hoe laat is ze klaar?' vraag ik.

'Dat zal nog wel even duren,' zegt iemand achter me.

Ik draai me om en zie Sasha op de balustrade staan. 'Ze zijn net begonnen en gaan de hele nacht door.'

'Waarom beginnen ze 's avonds pas met opnemen?'

'De eerste dag is erg goed gegaan. Zo goed dat ze nu een live-verbinding met Atlanta heeft. Het is daar vroeg op de dag.'

'Kunnen we de uitzending ergens zien?'

'Nee, het is geen live-uitzending. Ze nemen de interviews op voor later. Heb nog even geduld, soldaat. Nog één of hoogstens twee dagen, dan is ze klaar.'

De volgende dag wil ik door het huis zwerven maar het grootste deel is afgesloten. Bijna alle deuren zijn op slot of worden bewaakt door soldaten die net doen alsof ze me niet verstaan. Ik zie heus wel dat ze een pasje hebben waarmee ze alle deuren open kunnen maken, maar ik zie geen kans om er een te stelen zonder in de problemen te komen. Ik kan alleen van mijn kamer naar de hal, of een trap op naar een soort grote woonkamer. Op een van de leren banken zit de dorpsoudste een kop thee of koffie te drinken. Ze heeft haar zwarte gewaad aan en staart een beetje uit het raam naar de sneeuw. Ik vraag of het beter gaat en ze zegt dat ze erg blij is met de arts. Er is hoop, heeft hij gezegd. Overmorgen wordt ze opgehaald om naar een kliniek te gaan waar ze haar kunnen genezen.

'Genezen? Dat is goed nieuws.'

'Het is een ontsteking of iets dergelijks.'

'Weet u het niet precies? Ik wil best even met de arts praten.'

Ze schudt haar hoofd. 'Onze voorouders hebben me hierheen gebracht. Het is mijn tijd nog niet. Ik wist het. Ik voelde dat ik nog werk heb te doen in de bergen.'

Ik vraag of ze Nairi heeft gesproken.

Ze schudt haar hoofd en moet even hoesten. Het klinkt nog steeds diep en pijnlijk. 'Ze is druk,' zegt ze met moeite en ze neemt een slokje.

'Vindt u dat niet vreemd? Waarom mogen we haar niet spreken?'

'Vertrouw deze mensen, soldaat zonder naam. Ze helpen ons. Ze gaan mij helpen om beter te worden en ze gaan Nairi helpen om geschiedenis te schrijven. Word niet ongeduldig, we willen dat ze hun beloftes nakomen.'

'Ik zou haar graag een paar minuten zien, dat is alles. Ik wil zeker weten dat ze het goed maakt.'

Ze glimlacht en haar kleine ogen verdwijnen tussen de rimpelige huid. 'Ik snap het, maar je moet je koest houden. Beloof je dat? Zit ons niet dwars. Er staan grote dingen te gebeuren, ik voel het.'

Ik beloof het en ga terug naar mijn kamer. De dag kruipt voorbij. Ik doe krachtoefeningen, rek me uitgebreid en eet goed. Ik maak mijn uitrusting schoon en controleer mijn wapens. En ik denk na over de Jada. Over Nairi en wat een mens uitzonderlijk maakt – wat iemand een leider maakt. Vlak voor de avond valt loop ik toch nog een keer naar de hal om te kijken of ik bij haar kan komen, maar in plaats van Nairi zie ik de dorpsoudste weer. Ze wil net haar kamer binnengaan, maar blijft staan als ze mij ziet. 'Geduld,' zegt ze zachtjes en ze gebaart dat ik me om moet draaien.

De ochtend daarop word ik wakker van geklop op de deur. Ik denk aan Nairi die in Inima op mijn deur klopte. Maar er komt een kleine Kazichiër binnen. Het is een vreemd mannetje. Hij stottert en hij beweegt zijn hoofd heen en weer, alsof iemand anders hem bestuurt. Ik heb weleens gelezen dat mensen tics en spraakafwijkingen kunnen ontwikkelen na een trauma. Het ziet eruit alsof hij iets heeft meegemaakt wat hij nooit meer achter zich kan laten.

'De o-o-opdrachtgever is erg tevreden,' zegt hij zonder zich voor te stellen. 'De laatste fase van de operatie gaat nu beginnen. Maak je klaar, je vertrekt meteen.'

Ik zeg dat ik Nairi wil zien en de kleine man staart me even in stilte aan. Zijn linkeroog loenst een beetje – hij heeft de genetische loterij niet bepaald gewonnen.

'I-i-ik hoorde van Sasha dat je je verbonden voelt m-met de Jada-vrouw,' zegt hij. 'Het volk spreekt tot je verbeelding.' Hij gniffelt. 'Je bent niet de enige.'

'Wie bent u?' vraag ik voor ik er erg in heb. 'Waarom werkt u met CNN?'

Hij komt op me af. 'D-d-deze mooie kamer en het goede eten m-maken je arrogant, merk ik. W-w-wat gaat het jou aan wie ik ben? Jij bent hier om een opdracht uit te voeren. Je hebt een contract getekend.'

Ik ga staan en zeg nog een keer dat ik Nairi wil zien. Mijn eigen ongeduldigheid verbaast me.

'Luister goed, s-soldaat. I-ik ben hier om het interview met Nairi tot een succes te maken, verder niets. Jij mag ons daarbij h-helpen of je neemt ontslag en dan word je vandaag nog terug naar Europa gevlogen. D-d-dat is dan meteen de laatste keer dat je ooit de Kazichische grens over gaat.'

Ik kan me niet meer inhouden. 'Jij bent een Kazichiër,' zeg ik. 'Waarom wil jij Nairi helpen? Waarom werk jij met CNN? Je bent geen Amerikaan.'

Hij laat zijn hoofd hangen en zucht. 'O-o-op dit moment verzamelt een groep soldaten zich niet ver hier vandaan. Zij willen het interview met Nairi stoppen. Help je ons dat kamp te neutraliseren of wil je terug naar Duitsland?'

Ik vraag waarom de soldaten het interview willen stoppen en hoe ze überhaupt weten dat er een interview gaande is.

De Kazichiër draait zich om. 'Oké, d-d-dan niet. Dit was je laatste dag in Kazichië. Tot nooit meer.'

Ik loop achter hem aan. 'Nee, wacht. Ik wil de opdracht afronden. Ik help jullie met die soldaten. Ik stel geen vragen meer.'

Geïrriteerd knikt hij en loopt dan alsnog weg. 'Maak je klaar, je vertrekt over vijf minuten.'

Een jonge soldaat komt me ophalen. We lopen over een smal pad naar de andere kant van het eiland waar het iets vlakker is. Daar staat een Russische Hind-helikopter op een betonnen platform op ons te wachten. Er zitten zeven bewapende militairen in.

'Waar gaan we heen?' vraag ik als ik ook heb plaatsgenomen en de deur dichtgetrokken wordt.

Een van de soldaten glimlacht. 'Naar de stad van de edelherten.'

57

We staan op de bovenste verdieping van het hoogste gebouw. Ik denk dat het een fabriek uit de Sovjettijd was, maar het is moeilijk te zien want alleen de buitenmuren en vloeren zijn er nog. Door de openingen waar ooit ramen hebben gezeten kijken we neer op een kleine stad die is teruggenomen door Moeder Natuur. De flats zijn omringd door bomen en struiken, sommige muren worden beklommen door dikke wortels. De wegen en stoepen kun je niet meer zien; alles is groen van de planten of wit van de sneeuw.

De gebouwen lijken meer op nesten dan op huizen.

Toen we het stadje binnenslopen, renden er twee edelherten uit een vervallen tankstation. De grootste was minstens anderhalve meter hoog, met het meest imposante gewei dat ik ooit heb gezien. Vlak voor het tankstation bleef hij staan en keek naar ons, alsof we niet gewenst waren. Je kunt het dier geen ongelijk geven, we komen immers dood en vernietiging brengen.

Vanuit de hoge flat kijken we uit op een kampement. Aan het einde van een blok flats staan een paar containers en militaire tenten tegen een rij lage gebouwen. Overal hangen vlaggen met een symbool erop dat ik niet herken. Is dit een eenheid van het Kazichische leger? Er klinkt muziek en er branden hier en daar vuren in lege vaten. Door het vizier van mijn M4 zie ik gewapende mannen verschijnen en verdwijnen tussen de tentdoeken. Vanuit onze observatiepost tel ik enkele tientallen soldaten.

Als ik na een uur de situatie in kaart heb gebracht, richt ik me tot de commandant die naast me ligt en door zijn eigen vizier kijkt.

'Oké, zeg eens: wat is de bedoeling?'

'We hebben bevel gekregen iedereen in dit kamp te elimineren,' zegt hij. 'Geen uitzondering. Niemand mag dit navertellen.'

'Iedereen? Omdat zij het interview willen tegenhouden?'

'De Centrale Meren moeten een veilige plek blijven.' Het klinkt kortaf. Hij is niet gewend aan wedervragen. 'Deze hele regio is verboden terrein. Die mannen daarbeneden weten dat. Duidelijk?'

Ik knik en de man naast me kijkt weer door zijn vizier. Het is geen Amerikaan, deze commandant, maar een Kazichiër – ik herken het accent ondertussen meteen. En de rest van de kleine gevechtseenheid komt uit de regio. Er zitten geen Amerikanen bij.

Dus toch geen CIA-operatie?

'Is jouw opdrachtgever dezelfde als de mijne?' vraag ik. 'Voor wie werken jullie? Amerika?'

De commandant draait zich om en laat zijn wapen hangen. 'Is er een probleem, soldaat? Mijn opdracht is om dat kamp te neutraliseren en ons allemaal zo snel mogelijk terug naar het eiland te brengen. Ga jij me daarbij helpen of ga je naar huis?'

Ik kijk hem aan. Hij heeft gelijk. Wat maakt het ook uit dat ik nu niet weet met wie ik vecht, zolang we maar aan dezelfde kant vechten. Wij zijn hier om Nairi te beschermen en ik zal alles doen wat in mijn macht ligt om haar te helpen.

Ik ga staan en leg aan de mannen uit hoe we de gecoördineerde aanval op het kamp zullen uitvoeren. De tenten staan tussen hoge gebouwen. Dat voelt veilig voor de soldaten op de grond, maar op die manier zijn er een hoop dode hoeken die wij kunnen gebruiken. Des te meer omdat niemand in dat kamp de wacht houdt; er sjokken wat mannen met wapens rond, maar niemand loopt gecoördineerde lijnen en niemand gebruikt het hoogtevoordeel in de lege flats.

'Het is alsof ze aangevallen willen worden.'

Ik teken met een takje lijnen tussen de troep op de betonnen vloer en leg uit hoe we ons in twee teams zullen verdelen: team Alfa valt vanuit de oostkant binnen, team Bravo vanuit het westen. De helft van elk team geeft ons dekking en informatie vanuit de hoge flats, de andere helft gaat het kamp binnen vanuit verschillende hoeken. De vijand is in de meerderheid, maar wij hebben het voordeel van de verrassing.

'Wacht tot je mij hoort vuren, dat is het teken om de aanval te openen. Geen seconde eerder, geen seconde later. Alles komt aan op samenwerking, precisie en snelheid. Duidelijk?'

De mannen knikken en de bevelhebber begint meteen de twee teams in te delen.

'Hou contact met hem via de radio,' zegt hij en hij wijst naar mij. 'Hij heeft de leiding.'

Terwijl ik vanaf de noordoostelijke hoek zigzaggend van het ene gebouw naar het andere het kamp nader, hoor ik in mijn oortje dat onze ogen in de flats klaarstaan om ons dekking te geven. Ze beschrijven de posities van de vijandelijke troepen en ik teken een mentale kaart. Als ze klaar zijn, herinner ik iedereen aan hun rol binnen het geheel.

'Richt je op je eigen kwadrant, vertrouw op de rest. Ik ga naar het midden, jullie draaien van buiten naar binnen, zoals besproken.'

Ik krijg vier zachte bevestigingen te horen en fluister dan dat het tijd is om naar binnen te gaan. Geconcentreerd sluip ik verder richting een wit doek dat tussen twee containers is gespannen als een soort toegangspoort tot het kamp. Ook hier staat weer dat vreemde symbool op geschilderd. Wat is dit toch voor een groep? Het doek klappert in de wind en in mijn oortje hoor ik dat er drie man aan de andere kant staan. Ik heb mijn M4 tegen mijn schouder en houd het wapen gekanteld zodat ik de *offset red dot* kan gebruiken in plaats van het vizier. Af en toe vouwt de onderkant van het doek omhoog door de

317

wind en zie ik drie paar benen. De Kazichiërs hebben hun rug naar me toe gekeerd. Ze staan met elkaar te praten en moeten ergens om lachen. Ik zet nog een stap dichterbij. Het doek wordt opgetild door de wind en op dat moment haal ik de trekker drie keer snel achter elkaar over. De kogels doorboren het symbool recht boven de voeten. Drie harde schoten echoën tussen de gebouwen door, gevolgd door een paar doffe dreunen als de lichamen de grond raken. Met een ruk sla ik het tentdoek opzij en ik zie twee militairen voor me liggen. De derde soldaat had een helm op en zit met samentrekkende spieren op zijn knieën, als een robot met kortsluiting. Ik pak mijn SIG en schiet hem onder de helm door zijn achterhoofd.

Nog geen seconde na mij openen ook de anderen het vuur. Precies volgens afspraak. Het zijn goede soldaten. Om me heen hoor ik geschreeuw en mensen rennen heen en weer. Nu ik in het kamp sta, zie ik dat de tenten en containers een cirkel vormen rond een stenen gebouwtje – het lijkt een checkpoint te zijn geweest of een tolhuisje. Ik controleer mijn flanken en schiet drie soldaten neer die proberen te vluchten. Daarna schakel ik er twee aan de andere kant uit die zich probeerden te verstoppen achter een stapel zandzakken. In mijn oortje hoor ik dat mijn flanken vrij zijn. Ik loop naar het gebouwtje. In mijn uitrusting zitten twee flitsgranaten die ik alle twee door de dunne ruit gooi. De knallen zijn kort maar hevig. Het stof springt van de buitenmuren. Als ik gekerm hoor, klim ik door het raam op een bureau dat tegen de muur staat.

Vijf jonge mannen liggen met hun handen tegen hun oren op de grond. Twee lijken niet ouder dan zestien te zijn, geen van hen is ouder dan eenentwintig. Een paar van de wapens die ze dragen hebben geen magazijn en ze hebben zelfgemaakte kogelvrije vesten aan die zo te zien volslagen nutteloos zijn. Ik moet ze neerschieten, deze gasten, maar ik heb een moment nodig om moed te verzamelen. Dit zijn geen soldaten, dit is een groep jongens die oorlogje spelen. En ik toren boven ze uit als een beul op het schavot, met de beste militaire uitrusting van de wereld en meer ervaring dan een hele Amerikaanse divisie bij elkaar opgeteld.

Wat doe ik hier?

Een van de jongens probeert te praten ondanks de snijdende pijn aan zijn trommelvliezen. Ik versta de taal niet, maar hij smeekt om zijn leven. Dat doen mensen altijd, ook al weten ze dat er geen redding meer mogelijk is. Soms kruipen ze weg als het eerste schot niet fataal was, alsof ik ze zou sparen als ze de kamer uit kunnen komen. Ieder mens doet nog een poging. Alles voor nog één ademtocht, al is die gevuld met pijn.

Een voor een elimineer ik de jongens vanaf de tafel met een schot in hun achterhoofd. Een voor een vallen ze plat op de grond en blijven liggen. Het smeken is gestopt.

Mensen doden geeft me geen enkele voldoening. Het is niet een duister verlangen dat ik vervul, het is gewoon mijn werk. Zoals mensen die heel goed zijn in sales voor een sigarettenfabrikant werken. Niet omdat ze dol zijn op longkanker, maar omdat ze geld moeten verdienen. Ik blijf nog een paar seconden staan om er zeker van te zijn dat de lichamen aan mijn voeten dood zijn. Mijn smeulende geweer wijst omhoog, als een rokende sigaret. Via mijn oortje hoor ik dat de andere soldaten de rest van het kamp onder controle hebben.

Onder controle betekent dat ze allemaal zijn geëlimineerd.

Missie volbracht.

Maar ik kan niet anders dan me afvragen wie we zojuist afgeslacht hebben. Waren deze mannen – als ze al oud genoeg waren om zo genoemd te mogen worden – echt een gevaar voor het eiland?

Voor Nairi?

58

Twee van de militairen in het kamp zijn in leven gelaten en worden ondervraagd door de commandant en zijn secondant. De rest van ons moet intussen intel verzamelen – papierwerk, telefoons, computers – waarna het kamp en de jeeps in vlammen zullen opgaan. De opdracht is duidelijk: geen bewijs achterlaten dat wij hier geweest zijn. Geen bewijs van wat hier heeft plaatsgevonden.

We lopen het hele kamp door en nemen mee wat we kunnen vinden. Het is niet veel, maar in het stenen huisje vind ik uiteindelijk een laptop. Ik stap over de lichamen van de jongens heen om het stoffige ding op te pakken. Meteen springt het scherm aan en verschijnt Nairi in beeld. Wat is dit? Als ik op play druk, begint Nairi te praten, maar ik versta niet wat ze zegt. Ze heeft een zwarte trui aan die ik niet eerder heb gezien en haar stem klinkt vreemd. Ik scrol naar beneden en zie allemaal plaatjes van haar en het symbool dat ik ook in het kamp heb gezien. Dan komt er een Amerikaans artikel voorbij waarin de identiteit wordt onthuld van de persoon die verantwoordelijk is voor de bomaanslagen in Kazichië.

Nairi van de Jada is de Man met Duizend Gezichten.

Ik begrijp het niet. Dit kan onmogelijk kloppen. Nairi had me gezegd dat ze nooit een terrorist wilde worden. Daarom hoopte ze dat de geruchten waar zouden blijken te zijn, zodat iemand anders zou doen wat zij niet kon. Waren dat dan allemaal leugens? Was ze al die tijd zelf de Man met Duizend Gezichten? Ik kan het me niet voorstellen. Maar er is nog iets: het vreemde symbool dat ik niet kan thuisbrengen hoort blijkbaar bij de opstand. Als dat zo is, wie hebben we dan net vermoord? Ik draai een van de lichamen om en mijn maag trekt samen. De dode man voor me is duidelijk geen Kazichiër, maar een Jada. Ik herken de plattere neuzen en ronde gezichten, waar de Kazichiërs spitse neuzen en rechte, hoekige kaken hebben. De mensen die ik nog geen uur geleden heb afgeslacht als een kudde makke schapen zijn dezelfde mensen die mij een thuis wilden geven in de bergen van de Akhlos.

Ik voel paniek opkomen en mijn gedachten worden chaotisch. Is Nairi in de val gelokt? Werkte ik toch voor de Kazichische regering? Maar waarom werd Nairi dan zo hartelijk ontvangen op dat eiland? Waarom stonden er camera's en allerlei apparatuur klaar voor een interview? Ze hadden haar ook uit het vliegtuig kunnen gooien.

Ik hoor iets. Er komt iets aanrijden vanuit het bos achter de verlaten stad. Ik hoor een laag gebrom en het gesis van een pneumatisch remsysteem.

Ik ren naar buiten en een van de andere soldaten zwaait naar me. 'Tijd om te gaan!'

'Terug naar het eiland?' vraag ik.

De soldaat knikt en wijst. Vanuit het bos komen vier militaire vrachtwagens aanrijden. De colonne rijdt door de begroeide straten van de spookstad en komt vlak bij ons tot stilstand. Uit het voorste voertuig klimt de kleine stotterende man van het eiland. De commandant loopt op hem af en de twee praten even met elkaar, en dan haalt de man een zwart doosje met een antenne tevoorschijn. Ik heb geen idee wat het is. De man drukt op een paar knoppen en kijkt dan naar mij.

'T-t-ijd om te gaan!' roept hij en hij wijst naar het bos.

Het kamp en de auto's zijn aangestoken en het vuur verspreidt zich snel.

De soldaten verdelen zich over de voertuigen, maar ik blijf als een idioot staan. Waarom waren wij hier? Waarom moesten deze mannen dood? Deze jongens? Ik weet nog steeds niet wat er hier precies heeft plaatsgevonden en wie daartoe opdracht heeft gegeven, maar het gevoel dat ik aan de verkeerde kant heb gevochten wordt met de minuut sterker. En nu? Moet ik deze militairen stuk voor stuk uitschakelen om te voorkomen dat er nog meer Jada worden vermoord? Dat is een zelfmoordmissie. Dus wat dan?

Terug naar Nairi. Terug naar dat eiland.

Als dit leger de vijand is, dan loopt Nairi gevaar in dat mooie huis. Ik weet niet waarom ze gefilmd en geïnterviewd wordt, maar ze moet daar weg. Ik moet haar helpen ontsnappen en terugkomen bij haar dorp. Dat heb ik beloofd. Dat heb ik gezworen. En zonder een voertuig zit ik vast in de wildernis.

Ik ren naar de achterste vrachtwagen en klim erin.

De vrachtwagens rijden over een hobbelig pad het bos in. Ik zit met twee andere soldaten op de houten bankjes onder het groene doek. Niemand zegt iets, iedereen kijkt naar zijn eigen laarzen. En hoe verder we het bos in rijden, hoe zenuwachtiger ik word. Ik wil zo snel mogelijk naar Nairi. Ik had haar nooit mee moeten nemen naar dat eiland. Ik had haar nooit achter moeten laten.

Opnieuw vraag ik of we teruggaan en de soldaat tegenover mij mompelt dat ik me geen zorgen hoef te maken. Ik zie iets in zijn ogen als hij naar me kijkt. Iets wat er een paar uur geleden nog niet was. Het lijkt angst. Is hij bang? Voor wat? Voor mij? Misschien beeld ik het me in. Ik probeer mijn ademhaling onder controle te krijgen en mijn hartslag te verlagen.

De vrachtwagens draaien een zijweg in en ik hoor aan de zuchtende remmen dat het voorste voertuig is gestopt. Ons voertuig sluit aan in de rij en mindert vaart. Het bladerloze bomendek is zo dicht dat het de lucht verbergt en het laadruim in het donker hult. Terwijl de wagen draait, ga ik staan om mijn hoofd uit de opening te steken. Ik wil zien waar we naartoe gaan, maar word beetgepakt door een van de soldaten.

'Blijf zitten.' Hij wijst naar het bankje. 'We zijn er bijna.'

Nu weet ik het zeker: dit is foute boel. De soldaat wil niet dat ik zie waar we naartoe rijden. Hij wil niet dat ik weet wat er gebeurt als de vrachtwagens tot stilstand komen.

Ik doe net of ik ga zitten, maar vlak voor ik het bankje raak veer ik weer overeind en ram de bal van mijn hand tegen het strottenhoofd van de soldaat tegenover mij. Hij begint paniekerig naar lucht te happen en probeert zijn pistool te pakken. De soldaat naast hem wil naar voren springen om mij te grijpen, maar ik ben te snel voor deze mannen. Ik beuk met mijn elleboog nog een keer tegen de strot van de soldaat tegenover me, waardoor hij alle interesse in zijn pistool verliest en met beide handen naar zijn keel grijpt. Tegelijkertijd haal ik in een vloeiende beweging mijn KA-BAR tevoorschijn en stoot het lemmet horizontaal tot aan het heft in de keel van de man die omhoogkomt. Alsof ik hem aan een stok heb geregen blijft hij midden in zijn beweging aan het mes hangen. Ik duw hem terug op de bank en trek het wapen uit zijn hals. De andere soldaat probeert nog steeds te ademen, maar ik trek zijn handen los van zijn keel en snijd zijn halsslagaders en luchtpijp door. Met uitgestrekte armen houd ik de twee soldaten daarna op hun plek op het houten bankje, terwijl ze verdrinken in hun eigen bloed. Stuiptrekkend kijken ze me aan en slaan tegen mijn handen. Ze proberen te vechten en te roepen, maar niemand in die colonne heeft door wat er zojuist is gebeurd. De enige geluiden die ik hoor, zijn het brommende motorblok en mijn eigen nasale ademhaling.

De vrachtwagen draait verder en komt tot stilstand. Ik hoor soldaten uit de voorste voertuigen stappen – de bevroren bosgrond kraakt onder hun zware laarzen. Een van de soldaten tegenover mij is dood, de ander doet nog een laatste poging om te roepen naar zijn maten. Ik duw zijn kin omhoog zodat de snijwond in zijn keel openspert. Terwijl het bloed uit de halsslagaders over mijn armen stroomt, zie ik de opgekropte angst in zijn ogen openklappen en bloeien. Maar het duurt niet lang: al snel verwelken de blaadjes en valt zijn uitdrukking weg.

59

Ik leg de twee soldaten zachtjes neer en klim uit de achterkant van de vrachtwagen. Uit mijn ooghoek zie ik een groep mensen rond een open plek in het bos, maar ik heb geen tijd om de situatie goed in me op te nemen. Ik laat me onder de vrachtwagen glijden en ga op de koude grond liggen. De M4 heb ik in mijn hand, maar die is nutteloos in deze situatie. Stilte is nu mijn grootste vriend.

De bestuurder stapt uit. Hij roept iets in het Kazichisch en klopt tegen de zijkant: hij wil dat we uitstappen. Ik wacht tot hij naar me toe komt en houd mijn mes voor me uit. Mijn armen en handen zijn dezelfde kleur als het lemmet: bloedrood. Mijn mouwen zijn doordrenkt en zwaar, alsof ik in de regen heb gestaan. Als de bestuurder bij de achterkant staat en naar binnen kijkt, stoot ik mijn mes in zijn knieholte en gaat hij als een zoutzak tegen de vlakte. Ik sleur hem onder de vrachtwagen, maar ik ben iets te langzaam en hij weet een kreet te slaken net voordat ik hem te pakken heb.

Ik zet meteen een verwurging in, maar het kwaad is al geschied. Vanonder de vrachtwagen zie ik twee soldaten op ons afkomen: ze hebben de schreeuw gehoord. Ik druk nog harder en de ogen van de bestuurder komen uit de kassen. Als hij stopt met bewegen, trek ik hem aan de andere kant onder de vrachtwagen vandaan. Aan zijn gevechtsbelt hangt een granaat die ik me toe-eigen. De twee soldaten zijn nu vlakbij, maar ik weet ongezien langs het voertuig te sluipen en hurk tussen de bomen.

Vanaf hier kan ik de situatie in me opnemen.

Ik zie een rij burgers die door gewapende mannen naar voren worden geleid. Ze kijken schichtig om zich heen. Er loopt een vrouw tussen die ik ken. Sasha. Ze heeft dezelfde jas aan als toen we in de bergen waren, maar ze is vastgebonden en ze huilt. Ze blijft iets jammeren, een woord dat ik niet kan verstaan. Samen met twee grote mannen wordt ze naar voren geleid. Ze lopen richting de kuil.

Ik weet wat dit is. Ik weet wat hier gaat gebeuren. Ik ken huurlingen die in Joegoslavië hebben gevochten, of in Bolivia: mannen die burgers moesten vermoorden. Dit is een executie en die kuil wordt vandaag een massagraf.

Er klinkt een schot en het gezicht van de CNN-vrouw verdwijnt achter haar wapperende haren terwijl ze achterover in de kuil valt. Dan zijn de twee mannen aan de beurt. Ik zie een tatoeage in de nek van de dichtstbijzijnde, een tatoeage die ik ken. Het zijn huurlingen. Net als ik.

Er klinken twee schoten en de mannen vallen in de kuil.

Wat had de kleine stotterende man ook alweer gezegd? *Dit is de laatste fase van de operatie.* De fase waarin iedereen die aan de operatie heeft meegewerkt, wordt opgeruimd.

Er klinkt een schreeuw en ik vermoed dat de lijken bij de vrachtwagen zijn gevonden. Ze hebben het over '*mercenary*' en beginnen te zoeken. Maar waar ik een gecoördineerde zoekactie vreesde, weten ze niet goed waar ze zich op moeten richten: de huurlingen die in de gaten gehouden moeten worden zodat ze hun executie niet ontvluchten, of de twee soldaten die staan te roepen bij de vrachtwagen. Het biedt mij de kans om afstand te creëren en ik begin om de open plek heen te cirkelen. Terwijl ik tussen de bomen door sluip, check ik mijn magazijn en laad ik mijn wapen door.

Wat moet ik doen?

Door de dichte begroeiing om ons heen is de situatie te onoverzichtelijk om te vechten. Zelfs voor mij. Ik hurk tussen de bosjes en blijf stilzitten om mijn opties af te wegen. Zolang ik geen geluid maak, maak ik in elk geval nog een kans. Er klinken weer twee schoten. Weer twee specialisten dood. Waarschijnlijk staat iedereen die geblinddoekt achter in het Hercules-vliegtuig zat bij de kuil te wachten op zijn einde. En er is niets wat ik kan doen om deze mannen te redden, hoe moeilijk dat ook voor me is. Als ik mijn positie opgeef, is het spel uit en ik móét hier weg zien te komen. Ik móét Nairi zien te redden van dat eiland. Dat is mijn prioriteit als soldaat van de Jada.

Net als ik dieper het bos in wil sluipen, klinkt er een schreeuw. Een fel geluid, als een boze panter. Ik kijk naar het massagraf en zie een oude vrouw naar voren stappen. Lange grijze haren hangen voor haar gezicht. Is het de dorpsoudste? Dan klinkt de felle schreeuw nog een keer en komt er iemand naast de oude vrouw staan. Ze verschijnt zomaar, alsof ik het had kunnen verwachten. Misschien had ik het móéten verwachten.

Het is Nairi.

Haar handen zijn vastgebonden met tiewraps en ze lijkt een schim van zichzelf. Haar huid is grijs en haar ogen hangen half dicht. Maar toch vecht ze nog. Ze probeert de soldaten te bijten en te schoppen. Een van hen stompt haar met de achterkant van zijn geweer in haar maag en ze slaat dubbel.

Voordat ik besef wat ik doe, sta ik op vanuit mijn schuilplek en loop naar haar toe.

Ik zie uit mijn ooghoek dat de soldaten bij de vrachtwagen mijn kant op komen. Binnen enkele seconden zullen ze me zien, maar het kan me niet schelen. Ik blijf lopen en leg mijn M4 aan. Nairi probeert weg te rennen, maar wordt vastgepakt en voor de tweede keer naast de oude vrouw gezet. Achter haar verschijnt een soldaat die zijn loop op haar hoofd richt.

Hem moet ik raken.

Tussen zijn schedel en mijn geweer zit zo'n vijfenzeventig meter en ik weet dat ik niet meer dan twee schoten zal kunnen lossen voordat ik zelf word neergehaald. Waarschijnlijk maar één schot.

Ik ga op één knie zitten.

'Nairi!' roep ik, om de schutters te laten schrikken en tijd te winnen. Terwijl ze zich omdraait, adem ik rustig uit en haal met beleid de trekker over.

Niks.

Er gebeurt niks.

Mijn reflex is om het wapen te kantelen en zo snel mogelijk te controleren waar de storing zit, maar daar heb ik geen tijd voor. Ik sla tegen de onderkant van het magazijn in de hoop dat dat het probleem oplost en probeer nog een keer te schieten, maar er gebeurt niks.

De M4 blokkeert.

Ik kantel alsnog het wapen maar zie geen probleem.

Rechts van mij wordt geschoten. De soldaten hebben me gezien en de kogels fluiten langs me heen. Ik ga liggen en trek mijn SIG. Een kogel suist vlak langs me en ik hoor de bast van een boom uit elkaar spatten.

De dorpsoudste buigt vorover uit vermoeidheid of angst en geeft me zo een tweede kans om de beulen neer te schieten. Ik adem uit en zet druk op de trekker.

Weer niets. Ook deze geeft niet mee.

Hoe kan dit?

Ik wil de SIG controleren, maar dan wordt er twee keer geschoten aan de andere kant van het massagraf. Korte droge klappen, afgestompt door de boomstammen en ondergesneeuwde dode bladeren.

Nairi kijkt naar me. Ze heeft zich omgedraaid. Haar ogen lijken bruin, maar ik weet dat ze donkergroen zijn. Donkergroen als het water van de meren waar ik haar achterliet, op het eiland van de vijand. Dan klapt haar hoofd naar voren en trekt haar de kuil in. Er klinkt een doffe plof als haar lichaam de bevroren aarde raakt en ze is weg. Ze viel zoals de blaadjes van de bomen om ons heen vielen – alsof het natuurlijk en onbeduidend is. Alsof het zo hoort te gaan. En het is mijn schuld.

X

Soldaat van de Jada

60

Ik voel de woede door mijn vuisten stromen. Als kokend water brandt het aan de binnenkant van mijn knokkels. Ik heb die pijn een tijd kunnen gebruiken om boven mijn eigen menselijkheid uit te stijgen. Als ik een vrouw moest vermoorden of een oude man, dan trok ik die woede omhoog en liet me verblinden. Het maakte het minder moeilijk. Maar de woede werd elke keer heviger en er was steeds minder voor nodig om hem te laten terugkeren. Op een gegeven moment verloor ik de controle erover en ging het gevoel niet meer weg. Het werd zo erg dat ik mezelf ging snijden. De pijn die dat bracht, bracht me terug naar mezelf. Ik ben daar niet trots op, maar het was de enige manier om de druk te verlichten. En als ik dat niet deed, zou ik misschien in iemand anders veranderen. Een mens die verdrinkt in zijn eigen woede. Iemand zoals mijn vader.

De eerste keer dat ik werd gearresteerd was ik dertien. Ik kreeg toen woedetherapie. Verplicht. Ik moest drie keer per week leren ademhalen en tot tien tellen. Het heeft nooit geholpen. Het voelde alsof ik een bosbrand moest bestrijden met een waterpistooltje. Iedereen zei dat het aan mijn instelling lag en dat ik nooit iets gedaan zou krijgen op deze manier. Maar ik wist dat ze ongelijk hadden. Ik wist dat ze niet begrepen wat er gebeurde in mij. Alleen kon ik het toen nog niet verwoorden. Ik kon er geen vat op krijgen.

Nu wel.

Voor het eerst in mijn leven begrijp ik waarom het altijd stormt in mijn hart. Dat is geen vloek maar een geschenk. En het doel is niet om de storm te doen liggen, ik moet die storm juist wapenen en richting geven.

Ik lig op mijn buik op de koude bosgrond, niet ver van het massagraf waarin Nairi is gedumpt als een ton drugsafval. Mijn M4 weigerde, mijn SIG Sauer-handpistool weigerde, en dus moest ik toekijken hoe haar schedel uiteenspatte. Die mysterieuze vrouw. Die strijder. Ik moest toekijken hoe ze werd uitgewist als een spelfout. En wat ik nu voel branden, is niet simpelweg woede. Het is een kracht die veel ouder is dan ik. Misschien wel zo oud als mijn bloedlijn. Een oerrazernij die maar blijft echoën door de generaties, als een restant van de oerknal.

Die therapeut zei dat woede verblindt en de controle van je wegneemt. Als dat waar is, dan is datgene wat ik al die tijd voelde geen woede. Want nu ik het laat razen, nu ik niets meer doe om het tegen te houden, bestaat mijn hele wezen uit focus en energie.

Ik zie de beulen die zojuist mijn eerste en enige liefde hebben geëxecuteerd, en nu hun wapens op mij richten.

Ik zie de soldaten in mijn ooghoek, van wie de kogels al onderweg zijn.

En ik zie de geparkeerde vrachtwagens links van mij, langs de rand van het bos.

De meeste mensen bevriezen als er iets onverwachts gebeurt. De meeste mensen wachten af tot ze dood zijn of gered worden. Maar ik niet. Ik bevries nooit. Ik verander in een steekvlam.

Ik kruip achteruit terug de besneeuwde bosjes in en sta dan pas op. De kogels vliegen om me heen, maar ik ben moeilijk te zien dankzij mijn camouflagekleding. Ik rol op mijn rug en trek de granaat die ik van de soldaat in de vrachtwagen heb gestolen uit mijn riem. De laarzen van mijn tegenstanders komen steeds dichterbij, maar de groep wacht te lang met het vormen van flanken. Ze maken een amateuristische denkfout: ons doelwit is maar in zijn eentje, dus we gaan er recht op af.

Ik trek de pin uit de granaat maar gooi hem nog niet weg. Ik laat de klem los en tel in mezelf drie seconden, dan gooi ik hem met een klein boogje over de bosjes heen en rol op mijn buik met mijn handen voor mijn oren.

De granaat ontploft midden in de lucht, recht in hun gezichten. Perfect getimed.

Met piepende oren en wazig zicht sta ik op en ren langs de rand van de open plek tussen de bomen door. Dieper het bos in vluchten heeft geen zin, want ik heb geen wapens om me mee te verdedigen. De mannen zullen me achtervolgen en ze zullen me vinden. Daarom ren ik naar de vrachtwagens. Naar de voorste vrachtwagen waarvan de motor wordt gestart en de remlichten aan gaan. Daar moet ik heen. In dat voertuig zit mijn enige uitweg.

De soldaten bij de kuil hebben zich verdeeld: twee blijven bij de gevangenen en drie komen dwars door het graf op mij af. Ze openen opnieuw het vuur en blijven schieten tot ik achter de vrachtwagen verdwijn. Ik ren naar de chauffeurskant en trek het portier open. Achter het stuur zit, precies zoals ik had gehoopt, de kleine stotterende man. Zodra hij me in de gaten krijgt, klimt hij over de middenconsole naar de passagiersstoel om te vluchten. Ik laat hem door de auto klimmen en neem plaats op de nu lege chauffeursstoel, die ik meteen zo ver mogelijk naar achteren zet. Dan trek ik de kleine Kazichiër, die via het andere portier probeert te ontsnappen, terug de vrachtwagen in en zet hem als een kleuter bij me op schoot.

'N-n-nee!' schreeuwt hij en hij probeert me te slaan.

Ik duw hem tegen me aan en zet mijn mes op zijn keel.

'Schakelen en wegrijden,' fluister ik in zijn oor.

De kleine man spartelt te lang tegen en de soldaten beginnen de vrachtwagen te omcirkelen.

'Zeg tegen je mannen dat ik je keel doorsnij als ze op de banden schieten.'

'Dit heeft ge-geen zin. Je komt nooit levend het la-land uit.'

'Daarom kun je me maar beter serieus nemen, stotteraar. Ik heb niks te verliezen.'

Rechts van ons, bij de kuil, wordt er geschreeuwd en geschoten. Ik zie door het zijraampje dat een van de huurlingen zijn kans heeft gegrepen. De soldaten moeten hun aandacht verdelen. Ik pak de hand van de kleine man en leg hem op de versnellingspook. Dan pak ik mijn kleine knipmes en ram die dwars door zijn hand in de pook.

'Schakelen en rijden,' zeg ik.

Tot mijn verbazing schreeuwt hij niet. Briesend als een boos dier doet hij wat ik hem opdraag. Terwijl hij het voertuig in de eerste versnelling zet, schokt zijn lichaam van de pijn. Maar hij slaakt geen kreet. Dit is een strijder, net als ik.

Terwijl we langzaam optrekken, roept de Kazichiër iets door het glas naar zijn soldaten. Waarschijnlijk zegt hij dat ze ons moeten volgen, maar ik negeer het. Wij gaan zo veel mogelijk afstand creëren, daarna zien we verder.

De soldaten stappen twijfelend aan de kant en laten ons gaan.

'W-w-waarheen?' vraagt hij met op elkaar geklemde tanden. 'Waarnaartoe?'

Ik zeg dat hij het pad verder af moeten rijden. Ik heb geen idee waar het heen gaat, maar als we proberen te keren om terug te gaan naar de stad van de edelherten, geef ik de soldaten een tweede kans.

'Tr-trek het mes eruit,' zegt hij. 'Ik doe w-wat je zegt.'

'Dat mes blijft zitten tot we iedereen kwijt zijn,' zeg ik in zijn oor. Hij ruikt naar sigaretten.

Ik voel in zijn jaszakken en pak zijn smartphone. Met één hand doe ik de deur open en gooi de telefoon het bos in.

'W-w-wat wil je be-bereiken?' vraagt hij. 'Wat is je doel?'

'Dat hoef jij niet te weten,' zeg ik. 'Jij doet gewoon wat ik zeg en je stelt geen vragen.'

61

Er staan lange rijen stengels of stronken rond de boerderij, wit van de sneeuw. Ik weet niet veel over landbouw, maar volgens mij is het mais. Achter de boerderij staat een grote schuur met opengeslagen deuren naast twee opslagsilo's – een goede plek om de vrachtwagen te verstoppen. Ik zeg tegen de kleine man dat hij het erf op moet rijden.

'W-wat wil je hier doen?' vraagt hij. Zijn hoofd hangt over het stuur en hij ziet bleek. Ik help hem terug te schakelen om de heuvel op te komen en hij kreunt van de pijn. Maar hij vraagt me niet meer het mes uit zijn hand te trekken: hij realiseert zich waarschijnlijk dat het bloeden dan begint.

De boerderij is oud, maar goed onderhouden. Ik leun naar voren en probeer te zien of er iemand thuis is.

De kleine man kijkt me aan. 'Waar we ook heen gaan. Ze v-v-vinden ons.'

Ik negeer hem.

Nadat de soldaten uit de achteruitkijkspiegel waren verdwenen, ben ik op de passagiersstoel gaan zitten. Ik heb de kleine man de kans gegeven om te praten. Ik heb hem gevraagd over Nairi en de operatie, maar hij bleef volhouden dat hij van niets wist. Ik vroeg waarom ze gefilmd werd. Hij zei dat hij gewoon opdrachten uitvoerde, net zoals ik. Ik weet niet zeker of hij de waarheid spreekt. Ik kan moeilijk hoogte van hem krijgen, dat rare mannetje met zijn vreemde ogen. En dus reden we in stilte verder door het bos, op zoek naar een uitweg uit deze shitzooi.

'Doorrijden,' zeg ik.

De schuur is groot en de vrachtwagen past er makkelijk in. Tegen de zijwand staan een paar vaten, een oude destilleerketel en drie badkuipen met kunststof platen eroverheen. Als ik uitstap branden mijn neusvleugels. Deze maisboer stookt zijn eigen whisky of wodka. Althans, dat probeert hij. Daarom moeten die schuurdeuren openstaan: het ruikt hier brandbaar.

Voor ik de Kazichiër uit de vrachtwagen haal, loop ik een rondje om de boerderij. Het huis is stil. Er is niemand thuis, maar dat duurt niet lang meer: door de ramen zie ik een grote pan pruttelen op het fornuis. Toch zie ik niet af van mijn plan om me hier te verstoppen. Dit is de perfecte plek: de vrachtwagen is uit het zicht en de grote akkers om ons heen voorkomen een verrassingsaanval.

Als ik terug ben in de schuur, zie ik de kleine Kazichiër met zijn voorhoofd op het stuur liggen. Hij is bijna buiten bewustzijn. Ik trek zijn hand en het mes tegelijk uit de pook, waardoor hij schreeuwend bij zijn positieven komt. Hij pakt zijn pols vast en vecht tegen de drang om het mes uit de wond te halen. Tussen zijn tanden sist hij manieren waarop hij me dood gaat maken. Maar als ik hem vastpak, laat hij zich optillen als een koortsige kleuter.

Ik neem hem mee naar de eerste verdieping van het huis vanwaaruit ik door de ramen het erf in de gaten kan houden. De kleine man zet ik in een stoel op de gang. Hij is slap en amper bij bewustzijn en dus geef ik hem wat water. Als hij dat opheeft, is het tijd voor de ondervraging.

Films geven een vertekend beeld van martelingen. Je ziet meestal een heldhaftige man die zijn lippen stijf op elkaar houdt ondanks de gruwelijkste pijnen – alsof het een kwestie van inborst is. In werkelijkheid is het menselijk lichaam een simpel systeem. Op allerlei plekken zitten knoppen en als je die indrukt, begint de mond te praten. Er bestaat geen geheim dat groot genoeg is om weerstand te kunnen bieden. Sterker nog, vaak hoef je de knoppen niet eens in te drukken. Als je de

persoon vertelt wat je van plan bent, doet de verbeeldings-
kracht al het werk.

Ik trek de grijze pantalon van de Kazichiër omlaag zodat hij
in zijn onderbroek op de houten stoel zit. Hij kijkt me aan alsof hij precies weet wat er staat te gebeuren. Misschien heeft hij
weleens gestaan waar ik nu sta.

'Waarom moest Nairi van de Jada dood?' vraag ik.

'B-b-binnen twintig minuten is de Cirkel hier. M-Misschien
zijn ze hier al. Dat zijn de b-beste militairen van de K-K-Kau-
kasus.'

Ik trek zijn onderbroek uit en haal heel langzaam mijn mes
uit de holster. Ik leg het rode lemmet plat op zijn paarsige scro-
tum. De Kazichiër knijpt zijn ogen dicht. Ik zie de wanhoop in
de manier waarop hij fronst. Hij wil zich niet inbeelden wat er
staat te gebeuren, maar hij doet het toch. Hij weet wat ik doe,
hij weet waarom ik het doe, maar hij kan geen weerstand bieden. Het is een kwestie van vijf tot tien minuten en dan weet ik
alles wat hij weet.

'Wat is het doel van deze operatie?' vraag ik rustig. 'Waarom
werd Nairi gefilmd in die kelder? Waarom executeerden ze
haar niet meteen?'

De kleine man schudt zijn hoofd en zegt dat hij kinderen
heeft.

Langzaam draai ik het mes. 'Dan mis je deze misschien minder erg.' Ik druk een klein beetje, waardoor er een oppervlakkig wondje ontstaat. 'Zodra ik je ballen heb afgesneden, gebruik ik een elastiek om je lege zak af te knellen. Ik wil namelijk
niet dat je doodbloedt. Ik wil dat je het voelt. Ik wil dat je weet
wat er is gebeurd.'

Hij knijpt zijn ogen dicht en probeert mijn woorden niet om
te zetten in een visualisatie. 'Z-z-ze zullen ons vinden. J-j-je
tijd is om.'

'Niemand is ons gevolgd. Vertel me over het eiland.' Ik druk
het mes verder door en het begint nu flink te bloeden. Hij voelt
het warme vocht lopen, hij ruikt het, en ik zie tranen in zijn

337

ogen verschijnen. En dat is het moment dat ik weet dat ik hem gebroken heb. 'Vertel me wat dat voor een plek is en ik laat dit ophouden.'

Hij mompelt iets. Ik zeg dat hij harder moet praten en hij doet een nieuwe poging. 'Het is een vakantiehuis van de familie Lechkov,' fluistert hij. Ik zie dat hij eindelijk de waarheid spreekt.

'Zijn zij mijn opdrachtgever?' vraag ik. 'Heeft Lechkov dit allemaal georkestreerd?'

Voor hij iets kan zeggen, horen we een auto.

Door het raam zie ik een stokoude Lada het erf oprijden en bij de schuur tot stilstand komen. Een man in een zwarte fleecetrui stapt uit. Waarschijnlijk vraagt hij zich af wat die grote vrachtwagen daar doet.

Ik pak de grote Rolex van de Kazichiër en haal zijn portemonnee uit zijn broekzak. 'Ik ga de boer meenemen naar binnen. Als je ook maar één woord Kazichisch spreekt, ontvel ik je van top tot teen met dat mes. Begrepen?'

De kleine man schudt zijn hoofd. 'Geen zorgen. Dit is Neza-gebied. Die boer ha-haat mij en mijn taal. Hij zal me niet he-helpen.'

Als ik de trap af loop, ziet de boer mij door het raam en blijft staan. Onder zijn arm hangt een groot duikpak en hij heeft flessen over zijn schouder. Als ik de voordeur opendoe, laat hij zijn ijsduikuitrusting vallen.

Ik zwaai en glimlach zo vriendelijk mogelijk, maar mijn mouwen zijn donkerbruin van het bloed. 'Meneer, is dit uw boerderij?' vraag ik.

Ik ruik verse vis.

Hij knikt en kijkt even achter zich naar de auto – zou daar een harpoen liggen? Of een ander wapen?

Ik loop naar hem toe en laat het horloge en het geld zien. 'Voor u,' zeg ik en ik vouw de stapel biljetten uit. 'Ik heb alleen wat hulp nodig.'

De boer kijkt naar links, precies op het moment dat ik iets zie schitteren in mijn ooghoek. Ik dacht in eerste instantie dat het de Rolex was. Ik dacht dat er zonlicht tegen het kunststof glas reflecteerde. Maar als de boer het ook ziet, moet de schittering van verder weg komen.

Ik laat me achterovervallen, maar word alsnog in mijn schouder geraakt.

De kogel kwam van rechts.

Het brandt en mijn arm raakt verlamd, waardoor ik mijn val niet kan breken en op mijn kin op het bevroren pad terechtkom. Ik bijt op mijn tong en proef bloed. De kogel fluit verder langs de boerderij, dus het moet een schampschot zijn geweest. Ik ga op mijn zij liggen en kijk naar de andere kant van de akkers. Tussen de dwarrelende bankbiljetten zie ik de reflectie: er zit een scherpschutter verborgen tussen de bomen.

Hoe hebben ze me zo snel gevonden? We hebben door oude tractorsporen gereden, en ik heb steeds gekeken of er geen helikopters waren. Ik heb de telefoon van die kleine man meteen weggegooid.

Hoe weten ze waar ik ben?

De boer rent terug naar zijn auto en ik duik naar de veranda. Er wordt nog een keer geschoten en een deel van het houten hekwerk spat uit elkaar. Na dat tweede schot duik ik naar binnen en trap de voordeur achter me dicht.

Ik draai me om en zie dat de boer niet weg kan komen: de banden van zijn auto worden lekgeschoten. Een vrouw stapt uit en de twee rennen de schuur in.

Ik sta op en ren naar boven, ondanks de pijn in mijn schouder. Ik voel het bloed onder mijn kleren over mijn arm lopen. Het is veel bloed; ik heb weinig tijd.

De kleine Kazichiër zit nog steeds op de stoel met zijn broek op zijn knieën.

'Hoe hebben ze mij gevonden?' vraag ik.

Hij glimlacht. 'Je uitrusting zit vol t-t-trackers. Wa-waarom denk je dat je w-w-w-wapens blokkeerden? Onderkruipsel. Wij besturen jou als een ro-o-obot.'

Het glas in een van de ramen springt uit elkaar en een kogel boort zich in de muur aan de andere kant van de overloop. We zitten onder de scherven. Ik ga door mijn knieën en trek het knipmes uit de hand van de Kazichiër. Hij schreeuwt en probeert druk op de wond te houden, maar ik pak zijn polsen vast zodat hij niks kan doen. Het bloed spuit eruit als een geiser. Er is een slagader geraakt. Zonder hulp van buitenaf gaat deze man vandaag dood.

Geldt dat ook voor mij?

'Waarom moest Nairi van de Jada dood?' vraag ik terwijl ik zijn handen vasthoud. 'Vertel me de waarheid als je wilt dat ik druk op die wond zet. Was zij de Man met Duizend Gezichten? Waarom hebben jullie haar gefilmd?'

'D-d-de soldaten daar bui-buiten.' Hij probeert weer te glimlachen. 'Je hebt geen idee. Dat is de Ci-Cirkel. De dodelijkste eenheid die we ooit hebben getraind. Al zou ik je de waarheid vertellen, je komt hier nie-niet levend vandaan.'

Er wordt weer geschoten door het bovenste raam. Ze schieten expres te hoog, omdat ze niet weten waar hun baas zit. De salvo's zijn bedoeld om mij in het huis en weg bij de ramen te houden. De rest van het team komt dus naar de boerderij.

'Zeg me de waarheid en ik laat je handen los!' schreeuw ik en ik steek het kleine mes in zijn schouder.

'ERIS!' gilt hij. 'We hadden Nairi nodig voor ERIS.'

'Wat is dat?' vraag ik, maar voor hij kan antwoorden wordt er weer door het raam geschoten.

Er is geen tijd meer: het team komt eraan. Ik druk de man terug in de stoel en loop naar beneden. In de keuken blijf ik even gehurkt naast de pan aardappels zitten.

Wat kan ik doen? Is dit het einde? Hoe kan ik die mannen tegenhouden zonder wapens? Moet ik in de auto van de boer kijken of er een harpoen ligt?

Ik kijk heel kort door het keukenraampje en duik meteen weer terug achter het gasstel. Ik zag niemand over de akkers rennen, dus er is nog tijd. Maar ze komen er ongetwijfeld aan.

Waarschijnlijk benaderen ze het huis straks van alle kanten tegelijk.

Wat kan ik doen?

Boven mijn hoofd staat de pan op het vuur. Het pruttelende water klinkt misplaatst, alsof de zondag voortmoddert zoals hij dat elke week doet. Ik kijk omhoog en zie het blauwe gasvlammetje dat richting de opengeschoten ramen wordt getrokken. Dan kijk ik door het raam naar de grote schuur. De schuur waar het stonk naar mislukte whisky.

Dat is het. Dat is mijn uitweg.

Ik sta op en ren door de voordeur naar buiten. Ik ren voor ik de kans krijg om bang te worden voor de scherpschutter die zijn vizier op mij richt. Dit risico moet ik nemen. Want als ik die paar meter naar de schuur overleef, waar de boer en zijn vrouw zich verstoppen, dan maak ik een kans. Dan kan ik ze allemaal verslaan.

62

Thatia Lazarova ligt op haar buik tussen twee boomstronken en wacht tot haar doelwit zich weer laat zien. Door de wit met donkergroene camouflagekleding is ze bijna onzichtbaar tussen de begroeiing; alleen de zwarte richtkijker van haar AW Covert grendelgeweer steekt af tegen het besneeuwde bos.

'Nog één keer,' fluistert ze tegen zichzelf, 'laat me nog één keer dat snoetje zien.'

Hij had al dood moeten zijn, haar doelwit. Ze hoorde de auto van de boer en had haar kijker op de voorkant van het huis gericht. De man liep naar buiten om de boer gerust te stellen, precies zoals ze dacht dat hij zou doen. Ze nam de tijd, richtte en schoot. Maar op het allerlaatste moment dook hij weg.

'Blondie? Heb je hem?'

Een van haar teamgenoten vraagt naar de status via de radio, maar Thatia zegt niets. Ze haat die bijnaam.

Dan staat de man op. Thatia probeert hem nog een keer te raken als hij over de veranda duikt, maar ze ziet de deur bewegen. Hij is weer binnen.

'Blondie, ben je daar? Wat gebeurde er?'

'Ik snap het niet,' zegt ze. 'Hoe wist hij dat ik ging schieten?'

'Zonnekap, Blondie?'

Dat is het. Ze is vergeten de zonnekap op haar kijker te zetten. Die geluksvogel zag de schittering van het geslepen glas. Hoe kon ze zo stom zijn?

Op de tast zoekt ze naar de koffer van het geweer. 'Noem me niet zo,' sist ze in de radio terwijl ze de klep pakt. 'Ik ben een brunette.'

'Blond, bruin, voor mij is het allemaal hetzelfde hoor, meisje.' Er klinkt een zware mannenstem. 'Genoeg geklets. Focus.' Majoor Zichy, hun commandant, is het zat.

Ze kunnen het nog steeds niet hebben, denkt Thatia terwijl ze de klep op haar vizier draait. *Ze voelen zich bedreigd. Als ik een foutje maak, genieten ze ervan. Zo onprofessioneel.*

Ze blijft het huis in de gaten houden en oefent druk uit door op de ramen te schieten. Na een paar minuten verschijnt het doelwit weer. De man rent doodleuk door de voordeur over de veranda. Wil hij dood? Thatia brengt het midden van haar vizier net iets voor zijn lichaam en beweegt met hem mee, ademt rustig uit en voert de druk op de trekker op. Maar dan blijft hij opeens staan, doet een stap achteruit, en rent weer verder. Ze probeert opnieuw met hem mee te bewegen, maar hij verdwijnt in de houten schuur.

Shit!

'Had hij Torelli bij zich?' De majoor klinkt gespannen.

'Doelwit was alleen, Torelli moet nog in het huis zijn,' zegt Thatia. 'Misschien probeert hij te vluchten met de vrachtwagen.'

Nu het doelwit in een ander gebouw is dan de gijzelaar, kunnen ze in beweging komen. De eenheid wordt in tweeën gedeeld: team Alfa krijgt als doel de schuur en team Bravo de boerderij.

'Alfa en Bravo geven rugdekking aan elkaar, Sniper geeft rugdekking aan beide.'

'Zonde dat niemand Blondie in haar rug dekt,' zegt iemand. 'Het beste uitzicht van de regio.'

'Ophouden! Leonid Torelli werkt direct voor directeur Yanev. Als hij sterft, hebben we een groot probleem. Team Alfa neem je posities in… nu!'

Rechts en links van Thatia komen de bosjes in beweging. De mannen verspreiden zich langs de rand van de akker. Zijzelf houdt ondertussen de schuur en de boerderij in de gaten. Leonid Torelli laat zich niet zien – misschien is hij al dood.

Ze vraagt zich af wat het doelwit van plan is. Het zou om een ervaren militair gaan, dus hij moet zich realiseren dat ontsnappen onmogelijk is. Waarom rende hij dan toch naar die schuur?

Majoor Zichy meldt zich weer over de radio. 'Team Alfa in positie?'

Terwijl de teamleden zich een voor een melden, klinkt uit de schuur een laag geluid. De vrachtwagen komt tevoorschijn.

'Sniper, is dat het doelwit? Bevestig.'

Thatia gaat verliggen en probeert door het zijraampje van het voertuig te kijken, maar de vrachtwagen hobbelt over de bevroren akker. 'Negatief,' zegt ze. 'Voertuig is te ver weg om bestuurder te identificeren.'

'Team Alfa go,' zegt de majoor, en de mannen lopen met aangelegde wapens de akker op.

'We rekenen op je, Blondie,' zegt de grappenmaker in haar oortje. Hij klinkt opeens een stuk minder stoer.

De vrachtwagen rijdt het erf niet af, maar rijdt richting de boerderij. Even is Thatia bang dat het doelwit de gijzelaar wil ophalen, maar dan begint de vrachtwagen rondjes om het huis te rijden. Steeds grotere rondjes.

'Wat is hij nou aan het doen?' vraagt iemand. 'Hij rijdt in een spiraal.'

'Focus op je taak.' De commandant klinkt kortaf. 'Blijf in beweging.'

De vrachtwagen begint vaart te maken en de cirkels worden steeds groter.

'Sniper hier: bestuurder is niet het doelwit,' zegt Thatia. Ze ziet een oudere man in een zwarte trui achter het stuur zitten. Waarschijnlijk de boer. 'Ik herhaal: bestuurder is níét het doelwit. Doelwit moet nog in de schuur zijn.'

De vrachtwagen stopt midden op het veld en de boer stapt uit met zijn handen in de lucht. Hij is aan het huilen en roept iets, maar ze kan hem niet verstaan. Zijn schouders schokken.

'Wat zegt hij?'

'Zijn vrouw,' antwoordt een van de soldaten. 'Hij zegt dat zijn vrouw hulp nodig heeft in de schuur.'

'Team Bravo in positie?' De majoor is onverstoorbaar. 'Doelwit gijzelt waarschijnlijk een burger. Eliminatie van doelwit heeft prioriteit. Sniper, hou allebei de gebouwen in de gaten.'

Opnieuw klinken de bevestigingen kort na elkaar en een fractie van een seconde later trekt het tweede team in formatie op richting de boerderij. De hele eenheid is op de akker, alleen Thatia ligt nog beschut in het bos. Ze ziet de majoor door het veld lopen met team Bravo. De boer is op zijn knieën gaan zitten en ze ziet zijn mond nog steeds bewegen, maar de mannen lopen langs hem en zijn vrachtwagen heen, alsof hij onzichtbaar is. Een van de soldaten kijkt terwijl hij langsloopt snel of er iemand achter in de vrachtwagen zit, maar zegt dat er alleen vaten in liggen.

'Sniper,' klinkt de stem van de majoor in haar oortjes, 'als we tot op dertig meter zijn genaderd, wil ik een aantal dekkingssalvo's door de daken van allebei de gebouwen.'

Thatia houdt tegelijkertijd het huis en de schuur in de gaten, om alle twee de groepen te dekken. Tijdens de toelatingstest voor de Cirkel had de instructeur haar weggestuurd vanwege haar geringe postuur. Kazichische scherpschutters gebruiken het grote Russische svdk-geweer dat munitie afvuurt dat alle soorten vesten en pantser kan penetreren, maar de terugslag bij dat kaliber kogels is gigantisch en Thatia kon het wapen niet onder controle krijgen. Het was voor haar instructeur reden genoeg om haar af te schrijven. Maar Thatia accepteerde de afwijzing niet en besloot zonder toestemming en met haar eigen aw Covert naar de schietbaan te gaan. Ze ging tussen twee banen in liggen en schoot om en om op twee doelwitten. Haar wendbaarheid was ongeëvenaard voor een sniper. Haar loop ging met een mechanische precisie heen en weer, als een robot in een autofabriek. De trainer en de andere scherpschutters verzamelden zich om haar heen, terwijl ze de twee zandzakken bijna tegelijkertijd aan stukken schoot. En toen haar magazijn leeg was, draaide ze zich om naar de instructeur en zei: 'Ik kan niet door elk pantser schieten, maar ik dek wel twee flanken tegelijk. Of drie.'

Ze werd ter plekke opgenomen in het trainingsprogramma – de eerste vrouw in de Cirkel. Ze was trots en wist ook dat haar strijd met het Kazichische seksisme zou beginnen. Maar op deze dag langs de slapende maisakkers weet ze dat ze eindelijk kan laten zien wat ze waard is. Haar gehele eenheid staat in het open veld en om ze dekking te kunnen bieden moet ze zich op twee gebouwen tegelijk richten. Dit zou het einde van 'Blondie' en 'meisje' kunnen zijn.

'Het is een kwestie van wachten,' zegt ze tegen zichzelf, terwijl ze de loop van links naar rechts schuift. 'Blijf rustig ademen, het gaat zo gebeuren.'

Maar dan begint het schreeuwen. Eerst komt het van de mannen van team Bravo, die vlak bij de boerderij staan. Thatia richt meteen op hen, maar weet niet wat ze moet doen. Ze ziet geen doelwit en ze ziet geen vuurgevecht. De soldaten die rond de veranda staan beginnen te schreeuwen en zwaaien met hun armen. Een van hen slaat op zijn eigen benen en doet zijn helm af, alsof er insecten over hem heen lopen.

'Wat gebeurt er?' vraagt ze, maar ze krijgt geen antwoord.

Dan beginnen de soldaten van team Alfa ook te schreeuwen en met hun armen te zwaaien. Thatia kijkt naar de lege besneeuwde akker, vol wanhopige mannen. Het is alsof ze tegelijkertijd hun verstand verliezen. Alsof ze worden behekst.

'Wat gebeurt er?' vraagt ze nog een keer. 'Wat moet ik doen?'

Ze kijkt langs haar geweer naar de boerderij. Sommige mannen laten zich op de grond vallen en beginnen te rollen. Anderen grijpen naar hun keel.

'Brand!' brult majoor Zichy plotseling. Zijn stem is zo luid dat haar oortje overstuurt. 'Het brandt!'

Thatia ziet geen vuur en geen rook, maar toch ligt de hele eenheid tussen de stengels. Ze staat op, hangt de AW Covert over haar schouder en pakt haar AK-12-aanvalsgeweer.

Terwijl ze de heuvel af rent, klinken er schoten vanuit de richting van de schuur.

'Doelwit is hier!' roept iemand in haar oortje. 'Hij...'

Een schot klinkt en het is weer stil. Dan weer een schot.

Thatia voelt koud zweet op haar rug. De mannen van teams Alfa en Bravo worden een voor een geëlimineerd. Ze rent nog harder en controleert of haar geweer is doorgeladen. Daarna wil ze het magazijn een extra klap geven, voor de zekerheid, maar plots blijft ze staan. Ze voelt iets vreemds: haar wangen worden warm. Ze kijkt op en ziet de lucht trillen.

'Vuur!' roept de boer. Hij zit nog steeds op zijn knieën te wachten voor de vrachtwagen. 'Blijf staan! Onzichtbaar vuur!'

Thatia kijkt naar de man, maar snapt niet waar hij het over heeft. Dan ziet ze uit de achterkant van de vrachtwagen blauwe vaten steken die op hun kant liggen en plots realiseert ze zich wat er is gebeurd. Het doelwit heeft een brandbare stof gedumpt rond het gebouw, in een spiraalvorm.

De boer kijkt naar haar en roept iets over zijn vrouw in de schuur. 'Help ons,' zegt hij, 'help mijn vrouw.'

Ze vraagt waarom ze niet naar de boerderij kan lopen.

'Ethanol,' zegt de boer. 'Ethanolvuur kun je niet zien en niet ruiken, en de sneeuw voedt de vlammen. Hij heeft het aangestoken vanaf de schuur. Daar is mijn vrouw. Help haar.'

Thatia ziet een spoor van gesmolten sneeuw tussen de stengels lopen: het doelwit heeft gewacht tot alle soldaten binnen de spiraal stonden en toen het vuur aangestoken.

De vuile hond.

Ze pakt de AK-12 nog wat beter vast en begint parallel aan de buitenste muur van onzichtbare vlammen richting de schuur te rennen, de vrachtwagen zo veel mogelijk als dekking gebruikend. De radio is onheilspellend stil en er wordt niet meer geschreeuwd. Maar de stilte duurt niet lang.

Met een enorme klap ontploft de schuur en verandert in een stijgende vuurbal.

Thatia Lazarova's ranke lichaam wordt door de lucht geslingerd en komt met een dreun op de koude grond terecht. Ze voelt een snijdende pijn vanuit haar ruggengraat naar haar benen schieten en ze wil het uitschreeuwen, maar door de klap op de grond is alle lucht uit haar longen geslagen.

Doodstil blijft ze liggen en staart naar de lichtblauwe lucht.

Eerst hoort ze krakende voetstappen en dan verschijnt zijn gezicht. Het gezicht van de enkeling die een complete gevechtseenheid van de Cirkel heeft vermoord.

63

Ik sta weer in de boerderij en ren naar de wasbak. Er moet ethanol op mijn handen terecht zijn gekomen, want ze verschroeien. De pijn steekt vooral in mijn onderarmen, niet in mijn handen zelf, maar toch weet ik dat het daar vandaan komt. Ik ruik de brandende huid en zie de rode cirkels op mijn vingers. Terwijl het water over mijn hand loopt, spoelen er stukken vel weg alsof het een laagje zeep is. Ik trek mijn handen snel onder de kraan vandaan en vouw ze onder mijn oksels tot het branden stopt. Waar ben ik met mijn hoofd? Het water voedt de ethanolvlammen in plaats van ze te blussen. De pijn is bijna niet te harden. Dit zijn serieuze brandwonden die zullen gaan ontsteken als ik ze niet laat behandelen. Net als mijn schouder.

Buiten hoor ik de boerin over het pad rennen. Ze zoekt haar man. Die mensen verdienden dit niet, ze hadden hier niets mee te maken. Het spijt me dat ik haar moest gijzelen, maar de enige manier waarop dit plan zou werken was als de boer precies zou doen wat ik zei.

De stotterende Kazichiër hoor ik niet meer kermen. De ontploffing van de schuur heeft een ravage aangericht in het huis, dus misschien is hij buiten bewustzijn geraakt door de klap. Misschien is hij doodgebloed. Terwijl ik de trap op loop, haal ik de opgevouwen kaart van het gebied uit mijn zak. Bovenaan de trap ligt de Kazichiër op de grond. Ik draai hem om en sla hem in zijn gezicht. Geen reactie. Dan haal ik mijn zwarte etui tevoorschijn en pak de adrenaline-injectie. Luttele seconden later schiet hij overeind en mompelt een woord dat ik niet versta. Ik pak zijn haar vast en richt zijn blik op de kaart.

'Wijs het eiland van de Lechkovs aan. Hoe kom ik daar? Waar is het?'

Hij kijkt verdwaasd om zich heen.

'Ik heb een tourniquet waarmee ik het bloeden in je hand kan stelpen. Wil je leven? Wijs dan het eiland aan.'

Zijn blik gaat naar de landkaart.

Ik omcirkel de Centrale Meren. 'Hier moet het ergens zijn. Ik heb antibiotica bij me.'

'Je ko-komt daar nooit levend va-vandaan,' fluistert hij.

'Dan kun je het net zo goed aanwijzen,' zeg ik terwijl ik in zijn hand knijp.

Met zijn wijsvinger drukt hij een rode cirkel van bloed op de kaart. Midden in een klein meer. Er is daar geen eiland. Althans, niet volgens de cartografen. Maar het is precies dezelfde plek die de vrouw met het scherpschuttersgeweer op haar rug ook aanwees, voor ik haar keel doorsneed. Het kan geen toeval zijn: daar is het. Daar is iemand die mij kan vertellen waarom Nairi dood moest. Welk doel zo belangrijk is dat zij ervoor geofferd moest worden. En waarom ze eerst aan het lijntje moest worden gehouden in een opnamestudio. Op dat eiland kan ik mijn plek tussen de Jada misschien terugwinnen.

Ik leg de kleine Kazichiër neer en strompel de trap af. Hij probeert te roepen, waarschijnlijk om de hulp die ik beloofde, maar ik heb geen tijd. Mijn schouder schreeuwt bij elke beweging en de zenuwen in mijn handen branden nog steeds. Ik voel mijn krachten afnemen en ik beweeg steeds moeizamer. Als ik nu niets doe, ben ik dood voor ik bij dat eiland kom.

Ik veeg de glasscherven van de keukentafel en rol mijn zwarte etui uit. Er zit niet veel in, maar het is genoeg om mezelf te redden. Ik pak een zakje pure amfetamine, meng het met cafeine en snuif de dikke poeder op. Dit is niet mijn voorkeurscombinatie, want ik ga over een halfuur flinke dorst krijgen, maar mijn spierkracht komt meteen terug en mijn zicht wordt weer scherp. Een paar seconden later trekt ook de pijn uit mijn armen. In de tussentijd pak ik twee kleine zakjes vol kristallen die ik tot gruis druk met de achterkant van mijn mes. Het is PCP en daar moet ik heel voorzichtig mee zijn. Iets te veel en ik verander in een zombie, maar net genoeg en ik word een vechtmachine die geen pijn voelt.

Als de speed de pijn heeft afgestompt, trek ik mijn shirt uit en kijk naar de schotwond in mijn schouder. Het bloedt nog steeds, maar er is geen tijd om de wond te hechten. Ik heb een cauterpen voor kleine wonden bij me waarmee ik de huid dichtschroei. Het is moeilijk om de pen recht te houden omdat mijn verbrande gewrichten pijn doen, maar toch krijg ik de huid aan elkaar gesmolten. In plaats van mijn eigen kleding trek ik daarna de uitrusting van een van de soldaten aan. Er zitten brandgaten in de broek en de schoenen zijn te klein, maar mijn eigen uitrusting zit blijkbaar vol zenders.

Ik luister nog even onderaan de trap, maar de man boven maakt geen geluid meer en dus verlaat ik de boerderij. Op het erf zie ik het duikpak van de boer liggen. Ik neem de flessen en het dikke ijsduikpak mee; ze kunnen van pas komen als ik het huis op het eiland wil benaderen. Daarna loop ik naar de scherpschutter die in een plas van haar eigen bloed naar de blauwe lucht staart. Ik draai haar om en pak de AW Covert van haar rug.

Terwijl ik met het duikpak en het geweer over mijn schouder door de maisvelden vol lichamen en puin ren, richting het geheime eiland van mijn opdrachtgever, zie ik haar gezicht voor me.

Nairi.

Zij zag mij. En daardoor zie ik mezelf.

XI
De slag om Stolia

64

Een zwarte Volkswagen Passat staat midden in het oude centrum van Stolia geparkeerd. Op het eerste gezicht is er niets verdachts aan de auto te zien. De voorbumper hangt een beetje los en er zit een deuk in het bijrijdersportier. Maar het is een huurauto uit 2009 die alle uithoeken van het land heeft gezien, dus gebruikssporen zijn te verwachten. De auto staat aan de rand van een eeuwenoud pleintje, bij de ingang van de ondergrondse bazaar, waar hij zal worden weggesleept. Dat is opvallend. Maar een westerse toerist kan het gele vak hebben aangezien voor een parkeerplaats.

Op het eerste gezicht is het gewoon een auto naast een plein.

Een Grieks tienermeisje zet haar voet op de voorband van de geparkeerde Volkswagen om haar veter te kunnen strikken. Terwijl ze aan de veters trekt, bungelt er een Canon-fototoestel om haar nek. Op de geheugenkaart in die camera staan honderden foto's van de hoofdstad. En op de laptop in haar grote rugzak nog eens duizend foto's van allerlei steden en natuurgebieden uit de regio. Ze heeft nog een paar maanden vrij voordat het academische jaar begint en wil in die tijd zo veel mogelijk reizen. Fotograferen geeft haar een reden om ergens wel of niet naartoe te gaan. En het is een schild dat ze kan dragen, als ze in haar eentje tussen onbekenden loopt. Zonder dat fototoestel zou ze haar hostel niet uit durven; met het fototoestel is ze een avonturier die door de Kaukasus trekt – zelfs door onrustige landen als Kazichië.

Na haar veters te hebben gestrikt, loopt het meisje achteloos om de zwarte auto heen. Ze is onderweg naar de ondergrondse bazaar, maar ze weet niet dat die om zes uur zal sluiten. Terwijl ze het plein op loopt, stroomt de markt leeg. Steeds meer mensen komen de betegelde trappen op en verspreiden zich als water rond de zandkleurige fontein. Als ze de plotselinge drukte ziet, blijft het meisje staan. Ze pakt haar camera en zet een paar stappen achteruit. De doffe najaarszon staat laag en de stralen schijnen recht in haar lens. Maar toch wil het meisje iets vastleggen. Ze stelt haar diafragma bij, moet flink onderbelichten, en begint foto's te maken.

Als een roddeljournalist laat ze het fototoestel ratelen en de geheugenkaart vult zich met tientallen beelden. Normaal gesproken neemt ze nooit foto's alsof het een loterijtrekking is, maar ze weet dat er op dat pleintje een prachtige portretserie rondsluipt in het tegenlicht, die alleen kan worden gevangen met een eenzijdig spervuur. En inderdaad, tussen de nikszeggende foto's van een overbelicht plein, verschijnen er portretten op de geheugenkaart. Af en toe gaat een van de bazaarbezoekers tussen de zonnestraal en de lens staan en onthult zijn of haar gezicht.

Het gezicht van een Kazichische man in pak die haast heeft.

Het gezicht van een Russische vrouw, met dikke wallen van de avond ervoor.

Het gezicht van een pubermeisje dat fronsend in de camera kijkt. Ze was met haar moeder naar de zwavelbaden, maar wil daar niet meer heen. Ze vond het vervelend, tussen al die vreemden in haar bikini. En ze vond het vervelend dat haar moeder maar bleef klagen over haar vader – alsof ze vriendinnen zijn.

Het gezicht van een oude man die elke dag theebussen verkoopt in de bazaar. Zijn gewrichten doen pijn en zijn vrouw wil dat hij thuisblijft, maar de man vindt het fijn om onder de mensen te zijn – het geeft hem het gevoel dat hij nog deel uitmaakt van de wereld.

En helemaal aan de andere kant van het plein, het gezicht van een Neza-man die een telefoon vasthoudt. Dat is de belangrijkste foto van de serie: hij is degene die de zwarte Volkswagen Passat aan de rand van het plein heeft geparkeerd.

De Neza-man kijkt naar zijn telefoon en zegt iets tegen zichzelf – hij lijkt te twijfelen. Maar na een lichte aarzeling drukt hij twee keer op hekje en loopt weg. Zijn telefoon verstuurt daardoor een sms-bericht zonder inhoud. Dat bericht stuitert tegen de dichtstbijzijnde zendmast terug naar het plein. Terug naar de zwarte Volkswagen.

In het reservewielcompartiment van de Passat zit een Nokia 105 verstopt. Die Nokia ontvangt het lege sms-bericht en begint te trillen, waarbij iets meer dan vier volt spanning vrijkomt – genoeg om de kleine vijf volt relais te laten schakelen, die op zijn beurt twaalf volt uit de bundel penlite batterijen trekt en door het simpele circuit stuurt. In dezelfde kofferbak, vastgeplakt aan dat circuit, zit vier kilo C4. De springstof ontbrandt en ontploft. De kofferbak van de auto scheurt uit elkaar als een kartonnen doos. Een milliseconde later volgt de tweede explosie: de zes kilo C4 die verstopt zit onder de voorstoelen ontbrandt ook. Eerst springt de auto op zijn voorwielen en dan verdwijnt hij in een zee van vuur en zwarte rook.

Het Griekse meisje met de grote rugzak wordt door de explosie naar voren gegooid. De lens van het fototoestel slaat in stukken tegen de stoepstenen en de zoeker waar ze doorheen kijkt, drukt haar oogbal kapot en dringt haar schedel binnen. Ze is buiten bewustzijn voordat ze de grond raakt, waarna de vlammen over haar lichaam en de rest van het plein rollen. En als de vuurzee wegtrekt, is het enige wat nog over is haar verkoolde lichaam. De rugzak is verdwenen. Het fototoestel en de geheugenkaart zijn vervormd tot klontjes amorfe grondstoffen. De portetten, al die eerlijke uitdrukkingen en gecontrasteerde lijnen, zijn weg. Al die gezichten op de geheugenkaart zijn aan stukken getrokken, net als de zielen die ze huisden. Weggevaagd van het plein.

De schokgolf van de tien kilo C4 trekt de gevels van twee eeuwenoude woonhuizen aan het plein naar beneden, slaat tientallen winkelruiten een straat verder kapot, gooit nog een straat verder de tafeltjes op de terrassen omver, slaat stof van de tegels op het dak van de badhuizen en beklimt dan de Stoel van God. Daar zit Michelle in haar badkamer en verzorgt haar buik. Als de ramen in de woonkamer hevig beginnen te trillen laat ze het potje olie vallen en staat op. De handdoek glijdt van haar schoot en ze staat naakt naar de ramen te kijken – als bevroren af te wachten wat er gaat gebeuren.

Alexa's bedje staat in een van de slaapvertrekken, waar een kast vol porseleinen beeldjes zachtjes trilt en rinkelt. Het meisje begint te woelen en onregelmatig te ademen. Ze wordt niet wakker, maar in haar kleine lichaampje wordt al wekenlang zoveel cortisol aangemaakt dat het voor de rest van haar leven effect op haar hormoonhuishouding zal hebben. Vijftien jaar later zal ze als jongvolwassene proberen te begrijpen waar haar intrinsieke onrust vandaan komt. Ze zal proberen uit te vinden waarom ze in Kazichië was, terwijl er gevochten werd. En waarom niemand dat mag weten.

De schokgolf raast de oude stad uit, over de Abv'ar-rotonde voor het parlementsgebouw. De groep Jada en Neza die daar protesteren is zo groot geworden dat de rotonde in een plein is veranderd – het verkeer wordt omgeleid en het parlementsgebouw is bijna niet meer te bereiken. Als de auto ontploft valt de menigte stil. Spandoeken met het teken van de Man met Duizend Gezichten zakken naar beneden en de mensen draaien zich naar de zwarte rook in de verte. Na een paar seconden schreeuwen ze het uit.

'Nairi! Nairi! Nairi!' klinkt het uit duizenden kelen.

De beveiligers van het parlement horen de explosie en duwen de gigantische stalen sierdeuren dicht, bij wijze van barricade. Die deuren worden nooit gebruikt; ze zijn bedoeld om het gebouw een schijn van historie te geven. Maar na de klap duwen vijf mannen ze voor de eerste keer dicht, voor het geval de protesterende minderheden besluiten de regering te bestormen.

Op het moment van de ontploffing staat Vadim Ivanov in het parlementsgebouw met de Twintig te praten. De oude konkelaar zint op wraak. Hij wil Lev Karzarov bevrijden uit de klauwen van de veiligheidsdienst, zodat de familie Karzarov alsnog de macht kan grijpen, en dus legt hij aan zijn toehoorders uit dat de chaos op straat te danken is aan hun nieuwe leider, Daniel Lechkov. Zij, de Twintig, moeten de handen ineenslaan en voorkomen dat Daniel zich officieel laat verkiezen tot president.

Als de explosie de ruiten van het parlementsgebouw doet trillen wordt Ivanov eerst stil. Hij schrikt van de knal, zoals de rest van de parlementariërs, maar al snel realiseert hij zich dat het ultieme argument om Daniel aan de kant te zetten hem zojuist op een presenteerblaadje is overhandigd.

'Dit moet stoppen,' zegt de oude man, terwijl de rest van de aanwezigen elkaar angstig aankijkt. 'Daniel Lechkov moet vandaag nog verdwijnen.'

Diezelfde Daniel zit een paar honderd meter naar het westen in het hoofdkwartier van de OMRA. Het kogelvrije glas en het gewapende beton laten de dreun van de autobom niet door. Hij kan dan ook niet horen dat de slag om Stolia is begonnen.

65

Radko en Daniel zijn net in overleg met de legertop als de deur naar de warroom wordt opengegooid. Iedereen valt stil als directeur Yanev van de OMRA komt binnenlopen.

'Ivanov is in het parlement zijn vrienden aan het opruien.' Igor Yanev klinkt onderkoeld als altijd, maar zijn voorhoofd glimt van het zweet. 'We moeten actie ondernemen. Hij probeert genoeg draagvlak te creëren om ons aan de kant te zetten.'

'Weet je dit zeker?' vraagt Radko, waarna hij een van zijn commandanten opdracht geeft om extra legereenheden in staat van paraatheid te brengen.

Yanev legt uit dat hij een directe lijn heeft met premier Rosca. Zij wil niet dat Ivanov de macht grijpt, omdat haar positie afhangt van de familie Lechkov.

'Hoe denkt Ivanov de parlementariërs te overtuigen?' vraagt Daniel.

Yanev wil een karaf pakken om zichzelf een glas water in te schenken, maar stopt halverwege en kijkt op. 'Laten we eerlijk tegen onszelf blijven, Daniel: daar is niet veel overtuigingskracht voor nodig. De protesten in de stad worden zo heftig dat het verkeer vaststaat. En we hebben nog steeds geen idee hoe de Man met Duizend Gezichten die bomaanslagen kon plegen, of onze hele IT-infrastructuur heeft platgelegd. Ivanov zal zeggen dat jij de controle kwijt bent. En als je het mij vraagt, heeft hij daar gelijk in.'

'Dat ík de controle kwijt ben?' Daniel slaat met platte hand op de tafel. 'Wij voeren een informatie-oorlog tegen deze opstand die complexer is dan de rijkste grootmachten ooit hebben gedaan. Achter de schermen heb ik meer controle dan de meeste…'

'Maar niemand weet dat,' onderbreekt Yanev hem, en iedereen in de kamer wordt stil. 'Je moet het parlement vertellen over ERIS en al je andere plannen. Je moet zo snel mogelijk verkiezingen uitroepen en als nieuwe president laten zien wat je hebt gedaan om Nairi…'

'Iedereen de kamer uit.' Daniels stem slaat over. 'Iedereen behalve jullie twee.' Hij wijst naar Yanev en Radko. 'Wat bezielt je?' fluistert hij terwijl de legertop wegloopt. 'Niemand mag dit weten.'

'Je oom vindt hetzelfde,' zegt Yanev. 'We zijn te veel naar binnen gekeerd. Er zijn te veel geheimen.'

Radko kijkt geschrokken op. 'Ik heb je meermalen gezegd dat ik me zorgen maak,' zegt hij zachtjes. 'De groep die jouw strategie kent is te klein. Dat maakt ons kwetsbaar.'

'Ons plan werkt alleen als het een geheim blijft,' zegt Daniel. 'We kúnnen ze niet vertellen over ERIS. Het land gelooft dat Nairi deze opstand leidt, juist omdát we zo voorzichtig zijn.'

'De Twintig zien alleen maar de grote onrust voor het parlementsgebouw,' zegt Yanev. 'En ze denken dat jij niet weet waar je moet beginnen. Of nog erger: dat je te bang bent om iets te doen. Als Ivanov een oplossing biedt, zullen ze hem volgen. Daniel, we kunnen niet langer wachten.'

Daniel kijkt hem ontredderd aan. Hij legt uit dat de eerste deepfakevideo een ophitsing moest zijn. Anders zou niemand het geloven. 'Maar daarna hebben we onze slag geslagen.'

'Igor heeft gelijk,' zegt Radko. 'De protesten zullen uit de hand lopen en Ivanov zal de macht bij ons weghalen. Je moet iets doen. Vandaag nog.'

'De protesten gaan niet uit de hand lopen,' zegt Daniel. 'We hebben Nairi laten zeggen dat de mensen rustig moeten blijven. Hun leider heeft ze verboden geweld te gebruiken.'

'Je overschat het effect van je deepfakes,' zegt Yanev. 'Mensen zijn geen softwarecode. Het gedrag van groepen is niet binair: het is onvoorspelbaar. De stad kan van het ene op het andere moment in chaos omslaan. We moeten de oproerpolitie inzetten voor het te laat is.'

Daniel schudt zijn hoofd. 'Nog niet. Leonids team houdt het cameranetwerk in de gaten. Alles is onder controle.'

'Als je vandaag niets doet, zal het parlement zich aan Ivanovs kant scharen. En dan vallen de dominosteentjes een voor een om.'

Radko kucht. 'Je bent een genie, Daniel, maar je bent geen natuurlijke politicus. Je zit in deze kamer en zet ongekend slimme strategieën uit, maar dat is slechts vijftig procent van je rol, misschien zelfs minder. Je moet laten zien dat je de controle hebt. En dat je niet met je laat sollen.'

De glazen deur gaat weer open en twee commandanten komen terug naar binnen. 'Er is een bom ontploft,' zegt een van hen, en hij wijst naar het raam.

Iedereen draait zich om en kijkt naar de zwarte rook.

'Een grote bom,' zegt de militair als het stil blijft. 'Midden in het centrum.'

Daniel buigt zich naar Yanev. 'We maken meteen een deepfake waarin Nairi de aanslag opeist. Ik wil dat ERIS wordt klaargezet voor een nieuwe video.'

Radko en Yanev beginnen door elkaar heen te roepen. Ze zeggen dat hij moet stoppen video's te uploaden. Ze zeggen dat hij Nairi meer dan genoeg legitimiteit heeft gegeven. Het is tijd om hun eigen positie te versterken. Het is tijd om terug te slaan.

Daniel stuurt de twee commandanten de gang op. 'We gaan deze aanslag gebruiken voor de laatste fase van het plan,' zegt hij. 'Vandaag redden we het Hoge Huis van een jarenlange machtsstrijd, en mijn gezin van gevangenschap in Kazichië. Vandaag maak ik alles weer goed.'

'Hoe dan?' vraagt Yanev vermoeid.

'Door Amerika toe te laten tot de Akhlos.'

66

Daniel was al weken bezig de Verenigde Staten te verleiden tot een samenwerking met de Man met Duizend Gezichten. Of eigenlijk, een samenwerking met zijn deepfake. Maar er zat geen schot in de zaak. Amerika zocht een paar keer contact met Nairi na haar eerste video, maar alleen indirect en het leidde nooit ergens toe. Dus besloot Daniel dat de Man met Duizend Gezichten een speech zou geven voor een grote Amerikaanse ngo.

Nairi kreeg sinds de opstand tientallen uitnodigingen per week om te komen spreken over haar volk. Een van die uitnodigingen kwam van Voices of the Oppressed, een ngo die de Jada en andere minderheden uit de regio al lange tijd steunde. De Man met Duizend Gezichten werd uitgenodigd om via een videoverbinding te komen vertellen over haar strijd. Ze werd levensgroot geprojecteerd op de muur van een congreszaal en op het scherm leek het of Nairi vertelde over haar volk en haar cultuur, en de onmenselijkheden van het Lechkov-regime. In werkelijkheid had Daniel de video opgenomen bij de Kazichische veiligheidsdienst.

Het optreden was een groot succes en de pers pakte Nairi's verhaal op. De hele wereld keek mee en niemand hield rekening met de mogelijkheid dat Nairi niet eens meer leefde.

Jonathan Rye zag de steun die de beweging kreeg, maar twijfelde nog steeds aan de Man met Duizend Gezichten. Zijn onderbuik zei dat er iets niet klopte. Hij bleef de opstand monitoren, maar ging geen samenwerking aan. De protesten in het land werden steeds heviger, en de top van de CIA begon Rye onder druk te zetten. Ze wilden dat hij zijn kans pakte. Rye probeerde zijn meerdere van zich af te houden. Hij legde uit dat hij twijfelde of de Jada genoeg slagkracht hadden om iets te kunnen betekenen tegen het Hoge Huis, zelfs met hulp. Maar toen de autobom in het centrum ontplofte, kon niemand meer om de Man met Duizend Gezichten heen. Ook Jonathan Rye niet. Nog geen tien minuten na de explosie kreeg hij geen advies van zijn baas, maar een opdracht.

Maak een deal met Asch-Iljada-Lica. Zorg dat Amerika invloed krijgt rond het Akhlos-gebergte. Hoe langer je wacht, hoe groter de kans dat Rusland aanvalt. Als je niet snel iets doet, moeten we je vervangen.

Een uur na de aanslag onderschept Daniels team een poging van de CIA om in contact te komen met Nairi. Ze willen praten over de toekomst van Kazichië. Het is Daniel eindelijk gelukt, maar nu moet hij Radko en Yanev overtuigen hem nog één kans te geven.

'Alsjeblieft, oom Radko, oom Igor, dit is de laatste stap. Hierna treed ik naar buiten. Hierna jagen we de protesterende menigte weg en houden we verkiezingen. Hierna laat ik mezelf zien als leider van het land. Maar het presidentschap accepteer ik pas als we Rusland, de interne onrust en de CIA onder controle hebben. Die positie kan ik pas innemen als ik mijn gezin heb gegeven wat ze willen: vrijheid van de GROe. En om dat allemaal te kunnen doen, moet ik met Amerika praten. Dus geef me nog een paar uur jullie vertrouwen, anders is alles voor niets geweest. Loop met me mee, dan laat ik het jullie zien.'

Zonder op antwoord te wachten loopt Daniel naar de andere kant van de digitale divisie bij de OMRA. Met enige tegenzin volgen Radko en Yanev hem. Ze komen bij een deur die opengaat als Daniel zijn vinger op het scherm legt en stappen dan een kleine kamer binnen die vol staat met patchkasten en bureaus met monitors. Dikke kabels kronkelen over de grond als boomwortels. Drie mensen kijken op van hun computer en een van hen draait een monitor om, zodat Radko en Yanev kunnen meekijken. Het scherm is wit, met het zwarte symbool van de Man met Duizend Gezichten in het midden.

'Hier hebben we de afgelopen weken hard gewerkt aan ERIS 2.0: het nieuwste van het nieuwste op gebied van artificiële intelligentie.'

Tegen de groene achterwand staat een stoel omringd door camera's. Daniel gaat op de stoel zitten en doet een dun kapje op zijn hoofd. Op de monitor verschijnt Nairi's gezicht, maar het beeld is bevroren. Een witte cirkel begint te draaien om aan te geven dat de processoren bezig zijn. Daniel zit doodstil en kijkt recht in de lens. De patchkasten beginnen hard te blazen en alle mensen in de kamer typen driftig. De draaiende cirkel verdwijnt en het bevroren beeld van Nairi komt in beweging.

'ERIS 2.0 is online,' zegt een vrouw vanachter haar computer.

Yanev en Radko kijken naar de monitor en zien Nairi bewegen. Ze zwaait. De mannen kijken weer naar Daniel, die ook zwaait.

'Deepfakevideo's maken was maar de eerste stap,' zegt hij in koor met Nairi. 'ERIS 2.0 is de toekomst. De synthetische stem en de deepfake worden bijna realtime gerenderd.'

Op het scherm zegt Nairi dezelfde dingen als Daniel, maar dan in haar eigen stem en met een Jada-accent. Als Daniel knippert met zijn ogen, knippert zij ook, maar dan op haar eigen lome manier. Hij heeft zijn vijand volledig overgenomen. Hij kan letterlijk in haar huid kruipen.

'Wij kunnen met ERIS 2.0 videocalls en livestreams doen, vermomd als iedereen van wie we genoeg training data hebben. In dit geval de Man met Duizend Gezichten. Er is nog een beetje *lag*, maar die is minder dan anderhalve seconde.'

Daniel en Nairi nemen een slok water, alleen is Nairi's hand leeg: ze neemt een slok uit niets.

'ERIS 2.0 is zo geavanceerd,' zeggen ze, 'dat zelfs de GANS en auto encoders van de CIA de deepfake niet detecteren. De

Amerikanen zullen denken dat ze bellen met Nairi van de Jada.'

'En zo praten we met Rusland als de familie Lechkov, en met Amerika als de rebellen,' zegt Yanev trots, alsof hij het plan zelf heeft bedacht.

'Precies. We spelen vanaf nu aan beide kanten van het schaakbord. Zoals ik al die tijd heb beloofd. We zijn straks invloedrijker dan we ooit zijn geweest.'

'Maar wat als de ware Man met Duizend Gezichten zich meldt?' vraagt Radko. 'Dit is hoog spel.'

'Dit is de nieuwe waarheid,' zegt Daniel. 'Te veel mensen geloven nu dat Nairi de Man met Duizend Gezichten is. Niemand anders kan die positie nog claimen. Zeker niet nu we met Amerika gaan praten over samenwerking.'

'De lijn is open,' zegt de vrouw en ze wijst naar de microfoon bij Daniels stoel.

Het scherm wordt zwart en er klinkt een mannenstem. Hij stelt zich voor als Jonathan Rye van de CIA en hij zegt te bellen via een end-to-end versleutelde verbinding die alleen audio toelaat. Hij vraagt of Nairi haar camera wél wil aanzetten, zodat ze zeker weten dat ze de Man met Duizend Gezichten spreken.

'Wat een eer,' zegt Nairi als haar camera aangaat.

'*The pleasure is all mine.*'

Rye stelt zijn team aan haar voor en begint dan een monoloog over vrijheid. 'De reden dat we met elkaar praten, is omdat we allebei vinden dat de wereld vrij zou moeten zijn van tirannie.'

Achter Daniels monitor drukken Yanev en Radko hun lippen op elkaar, om niet te reageren op de hypocrisie.

'Absoluut,' zegt Nairi. 'Een Kazichische overheid die democratisch is en alle volken van dit mooie land representeert, zou voor iedereen beter zijn.'

'Als wij samenwerken, zouden we die droom werkelijkheid kunnen maken,' zegt Rye.

De Amerikaan rekt tijd tot zijn team hem het groene licht geeft. Ze controleren waar het signaal vandaan komt, of er niemand meeluistert en of het beeld of geluid gemanipuleerd zijn. Na een paar minuten menen ze zeker te weten dat Nairi legitiem is, want opeens gaat Rye recht op zijn doel af.

'Wij kunnen de opstand wapens en kennis doneren, als die middelen worden ingezet op een manier die in lijn ligt met onze doelstellingen. En dan bedoel ik een land dat niet geregeerd wordt door corruptie.'

'Vergeef mij als ik bot overkom, meneer Rye,' zegt Nairi, 'maar zoals u waarschijnlijk hebt gezien is vandaag een bewogen dag voor Kazichië. Ik zal u moeten vragen om tot de kern te komen. Als de Verenigde Staten en mijn mensen de handen ineenslaan tegen corruptie en tirannie, welke prijs zal daar dan voor moeten worden betaald?'

De Amerikaan begint zijn eisen op te sommen. Van de manier waarop hij deel wil worden van elke strategische beslissing die de rebellen nemen, tot de invloed die de vs moeten krijgen in een toekomstige Kazichische overheid. 'Uiteraard zonder de werking van een gezonde democratie in de weg te staan,' voegt hij er nog aan toe.

'Uiteraard,' bromt Nairi.

Daniel kijkt steeds langs het scherm naar Igor Yanev, die bij elke eis van de CIA zijn duim omhoog- of omlaaghoudt.

'Ik denk dat we hieruit gaan komen, meneer Rye,' zegt Nairi. 'Maar ik hoop dat de CIA zich realiseert dat dit een proces van jaren zal zijn.'

'Natuurlijk. Wij hebben geduld.'

'Voor we onze samenwerking beginnen, zou ik u graag om een eerste gunst vagen.'

'Natuurlijk,' zegt hij weer. 'Een teken van goed vertrouwen.'

'Ik wil u vragen om twee mensen naar Amerika te smokkelen en in veiligheid te brengen. Twee Nederlanders. Een moeder en een kind.'

Jonathan Rye gaat meteen akkoord. 'Een vrouw en een kind?

Geen probleem. Geen vader? Twee of drie maakt voor ons weinig verschil.'

'De vader zou zijn vrouw en kind graag in Kazichië houden, maar zij willen terug naar huis.' Daniel en Nairi's blikken worden bedrukt en ze wrijven allebei in hun ogen, alsof ze de emotie willen wegvegen. Daniel wrijft met twee handen, Nairi met één.

'Wie zijn het?' vraagt een zware stem die zichzelf niet heeft voorgesteld.

'Het zijn twee leden van het Hoge Huis die min of meer gegijzeld worden door de GROE. Een zwangere moeder en haar drie jaar oude dochter. Wij vragen de CIA om ze in het *Witness protection*-programma te plaatsen. Als blijkt dat Rusland ze met rust laat, zullen ze terug willen keren naar Amsterdam. Dat is hun thuis.'

'Iemand uit het Hoge Huis? Waarom willen de Jada iemand uit het Hoge Huis beschermen?'

'Het betreft de vrouw en het kind van Daniel Lechkov.'

'Is dit een grap?' vraagt Rye.

'De moeder en het kind betekenen erg veel voor mij. Ik had deze opstand niet kunnen orkestreren zonder hun steun en offers. En het enige wat zij nu willen, is terug naar huis gaan.'

Het blijft stil aan de andere kant van de lijn.

'Het zou niet alleen voor mij persoonlijk veel betekenen,' gaat Nairi verder, 'maar ook voor de strijd. We willen Daniel Lechkov uit balans brengen. Als zijn gezin plotseling is verdwenen, is dat de zoveelste tegenslag.'

'Hoe kunnen we die twee het land uit krijgen zonder een oorlog te beginnen? We kunnen geen team naar de Mardoe Khador sturen, zoals u hopelijk begrijpt.'

'Dat hoeft ook niet. We kunnen ze binnen vierentwintig uur op een afgelegen plek in het oosten van het land krijgen. Daar kunnen ze met een helikopter worden opgehaald zonder dat iemand het doorheeft.'

De lijn is doodstil – de Amerikanen hebben op mute gedrukt om te overleggen.

Daniel zit in zijn stoel, met het kapje op zijn hoofd, en kijkt zonder te knipperen naar het scherm, alsof hij Rye telepathisch probeert te beïnvloeden.

Dan gaat de lijn weer open.

'Als u ons de coördinaten stuurt, zullen wij over precies vierentwintig uur één keer klaarstaan met een extractieteam. Als de vrouw en het kind er op de afgesproken tijd zijn, en als wij ongezien weg kunnen komen, dan nemen we ze mee en helpen we ze een leven op te bouwen in Amerika. Als wij het idee krijgen dat u ze hebt ontvoerd, breken we de operatie af. En de samenwerking ook. Als u het tijdslot mist, doen we geen tweede poging.'

'Dan is dit een historisch moment, meneer Rye,' zegt Nairi opgelucht. 'Het begin van een nauwe samenwerking tussen Amerika en het ware Kazichië.'

Yanev en Radko kijken elkaar aan: hun neef zal niet bij de geboorte van zijn tweede kind zijn. Want zonder hem, geen Man met Duizend Gezichten. En zonder de Man met Duizend Gezichten, geen extractie door de CIA. Maar tegelijkertijd heeft hij voor het Hoge Huis een historische winst geboekt: een directe lijn met Amerika en daarmee het ultieme middel om Rusland buiten de landsgrenzen te houden.

67

Michelle staat achter de grote ramen van de Mardoe Khador die uitzicht bieden op de oude stad, en wacht af. Er is niets bijzonders meer te zien, maar de zwarte zuil van rook die gisteren was opgetrokken tussen de gebouwen onderaan de heuvel, staat nog op haar netvlies. Ze heeft zich aangekleed en opgemaakt alsof ze naar buiten gaat – alsof ze naar buiten mág. Maar het enige wat ze kan doen, is bij dat raam staan en wachten op de tweede explosie, of het eerste schot.

De stilte wordt niet verbroken door nog meer geweld, maar door de voordeur van het appartement die opengaat. Ze schrikt omdat er al dagen niemand naar binnen of naar buiten mag. De enige interactie die ze tot dan toe heeft gehad, buiten die met haar dochter, is met de beveiligers op de gang. Ze klopt dan zachtjes op de deur, wacht tot hij een klein stukje opengaat en vertelt aan de gegeneerde man welke boodschappen of andere spullen ze nodig heeft.

Nu zwaait de deur opeens open en komt Daniel de woonkamer binnenlopen. Vreemd genoeg voelt ze opluchting als ze hem ziet, geen woede.

'Wat is er gebeurd?' vraagt ze.

'Jullie zijn veilig,' zegt hij. 'Geloof me.'

Ze hoort de woorden uit zijn mond komen, maar na alles wat er is gebeurd hebben ze geen betekenis meer. Geen gewicht.

Hoe weet hij dat, hoe weet hij of we veilig zijn? Hij wist ook niet dat er een bom zou ontploffen op loopafstand van zijn vrouw en kind. Hij heeft geen enkele controle; niemand heeft de controle. Daniel niet en zijn vijanden ook niet.

Ze heeft het filmpje gezien waarin Nairi de aanslag opeist. De Jada-terroriste richtte zich weer tot de protesterende menigte in de hoofdstad en vroeg ze vreedzaam te blijven. Maar Michelle twijfelt of de mensen naar haar zullen luisteren. Die Nairi heeft iets in gang gezet wat te groot is om onder controle te houden. Op social media zag ze de afgelopen dagen steeds meer profiel-foto's met het symbool van de Man met Duizend Gezichten. Het deed haar denken aan de reactie op de aanslagen tegen Charlie Hebdo, maar dan voor de verkeerde partij. Ze zag westerse mensen die het symbool op hun profiel zetten – zelfs de echtgenoot van een collega heeft zijn foto veranderd. Ze begrijpt er niets van. De Man met Duizend Gezichten pleegt bomaanslagen, daar is toch niets sympathieks aan? Hoe is dit anders dan de vliegtuigen die zich in het World Trade Center in New York boorden, of de aanval op Bataclan in Parijs? Die Nairi is een terrorist. Een extremist. Misschien voelt het voor de massa anders omdat ze een vrouw is. Of omdat haar soldaten geen baard of hoofddoek dragen. Maar hoe ze er ook uitzien, de beweegredenen van de Jada-terroristen zijn precies dezelfde als die van de Taliban: ze willen een overheid omvergooien om de macht te grijpen en hun eigen cultuur dominant te maken. Ze willen ontsnappen uit armoede en onderdrukking. En om dat te doen gebruiken ze geweld tegen burgers.

En toch willen mensen van over de hele wereld dat de Jada hun zin krijgen.

De Man met Duizend Gezichten is een symbool tegen onderdrukking geworden. Een symbool dat groter is dan Kazichië en Nairi. En zeker groter dan Daniel. Dus hij kan wel weer beloven dat hij haar beschermt, maar wat heeft ze eraan? Ze zitten allemaal vast in een sneeuwstorm en niemand kan de elementen bedwingen.

Maar ze zegt die dingen niet tegen hem. Het heeft toch geen zin.

'Wat wil je van me?' vraagt ze zo koud mogelijk.

'Jullie kunnen hier weg,' zegt hij. 'Als je dat nog steeds wilt.'

Ze draait zich om en loopt onbewust naar hem toe, alsof ze de woorden wil vangen voor ze verdwijnen. 'Wat zeg je?'

'Het is me gelukt: er is een manier om naar het Westen te gaan. Maar het zal niet makkelijk zijn.'

Ze gelooft hem niet. 'Naar Amsterdam? Naar huis? En de Russen dan?'

'De Amerikanen nemen jullie mee. Jullie zullen een tijdje in Amerika moeten blijven onder valse namen – ik weet niet precies waar. Als Rusland rustig blijft, wordt er overlegd met de Nederlandse ambassade.'

'Is dit echt?' hoort ze zichzelf vragen, alsof ze boven het gesprek zweeft. 'Is het voorbij? Hoe heb je dat voor elkaar gekregen? Waarom nu opeens wel?'

'Het zal een lange tocht zijn. Jullie zullen niet zomaar naar Nederland kunnen vertrekken. En er is nog iets.'

Ze gebaart naar de chesterfield bij de deur en ze gaat zitten. Hij knikt en neemt naast haar plaats.

'Jij wilt president worden,' zegt ze. 'Jij blijft hier.'

'Ik kan niet met jullie mee,' zegt hij. 'Ik wil het wel, maar het kan niet. Het is beter als je zo min mogelijk weet, maar dit was de enige manier.'

'Kun je wel achter ons aan komen? Over een tijdje?'

'Misschien. Daar ga ik alles aan doen. Maar ik weet niet hoe lang het gaat duren. Misschien wel jaren.'

Hij kijkt haar aan zoals hij ook deed na Alexa's geboorte: zo moe dat alle verdedigingsmuren als nat karton zijn ingezakt. De finishlijn waar hij al maanden naar op weg was, is gepasseerd. De marathon is voorbij. En nu zijn er alleen maar dorst en pijnlijke spieren over.

'Het is je gelukt. Wat je plan ook was al die tijd, het is je gelukt,' zegt ze en ze ziet dat hij bijna breekt. 'Je hebt je belofte aan ons gehouden.'

'Ik moet je nog één ding vragen, omdat ik mezelf nooit zal vergeven als ik dat niet doe. Maar je moet me beloven dat je niet boos wordt.'

Ze knikt.

'Heb je er weleens over nagedacht hoe het zou zijn om hier te blijven? In Kazichië? Je zou alles kunnen worden wat je wilt. Je zou een carrière kunnen krijgen in de politiek, de industrie, wat je maar wilt. Je mag een milieuafdeling opzetten binnen Lechkov Industria – de mogelijkheden zijn eindeloos. En de mogelijkheden voor onze kinderen zijn ook eindeloos. Die zullen een grote rol spelen in het verloop van onze geschiedenis. Ze zullen een groots leven leiden.'

'Dat is nepotisme,' zegt ze.

'Ik moet het vragen. Heb je er ooit over nagedacht, de afgelopen tijd? Het zal een grote verandering zijn, maar is er een deel van je dat zou overwegen hier te blijven? Bij mij te blijven, zodat ons gezin compleet is? Het land zal vanaf nu steeds rustiger worden.'

'Het lijkt misschien alsof je alles hier onder controle kunt krijgen, omdat je het idee hebt dat je opa dat ook kon, maar zo werkt het niet. Niemand kan de toekomst naar zijn hand zetten, Daniel. Het zal altijd een strijd blijven, hoeveel plannen je ook bedenkt. In dit huis zul je altijd moeten vechten. Het is nooit veilig. En je werk zit er nooit op. De enige manier om al deze ellende te stoppen, is door met ons mee te gaan naar Amerika.'

'Als er een manier was om met je mee te gaan, dan had ik dat gedaan. Wat moet ik hier zonder jullie? Maar die is er niet. Dus als jij naar huis wilt, dan zorg ik dat het gebeurt. Het is mijn schuld dat jullie hier vastzitten, dus ik zorg dat jullie weer wegkomen.'

Michelle voelt opluchting en verdriet, alsof die twee emoties bij elkaar horen. 'Dit is niet jouw schuld,' zegt ze, ook al meent ze dat niet.

'Dus je wilt gaan?'

Ze knikt. 'Sorry. Onze kinderen moeten naar huis.'

Hij pakt haar even vast en zegt dat hij het begrijpt. 'Pak een kleine koffer. Alleen het noodzakelijke.'

'Gaat het zo snel gebeuren? Waar gaan we naartoe?'

'We nemen over een paar uur de helikopter bij het vliegveld. Die brengt ons naar een klein vliegveldje, vanaf waar we naar de Centrale Meren vliegen. Ik neem afscheid van jullie bij het Lechkov-eiland. En jullie gaan dan zonder mij naar de afgesproken plek.'

Ze gaat staan en pakt hem nog een keer vast. 'Kun je niet even blijven? Laten we Alexa samen uit bed halen. Ze mist haar papa.'

Daniel schudt zijn hoofd. 'Ik moet gaan. We zien elkaar straks buiten bij de auto's. Trek iets warms aan, het gaat misschien sneeuwen.'

68

Daniel loopt het kantoor van zijn moeder binnen om Leonid te bellen. Hij wil een laatste statusupdate voor hij naar de Centrale Meren vliegt. Ze hadden afgesproken dat hij elke paar uur verslag zou doen van de onrust in de stad – Leonids team monitort de situatie rond het parlementsgebouw dag en nacht – maar hij heeft niets meer van zijn vriend gehoord sinds hij hem de opdracht gaf om Nairi en de huurlingen te laten verdwijnen.

De telefoon gaat over maar niemand neemt op, en dus belt hij een van Leonids analisten. De telefoon is nauwelijks overgegaan als een paniekerige stem antwoordt. 'Meneer Lechkov, de protesten worden gewelddadig. De menigte begint zich door het hele centrum te verspreiden en er zijn Kazichiërs aangevallen op straat. Ons dwingende advies is om in te grijpen.'

'Waarom heeft Leonid mij niets laten weten?'

'Wij hebben meneer Torelli al dagen niet gezien, meneer.'

Daniel blijft staan. 'Waarom weet ik dit niet?'

'Omdat u ons hebt verboden ooit met iemand anders te praten dan meneer Torelli. U zei dat ons werk met ERIS zo geheim is dat niemand ooit...'

Voor de man zijn zin kan afmaken, komen Radko en Yanev binnenlopen met een stoet militairen en spionnen in hun kielzog. Via zijn eigen netwerk is Radko er ook net achter gekomen dat Leonid verdwenen is. 'Ze zeggen dat hij is ontvoerd door een van de huurlingen.'

Daniel kijkt verrast op. 'Een huurling?' vraagt hij aarzelend. 'Waarom zou die zich tegen ons keren?'

'Zoals ik blijf herhalen,' zegt Yanev, 'mensen zijn geen computercode. Je kunt hun gedrag niet voorspellen op basis van jouw input.'

'We zullen Leonid vinden en redden,' zegt Radko. 'Een eenheid van de Cirkel is onderweg naar het gebied waar Leonid is ontvoerd. Die huurling is in z'n eentje en er zitten zenders in zijn uitrusting, dus we weten precies waar hij is.'

'En we gaan de hoofdstad schoonvegen,' zegt Yanev. 'Ik heb net met mijn eigen ogen gezien hoe het centrum eraan toe is. Genoeg is genoeg.'

'Het zijn te veel mensen voor de oproerpolitie,' zegt een van de militairen. 'Er is een divisie onderweg die de stad snel onder controle kan krijgen.'

Daniel knikt en zegt dat hij het besluit begrijpt. 'Hoe lang tot de militairen er zijn?'

'Anderhalf uur, misschien iets langer.'

'We hebben te lang gewacht,' zegt Yanev en hij pakt een sigaar. 'Er kan veel gebeuren in anderhalf uur. Een harde wind kan een storm worden.'

Michelle staat op de oprit van het Hoge Huis met Alexa te wachten op Daniel. Het is erg koud en de lucht wordt steeds grijzer. *Wij zijn de sneeuwstorm nog niet ontvlucht*, denkt ze terwijl ze Alexa's jasje zo ver mogelijk dichtritst.

Achter haar klinkt een stem. Maika komt aanlopen met een kopje thee in haar hand. 'Heeft mijn zoon jullie eindelijk vrijgelaten?'

'We wachten op hem,' zegt Michelle kortaf. 'We gaan zo weg.'

'Ik heb gehoord dat je je koffers hebt gepakt,' zegt haar schoonmoeder. 'Ga je weer proberen te ontsnappen?'

Ze draait zich om. 'Hoe weet u dat?'

De oude vrouw wenkt een bediende en geeft hem het porseleinen kopje. 'Ik weet alles wat in dit land gebeurt, zeker als het om de toekomstige leiders van de Mardoe Khador gaat.'

Michelle ziet de zelfgenoegzame glinstering in haar ogen en

wil niets liever dan haar vertellen dat het Daniels plan is waarvoor ze haar koffer heeft gepakt. De dreigementen komen haar de keel uit. Maar ze weet dat ze daarmee haar eigen ontsnapping in gevaar brengt en dus houdt ze zich in.

'Kom, Alexa, we gaan in de tuin spelen tot je vader er is.'

Zonder verder nog iets te zeggen pakt ze haar dochter vast en loopt om het huis heen. Daar is de boomgaard die Petar heeft laten aanleggen als monument voor zijn ouders. De tuin is vernoemd naar hun kleine boerderij in het oude Kazichië: Malen'kitzch. Alexa laat haar moeders hand los en rent tussen de slapende citrusbomen door.

Met haar rug naar de oprit kijkt Michelle naar haar dochtertje. Ze hoopt dat Maika weer naar binnen is gegaan.

Waar blijft Daniel? denkt ze. *Straks missen we de afspraak.*

Daniel wil zich net bij zijn vrouw voegen als premier Rosca het kantoor komt binnengelopen. Ze ziet er slecht uit: haar lange vlecht is een bos klitten geworden en ze heeft een rode streep over haar wang. Ze moet even op adem komen voor ze kan praten.

'Ivanov heeft de algemene beschouwingen gekaapt,' zegt ze. 'En hij heeft de Twintig zover gekregen om te stemmen over het presidentschap. Het gaat nú gebeuren. Als hij de meerderheid krijgt, zullen ze Karzarov bevrijden en tot president maken.'

Igor Yanev komt overeind maar weet niet wat hij moet zeggen. Zijn vrees is uitgekomen.

'Zijn de Twintig nog steeds in het parlement?' vraagt Radko.

'Ze zitten vast,' legt de premier uit. 'Er zijn zoveel protesterende mensen op de Abv'ar-rotonde dat niemand eruit kan. Het is een wonder dat ik ben weggekomen.'

'Ik moet erheen,' zegt Daniel. 'Ik moet laten zien dat ik de controle heb.'

'Hoe dan?' vraagt Yanev. 'Je bent de controle kwijt. Het kaartenhuis stort vandaag in elkaar.'

Alexa stopt opeens met rennen. Ze blijft tussen de fruitbomen staan en kijkt de heuvel af.

'Wat is er?' vraagt Michelle.

'Er zijn meneren,' zegt ze. 'Er komen meneren aan.'

Michelle loopt naar haar toe en ziet onderaan de heuvel inderdaad iets bewegen. Ze loopt nog een stukje verder en kijkt tussen de bomen door. Buiten de hekken van het Hoge Huis heeft zich een menigte verzameld. Honderden mensen en het lijken er steeds meer te worden. Ze hoort hun stemmen. Een broeierig en dreigend geluid, als dat uit een bijenkorf.

Dit is foute boel.

Ze pakt Alexa vast, gaat door haar knieën en wil ongezien de andere kant op sluipen, maar daar ziet ze een man. Hij loopt in zijn eentje langs de boomgaard, richting het Hoge Huis. Hij draagt een oud trainingspak met daarover een dikke jas, en er hangt een sigaret tussen zijn lippen. De man kijkt om zich heen alsof hij niet weet wat hij moet doen. Michelle weet niet hoe de vreemdeling is binnengekomen, maar ze voelt dat er iets staat te gebeuren.

Ze sluipt een stukje om de bomen heen en ziet dat er nog meer indringers langs de rand van de tuin lopen. Allemaal gewone mensen, in hun werktenue of vrijetijdskleren. Ze zijn verbaasd dat ze op de Stoel van God staan, en kijken elkaar aan, wachtend of iemand anders als eerste de Mardoe Khador durft binnen te gaan.

'Er zijn meneren en mevrouwen,' concludeert Alexa nog een keer droog.

Michelle zegt niets. Ze gaat nog verder door haar hurken en zwaait naar de beveiligers die bij de oprit staan te wachten op Daniel. Maar de mannen zien haar niet.

En dan vliegt de eerste baksteen door een van de grote ramen van het Hoge Huis.

'Wat was dat?' Yanev doet de deur van Maika's kantoor open.

Twee beveiligers rennen de gang op.

Radko loopt naar een raam en wijst geschrokken naar buiten. 'Ze zijn binnen! De Jada zijn over de hekken geklommen.' Hij begint orders te schreeuwen naar zijn adjudanten, die meteen naar hun telefoon grijpen.

'Waar is mijn gezin?' vraagt Daniel aan het hoofd van de beveiliging. 'Ze moeten naar het vliegveld. Nu!'

'Het is voorbij,' zegt Yanev zachtjes. 'Vlucht mee met je gezin, Daniel. De Mardoe Khador gaat vallen. Je hebt te hoog ingezet.'

'Nee,' zegt hij en hij pakt ook zijn telefoon. 'Er is een manier om alles te redden.'

Voordat iemand kan vragen wat hij nu weer van plan is, begint Daniel instructies te geven aan het team dat het camerasysteem monitort. Hij heeft het over *auto encoders* en *database crawlers* en niemand in Maika's kantoor begrijpt wat hij aan het doen is.

'Mijn mensen zijn aan de slag,' zegt hij terwijl hij ophangt. 'Als dit lukt, stopt de onrust binnen een uur. Ondertussen moet ik naar het parlement. Ik weet dat het riskant is, maar ik heb geen andere keuze. Als we Ivanov niet tegenhouden en Karzarov de macht krijgt, komen de Russen en dan is het einde verhaal voor ons allemaal.'

'Laat mij naar het parlement gaan,' stelt Radko voor. 'Ik breng je bericht over. Ga met je gezin mee naar het vliegveld. Neem afscheid.'

'Nee,' zegt Daniel. 'Jullie hebben gelijk: ik moet een politicus worden. Ik moet theater maken om mijn presidentschap zeker te stellen. Dus dat ga ik doen: ik ga ze laten zien wat ik kan.'

'Dan ga ik met je mee,' zegt Radko. 'We nemen mijn wagen.'

Iedereen in het kantoor probeert de mannen tegen te houden. 'Die menigte scheurt jullie aan stukken.' De premier houdt haar kapotte jas ter illustratie omhoog.

'Zorg dat mijn gezin hier wegkomt,' zegt Daniel tegen het hoofd van de beveiliging terwijl hij de kamer uit loopt, 'dan redden Radko en ik de Mardoe Khador.'

69

De achttienjarige Sophie – of Alexa – staat in het kantoor van haar moeder en kijkt naar een tijdlijn. Tegen de binnenkant van het schuine dak heeft ze een rij A4-velletjes geplakt: alle gebeurtenissen vanaf Vigo Lechkovs begrafenis tot de eerste foto's van haar jeugd in Portland. Ergens rond het moment dat Alexa verdween en Sophie verscheen, staat een rood vraagteken.

Een groot deel van de tijdlijn heeft ze de afgelopen dagen gevuld. Maar rechts van haar ligt een vel met tientallen post-its erop: alle gebeurtenissen die ze nog niet kan plaatsen. Zo is er een herinnering aan een bevroren meer. Alexa loopt op groenblauw ijs en onder haar voeten zwemt iets zwarts. Ze weet niet waar of wanneer dat was. Maar ze weet wel dat het van belang is.

Op het grote vel zijn ook onbeantwoorde vragen geplakt: *Waarom is mijn vader niet in Amerika? Waarom zijn we niet in Nederland? Waarom mag ik niet weten wat er is gebeurd?*

Ze besluit professor Van Severen nog een keer te bellen.

'Voor jouw beeldvorming, zelf ben ik nooit getrouwd geweest,' bromt de oude man aan de telefoon. 'Sterker nog, ik heb nog nooit een relatie gehad; dat past niet bij mij. Des te fijner vond ik het om een soort verlengstuk te zijn van jullie gezin, lieve Alexa. Ik werkte met je vader, ik was een vriend van je moeder en ik zag jou vaker dan je grootouders. En toen, op een dag, waren jullie alle drie verdwenen. Opgegaan in rook. Zestien jaar lang.

De eerste dagen na jullie vertrek was ik in de veronderstelling dat jullie aan een zwembad lagen in dat verschrikkelijke woestijnoord waar je moeder graag heen ging. Maar toen zag ik berichten over de coup in Kazichië. Ik deed wat onderzoek en kwam erachter dat Vigo Lechkov was overleden en dat jullie nooit in Dubai waren aangekomen. Mijn hypothese was dat jullie naar Kazichië waren gegaan om Daniels broer te begraven en toen het land niet meer uit kwamen. Zoals je begrijpt maakte ik me grote zorgen.

Ik ben naar de politie gegaan, maar die hadden geen idee wat ze met mijn verhaal aan moesten. En de Nederlandse ambassade al helemaal niet. Ik ben naar Michelles ouders gegaan, maar die beschikten niet over de intellectuele capaciteit om de situatie te bevatten – vergeef mijn directheid – laat staan om tot een oplossing te komen. Ze waren vooral in paniek. Dus toen bleek dat ik de enige was die iets kon doen, heb ik een ticket naar Stolia gekocht.'

'Kon je daar dan nog gewoon heen?'

'Er was een negatief reisadvies, maar de luchthaven was enkele dagen na de mislukte staatsgreep weer opengegaan. Ik boekte een hotel in het oude centrum met uitzicht op de Mardoe Khador. Als jullie nog leefden, waren jullie in dat gebouw. Ik heb dagen zitten piekeren en puzzelen in mijn hotelkamer. Ik heb meerdere keren zo dicht mogelijk bij het Hoge Huis rondgelopen om het te kunnen observeren, om te kijken hoe ik met jullie in contact kon komen. En ondertussen werd het steeds onrustiger in de hoofdstad. Ik weet niet hoeveel je hebt gelezen over de aanslagen, maar tijdens mijn verblijf ontplofte er een grote autobom, nog geen kilometer van mijn hotel. Het was levensgevaarlijk, en ik was bang dat het vliegveld weer dicht zou gaan.'

Alexa zit ademloos te luisteren op de vloerbedekking van de zolderkamer en staart naar haar tijdslijn. Ze volgt Sterres verhaal van links naar rechts, van dag tot dag. 'Was mijn moeder in gevaar?' vraagt ze. 'Hebt u haar gesproken? Was ik daar ook?'

'Nou, dat is het hem nou juist: ik heb jullie niet gevonden. Het werd zo gevaarlijk in dat land dat ik jou, en je moeder en je broertje of zusje, moest achterlaten. Dat vond ik heel erg, maar wat kon ik doen?'

Alexa kijkt op.

'Broertje of zusje? Was er nog een kind?'

'Natuurlijk,' zegt de professor. 'Heb je geen broertje of zusje daar, in Amerika? Michelle was zwanger.'

Alexa schudt haar hoofd, alsof de oude man dat kan zien. Ze pakt een post-it en schrijft een nieuwe vraag op haar grote vel vol vraagtekens: *Heb ik een zusje of broertje?*

'Maar zoals ik al zei,' gaat de oude man verder, 'het werd zo gevaarlijk in Stolia dat ik ben gevlucht. Ik had geen andere keuze.'

'Hoezo? Wat gebeurde er dan?' vraagt Alexa, haar pen in de aanslag.

De professor klikt met zijn kunstgebit. 'Wat er gebeurde, lieve Alexa, dat is moeilijk te beschrijven. Laat ik het zo zeggen: de stad veranderde in een oorlogsgebied. En het Hoge Huis veranderde in een vlammenzee.'

70

De Abv'ar-rotonde ziet zwart van de mensen. Witte spandoeken en vlaggen steken boven de menigte uit. Jada en Neza,
maar ook leden van de Maraniari, Pasãru-var en Chit'i scan-
deerden samen de naam van hun nieuwe gemeenschappelijke
leider, de eerste mens die de verschillende stammen van Kazichië heeft verenigd.
Nairi. Nairi! Nairi!!
Onder begeleiding van vier SUV's rijdt Radko's gepantserde
wagen de rotonde op. De zware voertuigen zijn er om iedereen
op afstand te houden, maar de colonne wordt vrijwel meteen
omsingeld. De soldaat achter het stuur mompelt iets en schudt
zijn hoofd.
'Komen we hier doorheen?' vraagt Daniel.
Een pak melk slaat kapot tegen de voorruit. De chauffeur zet
de ruitenwissers aan om de witte vlek weg te vegen.
'Die Jada-vrouw van jou brengt die mensen het hoofd op
hol,' zegt Radko. Hij pakt een handpistool uit een vak in het
portier en laat zien hoe de veiligheidspal werkt. Daniel stopt
het wapen tussen zijn broekriem.
Een steen raakt het dak van de auto. En dan nog een.
Stapvoets rijden ze verder. De mensenmassa wordt steeds
dichter.
'Moeten we terug?' vraagt Daniel, terwijl hij van het ene naar
het andere raampje kijkt. 'Als we omkeren zijn we het parlement kwijt, maar als we hier doodgaan ook.'
'We zijn al te ver,' zegt Radko. 'Hier keren tussen al deze
mensen is te gevaarlijk.'

Daniel pakt zijn telefoon en belt weer met Leonids team. Hij wil zeker weten dat alles klaarstaat voor zijn plan om de hoofdstad terug te winnen. Maar de groep buiten de auto's is zo groot, dat de telefoonverbinding hapert.

Als Daniel ophangt wil Radko vragen wat het plan is, maar er verschijnt een gezicht tegen de zijruit. Een jongen is tussen de buitenste auto's door gerend en drukt zijn neus op het verduisterde glas. 'Lechkov!' roept hij. 'Het is Lechkov, ik heb hem gezien!' Hij begint met twee vuisten op de ruit te slaan.

Een militair in de achterste wagen doet zijn raam een klein stukje open en houdt de jongen onder schot.

'Gaat dit goed, denk je?' vraagt Daniel voor de zoveelste keer.

Nog vier of vijf mannen dringen zich tussen de auto's door en beginnen op de ruiten te slaan. Een van hen heeft een steen vast. De ruiten zijn van kogelvrij glas, maar na zes slagen ontstaat er een witte cirkel. De opstandeling schreeuwt van woede terwijl hij met de steen zwaait. Zijn ogen zijn rood.

'We moeten iets meer gas geven,' zegt de chauffeur, 'anders komen we klem te staan.'

Daniel geeft toestemming en de vijf wagens trekken tegelijk op. De waaghalzen die tegen de ruiten bonzen verdwijnen. Mensen springen aan de kant of worden weggeslingerd. Er wordt geschreeuwd en op de motorkap geslagen, maar er ontstaat ook een pad. Vlak bij het parlement stuitert de voorste auto plots omhoog. Daniel draait zich om en ziet een man op zijn zij liggen; hij beweegt niet en zijn arm hangt in een onmogelijke hoek aan de schouder.

'U stapt uit aan de rechterkant,' zegt de soldaat en hij geeft een felle ruk aan het stuur.

Met piepende remmen komen ze tot stilstand voor de trappen van het parlementsgebouw. De andere wagens gaan als een muur voor de presidentiële auto staan en de militairen springen eruit om de menigte onder schot te houden. Daniel stapt uit en rent met twee treden tegelijk de trap op. Stenen vliegen langs hem heen. Als door een wonder weet hij heelhuids de toegangsdeur te bereiken, maar daar lijkt er een einde te komen aan zijn geluk. De metershoge sierdeur zit potdicht. Er klinkt gesteun vanuit de hal; er wordt geduwd maar de deur is zwaar en de scharnieren roestig. Daniel kijkt om, naar de rotonde. De mensenmassa is in beweging. De burgers komen naar het gebouw toe. Ze komen hem halen.

'Schiet op!' roept hij als er een opening ontstaat. Hij duwt zijn vingers tussen de kier en wil trekken, maar het maakt weinig verschil.

De militairen onderaan de trap staan onder immense druk. Radko ziet in dat de situatie precair is en geeft bevel over de hoofden van de demonstranten heen te schieten. Maar de opgefokte mannen en vrouwen die al dagenlang aan het protesteren zijn, lijken nergens meer van onder de indruk en blijven dichterbij komen. Een jongen komt klem te zitten tussen de duwende menigte en ziet geen andere uitweg dan op de auto voor hem te klimmen. Een van de soldaten ziet het en schiet als waarschuwing in de lucht, maar de jongen schrikt zo dat hij boven op hem springt. Razendsnel wordt de militair overmeesterd door twee demonstranten die de jongen te hulp schieten. De soldaat slaat om zich heen en weet zich weer los te worstelen, maar krijgt een klap in zijn gezicht met een stuk metaal – een vrouwelijke demonstrant heeft het geweer van de militair opgepakt en gebruikt de loop nu als slagwapen. Het bloed spat uit zijn neus. De militair probeert weg te komen maar de vrouw slaat opnieuw, en opnieuw, tot het gezicht van de militair een bloederige massa is en zijn armen krachteloos naar beneden zakken. Dan haalt de vrouw vakkundig de veiligheidspal van het semiautomatische wapen en klimt op het dak van de auto.

'Nairi!' roept ze en ze schiet een paar keer in de lucht.

Honderden stemmen antwoorden haar. 'Nairi! Nairi!'

Dan breekt de dam. De mensenmassa stroomt tussen de auto's door naar de trap. De overgebleven soldaten schieten nu in het wilde weg op de demonstranten en enkele tientallen worden geraakt, maar het is te laat – de groep is te groot. Een paar soldaten kunnen nog in de wagens springen en zichzelf zo in veiligheid brengen, maar de meesten worden overrompeld en schreeuwend vertrapt.

Radko rent voor de vloedgolf mensen uit de trap op.

'Wat doe je hier nog?! Ga naar binnen!' Met twee handen pakt hij de deur vast en roept door de kier. 'We trekken op drie!'

Hij telt af en schreeuwt het uit terwijl hij trekt. Met zijn gigantische handen krijgt hij de deur in beweging en in de opening verschijnen twee stafleden die van binnenuit aan het duwen zijn.

'Wring je door de opening!' beveelt Radko.

Daniel duwt zo hard hij kan en wordt naar binnen getrokken door de stafleden. Net op tijd, want buiten hebben de demonstranten de deur bereikt. Drie jonge mannen komen op Radko af. Een van hen heeft een ijzeren staaf, waarmee hij dreigend heen en weer zwaait. Daniel ziet het gebeuren en trekt zijn pistool. Hij probeert op de man te richten, maar de kier tussen de deur is te smal. Radko draait zich met verrassende snelheid om en trapt de man met het slagwapen tussen zijn benen, maar een van de andere mannen maakt van de gelegenheid gebruik om hem van achteren aan te vallen. Hij klemt een arm om Radko's keel. Even is de reus verrast, maar dan werpt hij zich voorover, waardoor de man de trap af rolt en in de menigte verdwijnt. De derde aanvaller staat als aan de grond genageld te kijken. Radko Lechkov stapt op hem af en slaat zijn eigen vuisten tegen elkaar.

'Kom hier, geitenherder, dan verbrijzel ik je schedel.'

Doodsbang kijkt de man achter zich, naar de groep die de trap op komt. Radko gebruikt dat moment van twijfel en duikt naar de deur.

'Trek hem naar binnen!' roept Daniel.

Vele handen grijpen de grote man bij zijn jas en trekken hem door de smalle opening, maar hij komt klem te zitten.

Er klinkt een schot en Radko slaakt een kreet. Zijn gezicht vertrekt van de pijn. 'Trekken!' zegt hij kreunend.

Opnieuw wordt er geschoten, maar deze keer mist de kogel hem en boort zich in de stenen muur naast de deuren.

Met een laatste krachtsinspanning duwt de reus zichzelf naar binnen en valt op de marmeren vloer. De stafleden beginnen de deur weer dicht te trekken. De scharnieren piepen en kraken. Twee Jada-mannen proberen zich door de kleiner wordende opening te wurmen, maar moeten zich noodgedwongen weer terugtrekken om geen armen te verliezen. De deur valt in het slot. Nog geen seconde later horen ze iemand met een machinegeweer het vuur openen, maar de stalen deur kaatst de fluitende kogels terug naar de rotonde.

Daniel laat zich naast Radko op de grond zakken en probeert op adem te komen. Aan de andere kant van de deur wordt gebonsd en geschreeuwd. Door een van de ruiten verderop in de gang vliegt een steen, die niet verder komt dan de tralies achter het glas. Het geluid van het plein komt door het kapotte raam naar binnen. 'Nairi! Nairi!' roept de menigte – ze ruiken Lechkov-bloed.

De portofoon van een van de stafleden piept. 'De Mardoe Khador is gevallen,' klinkt het. 'Is er iemand bij meneer Lechkov? Het Hoge Huis is gevallen.'

Radko pakt kreunend van de pijn zijn telefoon en kijkt naar de berichten die binnenstromen. 'Ze zijn binnen,' zegt hij.

'Is mijn gezin veilig?' vraagt Daniel hijgend.

'Ik weet het niet,' zegt Radko, terwijl hij zijn jas probeert uit te trekken om de schotwond te vinden. 'Is dit het einde, Daniel?'

Daniel kijkt omhoog, naar het sobere plafond.

71

De opstandelingen dringen het Hoge Huis binnen. Het gebeurt plotseling en ze gaan allemaal tegelijk, alsof ze deel zijn
van een mierenkolonie die met elkaar in verbinding staat. Er
vliegen nog meer stenen door de grote ramen en de mannen
en vrouwen klimmen over de vensterbanken naar binnen.

Michelle pakt Alexa en rent tussen de citrusbomen door, terug naar de voorkant van het huis, waar Daniel op hen staat te
wachten. Als het goed is. Ze moet bij de auto's komen zodat ze
naar het vliegveld kunnen rijden. Als ze uit de boomgaard
komt en naar het hek onderaan de heuvel kijkt, ziet het daar
zwart van de mensen. De tientallen indringers bij het huis zijn
de voorhoede, de verkenners van de kolonie. Bij het hek staan
nog eens honderden mannen, vrouwen en kinderen te twijfelen of ze ook naar boven zullen gaan.

Ze begint weer te rennen. Haar heupen doen pijn omdat ze
steeds weeïger worden, en haar zwangere buik doet pijn omdat
ze Alexa ertegenaan moet drukken. Maar het zien van die
groep geeft haar genoeg kracht om bij de oprit te komen. Het
grind op de oprit kraakt onder haar gympen. Bij de voordeur
ziet ze twee mannen lopen. Ze duikt achter een stenen vaas en
legt haar hand over Alexa's mond. Bij de fontein liggen kartonnen borden met het symbool van de rebellen erop getekend.

'Mevrouw Lechkova, we waren naar u op zoek.'

Geschrokken kijkt ze achter zich: een groep beveiligers komt
met Maika de tuin uit lopen. Een deel van de mannen rent direct het huis in, met getrokken wapens gaan ze achter de indringers aan.

'Wat gebeurt er?'

'We nemen u mee naar de bunker.'

'Waar is mijn man? We moeten naar het vliegveld. Er staat een helikopter op ons te wachten.'

'Meneer Lechkov is onderweg naar het parlement.'

'Wat?'

'Hij is zojuist vertrokken. Ik ben het hoofd van de beveiliging van de Mardoe Khador, mevrouw Lechkova. En ik heb van meneer Lechkov de opdracht gekregen om u persoonlijk naar de bunker te escorteren. Daar kunnen we wachten tot er een helikopter hierheen kan komen.'

'Terug naar binnen?' Michelle gaat staan. 'Absoluut niet. We gaan nu naar het vliegveld.' Ze pakt Alexa weer op en loopt naar de auto's die op haar staan te wachten.

'Het is niet veilig, Michelle!' roept Maika. 'Kijk naar al die mensen!'

De oude vrouw begint orders te roepen tegen de mannen en hoewel Michelle er geen woord van verstaat, kan ze wel raden wat ze zegt. Haar schoonmoeder wil dat Alexa bij Michelle wordt weggehaald en teruggebracht naar het Hoge Huis. Ze wil dat de mannen de Lechkov-bloedlijn veiligstellen. Maar Michelle loopt naar de auto's alsof Maika niet meer bestaat. Ondanks alle chaos, ondanks alle angst in de stad, voelt ze een vastberadenheid en moed als nooit tevoren: ze gaat dat huis niet meer in. Tot twee keer toe is ze de heuvel af gevlucht, maar elke keer was er iemand die zei dat ze moest omkeren. Elke keer zei iemand dat het te gevaarlijk was. Dat ze moest wachten. Maar hoe langer ze wacht, hoe gevaarlijker het wordt. Dus nu luistert ze naar niemand meer. Driemaal is scheepsrecht en deze keer gaat ze regelrecht naar het vliegveld. Met of zonder Daniel.

Uit de voorste auto stapt een kleine man in een te groot pak – ze herkent hem van haar vorige rit naar het vliegveld. De chauffeur gebaart dat ze terug moet gaan. Met twee handen wijst hij naar de mensen onderaan de heuvel en dan naar

Alexa. Michelle glimlacht naar hem alsof ze het niet kan volgen en zet haar dochtertje op de achterbank. Vlak voor ze de deur dichtgooit zegt ze tegen haar dat alles goed komt. Dat heeft ze wel vaker beloofd sinds ze in Kazichië zijn, maar nu voelt het anders. En Alexa voelt het ook. Ze huilt niet, ze ademt niet oppervlakkig; ze kijkt haar recht aan en knikt.

De chauffeur is driftig nee aan het schudden en roept naar de beveiligers bovenaan de heuvel. Hij probeert Michelle tegen te houden maar ze pakt de sleutels uit zijn hand en duwt hem aan de kant. Als ze zelf in de bestuurdersstoel gaat zitten en de motor start, hoort ze de mannen op de oprit in beweging komen.

'Mevrouw Lechkova! Stop!'

'Daar gaan we,' zegt ze rustig tegen Alexa, en ze glimlacht in de achteruitkijkspiegel alsof ze een dagje naar het park gaan. 'Hou je vast.'

De auto slipt even in het grind en schiet dan de heuvel af. Ze heeft geen idee wat ze moet doen als ze bij het hek komen, maar hoe harder ze rijdt hoe minder wanhoop ze voelt. Voor het eerst in weken laten de verlammende handen van de onmacht haar gaan.

Bij het hek staan vier soldaten, zoals altijd. Als Michelle komt aanrijden beginnen ze te gebaren dat ze terug de berg op moet. *Zou ik door het hek heen kunnen rijden?* vraagt ze zich af. *Dat zou wel een gepast afscheid zijn.*

Maar toch remt ze af en doet haar raam naar beneden.

'We moeten weg hier,' zegt ze in het Nederlands, alsof de Kazichische jongeman haar kan verstaan. 'Laat me erdoor, ik ben de vrouw van de president. Laat me er nú door!' Ze gaat steeds bozer en sneller praten en wijst naar het hek.

De jongen kijkt verward naar een andere soldaat, die zijn schouders ophaalt en op de knop drukt.

'Bedankt,' zegt ze en ze raast de Stoel van God af.

72

Op de oprit van het Hoge Huis scheldt Maika iedereen de huid vol. Een paar beveiligers rennen de heuvel af alsof ze de auto kunnen inhalen. Maika zegt dat de soldaten bij het hek gewaarschuwd moeten worden. Ze grist de portofoon uit de hand van een van de beveiligers en wil iets zeggen, maar schrikt van geschreeuw in de tuin. Vlak bij de oprit lopen mensen rond. Indringers.

De beveiligers vormen meteen een cirkel om haar heen en begeleiden haar naar binnen. 'We komen met mevrouw Lechkova naar de bunker,' zegt een van hen in zijn portofoon.

Geen antwoord.

Als het groepje de ontvangsthal binnenkomt, treffen ze vijf indringers aan die olieverfportretten van de wanden trekken. De mannen lijken haast verbaasd als ze zeven pistolen op zich gericht zien. Drie beveiligers blijven achter om de mannen op afstand te houden, terwijl Maika de trap naar de eerste verdieping neemt. Daar staan een tiental hooggeplaatste ambtenaren en leden van de drie families, onder wie Petar in zijn rolstoel.

Maika kust Petars hoofd en gaat achter de rolstoel staan.

'Zo snel mogelijk naar de bunkeringang,' zegt een van de beveiligers. 'Maak zo min mogelijk geluid.'

Ze rennen zo stil mogelijk over de vide en houden de begane grond goed in de gaten. Dan door een deuropening naar een gang die weer uitkomt op een andere gang. Linksom. Rechtsom. Dan weer een deur. Achter zich hoort Maika schreeuwen, maar ze kijkt niet om. Ze heeft alleen maar oog voor Petar. De grote Petar Lechkov, stichter van het land, die nu in een rolstoel op de vlucht is in zijn eigen Mardoe Khador, omdat de Jada en Neza op hem jagen.

Eindelijk bereiken ze de hal achter in het Hoge Huis waar ze de trap weer naar beneden kunnen nemen, naar het kantoor dat toegang biedt tot de bunker. Maar dan wordt duidelijk dat ze een fout hebben gemaakt. Aan de andere kant van de hal komt een meute opstandelingen de trap op rennen – mannen en vrouwen die gekleed zijn alsof het een gewone werkdag is, maar met een blik vol razernij.

'Kijk uit!' roept Maika terwijl ze Petars rolstoel weer naar achteren trekt. 'Doe iets! Waar wachten jullie op? Schiet!'

Een van de beveiligers schiet door het plafond en de groep op de trap blijft geschrokken staan.

'Lechkov!' roept een oudere man, en hij wijst naar Petar.

'Daar zijn ze!' roept iemand van beneden, die naar Maika wijst.

De Jada en Neza op de trap komen weer in beweging en vanonder de vide verschijnen er nog meer mensen. Als water uit een gesprongen leiding stromen steeds meer indringers de hal binnen, op zoek naar een lid van de familie.

'We moeten hier weg,' zegt Maika. Ze draait zich om, maar ziet dan vanaf die kant een andere groep naderen. 'Schiet!' roept ze opnieuw. 'We zitten klem, doe iets. Of geef mij dat pistool.'

Iemand schiet op de groep op de trap en een paar opstandelingen springen over de leuning om aan de kogels te ontkomen. De mensen in het midden kunnen echter geen kant op. Een gezette vrouw wordt in haar rug geraakt en rolt als een lappenpop naar beneden. Onderweg trekt ze een paar medestanders met zich mee naar beneden.

'Blijf schieten!' roept Maika. 'We moeten die trap af! We moeten naar de bunker!'

Er vliegt iets over het houten hek van de vide en een fles spat uit elkaar tegen de muur achter Maika en Petar. Iedereen duikt weg. Een vlammenzee verspreidt zich over de lambrisering en een zwarte wolk omhult de groep. Er wordt gegild en gehuild. Maika doet geen van beide. Ze staat op om Petars rolstoel te pakken en wordt bijna verrast door een tweede molotovcocktail. Net op tijd duikt ze weer terug op de grond, waar ze ziet hoe de fles uiteenspat in het gezicht van de minister van Financiën die naast haar stond. Vol afgrijzen kijkt ze naar het vuur dat zich over de krijsende man verspreidt. Hij maait wild om zich heen en zakt dan in elkaar. De vlammen slaan over op de rolstoel waardoor Petars haar vlam vat. De oude man probeert trillend op te staan, maar mist de kracht om zich te ontdoen van het vuur.

Maika springt op en trekt haar jasje uit. Ze gooit het over Petar heen en stapt dan langs het nog brandende lichaam van de minister van Financiën om zich achter de rolstoel te wurmen. Ze zet het op een rennen. De beveiligers roepen haar na dat ze op de indringers afrent, maar tevergeefs. Ze is in shock en heeft niet door wat ze doet. Haar lichaam wil weg van de vlammen en dat is niet onterecht, want een derde molotovcocktail doet de vide achter haar in een vuurzee veranderen.

Twee Jada-mannen staan stomverbaasd te kijken hoe Maika Lechkova, de ijskoningin van Kazichië, uit de rook tevoorschijn komt. Ze rent recht op hen af. Niet alleen dat, ze heeft ook de mythische Petar Lechkov bij zich. Het is alsof ze de oprichter van het land aan hen presenteert voor een bloedoffer. Als ze bijna bij de trap is, houden de Jada haar tegen. Andere opstandelingen voegen zich bij hen en tillen de oude man uit zijn rolstoel. Dan pas komt Maika weer tot zichzelf. Ze begint de mannen op hun armen te slaan en zegt dat ze hier niet horen. Dat ze haar familie met rust moeten laten. Maar de mannen negeren haar. Ze kijken naar Petar. Ze hebben hun grootste vijand vast – de stichter van alles wat machtig en onbereikbaar is, de architect van hun onderdrukking. Hij hangt in hun armen, in de vorm van een oude hulpeloze man, maar ze weten niet wat ze moeten doen. Het moment heeft te veel gewicht. Te veel betekenis.

Dan verschijnt er een grote Neza-man die wel raad weet. Met twee handen pakt hij Petar vast en tilt hem boven zijn hoofd. De andere mannen helpen hem. Ze zijn dankbaar dat iemand de leiding neemt. Petar wordt boven de hoofden van de indringers naar de rand van de balustrade getild. Het lijkt alsof hij wordt gehuldigd en de groep die een verdieping lager staat juicht alsof hun team de beker heeft gewonnen. Maar dan tellen de mannen af en gooien het lichaam over de rand naar beneden.

Er klinkt een droge plof als het lichaam de stenen vloer raakt.

Heel even is het doodstil en verroert niemand zich. Het is alsof de tijd is stilgezet. Alleen de rook kruipt onverstoord over het plafond naar de kroonluchters. Dan schreeuwt Maika het uit en komt iedereen tegelijk weer in beweging.

De beveiligers schieten door de rook en proberen de indringers te raken. De grote Neza-man duikt weg, maar ziet dan dat Maika terug probeert te rennen. Hij pakt haar vast en zet haar tegen de muur. De beveiligers weten met hun jassen een deel van de vlammen te doven, maar worden dan van achteren overrompeld door een nieuwe groep indringers die door de hoofdingang is binnengekomen. Ze worden op de grond geduwd terwijl de rest van de ministers en andere hooggeplaatsten verstijfd van angst staan toe te kijken.

Maika wordt door verschillende mannen en vrouwen heen en weer getrokken. Haar mantelpak is aan alle kanten gescheurd en iemand trekt aan haar haren. Ze kijkt met een holle blik om zich heen. Als het trekken en duwen even stopt, staat ze met haar handen gelaten langs haar lichaam en wacht af. Ze weet dat ze niets kan zeggen om de mensenmassa op andere gedachten te brengen, ze kan alleen maar hopen dat het stopt voor ze dood is.

De grote Neza-man stapt naar voren en trapt Maika in haar buik. De oude vrouw valt op haar knieën en de mensen verdringen zich om hun aandeel in de lynchpartij op te eisen. Van alle kanten komen de klappen en schoppen en Maika begint te schreeuwen als een dier, maar dat duurt niet lang. Al snel is het stil.

Twee Jada-mannen rennen op de groep af en beginnen mensen van Maika af te trekken. 'Schaam je!' roepen ze. 'Zijn jullie de nieuwe monsters van het Hoge Huis?'

Meteen komen er nog meer Jada en Neza bij die het geweld te ver vinden gaan. Een voor een stappen de bruten aan de kant, tot Maika verschijnt – opgekruld in foetushouding. Haar schouders bewegen nog, ze haalt nog adem, maar daarmee is alles gezegd.

Een verdieping lager, op de stenen vloer in de hal, ligt Petar. Hij beweegt niet meer. Zijn ademhaling is gestopt. Zijn bleke gezicht ligt gedraaid naar het eerste raam dat werd ingegooid. Het raam dat uitkijkt over de Malen'kitzch. In zijn glazige oude ogen staat de reflectie van een citrusboom, achter een simpel Kazichisch boerderijtje. Hij ziet die boom voor het eerst in tachtig jaar. Het is een kleine maar gezonde boom, met heerlijk ruikende bloemen. Elk jaar waren de vruchten net iets vroeger rijp dan de rest van de gaard en geen boer in het dorp begreep waarom. 'Eigenwijs,' noemde zijn moeder de boom altijd. Net als haar zoon. Ze vlocht een mandje om de vruchten in te doen en te verkopen op de markt.

'Avaly,' willen Petar Lechkovs roerloze lippen zeggen. Mama. En dan laat het leven hem los.

73

Boven de monumentale panden in het oude centrum hangt donkere rook van de brandende auto's. Er klinkt geschreeuw en getoeter. Iemand roept iets door een megafoon en er gaat vuurwerk af. De Man met Duizend Gezichten torent hoog boven de onrust uit alsof hij de opstand overziet. Michelle weet de weg naar het vliegveld niet, maar gebruikt het standbeeld als een vuurtoren in de storm. De stadspoort ligt recht onder de soldaat zonder gezicht, dus als ze bij hem kan komen is ze in elk geval de oude stad uit. Daarna moet ze een hoofdweg zien te vinden. Ze hangt helemaal over haar stuur om het standbeeld te kunnen zien en probeert zo veel mogelijk langs de stadsmuur te blijven rijden. Alles om maar niet te verdwalen in de smalle steegjes.

Plots rent een groep mannen met sjaals voor hun gezicht de weg op. Ze moet hard remmen om hen niet te raken, maar de mannen hebben geen oog voor haar. Ze rennen naar een winkeltje. Michelle ziet dat de eigenaar in allerijl nog probeert het scherm naar beneden te trekken, maar de mannen trappen het glas in en klimmen naar binnen. Wanhopig kijkt de winkeleigenaar om zich heen en als hij Michelle ziet, zwaait hij naar haar. Hij heeft hulp nodig.

Wat kan ik doen? vraagt ze hem in gedachten, en trekt dan hard op.

Ze rijdt onder het standbeeld door. De stadspoort is niet gebarricadeerd en ze kan zonder problemen de brede weg op rijden. De ruimte geeft haar rust.

Alexa vraagt waar haar papa is.

'Die moest iets anders doen, zegt ze en ze glimlacht in de achteruitkijkspiegel.

Het meisje staart uit het raam. Ze is moe. Hoe kan het ook anders? Als ze in Amerika zijn gaan ze een week samen in bed liggen. Praten en slapen, verder niets.

Ze weet niet waar het parlementsgebouw is. Misschien rijdt ze wel recht op het hart van de onrust af. Met één hand probeert ze Google Maps te openen, maar het netwerk is overbelast. Ze kan alleen bellen of sms'en.

Shit.

Dan verschijnen er onleesbare verkeersborden. Ze probeert de Kazichische tekens te ontcijferen, maar kan er geen touw aan vastknopen. Wel ziet ze een bord met E117 erop. Hopende dat het een snelweg is, slaat ze af.

Ze rijdt langs gebouwen die eruitzien als ambassades of andere overheidsgebouwen. Een groep mensen staat een grote Kazichische vlag te verbranden. Een jong meisje filmt de vlagverbranding met haar telefoon. In een van de gebouwen ziet ze gordijnen een stukje verschuiven en ze beseft dat waarschijnlijk overal Kazichische burgers verstopt zitten, bang dat hun huizen worden platgebrand of hun kinderen iets wordt aangedaan.

Waar blijft de oproerpolitie? Of het leger? Was het Hoge Huis echt zo arrogant dat ze dit niet zagen aankomen?

Ze vindt het onbegrijpelijk dat Daniel niet met haar is meegegaan. Deze geest krijgt niemand meer terug in de fles: Kazichië zal na vandaag nooit meer hetzelfde zijn. En het Hoge Huis kan niet op dezelfde manier blijven opereren. Als de overgebleven families totale macht willen houden, zullen ze een harde strijd moeten gaan voeren tegen hun eigen burgers. De mensen die door de hoofdstad lopen hebben gezien met hoevelen ze zijn. En ze hebben gezien dat de paleizen van de oligarchen gewoon van steen en hout en glas zijn gemaakt. Dat glas kun je ingooien, dat hout kun je verbranden en die stenen kun je afbreken.

De E117 is inderdaad een snelweg. Het is zo rustig dat ze bij de oprit kan stoppen om alle verkeersborden te bekijken. Ze vindt een wit vliegtuigje en draait dan de lege ring van Stolia op. Hopelijk voor de laatste keer. Met honderdvijftig rijdt ze over de snelweg die langzaam bergop gaat en uitzicht biedt over de stad. Ze ziet het parlement in de verte. Eerst lijkt het leeg op de rotonde. Maar dan ziet ze dat dat gezichtsbedrog is – er staan zoveel mensen te protesteren, dat ze samen een egaal donkere kleur worden.

Wat doe je daar? vraagt ze Daniel in gedachten. *Er is hier niets meer voor ons.*

Ze drukt het gaspedaal nog dieper in en ziet aan de horizon het vliegveld verschijnen. Om de een of andere reden begint ze te lachen. Steeds harder te lachen. Ze kijkt naar dat witte gebouw en die lelijke grijze verkeerstoren en ze krijgt de slappe lach. En Alexa lacht met haar mee. Eerst geforceerd, omdat haar moeder het doet, maar dan ook oprecht. Harder, steeds harder. Een paar minuten lang lachen ze om helemaal niks, tot de tranen over hun wangen rollen. Pas als ze onder het bord van Vorta Airport door rijden worden ze weer stil.

Michelle parkeert de auto vlak voor de schuifdeuren, midden op het voetpad. Terwijl ze Alexa uit de auto haalt, komen er twee vrouwen op haar af. Een van hen legt uit dat er een helikopter klaarstaat waarmee ze naar een klein privévliegveld kunnen komen. Daar staat het vliegtuigje dat naar het Lechkov-eiland gaat.

'Mooi,' zegt Michelle, 'laten we gaan.'

Achter de deuren staat een man te bellen. Als hij Michelle ziet, hangt hij op en legt uit dat hij de piloot is en dat het Hoge Huis hem net te kennen heeft gegeven dat hij naar het centrum moet vliegen.

'Kan me niet schelen, wij vertrekken nu. Weet u wie ik ben?'

'Dat is het juist, mevrouw Lechkova,' zegt de man. 'Ik heb te horen gekregen dat ik uw man uit het parlementsgebouw moet ophalen. Maar uw man heeft geen bevel gegeven, alleen een aanvraag gedaan.'

'Ik begrijp het niet.'

'Uw man wil opgehaald worden zodat u samen naar de Centrale Meren kunt reizen. Maar hij heeft u het recht gegeven zonder hem de stad uit te vliegen als u de risico's te groot acht. Het leger is onderweg en als zij de demonstraties uiteen hebben geslagen kunnen er weer auto's naar meneer Lechkov worden gestuurd. Maar tot die tijd is deze helikopter de enige manier om de stad uit te komen.'

Michelle kijkt verloren naar het systeemplafond. Wat moet ze doen?

'Waar is papa?' vraagt Alexa weer. Het meisje voelt feilloos aan dat het gesprek over haar vader gaat.

'De keuze is aan u, mevrouw Lechkova. Vertrekken we direct naar de Centrale Meren, of vliegen we eerst naar de stad?'

Michelle kijkt naar de piloot en dan naar Alexa. Dit is hun enige kans om te ontsnappen. Haar enige kans om hun dochter in veiligheid te brengen. Ze ziet de zwarte vlek van mensen voor zich die voor het parlementsgebouw stonden te protesteren. Die mensenmassa die tegen Daniel is en alles waar hij in hun ogen voor staat.

'Mevrouw Lechkova? Wat wilt u doen?'

74

De Kamer is een moderne witte ruimte met een groot spreekgestoelte, omringd door tweehonderd zetels in halve cirkels. De Kamerleden staan in groepjes op de vloer tussen het spreekgestoelte en de zetels. De vergadering is voorbij: jasjes hangen over leuningen, mouwen zijn opgestroopt en iedereen rookt alsof hun leven ervan afhangt. De spanning is voelbaar, omdat niemand naar buiten kan en niemand weet wat er gebeurt als de opstandelingen naar binnen komen.

Als Daniel de Kamer binnenloopt, wordt iedereen stil. Iedereen, behalve Ivanov. De minister van Landbouw geeft zijn sigaret aan een collega en komt op de presidentskandidaat af. 'Ik ben bang dat u te laat bent. De Lechkov-dynastie is voorbij.'

'Zitten en mond houden,' zegt Daniel.

Ivanov glimlacht. 'De stemming is geweest. Karzarov wordt uw opvolger.'

Daniel wijst naar de stoel van de griffier. 'Zitten.'

Radko komt naast Ivanov staan en legt een hand op zijn schouder. De oude man laat zich brommend in de stoel vallen.

Daniel kucht terwijl hij naar het spreekgestoelte loopt. 'De leden van de Kamer lijken te zijn vergeten waarom ze in dit land wonen,' zegt hij.

De ogen van alle Kamerleden volgen Daniel – de man die ze net ter dood hebben veroordeeld – terwijl hij de paar treden op loopt en achter het spreekgestoelte plaatsneemt.

Buiten ontploft er iets en er klinkt gejuich.

Daniel zet de microfoon aan. 'Waarom wonen jullie in Kazichië? Waarom is juist dít de plek waar jullie families een imperium konden bouwen en miljarden ivot hebben vergaard? Waarom is Kazichië de plek waar jullie vrij zijn?' Hij leunt over het spreekgestoelte als een priester en kijkt neer op zijn parochie van roversbaronnen. 'Omdat míjn familie garant staat voor die vrijheid – al decennialang. Wij houden Amerika hier weg, wij houden de VN hier weg, wij zorgen dat dit óns land blijft. En ík ben er om die vrijheid te blijven garanderen, in het digitale tijdperk. Ik kan de nieuwe digitale vijand op afstand houden.'

Achter het gebouw wordt een paar keer geschoten en hard gezongen.

'Buiten deze muren hoor ik geen digitale vijand, maar een echte,' zegt Ivanov terwijl hij probeert op te staan, maar Radko drukt hem met één hand terug op zijn plek.

'Jij begrijpt niets van deze tijd, oude man,' zegt Daniel.

Er wordt verontwaardigd gemompeld.

'Ik had niet verwacht dat de protesten uit de hand zouden lopen. Maar mijn systemen bij de veiligheidsdienst doen hun werk. De situatie is onder controle. Het is een kwestie van wachten.'

'Onder controle?' Ivanov begint te lachen en kijkt naar Radko. 'Trommel je soldaten maar op, generaal Lechkov, want er zal ouderwets gevochten moeten worden.'

'Het leger is allang onderweg,' zegt Daniel, 'en we kunnen zeker op hen wachten. Dan schieten ze een paar mensen neer en jagen de rest weg. Maar wat levert ons dat op? Nog meer verontwaardiging. En nog meer protesten. Nog meer aandacht van de internationale gemeenschap. En dat wilt u toch niet?' Hij kijkt de zaal rond, maar niemand durft te reageren. 'Heren van de Kamer, of u het leuk vindt of niet, we hebben de Jada en de Neza nodig. En dus wil ik ze niet neerslaan, ik wil ze controleren.'

Daniel wil nog iets zeggen, maar wordt onderbroken door enkele doffe dreunen, alsof de opstandelingen met voorhamers tegen de deuren slaan. Iedereen kijkt naar waar het geluid vandaan komt, ook Radko.

Een paar ministers beginnen hoofdschuddend met elkaar te fluisteren.

'U bent alle grip op de realiteit verloren,' durft een van hen uiteindelijk uit te brengen.

Daniel buigt naar de microfoon. 'Heren, ik kan jullie proberen uit te leggen hoe we de modernste technieken gebruiken om deze stad schoon te vegen, maar ik ben bang dat het jullie pet ver te boven gaat. Dus mijn voorstel is simpel: als het over twintig minuten rustig wordt op straat, zonder dat er ook maar één schot is gelost, steunen jullie mij. Dan heb ik bewezen dat de familie Lechkov jullie vrijheid nog steeds garandeert, zoals we altijd hebben gedaan. Maar als blijkt dat ik de controle kwijt ben, zoals hier is beweerd, als het leger ons moet bevrijden, dan sta ik mijn titel af aan Lev Karzarov. Ik zweer het op mijn dochter.'

'Wat?' zegt Ivanov. 'Je wilt dat we hier nog twintig minuten wachten of de opstandelingen vanzelf naar huis gaan?'

Radko draait zich om. Ook hij lijkt te twijfelen aan die belofte.

'Niet vanzelf,' zegt Daniel, 'maar dankzij mijn strategie. Dankzij mijn digitale wapens. Binnen nu en twintig minuten kunnen we veilig naar buiten. Als blijkt dat ik geen gelijk heb, doe ik een stap opzij.'

Ivanov kijkt fronsend naar de bijna-president en zwijgt. En de rest van de Twintig en de overige parlementsleden zwijgen ook. Maar buiten in de straten van Stolia zwijgen de mensen niet meer. Daar zingt men een oud Neza-lied. Een lied over reuzen die stampend feestvieren nadat ze de kwade geesten hebben verjaagd, en zo per ongeluk de aarde doen openbarsten.

En zeven kilometer verderop, in de kelder van de veiligheidsdienst, zuigt een grote serverkast zich vol met gegevens. Een database die profielen maakt van Jada- en Neza-rebellen: mensen die met trots het symbool van hun rebellenleider gebruiken als zegel van solidariteit. Maar dat symbool is het Trojaanse paard waarmee de database toegang krijgt tot hun levens. En omdat Daniel de overheidsdatabases kan gebruiken, indexeert hij niet alleen hun locatie, maar al hun persoonsgegevens. En die van hun familie.

Op de dag van de grote protesten, als de opstandelingen proberen om het parlement binnen te dringen, gaat de database aan het werk. Het intelligente camerasysteem dat Daniel rond alle belangrijke gebouwen heeft geïnstalleerd, scant de menigte en vindt de *agressors* – de kleine groep stokers die het hart van elke rel of opstand vormen. Hun gezichten worden gescand en de database vertelt de veiligheidsdienst wie zij zijn. En waar ze wonen. En hoe hun kinderen heten.

Terwijl Daniel het parlement toespreekt, stoppen er auto's bij honderddertig verschillende adressen door de hele stad en de omringende dorpen. De bel gaat en moeders, zusjes en broertjes doen open. Ze worden meegenomen naar de keuken of de slaapkamer en moeten hun familielid opbellen of een bericht sturen. Aan de telefoon smeken ze hun terug naar huis te komen, zo snel mogelijk. Anders zal er iets verschrikkelijks gebeuren.

'Er zit iemand in mijn huis,' zegt een moeder tegen haar zoon, die net in het Hoge Huis molotovcocktails naar de oprichter van het land heeft gegooid. 'Ik smeek je, kom terug.'

En een voor een rennen de fanatiekste opstandelingen de trappen van het parlementsgebouw af, en vanaf de Stoel van God terug de stad in. Ze rennen naar huis, waar zwarte auto's op hen wachten. En met het verdwijnen van de harde kern valt de opstand uit elkaar als een bloem zonder water. In het Hoge Huis ligt Maika in de armen van een beveiliger, die verbaasd om zich heen kijkt. 'Het lijkt wel alsof ze allemaal weggaan.'

Vijftien minuten nadat Daniel zijn parlement heeft toegesproken, heft hij zijn vinger. 'Heren, hoort u dat? Het wordt stil op straat.'

De parlementsleden kijken Daniel stuk voor stuk met grote ogen aan, want voor hen is het als magie.

'Dit is toeval!' probeert Ivanov nog, terwijl de geluiden van het geweld verdwijnen. Maar de oude minister weet dat het spel uit is.

'Dit is een digitale oorlog,' zegt Daniel. 'Een oorlog die je alleen kunt winnen met manipulatie en data. En dát is de toekomst van Kazichië, heren.'

Daniel stapt achter het spreekgestoelte vandaan en gaat bij zijn oom staan. De Kamervoorzitter kondigt een nieuwe stemming aan en als de laatste minister heeft gestemd, en Daniel officieel de macht behoudt, zakt Radko in elkaar naast de griffiersstoel. Daniel pakt zijn oom vast en voelt dat het uniform nat is van het bloed.

'Hou vol,' zegt hij. 'We laten een ambulance komen.'

'Je hebt gewonnen,' zegt Radko zachtjes.

Daniel staat tussen de sporen van de slag om Stolia. Onderaan de trappen voor het parlementsgebouw liggen de lichamen van soldaten en opstandelingen die zijn neergeschoten of vertrapt. Hij loopt langzaam naar beneden. Zijn gezicht toont de pijnlijke tegenstrijdigheid tussen de ongelooflijke overwinning die hij heeft geboekt en de ongelooflijke prijs die hij heeft moeten betalen. De stad is rustig, het parlement is ervan overtuigd dat hij de enige man is die hen kan beschermen, Rusland is op afstand gezet en Amerika juist binnen zijn invloedssfeer gekomen. Hij, Daniel Lechkov, heeft gewonnen als politicus. Maar zijn moeder is in kritieke toestand naar een ziekenhuis gebracht. Net als Radko. Zijn gezin is op het nippertje ontsnapt. Het Hoge Huis staat in brand, zijn oudste vriend is ontvoerd en Petar Lechkov is dood.

Hij loopt de trap af naar de lege rotonde.

De oproerpolitie vormt twee muren vanaf het parlementsgebouw, over de Abv'ar-rotonde heen naar een helikopter die vlak boven het asfalt in het midden van de cirkel hangt. Hij loopt met gebogen hoofd tussen de politiemannen door. Zijn haar wappert voor zijn ogen. De bladen van de helikopter laten de restanten van het protest rondvliegen. Een doek met het symbool van de Man met Duizend Gezichten slaat tegen de helm van een politieman, vlak nadat hij naar zijn leider salueert.

Terwijl Daniel wacht tot de piloot de helikopter heeft neergezet, drukt hij Radko's pistool tussen zijn broekriem. Dan kijkt hij omhoog en ziet zijn vrouw. Michelle kijkt uit het raampje op hem neer, maar het glas spiegelt te veel om haar uitdrukking te kunnen lezen.

XII

Het bevroren meer

75

De helikopter vliegt weg van het parlementsgebouw en klimt steeds hoger. Vanuit de lucht lijkt de stad precies dezelfde plek die Michelle een paar maanden eerder vanuit het raampje van hun privévliegtuig zag. Een ingetrokken inktvlek. Iets onveranderlijks. Tegenover haar zit Daniel met een doodse blik in zijn ogen. Ze heeft hem nog nooit zo gezien. Zijn mond hangt halfopen en hij staart zonder te knipperen naar buiten, alsof iemand hem net uit een autowrak heeft getrokken.

'Het is voorbij,' zegt ze.

Hij reageert niet.

'Daniel? Hoor je me?'

Misschien is hij in shock. Dat zou begrijpelijk zijn; ze begrijpt niet waar haar eigen emoties blijven. Hoe kan ze nog functioneren?

'Daniel, het is voorbij. Het is afgelopen. De Lechkovs hebben verloren en nu zijn we vrij. We kunnen samen naar huis: opnieuw beginnen. Er is geen Mardoe Khador meer en er is geen geld meer. En wat maakt het ook uit? Dat geld verdienen we zelf wel.'

Hij kijkt naar haar alsof ze een vreemde taal spreekt. 'Waar heb je het over?' vraagt hij langzaam. 'Ik heb gewonnen.'

'De Man met Duizend Gezichten heeft gewonnen,' zegt ze.

Daniel legt een hand op haar been. 'Ik ben de Man met Duizend Gezichten. Ík heb gewonnen.'

Is hij gek geworden? denkt ze.

'Ik weet dat het er niet uitziet alsof ik gewonnen heb. Ik ben de controle over de protesten volledig verloren en daardoor is opa vermoord en mijn moeder half doodgeslagen...'

'Dit is niet jouw schuld, Daniel. Niets van dit alles is jouw schuld.'

'Dat is het wel en daar moet ik mee leren leven. Maar jij niet. Wat er voor jou toe doet, is dat ik nu alle macht heb. En daardoor kunnen jullie naar huis. Ik zal daarvoor zorgen, door hier te blijven en Rusland tevreden te houden.' Hij kijkt naar haar, zoals zij ook naar hem kijkt, zoals je alleen kijkt naar degene die het dichtst bij je staat. 'Dit is allemaal voor jullie.'

Een paar uur later zitten ze in een klein vliegtuig en vliegen boven de Akhlos. Het vliegtuigje klimt langs een berghelling omhoog en schiet boven een eindeloos plateau uit. Er verschijnen tientallen fel turquoise meertjes, die via kronkelende riviertjes zijn verbonden met een donkergroen waterlichaam dat tegen de bergen ligt.

Michelle houdt haar buik met twee handen vast terwijl ze uit het raampje kijkt. Hij voelt hard als een ballon en doet een beetje pijn. 'Zijn dit de Centrale Meren?' vraagt ze om zichzelf af te leiden. 'Het water heeft een vreemde kleur.'

'Dat komt door het slib uit de smeltende gletsjers,' zegt Daniel. Hij klinkt nog steeds afwezig.

Het vliegtuig buigt af en begint te dalen. Michelle ziet een langwerpige rots in het midden van een bevroren meertje. Een lange trap komt uit het ijs omhoog en klimt tegen de rotsen naar een donkergrijs huis met een grote zendmast ernaast. Het doet haar denken aan een ontwerp van Frank Lloyd Wright: veel glas, lange strakke lijnen en een balkon dat langs de hele voorgevel over de rots hangt. Het is een stijlvol huis: ze is onder de indruk. Maar ze denkt ook aan de geruchten die ze heeft gehoord. Geruchten over een vierde familie die begraven ligt onder het ijs.

76

Tussen de bomen aan de rand van het turquoise meer ligt een soldaat zonder naam. De soldaat is gewond, ondervoed en onderkoeld, maar hij heeft het gevoel dat Nairi hem bijstaat vanuit het hiernamaals, en dat geeft hem kracht. In werkelijkheid komt zijn kracht vooral uit de PCP-kristallen die hij heeft gesnoven om zijn zenuwen af te stompen. Hij observeert het huis van tussen de takken tot hij weet hoeveel mensen er op wacht staan. De buitenste beveiligingsring van het eiland, de eerste die hij op zijn weg vindt, zijn drie militairen die op het ijs de wacht houden. Hun taak is waarschijnlijk om rondom het eiland wacht te lopen om alles in de gaten te houden, maar de mannen hebben daar zo te zien weinig zin in. Ze roken de ene na de andere sigaret en staan stampvoetend tegen de kou wat met elkaar te kletsen zonder goed op te letten.

Verspreid over het bevroren meer heeft iemand wakken gemaakt en hengels geplaatst om vis te vangen. De soldaat schat in dat de wakken minstens twee meter breed zijn, groot genoeg voor een man om doorheen te klimmen. Hij trekt het duikpak aan en doet de flessen op zijn rug. Dan maakt hij met zijn mes het ijs aan de kant kapot en glijdt in het water. Vlak voor zijn gezicht verdwijnt houdt hij stil. Hij twijfelt. De kou, de pijn, de immense taak die hij zichzelf heeft opgelegd; alles komt op hem af. En hij is liever niet onder water. 'Het maakt niet uit wat er staat te gebeuren,' fluistert hij tegen zichzelf. 'Duisternis duurt nooit lang.'

En dan doet hij zijn mondstuk in en trekt zichzelf onder het ijs.

Hij moet zo'n tweehonderd meter overbruggen voordat hij bij de soldaten is en weet dan ongezien onder de mannen door te zwemmen, om als een geest achter hen weer tevoorschijn te komen. Niemand ziet iets, niemand hoort iets, en tien seconden later liggen de drie mannen dood op het bevroren meer. Hij sleept de lichamen naar het wak en duwt ze onder het ijs.

Met zijn mes in de hand sluipt hij de trap op. Bij de ingang van het huis staan twee bewakers met machinepistolen die hij vanachter benadert. Ze hebben geen tijd om te reageren. Hij verbergt de lichamen onder wat bosjes en glipt dan het huis binnen. Hij staat weer in de ontvangsthal. Er is niemand. Hij opent een deur aan de linkerkant van de hal die naar de wachtruimte van de bewakers leidt, maar ook hier is niemand. Plots hoort hij voetstappen. Een enkele persoon. Zware tred, dus groot. Doodstil wacht hij achter de deur en zodra de man een voet over de drempel zet, trekt hij hem aan zijn arm de kamer binnen, legt zijn hand over zijn mond en plant het mes in zijn keel. De man zakt ineen en door de gladde stof van het duikpak kan hij het minstens honderdvijftig kilo zware lichaam niet tegenhouden. Het komt met een klap op de vloer terecht. Het wapen dat de man in zijn handen had klettert op de tegels en maakt een enorm kabaal. Ingespannen luistert de soldaat of hij iets hoort, of iemand iets in de gaten heeft, maar het blijft stil. Geen geschreeuw, geen rennende voetstappen. Een minuut lang blijft hij zo staan en pakt dan het pasje dat de beveiliger om zijn nek had. Hij herkent dat pasje van zijn vorige bezoek aan het huis. De keer dat hij nergens naar binnen mocht.

Met het pasje kan hij alle kamers openmaken en loopt hij naar de enige ruimte waar hij nog stemmen hoort.

In de keuken staat een chef vis schoon te maken. Als hij de soldaat ziet binnenkomen, laat hij de ingewanden op de snijplank vallen en steekt zijn handen in de lucht. De soldaat vraagt hem voor wie het diner is en de oude Aziatische man zegt dat de heer en mevrouw Lechkov onderweg naar het eiland zijn. De soldaat moet grijnzen als hij de naam hoort. Jackpot! Hij sluit de chef met de dienstmeiden op in een proviandkast en gaat dan door naar de kelder, de plek waar hij Nairi aan haar lot heeft overgelaten. Het ziet er nog hetzelfde uit: alle muren in de kelder zijn groen en er staat een stoel omringd door vier camera's. Op het eerste gezicht lijkt het een opnamestudio, maar als hij naar binnen loopt, ziet hij dat er beugels met sloten aan de stoelleuningen hangen. En in het hout staan dikke krassen. Hij gaat met zijn vingers over de nagelsporen – in de rechterleuning staan er veel meer dan in de linker.

'Het spijt me,' fluistert de soldaat zonder naam, en hij kijkt even naast zich, alsof ze daar staat. 'Ze zullen boeten.'

Dan kijkt hij de kamer rond. De kabels van de vier camera's lopen over de vloer naar de andere kant van de kelder. Hij volgt ze door een deur, naar een donkere ruimte. Daar ziet hij een wand vol knipperende groene lampjes. Als hij het licht aandoet, verschijnt een kleine kamer met een paar bureaus en computers. Tegen de achterwand staan kasten vol kabeltjes. Hij loopt naar een van de bureaus en ziet een stapel harde schijven. 'ERIS' staat er op de labels. Hij probeert een paar computers aan te zetten, maar ze vragen allemaal om een wachtwoord. De harde schijf stopt hij in het waterdichte vak aan de binnenkant van zijn pak.

'Wat hebben ze met je gedaan?' fluistert hij. 'Ze lieten het lijken alsof jij de Man met Duizend Gezichten was. Maar waarom? Waarom zouden de Lechkovs dat willen?'

Als de soldaat weer naar boven komt, hoort hij een vliegtuigje. Hij rent naar het balkon dat vanaf de rotsen uitkijkt over het meer en ziet het hoge bezoek landen op de privéstrip aan de overkant van het water. De portofoon van een van de dode beveiligers kraakt. Hij pakt hem op, draait het volume omhoog en hoort een stem die iets zegt in het Kazichisch. Waarschijnlijk iemand die meereist met de president en zijn vrouw. De soldaat verstaat geen Kazichisch, maar de stem zegt een paar keer 'Lechkov'.

Hij trekt de capuchon van het duikerspak over zijn hoofd, haalt de sniper rifle die hij van de vrouwelijke soldaat heeft gestolen uit zijn hoes en loopt terug naar het meer.

Het is tijd om de waarheid te eisen. Hij voelt de brandwonden op zijn handen, dus de PCP begint uit te werken. Er is niet veel tijd voordat hij in shock raakt. Hij moet snel en genadeloos zijn.

77

Voorzichtig stapt Michelle op het bevroren meer. Ze is bang om uit te glijden en legt een hand op haar buik. Daniel houdt haar vast, maar het blijkt niet glad. Alexa rent vol vertrouwen het ijs op en gaat op haar knieën zitten om naar de bevroren methaanbubbels te kijken. Michelle is opgelucht dat het meisje nog zorgeloos kan zijn.

Er staan twee sneeuwscooters klaar om hen over het meer naar het eiland te rijden. In de zomer kan de familie voor de steiger landen met een watervliegtuig, heeft Daniel haar eens gezegd, maar in de winter moeten ze vanaf de privéstrip over het ijs rijden. Ze gaat achterop zitten bij een soldaat en laat Alexa voor haar buik plaatsnemen. Ze kijkt naar het eiland. Het strakke huis met de grote, glimmende ramen lijkt gefotoshopt tussen de rauwe natuur. De lange trap kronkelt als een scheur in de rotsen van het steigertje naar het terras. Er is geen mens te zien.

Tijd om weg te gaan uit dit bizarre land, denkt ze.

De soldaat zegt iets in zijn portofoon om aan te kondigen dat ze eraan komen. Hij wacht op een antwoord, maar het blijft stil. Ze ziet dat hij twijfelt en ze vraagt of er iets aan de hand is.

'Ze krijgen geen contact met het eiland,' zegt Daniel. 'Geen zorgen: deze plek is goed beveiligd en onbereikbaar zonder vliegtuig.'

De sneeuwscooters vertrekken en de ijskoude wind dwingt haar ogen dicht. Ze draait haar gezicht naar de besneeuwde bossen langs het meer en ziet een dier wegschieten – misschien een hert. Ze wil Alexa aantikken maar als ze naar beneden kijkt, flitst er iets voorbij onder het groenblauwe ijs. Iets zwarts. Alexa kijkt op: ze zag het ook.

Het leek of er iemand onder het ijs lag.

Het is mijn verbeelding, denkt ze. *De stress maakt me gek.*

Ze haalt diep adem om van die gedachte af te komen en kijkt naar voren – naar het eiland dat snel dichterbij komt en over hen heen begint te hangen als een hurkende reus. Haar blik gaat naar beneden, naar de steiger onderaan de rotsen.

En dan beweegt er weer iets.

Weer een hert?

Er verschijnt een zwarte figuur op het ijs. De figuur klimt recht omhoog uit het bevroren meer, alsof hij uit een kelderluik tevoorschijn komt. Of uit een wak. Ze denkt weer dat ze het zich verbeeldt en knijpt haar ogen even dicht. Maar als ze opnieuw kijkt, weet ze het zeker: er staat een man met een geweer.

Ze wijst naar voren en roept, maar de soldaat heeft het al gezien. Hij stuurt weg van het huis en Daniels bestuurder doet hetzelfde. De scooters trekken hard op en sneeuwvlokjes slaan tegen Michelles wangen als hagel.

Door de razende scootermotoren hoort ze het eerste schot niet. Maar ze ziet wel hoe de soldaat op Daniels scooter wordt geraakt en valt. Terwijl hij over het ijs schuift, probeert Daniel het stuur te grijpen, maar een volgende kogel doet de glazen ruit van de scooter uiteenspatten en het voertuig begint te spinnen en valt om. Daniel wordt gelanceerd, slaat met zijn gezicht tegen het ijs en schuift tientallen meters richting het eiland.

Michelle schreeuwt.

'Als we bij het bos zijn moeten we rennen!' roept de soldaat voor haar. Hij zit voorovergebogen en stuurt hun sneeuwscooter richting de donkere bomenrij tweehonderd meter voor hen.

Ze zegt niets. Ze gaan het nooit halen, dat weet ze al. Het meer is te groot en wie die zwarte verschijning ook is, hij kan bewegende doelen raken.

Ze drukt Alexa tegen zich aan en wacht op de knal. Op het einde.

Het derde schot raakt hun scooter. De rupsband begint vonken te spugen en loopt met een ratelend geluid vast. Ze trekt haar been op en gilt tegen de soldaat dat hij iets moet doen. Maar wat kan hij doen?

De scooter komt langzaam tot stilstand, midden op het meer. Ze zit met haar dochter op een gigantische open vlakte, als een eend die naar een lokfluit dobbert. Weer knijpt ze haar ogen dicht, wachtend op de kogel die haar zal raken, maar er gebeurt niks. Ze kijkt opzij en ziet dat de zwarte figuur is verdwenen.

Niemand zegt iets. Ze hoort alleen de wind, die zachtjes over het meer suist en wolkjes sneeuw rond blaast als stof. Dertig meter voor haar ligt Daniel op zijn buik. Hij beweegt niet.

De soldaat trekt haar naar beneden: ze moet zich achter de sneeuwscooter verstoppen. Hij pakt zijn geweer en roept nog een keer iets in zijn portofoon: niemand antwoordt.

Alle beveiligers liggen in het meer, denkt ze, en ze ziet de zwarte vlek onder het ijs weer voor zich.

Achter hen begint iemand te roepen: het is de tweede soldaat. Hij leeft nog en probeert overeind te krabbelen. Zijn rechterarm hangt als een doorgeknipte kabel langs zijn lichaam. Met zijn andere hand trekt hij zijn pistool en probeert te richten. Maar er klinkt weer een schot en van het ene op het andere moment barst zijn keel open en stroomt het bloed over zijn kogelvrije vest. Stikkend in zijn eigen bloed blijft hij nog even staan wiegen als een koorddanser, en valt dan neer.

Michelle wil wegkijken, maar kan het niet. De uitdijende plas rood bloed ziet er vreemd uit op het groene ijs. *Dit is niet echt*, denkt ze terwijl ze naar het rood en groen kijkt. *Dit is een droom over een onzichtbare schutter.*

'Waar is hij?' vraagt de soldaat. Hij heeft zijn geweer over de kapotte rupsband gelegd en zoekt vanachter de scooter naar zijn tegenstander. Of tegenstanders. Door de opstekende wind ontstaat er een soort nevel van sneeuw boven het meer. 'Ziet u iets, mevrouw Lechkova?'

Ze durft niet te praten of te bewegen. Ze zit gehurkt op het ijs, alsof de schutter haar niet kan zien als ze doodstil blijft zitten. Het turquoise meer is uitgestrekt en leeg, maar langs de oever begint een dicht bos. Misschien staan daar nog meer mensen? Misschien zijn ze omringd door het Jada-rebellenleger? Het derde schot kwam vanuit een andere hoek dan de eerste twee, dus er jagen meerdere mensen op ze.

Er klotst water. Ergens achter hen, richting het eiland, hoort ze eerst geklots en dan krakend ijs. Terwijl ze zich omdraait, realiseert ze zich wat er is gebeurd.

Het is geen leger, het is één man, die steeds naar een ander wak zwemt.

De zwarte figuur staat opeens vlakbij, maar hij lijkt nog steeds geen definieerbaar gezicht te hebben. Ze ziet alleen de donkere omtrek van een mens. Hij richt zijn geweer en voor ze iets kan zeggen, schiet hij. De kogel raakt de soldaat in de borst en hij kan geen adem meer halen. Met twee handen probeert hij het kogelvrije vest los te maken, omdat de verbogen platen tegen zijn longen drukken.

Ze wil opstaan en wegrennen, maar hoort een raspende stem.

'Blijf zitten.'

Met grote ogen kijkt de stikkende soldaat op naar de zwarte verschijning. Michelle doet hetzelfde. De man draagt een zwart duikpak. De duiker komt over de geknielde soldaat staan en haalt een pistool tevoorschijn. In een reflex verstopt ze Alexa's gezicht in haar jas. Het pistoolschot raast als een straaljager over het bevroren meer.

Ze kijkt naar de man voor haar. De man die hun leven in handen heeft. Maar hij schiet niet. Hij doet niets.

'Wat wil je?' vraagt ze. 'Wie ben je?'

'Ik ben hier namens Nairi van de Jada. En ik wil de waarheid.'

78

De man draagt een duikmasker en heeft een duikbril op. Op het glas zitten rode strepen: weggeveegd bloed van de soldaat die hij net heeft geëxecuteerd. Terwijl hij dichterbij komt, doet hij zijn handschoenen uit. Zijn handen zijn verschrikkelijk verbrand; aan de vingers hangen stukken huid als natte papiersnippers. Een groot stuk vel blijft plakken aan de binnenkant van de stof en de man kreunt van de pijn.

Michelle voelt dat Alexa probeert op te kijken, maar ze drukt het meisje weer tegen zich aan.

'Is dat Daniel Lechkov?' vraagt de man als de handschoenen uit zijn. Zijn stem wordt vervormd door de dikke stof voor zijn mond.

Ze weet niet wat ze moet zeggen. Hij richt zijn pistool op Daniels lichaam. 'Is dat de presidentskandidaat?'

'Nee, alsjeblieft,' zegt ze. 'Laat hem met rust. Wij zijn niet zoals de rest van de Lechkovs. Wij proberen hier weg te komen. Wij zijn goede mensen.'

De duikbril draait weer haar kant op. 'Goed? Jullie zijn degenen voor wie ik jonge Jada-mannen moest afslachten. Voor jullie heb ik de onschuldige leiders van een onderdrukt volk ontvoerd. Jullie hebben de puurste vrouw ter wereld vermoord.'

Ze snapt niet goed wat de man bedoelt. Is hij nou voor of tegen de rebellen? Werkt hij voor de Lechkovs? Hij heeft inderdaad geen Jada-accent, het lijkt eerder Europees – misschien zelfs Nederlands.

'Wat is ERIS?' vraagt hij.

Ze schrikt. Hoe weet hij van Daniels bedrijf?

'Ik weet niets,' zegt ze. 'Ik zit gevangen in dit land en het enige wat ik wil, is naar huis terugkeren.'

'Jij bent de vrouw van Daniel Lechkov, natuurlijk weet je wat er aan de hand is. Ik ken jullie soort mensen: jullie kijken neer op soldaten zoals ik en jullie denken dat ik te manipuleren ben. Maar ik ga hier niet weg zonder antwoorden. Jouw man heeft mij verschrikkelijke dingen laten doen.'

'Ik ken hem alleen als de vader van mijn kinderen,' zegt ze. 'En mijn echtgenoot.'

'Die man is de duivel. En als jij dat oprecht niet weet, dan ben je blind.'

Michelle hoort een diepe, snijdende woede in zijn stem. Hij haat Daniel. Ze denkt aan Harper, die uit de Zwarte Zee wordt gevist. En Nia, die naar de veiligheidsdienst wordt gebracht.

'Wie is de Man met Duizend Gezichten?' vraagt de duiker en hij vuurt een kogel af vlak naast haar in het ijs. Scherven spatten alle kanten op en ze voelt dat Alexa zich aan haar vastklampt.

'Nairi!' gilt ze. 'Het is Nairi!'

'Je liegt! Wat is ERIS?' Hij schiet nog een keer.

'Stop! Mijn dochtertje!'

Ze ademt zo rustig mogelijk, maar de zuurstof kan niet bij haar longen komen. Haar vingers beginnen te tintelen en het meer lijkt te deinen als een vlot. Ze is bang dat ze gaat flauwvallen. Haar zicht wordt wazig, maar ze ziet dat hij nog dichterbij komt en voelt het pistool tegen haar hoofd. De loop is als de as van een tol: het meer begint steeds sneller om haar heen te draaien. Ze wil zeggen dat ze hulp nodig heeft, maar de wereld draait zo snel dat ze alleen maar kan wachten. Ze legt haar handen op het ijs en laat zich naar beneden zakken tot ze op haar rug ligt. Het koude ijs doet haar goed. Ze kan zich oriënteren. Maar daardoor voelt ze ook de pijn in haar onderrug.

'Ik ben zwanger,' zegt ze. 'Je moet me helpen. Er is iets niet goed.'

'Ik geloof je niet. Jullie zijn allemaal leugenaars.'

Dan voelt ze dat Alexa tegen haar aan komt liggen en doet ze haar ogen open. Ze ziet het gezicht van haar dochter en de pijn verplaatst zich met een ruk naar haar onderbuik, en verandert in kramp. Ze weet wat er staat te gebeuren; ze vermoedde het al vanaf de vlucht uit het Hoge Huis, toen haar buik hard begon te worden. Ze kijkt naar de duiker – de figuur zonder gezicht – en vraagt zich af of er een mens achter het masker zit. Iemand die genade kent.

'Ik denk dat ik een miskraam krijg. Als je me niet helpt, gaat mijn kindje dood.'

Ze voelt iets vloeien. Het is warm. Michelle duwt een hand in haar broek en de duiker richt zijn pistool weer op haar. Er zit bloed op de vingers van haar felgroene handschoen – rood op groen.

'Help me, mijn kindje heeft weinig tijd.'

'Is dit echt?' Hij kijkt naar Alexa. 'Is je moeder zwanger?'

'Ik heb geen tijd meer,' zegt ze kreunend. 'Wil je een kind doodmaken? Is dat het waard?'

'Is er een ziekenhuis in de buurt?'

'Ik weet het niet, maar er is een vliegtuig.' Ze probeert te glimlachen. 'Alsjeblieft. Verdwijn in de bossen en laat mij mijn kind redden. Niemand weet wie je bent. Niemand zal je vinden.'

Hij kijkt even opzij en mompelt iets, alsof er iemand naast hem staat. Daarna loopt hij naar Daniel, trekt hem aan zijn armen naar de scooter en draait hem op zijn rug.

'Wat doe je? Help me.'

Hij checkt Daniels hartslag en begint in zijn gezicht te tikken om hem wakker te maken.

'Het spijt me,' zegt hij, terwijl Daniel zijn ogen opendoet. 'Maar ik ga hier niet weg voordat ik antwoorden heb. Als jij ervoor zorgt dat deze man me alles vertelt wat ik wil weten, dan help ik je naar het vliegtuig. Eerder niet.'

79

Daniels gezicht is onherkenbaar. Er lopen dikke rode strepen over zijn opgezwollen neus en mond, en de hele linkerkant is paars. De soldaat zet hem hardhandig rechtop. Michelle wil zeggen dat hij voorzichtig moet doen. Ze wil zeggen dat hij misschien een hersenschudding heeft, of erger. Maar ze kan nauwelijks praten: de pijn in haar onderbuik is verlammend als een wee.

Alexa zit tegen haar aan. Ze ziet dat het meisje iets fluistert en wil een hand op haar beentje leggen, maar zelfs dat is te veel inspanning. Het begint weer te sneeuwen en ze ziet kleine vlokjes op de paarse kinderhandschoentjes liggen.

'Wie ben jij?' vraagt Daniel, die langzaam bijkomt. Hij legt voorzichtig een hand op zijn pijnlijke gezicht.

'Ik stel de vragen, meneer de president,' zegt de duiker, en hij zet zijn pistool tegen Daniels hoofd. Het gaat steeds harder sneeuwen en het zwarte masker van de man wordt wit. Ook de twee soldaten die links van Michelle in hun eigen bloed liggen, worden langzaam bedekt.

'Waarom hebben jullie Nairi hierheen gebracht en gefilmd?' vraagt hij. 'Wat is ERIS?'

Daniel staart hem aan alsof hij het niet begrijpt, maar Michelle ziet dat hij precies weet waar het over gaat. Hij schrikt ook dat de duiker ERIS kent.

'Praat met hem, Daniel,' zegt ze hijgend met haar laatste krachten. 'Alsjeblieft, ik denk dat ik een miskraam krijg.'

Zijn blik schiet naar haar, alsof hij zich voor het eerst bewust wordt van haar aanwezigheid. Dan ziet hij het bloed op haar handschoen en knikt.

'Ja, vertel me alles, en snel,' zegt de duiker. 'Waarom moest Nairi dood?'

'Jij hebt Leonid Torelli ontvoerd,' zegt Daniel plotseling in het Nederlands. 'Wat heb je met hem gedaan?'

De duiker is even van zijn à propos gebracht. Hij kijkt naar Daniel alsof hij iets nieuws heeft ontdekt, iets wat hij niet had verwacht. 'Is dat de stotterende man? Die is dood. De soldaten die bij hem waren ook.'

Daniel kijkt vol ongeloof naar de duiker. 'In je eentje?' vraagt hij zachtjes.

'Hoe heb je Nairi al die dingen laten zeggen in die video's?' vraagt de duiker. 'Heb je gedreigd de dorpsoudste te martelen? Is dat het? Wat heeft ERIS daarmee te maken?'

En dan begrijpt Michelle wat Daniel heeft gedaan. Ze begrijpt waarom hij in de helikopter zei dat hij de Man met Duizend Gezichten is. Nairi is ontvoerd door het Hoge Huis en Daniel heeft een deepfake van haar gemaakt. De filmpjes van de Man met Duizend Gezichten die Michelle op haar telefoon zag, zijn ERIS-renders. Daniel voert oorlog tegen zichzelf. Zo heeft hij een deal met de CIA gesloten.

Maar als Nairi de Man met Duizend Gezichten niet is, wie dan wel? En waar is die man of vrouw gebleven? Waarom laat hij niet van zich horen?

'Daniel,' zegt ze kreunend, 'vertel hem alles. Vertel hem over de deepfakes die je hebt gemaakt.'

Met een ruk staat hij op en zegt haar dat ze haar mond moet houden. Ze schrikt van hem en de pijn wordt nog heviger.

De duiker draait zich om. 'Wat bedoel je? Wat is een deepfake?'

Ze wil het zeggen, maar Daniel schreeuwt dat ze stil moet zijn, dat alles voor niets is geweest als ze haar mond niet houdt.

Alexa schrikt van haar vader en hij bukt zich om haar vast te pakken en fluistert dat ze zich geen zorgen hoeft te maken. Als hij vlak voor Michelle gehurkt zit, ziet ze dat er een pistool achter zijn broeksband zit.

Hoe komt hij daaraan?

De duiker richt zijn pistool op Daniel. 'Geen onverwachte bewegingen.'

'Ik moet mijn dochtertje geruststellen.'

Hij pakt Alexa beet om haar te knuffelen, maar geeft het meisje dan een enorme zet waardoor ze achterover op het ijs valt. Michelle schrikt niet alleen van de val van haar dochtertje, maar ook van het gemak waarmee Daniel haar wegduwt. Alsof ze een kartonnen doos is die in de weg staat.

Met een ruk draait Daniel zich om en trekt het pistool. De duiker wordt zo verrast dat hij te laat reageert. Er klinkt een schot en dan nog een. Het grote pistool vliegt bijna tegen Daniels neus door de terugslag. De duiker springt achter de sneeuwscooter en schuift over het ijs als een voetballer over een nat veld, achtervolgd door Daniel die maar blijft schieten. Michelle hoort de kogels tegen het ijs slaan, tot het pistool alleen nog maar klikt.

Als ze opkijkt ziet ze Daniel met het pistool langs zijn lichaam staan. Hij kijkt in het wak alsof hij het zwarte water zijn wil gaat opleggen.

Maar er gebeurt niks.

De duiker is verdwenen.

'Waarom vertelde je de waarheid niet? Waarom rekte je tijd?'

'Het komt goed,' zegt Daniel. Hij ondersteunt Michelle, terwijl ze met Alexa naast zich over het ijs strompelen.

'Waarom bleef je tijdrekken?' vraagt ze opnieuw. 'Ik had je hulp nodig.'

Ze moet kreunen van de pijn en zet haar tanden op elkaar.

'Het vliegtuig is er nog. We gaan naar die sneeuwscooter en dan gaan we naar een ziekenhuis: alles komt goed. Het is voorbij, al deze ellende is nu voorbij. De CIA wacht op ons.'

Michelle kan haar ogen nauwelijks openhouden; ze wankelt op het randje van bewustzijn. 'Dit komt door jou,' zegt ze zachtjes. 'Jij zegt dat je een plan hebt om ons te beschermen, maar het enige wat je wilt beschermen is het plan zelf. Je wilt je eigen invloed beschermen, net als de rest van je familie. Daar zet je letterlijk je dochter voor aan de kant.'

Hij schudt zijn hoofd.

Het gaat nog harder sneeuwen en ze voelt dat Daniel bij elke stap bijna uitglijdt op de gladde zolen van zijn pakschoenen.

'Dit is allemaal voor jullie, Michelle,' zegt hij buiten adem, en hij kijkt achter zich of Alexa het kan bijhouden. 'Voor ons gezin. De Man met Duizend Gezichten bestaat om jullie te beschermen.'

'Lieg niet tegen jezelf.'

'Het is de waarheid,' zegt hij met een raspende ademhaling van de kou.

Ze opent haar ogen en tilt haar hoofd een stukje op. 'Daniel...'

Haar benen begeven het en ze zakt door haar knieën, maar hij weet haar nog net op te vangen en neemt haar in zijn armen. Dan zet hij het op een rennen. Het meer over, naar de sneeuwscooter. Het sneeuwt steeds harder en Michelle voelt dat zijn armen en benen trillen van de kou, maar hij blijft rennen. Ondanks alles blijft Daniel doorgaan. Over zijn schouder ziet ze het eiland. Het huis van zijn opa hangt ver boven hen over de rots, als een onverstoorbare toeschouwer met donkere spiegelende ogen.

XIII

De waarheid

80

Michelle doet de televisie uit maar staat niet op. Ze zit op de bank in haar grote woonkamer en kijkt naar de donkere ramen. Om de een of andere reden heeft ze het gevoel dat iemand haar bekijkt.

Dat kan helemaal niet, zegt ze tegen zichzelf, terwijl ze het laatste slokje rode wijn neemt.

De Amerikaanse overheid heeft haar weggetoverd. Michelle bestaat niet meer. Ze is Noëlla geworden, een Franse expat die in een buitenwijk van Portland woont. En dat leven is al twee jaar lang onverstoord gebleven, dus waarom zou er nu opeens iemand in de bosjes buiten haar huis liggen?

De psychiater heeft je gewaarschuwd voor dit soort gevoelens, herinnert ze zichzelf. *Dit is deel van je trauma. Er is niemand in het huis.*

Ze staat op en zet het lege glas wijn op het marmeren keukenblad. Dan drinkt ze een paar slokken water, gaat naar de wc, doet alle gordijnen dicht, de lichten uit en loopt de trap op.

Terwijl ze naar boven gaat, vraagt ze zich af of haar dochtertje ook zulke gedachten heeft. Ze heeft zich het afgelopen jaar verbaasd over de veerkracht van het meisje. Vanaf de dag dat hun nieuwe leven in Amerika is begonnen, heeft ze niets aan Alexa gemerkt.

Sophie, herinnert ze zichzelf. *Ze heet nu Sophie.*

Zelfs na een jaar is ze nog niet gewend aan die naam en verspreekt ze zich weleens. Ook haar eigen naam vergeet ze soms. Toen ze drie maanden geleden de kapper belde om een afspraak te verzetten, noemde ze zichzelf 'Michelle'. De kapster kon haar niet vinden in het systeem en Michelle zei geïrriteerd dat ze nog een keer moest kijken. Pas toen de kapster voor de derde keer ging zoeken, realiseerde ze zich dat ze de verkeerde naam zei. Ze hing op en is sindsdien nooit meer naar die kapper gegaan.

Bovenaan de trap doet Michelle de slaapkamerdeur van haar dochtertje op een kier en ziet dat het meisje ligt te slapen.

Op haar telefoon heeft ze een nummer opgeslagen waar ze elke ochtend en avond een berichtje naartoe stuurt. Zo weten de Amerikanen dat ze veilig is. Die strenge voorzorgsmaatregelen zullen na anderhalf jaar verdwijnen en Michelle kijkt er niet naar uit. Ze vindt het fijn dat iemand op haar berichtje wacht. Het voelt goed om elke avond te checken of Sophie veilig in haar bedje ligt en dan een teken te geven aan de CIA – of wie het ook zijn.

Maar die avond, nadat ze de slaapkamerdeur weer dichtdoet en over de krakende houten vloer naar haar eigen kamer loopt, houdt iets haar tegen. Ze heeft haar vinger boven de verzendknop, maar om de een of andere reden drukt ze niet.

'Doe even normaal,' fluistert ze tegen zichzelf. 'Er is niemand in het huis.'

Ze drukt alsnog en loopt haar slaapkamer binnen.

Op het moment dat ze de man bij haar bed ziet staan, verstijft haar lichaam. De schrik is verlammend, als een elektrische schok. Ze kan niet eens gillen, hoe graag ze dat ook wil.

'Wie ben jij?' hoort ze zichzelf vragen.

De man zet een stap naar haar toe. Hij heeft een bivakmuts op. 'Ga zitten op de stoel achter je,' zegt hij.

Michelle hoort de woorden wel, maar kan ze niet omzetten in actie. Het enige waar ze aan denkt, is het bevroren meer. Ze ziet de duiker voor zich met zijn zwarte masker, en het bloed op haar eigen handschoen. Nadat de man een paar keer aandringt dat ze moet gaan zitten, ontsnapt ze aan het bevroren meer en keert terug in de slaapkamer. Ze gaat zitten en voelt dat ze haar telefoon nog vastheeft. De telefoon waarmee ze net aan haar beschermers heeft laten weten dat alles in orde is. Dat ze veilig is. Nu moet ze proberen het noodnummer te bellen, anders komen de beveiligers er pas de volgende ochtend achter dat ze in gevaar is. Tegen die tijd is het kwaad al geschied. Wat het kwaad ook is.

Wil hij geld? schiet er door haar heen. *Of seks?*

De man zegt dat ze de telefoon op de vloer moet leggen.

Ze hoort zichzelf zeggen dat ze een dochtertje heeft. En dat ze voor hem kan gaan pinnen.

De man zegt dat hij alleen wil praten en dat hij haar geen pijn zal doen. Hij duwt de deur naar de gang dicht, waardoor het donker wordt in de slaapkamer. Het enige wat ze kan zien, is zijn maankleurige omtrek die op de rand van het bed gaat zitten.

Dit is een huurmoordenaar, denkt ze, *gestuurd door de Russen.*

De man begint haar te ondervragen over haar vorige leven. Hij weet dat ze een schuilnaam heeft.

Terwijl hij vragen stelt valt het haar op dat hij een Nederlands accent heeft.

'Ben jij de man die uit het ijs kwam?' vraagt ze in het Nederlands en ze kijkt naar zijn handen. Ze zoekt naar de brandwonden, maar hij heeft handschoenen aan.

'Het enige wat ik wil, is antwoorden op mijn vragen,' zegt hij. 'Als ik die krijg, kom ik nooit meer terug.'

Dan voelt ze hoop. *Hij wil informatie, dat is alles. Hij wil weten wat er is gebeurd.*

Ze geeft toe dat ze Michelle Lechkova heet en dat haar hele leven een verzonnen verhaal is. Hij begint warrige vragen te stellen over Nairi en zet een pistool tegen haar hoofd. Ze voelt het koude ijsmeer tegen haar rug, en een echo van de kramp in haar onderbuik. Ze ziet de doodsangst in haar dochters ogen en dat maakt een woede in haar los. Een bittere energie.

Palm deze indringer in, zegt ze tegen zichzelf. *Je kunt zijn*

zweet ruiken. Dat is angstzweet. Hij is net zo bang als jij. En net
zo zoekende. Word zijn vriend en lok hem bij Alexa weg.

'We willen hetzelfde,' zegt ze en ze probeert naar hem te glimlachen. 'Mensen die hetzelfde willen, hoeven elkaar niet onder schot te houden. Ik heb beneden een fles wijn open-staan, maar dat wist je misschien al.' Ze verbaast zich over haar eigen stem: hij trilt niet meer. 'Laten we aan de keukentafel gaan zitten. Ik vertel mijn verhaal en jij vertelt dat van jou. We bespreken alles wat er in Kazichië is gebeurd, van begin tot eind. Samen komen we tot de waarheid. Samen kunnen we de Man met Duizend Gezichten ontmaskeren.'

En dan staat ze op en loopt naar de deur. Ze wenkt hem als een oude bekende. 'Kom mee, dan kunnen we praten. Maar wel zachtjes doen op de gang.'

De zwarte verschijning knikt en loopt achter haar aan.

Michelle pakt de fles wijn van het aanrecht. De man met de bivakmuts gaat aan de eettafel zitten. In het licht van de pla-fondspotjes is hij meer dan een vage verschijning. Hij is een lange, gespierde man met zwarte kleren aan en een pistool in zijn hand. Michelle voelt de angst terugkomen. Maar als hij begint te praten, hoort ze hoe verloren hij klinkt, net als die dag op het ijs. Ze herinnert zichzelf eraan dat hij al twee jaar op zoek is naar antwoorden, misschien wel langer. En hij heeft haar nodig om die te krijgen. Dus zij heeft alle troeven in han-den.

'Jij wilt begrijpen waar je deel van uitmaakte,' zegt ze terwijl ze de wijn inschenkt, waarna ze haar eigen glas in één teug leegdrinkt.

'Ik wil begrijpen waarom Nairi dood moest,' zegt hij. De bi-vakmuts maakt zijn stem dof. 'Ik wil begrijpen waarom ze ge-filmd werd op dat eiland. Ik wil begrijpen wat mijn opdracht-gever heeft gewonnen door al die andere mensen te laten verliezen.' Hij legt een harde schijf op tafel waar 'ERIS' op staat. 'Ik heb dit gevonden in het huis op het Lechkov-eiland. Het heeft iets te maken met de films die ze van Nairi maakten. Misschien kunnen we samen...'

Michelle onderbreekt hem. 'Er is maar één manier om alle puzzelstukken te kunnen leggen, en dat is door bij het begin te beginnen. Jij vertelt precies wat jij hebt meegemaakt in Kazichië en ik doe hetzelfde.'

'Dat kan de hele nacht duren,' zegt de man.

Ze knikt.

Hij denkt even na en begint dan te vertellen.

'Het eerste wat ik me herinner van mijn operatie in Kazichië, is dat het donker is. Ik zit geblinddoekt in een transportvliegtuig en we landen op een militair vliegveld buiten Stolia. Daar krijg ik een opdracht van een stem door een telefoon. Ik moet mensen ondervragen, over de Man met Duizend Gezichten.'

Zijn monoloog is lang en meandert. Terwijl hij vertelt, geeft de indringer veel weg over de man achter de bivakmuts. Michelle leert een getraumatiseerde jongen kennen. Een jongen met veel talenten die werden gebruikt door de Amsterdamse onderwereld, het Nederlandse leger en uiteindelijk door elke multinational en overheid die ervoor wilde betalen. De man voerde opdrachten uit zonder vragen te stellen, terwijl ze vermoedt dat hij eigenlijk een kritische aard heeft. Hij vertelt over de burgerexecuties en gewelddadige ondervragingen in Kazichië – dingen waarvoor iemand voor het Internationaal Strafhof in Den Haag belandt. Dingen waar Daniel opdracht toe heeft gegeven.

Hij vertelt over zijn enige liefde: Nairi van de Jada. Hoe ze voor zijn ogen werd ontvoerd en doodgeschoten.

'Het enige wat ik wilde, was met Nairi teruggaan naar de bergen,' zegt hij ten slotte.

Daarna is het stil en kijkt hij naar zijn onaangeroerde glas wijn.

'Bij mij begon het met een vakantie,' begint Michelle. 'We zouden naar Dubai gaan, maar Vigo verongelukte – nee, hij werd vermoord.' Terwijl ze voor het eerst het hele verhaal vertelt, komt er meer los dan ze verwachtte. Ze vertelt over de dood van haar tweede kind, het einde van haar leven in Nederland en het einde van haar huwelijk.

Daniel beloofde dat hij alles zou doen om achter zijn vrouw en dochter aan te komen, maar hij is ondertussen officieel verkozen tot president en neemt alle publieke taken die daarbij horen op zich. En hij heeft een nieuwe vrouw.

Waarom kan hij geen afscheid nemen van zijn nieuwe positie? Omdat hij alleen zó zijn gezin kan blijven beschermen? Of omdat hij de macht niet kan opgeven? Misschien bestaat er geen eenduidig antwoord op die vraag voor haar ex-man. Misschien lopen die dingen in elkaar over als natte verf, tot het een andere kleur is geworden.

Michelle vertelt hoe ze vlak na haar miskraam door twee CIA-agenten het land uit werd gesmokkeld en een nieuw leven moest opbouwen in Amerika. De Nederlandse overheid zou na een paar maanden contact leggen, maar er zijn al twee jaar voorbij. En ze heeft het gevoel dat het derde jaar nog sneller zal gaan. Michelle en Alexa beginnen steeds meer vervlochten te raken met Sophie en Noëlla. Misschien is het beter zo, misschien wil ze helemaal niet meer terug. En misschien is het beter om door te gaan zonder Daniel. Als hij geen rol in Alexa's leven speelt, spelen zijn oorlogsmisdaden dat ook niet.

Ze is eerlijk tegen de vreemdeling. Over alles. Ook over Daniels plan. Dat hij de opstand van de Jada heeft gekaapt voor zijn eigen doeleinden. Ze vertelt alles wat ze weet over ERIS en wat je met die technologie kunt doen. De man zit doodstil te luisteren – het lijkt alsof hij niet eens ademhaalt.

Als ze klaar is met haar verhaal, is het licht in de woonkamer.

De man rolt zijn bivakmuts tot boven zijn mond. Na al die uren heeft de vochtige stof zijn huid rood gekleurd.

'Ik begrijp nu waar Nairi voor werd gebruikt,' zegt hij zachtjes. 'En waarom jouw ex-man van haar af wilde. Maar als zij de Man met Duizend Gezichten niet was, wie was het dan wel?'

Michelle haalt haar schouders op. Haar wallen voelen dik en

haar ogen prikken. 'Kazichië kan me eerlijk gezegd niet zoveel schelen. Ik probeer hier een leven op te bouwen voor mijn dochtertje.'

De man krijgt een ingeving. 'Was de operatie waar ik aan meewerkte om Daniel Lechkov aan de macht te krijgen? Of om jou en je kind het land uit te krijgen?'

Ze haalt haar schouders weer op. 'Als je het aan Daniel zou vragen, zou hij zeggen dat het allemaal voor zijn gezin was. Hij zou zeggen dat de aanval van de rebellen een kans was om ons naar huis te krijgen. Verder niets.'

'Maar jij twijfelt daaraan.'

'Ik weet niet meer wat de waarheid is. Mensen kunnen goed liegen, vooral tegen zichzelf. Hij heeft zichzelf wijsgemaakt dat het allemaal voor ons was. Maar wie bedenkt zo'n complex plan om zijn gezin het land uit te krijgen? Wie laat er zoveel mensen lijden? Daar moet meer achter zitten.'

De man kijkt haar aan en nu het licht is geworden, ziet Michelle dat hij bruine ogen heeft. 'Had jij een plan dat wel zou werken?' vraagt hij. Het klinkt niet veroordelend, eerder oprecht nieuwsgierig. 'Had jij een simpeler plan, zonder slachtoffers of deepfakes? Een plan dat veilig was voor je kinderen?'

Michelle blijft stil.

'Misschien was het echt de enige manier,' zegt hij. Hij klinkt verbaasd over zijn eigen woorden. 'Misschien heeft hij inderdaad Nairi geofferd en gebruikgemaakt van een opstand om jullie te kunnen redden.'

'Hij heeft ons tweede kind niet gered.'

De bruine ogen verstarren. 'Hij had niet gerekend op mijn opstand. Net zoals hij niet had gerekend op die van jou.'

Michelle begint opeens te huilen – zachtjes maar zonder zich in te houden.

'Je hebt mij een groots inzicht gegeven,' zegt de man troostend. 'Een inzicht dat me rust geeft.'

Ze kijkt op, maar door de tranen is de insluiper een wazige verschijning geworden. 'Wat bedoel je?'

'Ik weet nu dat er weinig verschil is tussen mij en mijn opdrachtgevers. Ik mag nooit weten waarom ik opdrachten uitvoer. Ik mag nooit weten wat het plan is, of het doel. En toch doe ik alles wat me wordt opgedragen. Maar mijn opdrachtgevers weten ook niet waar hun beslissingen vandaan komen. Niemand weet precies waarom ze dingen doen. Waarom ze een bepaalde weg kiezen, in een fractie van een seconde. Wie stuurt die beslissingen? Waar komen ze vandaan? Misschien bedenken we allemaal achteraf een verhaal om te rechtvaardigen wie we zijn. Of verzinnen we een verhaal over wie we willen zijn.'

Michelle ziet de wazige figuur opstaan.

'Ik ga nu weg,' zegt hij, 'en je hoeft niet bang te zijn dat ik nog terugkom. Wij zien elkaar nooit meer terug.' Hij verdwijnt tussen de witte gordijnen, door de glazen klapdeuren, de achtertuin in.

Michelle droogt haar tranen en loopt naar de slaapkamer om haar telefoon te pakken. Zonder te controleren of de man echt is weggegaan, stuurt ze een code naar een versleuteld nummer, om aan te geven dat ze geen hulp nodig heeft. Dan loopt ze naar boven om Sophie uit bed te halen.

Op de keukentafel ligt de gedeukte en bekraste harde schijf vol training data.

81

Daniel Lechkov loopt de lege presidentiële vleugel binnen en laat zich op de nieuwe kalfsleren bank in de woonkamer vallen. Zo nieuw nog dat hij kraakt als hij gaat zitten. Na de bestorming en de brand vier jaar eerder is alles in dit deel van het huis opnieuw afgewerkt en ingericht. Terwijl hij zijn stropdas lostrekt, kijkt hij naar een van de weinige dingen die nog vervangen moeten worden: de televisie. Tegen de muur hangt de smart-tv die hij had laten ophangen voor zijn dochter. In het midden van het scherm zit een grote barst.

Daniel kijkt naar zijn eigen gezicht in de televisie, dat in kleine puzzelstukjes is verdeeld tussen de scheuren. De optelsom van die stukjes is een vreemde. Een grijze man met dikke roze littekens over zijn neus. De man in dat scherm lijkt in niets meer op de wetenschapper uit Nederland. Hij is een Kazichische president geworden die is getrouwd met een jonge Kazichische vrouw van wie hij een baby'tje heeft gekregen, maar die hij niet vaak ziet. Daar werkt hij te veel voor. Maar wel een man die het land rustig en vreedzaam heeft gemaakt. Een plek waar honderdduizenden gezinnen zich geen zorgen hoeven te maken.

Hij wil opstaan om zich om te kleden, als hij iets ziet bewegen in de televisie.

'*Sit down*,' zegt een zware stem.

Van schrik valt hij terug op de bank. Het leer kraakt weer.

In de zwarte reflectie beweegt iets. In de hoek van de kamer komt er iemand uit de schaduw. Hij hoort rubberen zolen op de houten vloer en wil zich omdraaien.

'Blijf voor je kijken,' zegt de stem in het Nederlands.

In het scherm ziet hij een man verschijnen, vlak achter hem, die een pistool met een lange geluidsdemper op zijn hoofd richt.

'Wie ben jij?' vraagt hij. 'En hoe ben je langs alle beveiliging gekomen?'

De man gaat achter de bank door zijn knieën en drukt het koude pistool tegen Daniels achterhoofd. 'Ik weet waar je vrouw en kind wonen,' zegt hij zachtjes in zijn oor. 'Ik ben bij ze op bezoek geweest in Oregon. Mooie buurt. Goede scholen voor je dochter.'

'Ben jij de man die op het bevroren meer stond?' vraagt hij. 'De huurling. De man die alles heeft verpest. Ben jij dat? Wat wil je van me?'

'We zijn hier om míjn vragen te beantwoorden, niet de jouwe. Als je dat niet doet, sterft je gezin. Als je dat wel doet, zonder te liegen, laat ik ze met rust.'

Daniel zegt dat hij het begrijpt.

'Wie is de Man met Duizend Gezichten?'

Hij wil iets zeggen, maar de man drukt het pistool hard tegen zijn hoofd en hij duikt ineen.

'Als je het waagt om "Nairi" te zeggen, dan eindigt dit gesprek met een pistoolschot. Ik weet van de deepfake. Ik weet alles over ERIS.'

Daniel gaat weer rechtop zitten. 'Waarom vraag je me dan wie hij is?'

'Omdat ik een theorie heb en als die klopt, weet jij het antwoord op mijn vraag.'

'Wat is je theorie?'

'Dat jij het altijd bent geweest,' zegt de man. 'De Man met Duizend Gezichten. Vanaf het begin. Jij deed alsof er een opstand uitbrak, waar jij op reageerde met een deepfake. Maar er was nooit een Jada-opstand. Er was alleen een opstand van Daniel Lechkov. Jij liet berichten op fora plaatsen om mensen op te jutten. Jij liet mij Jada-kopstukken ondervragen over de Man met Duizend Gezichten, zodat ze zijn naam hoorden en dachten dat hij iemand was die ertoe deed.

Het eerste filmpje van de rebellenleider met de bivakmuts stuurde jij zelf naar het Hoge Huis. Jij hebt de aanslagen gepleegd en een rebellenleger verzameld. Je liet mij Nairi ontvoeren, zodat jouw opstand een gezicht kreeg. Jij was de opstand. Jij was het gezicht achter het masker. De Jada hadden dit nooit kunnen doen zonder jou. En de Neza al helemaal niet. Jij liet de netwerken van het Hoge Huis aanvallen door agenten van de OMRA en een Lechkov-mijn opblazen door leden van de Cirkel. Jij hebt je eigen burgers vermoord om de Man met Duizend Gezichten legitimiteit te geven.'

Het is stil. Buiten de deur klinkt gestommel van personeel dat over de houten vide loopt. Daniels blik is gefixeerd op de tv. Achter zijn ogen schieten de gedachten voorbij als een reeks computercode. Na een paar seconden blijft de code stilstaan.

'Als ik je de waarheid vertel, laat je mij en mijn gezin dan met rust?'

'Ik zweer het.'

'Oké,' zegt hij zachtjes en hij knikt. Hij knikt één keer, heel droog en heel kort, alsof hij iemand een seintje geeft.

De man laat zijn pistool even zakken. 'Wat betekent dat?'

Daniel haalt zijn schouders op: 'Het betekent "ja". Het betekent "je hebt gelijk". Wat wil je van me horen? Gefeliciteerd: je bent slim. Je hebt het raadsel opgelost, je hebt de Man met Duizend Gezichten ontmaskerd. Ik ben de rebellenleider.'

Het pistool blijft naar beneden gericht.

'Had je dit moment anders voor je gezien?' gaat Daniel verder. 'Het spijt me, dit is het einde van je zoektocht. Je hebt de waarheid gevonden en nu is er hier niets meer voor jou. Je hebt een vraag gesteld en ik heb die vraag beantwoord. Laat je mijn vrouw en kind met rust?'

'Dat beloofde ik al,' mompelt de man.

'En mij?'

'Jou kan ik niet laten gaan.' Het pistool komt weer omhoog.

'Niet na wat je Nairi en haar volk hebt aangedaan. Niet na wat je míjn volk hebt aangedaan.'

Daniel houdt zijn handen in de lucht. 'Voordat je schiet, moet je goed nadenken over wat ik je net heb verteld.'

De man haalt de veiligheidspal van zijn pistool om. 'Je volgende woorden zijn je laatste.'

'Nu je weet dat ik de Man met Duizend Gezichten ben,' zegt Daniel, en zijn stem klinkt gespannen, 'weet je ook dat ik niet mag sterven. De opstand is vier jaar geleden neergeslagen, maar de Man met Duizend Gezichten leeft nog. Nairi heeft zich verstopt in de bergen en wint af en toe een slag voor haar volk. Ze wint er genoeg om Amerika geïnteresseerd te houden en de trouw van haar volgelingen niet te verliezen. De omstandigheden in de mijnwerkdorpen en op de boerderijen worden elk jaar beter en de OMRA wordt steeds minder actief in de Akhlos. Het leven van de minderheden is goed. Maar ik laat de Mardoe Khador ook vaak genoeg winnen om Rusland en de andere Kazichische oligarchen op afstand te houden. Iedereen denkt dat Nairi en ik in strijd zijn met elkaar en allebei de kanten zijn tevreden met de gang van zaken. Er is een balans en elk land heeft baat bij balans. Maar als ik sterf, verdwijnt die illusie. Dan grijpen de Twintig de macht en die zullen de Jada weer onderdrukken. Alles wordt dan weer hoe het was.'

De man zegt niks.

'Bovendien heb je beloofd dat je mijn gezin zou sparen,' gaat hij verder. 'Als ik doodga, verdwijnt Michelles deal met Amerika. Haal die trekker over en je schiet niet alleen mij neer, maar ook de Man met Duizend Gezichten, een onschuldige vrouw en een eindeloos onschuldig meisje.'

De indringer maakt een geluid alsof hij iets smerigs doorslikt. Hij blijft een tijdlang doodstil staan en haalt dan langzaam het pistool weg. In de televisie ziet Daniel dat hij achteruitloopt.

'De operatie is voorbij,' zegt hij tegen het spiegelbeeld. 'Ga naar huis.'

'Dit is geen operatie meer voor mij,' zegt de indringer terwijl hij zich omdraait. 'Ik ben een Jada die teruggaat naar de bergen waar ik thuishoor. En daar wacht ik op een kans om samen met mijn volk toe te slaan.'

Daniel draait zich om en terwijl de man weer in de schaduw verdwijnt, mompelt hij zachtjes tegen zichzelf: 'En als jij denkt dat ik bang ben voor een opstand van de Jada, dan begrijp je nog steeds niet hoe ik aan de macht ben gekomen.'

82

Terwijl Michelle haar sleutel in het slot van de voordeur steekt, kijkt ze naar de rode Ford van haar dochter die op de oprit geparkeerd staat. Ze doet de deur open en wil haar naam roepen, maar ziet de ravage in de woonkamer. Zonder de voordeur achter zich dicht te doen of haar lange grijze regenjas uit te trekken, loopt ze naar binnen. Door de hele kamer liggen fotoalbums van het gezin. Iemand heeft de grote witte kast leeggetrokken en alle albums door de kamer geslingerd. Op de kleine glazen tafel ligt een fotootje van haar dochter, vlak na de geboorte. Ze pakt het op en staart naar het gezicht van het meisje – het meisje dat nog 'Alexa' genoemd mocht worden.

Ze loopt de keuken in en ziet etensresten op het kookeiland liggen en een flinke verzameling lege wijnflessen bij de achterdeur staan. De fruitvliegjes dwarrelen rond in het zonlicht.

'Sophie?' roept ze naar boven, maar er komt geen antwoord.

Ze loopt de trap op naar de slaapkamers, maar daar is ook niemand. Terwijl ze naar de badkamer gaat, hoort ze muziek van zolder komen. Vanuit haar kantoor. Is Alexa op zolder? In haar moeders kantoor?

Ze heeft de geheime laptop gevonden! schiet het door haar hoofd.

Eerst voelt ze een beklemmende kou in haar buik, maar die wordt meteen gevolgd door een intense opluchting, alsof ze al die jaren haar adem heeft ingehouden. De enige reden dat ze nooit iets aan haar dochter heeft verteld, is omdat het meisje nergens last van leek te hebben. Ze leefde haar leven, ze was een doodnormale Amerikaanse die Sophie heette. Alexa bestond niet meer. Waarom zou Michelle dat leven op z'n kop zetten?

Maar dat zou nu dus allemaal gaan veranderen.

Hoe kan het ook anders, denkt ze, *dan dat het uitgerekend deze week tijd is voor de waarheid.*

Ze is net terug van een ontmoeting met Daniel. Voor het eerst in vijftien jaar hebben ze elkaar gezien. Hij was in Californië op vakantie met zijn nieuwe Kazichische gezin en Michelle was zogenaamd naar een vakcongres en daarna ook op vakantie. Daniel had jaren niks van zich laten horen, maar deed een paar maanden terug opeens een aanvraag om haar te zien. Eerst sloeg ze het aanbod af, omdat ze de confrontatie niet aandurfde. Vanaf het moment dat hij werd verkozen tot president en samen met zijn nieuwe vriendin op televisie verscheen, had ze al het nieuws over Kazichië vermeden. Het was te vervreemdend om hem voor die massa mensen te zien, zwaaiend en lachend zoals iedere politicus doet. Maar toen ging Alexa het huis uit en stond Michelle er voor het eerst in heel lange tijd weer alleen voor, en plots kwam het verleden op haar af. En de vragen kwamen terug. Ze ging alsnog akkoord en liep twee maanden later een hotelsuite in Los Angeles binnen, waar hij op haar zat te wachten.

Het was alles wat ze had gevreesd, maar ook alles waar ze op had gehoopt.

Ze waren vreemden voor elkaar geworden. Daniel en zij waren al zo lang zonder elkaar, dat hun gedeelde verleden fictief leek geworden. Vijftien jaar lang hadden ze de gebeurtenissen hergebruikt in hun individuele herinneringen en steeds verder vervormd: er lag geen verhaal meer tussen hen in. Maar na twee dagen moeizaam praten over Kazichië en de opstand, kwamen ze eindelijk toe aan Sophie – of eigenlijk Alexa. En dat bracht hen samen. Vanaf dat moment was ze weer met de Daniel die ze kende van voor Vigo's begrafenis. En met pijn in haar hart stapte ze op het vliegtuig terug naar huis. Het huis waar ze het verleden nog één keer onder ogen moet komen.

'Mam?' Alexa staat bovenaan de trap. 'Waar was je?'

Bij het zien van haar dochter moet ze vechten tegen de tranen.

En bij het zien van de zolder, is ze zo verbaasd dat de tranen stoppen.

Tegen de muren hangen vellen vol aantekeningen en post-its. Op de grond liggen stapels uitgeprinte boeken en foto's. Het ziet eruit als het kantoor van een psychoot. Op Michelles bureau staat haar oude laptop – haar geheime laptop.

'Hoe ben je in die documenten gekomen?' vraagt ze.

'Ik weet alles, mam,' zegt Alexa.

Michelles jongvolwassen dochter ziet er doodmoe uit, alsof ze dagen niet heeft geslapen. Maar in haar ogen staat ook een heldere vastberadenheid.

'Wees alsjeblieft eerlijk tegen me,' zegt ze, 'want ik weet alles al. Eindelijk begrijp ik het allemaal.'

Michelle knikt en gaat op de bureaustoel zitten, terwijl Alexa begint te praten. Ze vertelt over de verdrukte herinneringen en over haar zoektocht naar Kazichia-stad. Over de dingen die ze de afgelopen dagen heeft ontdekt en de gesprekken met Sterre.

'Alsjeblieft, mama, de leugens moeten stoppen. Je moet me vertellen wie ik ben.' Ze wijst naar de papieren op de muur. 'Ik weet dat Daniel mijn vader is en ik weet wat hij heeft gedaan om ons te redden. Dat is belangrijk voor me, dat snap je toch wel? Ik weet dat hij aanslagen heeft gepleegd om ons naar Amerika te krijgen. En ik ben niet boos op jullie, mama. Helemaal niet zelfs. Ik snap het nu. Dus stop alsjeblieft met liegen.'

'Aanslagen gepleegd?' vraagt Michelle. Ze kan het niet volgen.

Alexa knikt en wijst naar een deel van de tijdlijn. 'Ja, ik weet alles. Ik begrijp zijn héle plan. Hoe hij de Man met Duizend Gezichten heeft bedacht en expres een opstand is begonnen. Ik weet waarom hij de bommen heeft laten ontploffen.'

Michelle snapt niet wat ze bedoelt.

'Wist je dat niet?' vraagt Sophie.

'Nee, Sophie, dat klopt niet. Daniel heeft een deepfake gemaakt om de opstand over te nemen. Om controle te krijgen over de situatie.'

Alexa begint uit te leggen wat ze heeft ontdekt. Haar theorie dat Daniel de hele opstand en de Man met Duizend Gezichten heeft bedacht: het was één grote digitale illusie.

'Maar... als hij zelf de Man met Duizend Gezichten was, waarom heeft hij mij dan niets verteld?'

'Waarschijnlijk omdat hij je niet medeplichtig wilde maken aan oorlogsmisdaden.'

Michelle schudt haar hoofd. 'Er zijn tientallen burgers omgekomen bij die aanslagen, wij zijn zelf bijna omgekomen tijdens die protesten. Als hij dat heeft gedaan, dan is hij een... een monster.'

Het meisje begint manisch door haar aantekeningen te bladeren en praat steeds sneller. 'Hij wilde dat de opstandelingen genoeg chaos veroorzaakten zodat de CIA de opstand serieus zou nemen. Maar het ging te ver, hij verloor de controle. Ik dacht dat jij dit allemaal wist. Hij heeft een paar grote fouten gemaakt, maar het was dan ook een extreem complex plan.'

'En de bom in het centrum?'

'Daar ben ik nog mee bezig,' zegt Alexa terwijl ze een andere stapel papier pakt. 'Ik weet nog niet precies hoe die aanslag is opgezet en uitgevoerd. Hij zal agenten van de OMRA hebben gebruikt, maar daar durf ik nog niet goed onderzoek naar te doen. Het is niet makkelijk om erachter te komen dat je eigen vader onschuldige mensen heeft vermoord.'

Terwijl haar dochter blijft ratelen over de bizarre leugen die Daniel zou hebben geconstrueerd, ziet Michelle vooral haar bevlogenheid. Ze ziet de existentiële noodzaak waarmee ze antwoorden op al haar vragen vindt. En terwijl Alexa haar antwoorden uiteenzet, komt er een man tevoorschijn met een geniaal plan. Een plan om zijn gezin te redden, wat er ook voor nodig was. Michelle ziet dat haar dochter een vader heeft ontdekt die voor haar vecht. Ze kan nu accepteren waarom ze hem nooit heeft gezien. Het was niet omdat hij haar heeft verstoten, of verwaarloosd, maar omdat hij haar wil beschermen – zoals iedere dochter hoopt. Michelle ziet een meisje dat alle chaos in haar leven op orde heeft gekregen, in een verhaal over Daniel Lechkov.

Alexa hurkt naast haar moeder op de grond. 'Geef het nou maar toe, Noëlla of Michelle of hoe je ook heet.' Ze lacht pesterig maar met natte ogen. 'Ik weet wat jullie hebben moeten doorstaan en ik weet waarom je zoveel geheimen voor me had. Maar nu is het tijd voor de waarheid: Daniel Lechkov is mijn vader. En hij is de Man met Duizend Gezichten geworden, om ons te beschermen.'

Michelle kust haar dochters voorhoofd en staat weer op. 'Lieve schat, je bent slimmer dan goed voor je is. Dat heb je van je vader.' Ze kijkt naar een uitgeprinte persfoto van een jonge Daniel en Sterre, vlak nadat ze ERIS hadden opgericht. 'Je échte vader,' zegt ze, en ze legt een hand over de twee mannen.

Terwijl ze samen naar beneden lopen – en terwijl Alexa vraagt of ze haar grijsblauwe ogen van Daniel heeft – denkt Michelle aan een gesprek met een gemaskerde man, vijftien jaar eerder, aan haar eettafel. Een gesprek over Daniel Lechkov en zijn troonbestijging. Een gesprek over de verhalen die we onszelf vertellen om de waarheid een gezicht te geven.

Dankwoord

Dit boek had niet bestaan zonder de begeleiding van mijn uitgever en redacteur Steven Maat. Steven geloofde vanaf mijn allereerste pitch in het idee en hij heeft me drie jaar lang uitgedaagd om van Kazichië een driedimensionale plek te maken – een land met een verhaal. Dank voor je vertrouwen.

Pedro Cattori deed zijn best om aan een leek iets bij te brengen over machinelearning en AI. Jonathan Tham vertelde open over zijn tijd op een Britse kostschool. Jeroen Dobber gaf een spoedcursus internationale verdragen en Vincent Noteboom gaf me het idee voor de scène met het ethanolvuur en Michelles deal met Turkije. Dank jullie allemaal. De details die jullie bijdragen tellen op tot een boek.

Verder dank aan iedereen die het manuscript las en feedback gaf. In het bijzonder mijn ouders en Laura Noteboom die trouw alles lezen wat ik schrijf – ook als het nog warrige vingeroefeningen zijn.

De meeste dank ben ik verschuldigd aan mijn vrouw Desi. Jij geeft me de ruimte om te schrijven, maar houdt me ook met beide benen op de grond. Daarom sta je tussen alle regels.

Er is een tweede verhaal dat zich afspeelt in Kazichië: *De Vrouw met Duizend Gezichten*. Een achtdelige thriller-podcast die ik nooit in mijn eentje had kunnen maken.

Ten eerste veel dank aan de acteurs die het script tot leven hebben gewekt. Jade Olieberg, die de hoofdrol durfde te spelen met veel dynamiek. Juda Goslinga, die sportief genoeg was om met microfoon in de hand door de studio te rennen alsof hij op de vlucht was voor de OMRA. En de bijrollen: Lottie Helling-man, Tom Jansen, Abke Haring, Maud Scheurs, Rob de Mink en Ronald Remmelzwaan. Dank voor jullie enthousiasme.

Daarnaast veel dank aan de leukste studio van Nederland: Audio Brothers. Flip van Schil heeft de opnames, mix en mastering gedaan en bleef eindeloos geduldig ondanks mijn eindeloze feedbacklijstje.

Dank aan het hele A.W. Bruna-team dat dit project mogelijk heeft gemaakt. En dank aan Jacco den Hertog voor zijn waardevolle feedback op zowel het scenario als de eerste edit. Zonder die scherpe commentaren zaten er een paar gaten in de plot.

Mocht je *De Vrouw met Duizend Gezichten* nog niet hebben gehoord, dan maakt het niets uit als je het boek al hebt gelezen. Sterker nog, het zal een paar gebeurtenissen in het boek toelichten. Ga naar www.duizendgezichten.nl of zoek naar *De Vrouw met Duizend Gezichten* op je favoriete podcastplatform.

Dank voor het lezen en dank voor het luisteren.